삼
국
지
7

삼국지 7 이문열 평역

정문 그림 ─ 나관중 지음

三國志

가자 서촉 西蜀으로

알에이치코리아

장로
張魯

마초
馬超

장합
張郃

하후연
夏侯淵

7
가자 서촉西蜀으로

쫓겨가는 젊은 범

승세를 탄 마초는 이번에야말로 반드시 조조를 사로잡겠다는 듯 급하게 뒤쫓았다. 하지만 그것은 마초의 지나친 욕심이었을 뿐이었다. 마초가 한창 신이 나 조조를 몰아치고 있는데 문득 뜻밖의 전갈이 왔다.

"조조가 보낸 군사 한 갈래가 물 서쪽에다 벌써 영채를 세웠다고 합니다."

말하자면 적병이 자신의 등 뒤에 자리를 잡았다는 뜻이었다. 크게 놀란 마초는 더 이상 조조를 뒤쫓을 마음이 없었다. 곧 군사를 거두어 자기편 진채로 돌아간 뒤 한수와 더불어 의논했다.

"조조의 군사들이 우리의 빈 틈을 타 물 건너 하서(河西)에다 이미 영채를 세웠다고 합니다. 이제 앞뒤로 적을 맞게 되었으니 어쩌면 좋겠습니까?"

그러자 부장 이감(李堪)이 한수를 대신해 말했다.

"차라리 땅을 베어주고 화평을 청해 양쪽이 모두 군사를 거두도록 하는 게 낫겠습니다. 그래서 추운 겨울을 나고 따뜻한 봄이 오거든 달리 계책을 짜내어보는 게 어떨는지요?"

"이감의 말이 옳은 것 같네. 따라보는 게 어떻겠나?"

한수가 대뜸 그렇게 찬동하고 나섰다. 그러나 마초는 그때까지 거듭 이겨온 싸움을 그렇게 마무리짓고 싶지 않았다. 얼른 마음을 정하지 못하고 있는데 한수의 장수인 양추(楊秋)와 후선(侯選)까지도 모두 이감을 편들고 나섰다.

"그렇다면 한번 사람을 보내 조조의 뜻이나 알아보세."

한수가 머뭇거리는 마초를 보고 다시 그렇게 권했다. 마초도 그것까지는 마다할 수 없어 말없이 고개를 끄덕이니 한수는 양추를 사신으로 삼아 조조에게 글을 보냈다. 그때까지 차지한 땅 중에 약간을 되돌려줄 것이니 이만 싸움을 그치는 게 어떤가 하는 내용이었다.

글을 읽어본 조조가 이렇다 할 내색 없이 양추에게 말했다.

"그대는 잠시 그대들의 진채로 돌아가 있으라. 내일 사람을 시켜 답을 보내리라."

이에 양추는 조금도 조조의 속셈을 살피지 못하고 자기편 진채로 돌아갔다.

마초 쪽에서 화평을 청하는 사람을 보냈다는 소식을 들은 모사 가후(賈詡)가 들어와 조조에게 물었다.

"승상께서는 어떻게 마음을 정하셨습니까?"

"공의 뜻은 어떠시오?"

조조가 대답 대신 되물었다. 가후가 기다린 듯 대답했다.

"싸움은 속임수를 꺼리지 않는 법입니다. 거짓으로 화평을 받아들인 뒤에 저들을 서로 이간시키는 계책을 써보는 게 어떻겠습니까? 만약 한수와 마초가 서로 믿지 않고 다투게만 할 수 있다면 북소리 한번으로 저들을 깨뜨릴 수 있을 것입니다."

그제서야 조조는 손뼉을 치며 크게 웃고 말했다.

"높은 살핌은 끼리끼리 통하는 데가 있는 모양이오. 공의 뜻이 바로 내가 마음속으로 생각하던바요."

그러고는 곧 사람을 보내 마초에게 글을 전하게 했다.

'내가 천천히 군사를 물리고 난 다음에 그대에게 하서의 땅을 돌려주겠노라.'

대강 그런 내용으로 마초에게는 아무것도 요구하지 않고 있었다. 글뿐만이 아니었다. 조조는 실제로 물에 부교를 놓게 하여 군사를 거두는 체했다.

한편 조조의 그 같은 글을 받은 마초는 한수와 가만히 의논했다.

"조조가 비록 화평을 허락했으나 간사하고 꾀가 많아 앞일이 어찌 될지 헤아릴 수 없습니다. 단단히 채비를 하지 않았다가는 거꾸로 그자에게 당하는 수가 있으니 숙부님과 저는 번갈아 조조의 군사를 살펴보고 방심함이 없도록 해야겠습니다. 오늘은 숙부께서 조조 쪽을 살피십시오. 저는 하서에 가 있는 서황을 돌아보고 오겠습니다. 또 내일은 제가 조조 쪽을 살필 테니 숙부님께서는 서황을 맡도록 하십시오. 그렇게 양쪽으로 나뉘어 채비를 하고 있으면 조조에게 속임수가 있다 해도 막아낼 수 있을 것입니다.”

그러자 조조가 너무 선선히 화평을 허락하는 게 적이 수상쩍던 한수도 두말없이 그대로 따랐다.

마초와 한수가 번갈아 조조의 본진 쪽과 하서에 있는 서황의 진채를 살피고 있다는 소식은 곧 조조의 귀에도 들어갔다. 조조는 마침 곁에 있던 가후를 돌아보며 환한 얼굴로 말했다.

“이제 내 일이 뜻대로 풀리는 모양이로군!”

그리고 소식을 가져온 군사에게 물었다.

“그래 내일 내가 있는 쪽을 돌아보는 게 누구라더냐?”

“한수라고 합니다.”

조조의 물음에 그 군사가 아는 대로 대답했다. 조조는 그 말에 더욱 기쁜 빛을 감추지 못했다.

다음 날이었다. 조조는 여러 장수들을 이끌고 영채를 나섰다. 그리고 그들을 좌우로 벌려 세운 뒤 자신은 말을 타고 가운데 우뚝 서서 한수의 군사들 쪽을 바라보았다.

한수의 군사들 중에는 조조의 얼굴을 모르는 사람이 많았다. 어떤 장수 하나가 뭇 장수들에게 에워싸인 채 진문 밖에 나와 서 있는 걸 구경거리 삼아 쳐다보았다.

조조가 그런 한수의 군사들에게 큰 소리로 외쳤다.

“그대들은 조공(曹公)을 보고 싶은가? 바로 내가 그 조공이다. 그대들과 마찬가지로 나도 사람일 뿐, 눈 넷에 입이 둘인 괴물은 아니다. 다만 그대들과 다른 게 있다면 지모가 좀더 낫다는 것뿐이다.”

그 목소리가 어찌나 당당하던지 한수의 군사들은 모두 겁먹은 빛을 감추지 못했다. 조조는 거기에 그치지 않고 사람을 시켜 한수의 진 쪽에다 대고 외게 했다.

"승상께서 한장군을 보고자 하신다. 나누실 말씀이 있으니 한장군은 어서 나오라!"

그 말에 한수가 곧 자기편 진머리에 나타났다. 조조가 싸움이라도 걸러 나온 줄 알고 투구에 갑주를 두른 채 말을 달려 나온 것이었다. 그러나 조조는 갑옷도 걸치지 않고 무기도 손에 없었다. 이에 한수도 갑옷을 벗고 가벼운 차림으로 다시 나왔다.

두 필의 말이 이마를 맞댈 만큼 가까워지자 두 사람은 고삐를 당겨 말을 세웠다. 먼저 입을 연 것은 조조였다.

"나와 장군의 춘부장은 함께 효렴(孝廉)에 뽑혔으나 나는 항상 그분을 아저씨뻘로 모셔왔소. 또 장군과는 함께 벼슬길에 올라 지금껏 지내왔으면서도 나는 아직 장군의 나이를 모르고 있소. 그래 올해 나이가 몇이시오?"

어제까지 창칼을 맞대고 싸우던 사람답지 않게 은근한 목소리였다. 조조의 속셈을 알지 못해 우물쭈물하던 한수가 무뚝뚝하게 대답했다.

"올해 마흔이외다."

"지난날 경사(京師)에서 만났을 때는 한창때인 젊은이였는데 어느새 중년이 다 됐구려. 언제 천하가 평안해져 더불어 즐거움을 누릴 날이 오겠소!"

조조가 더욱 은근한 정을 내비치며 말했다. 그러고는 이어 전에 장안에서 있었던 자질구레한 일들을 늘어놓는 품이 남 보기에는 오랜만에 옛 벗이라도 만난 듯했다.

뿐만이 아니었다. 군사나 싸움에 관한 것은 입 밖에도 내지 않는
데다 자질구레한 옛날 얘기에는 말끝마다 큰 웃음소리를 덧붙이니
두 사람 사이는 더욱 가까워 보였다.

한수가 차마 웃는 얼굴에 침을 뱉지 못해 몇 마디 주거니 받거니
하다 보니 어느새 한 시진(時辰, 두 시간 가량)이 지나갔다. 그제서야
조조는 또 한번 큰 웃음소리로 얘기를 맺은 뒤에 말 머리를 돌려 자
기 편 진채로 돌아갔다. 조조의 말재주에 홀려 이리저리 끌려다니다
문득 정신이 든 한수도 왠지 개운찮은 기분으로 말 머리를 돌렸다.
한수의 까닭 모르게 개운찮던 기분은 곧 좋지 못한 조짐으로 모습을
드러냈다. 조조와 한수가 얘기를 나누는 광경을 수상쩍게 본 마초의
졸개 하나가 얼른 달려가 마초에게 그 일을 알렸다.

조조와 한수가 오랫동안 정답게 얘기를 나누었다는 말을 전해 들
은 마초는 더럭 의심이 났다. 모든 걸 제쳐놓고 한수에게 달려간 마
초가 캐물었다.

"오늘 조조가 진 앞에서 무슨 얘기를 했습니까?"

"옛날 경사에서 있었던 일을 말했을 뿐이네."

한수가 사실대로 대답했다. 그러나 마초로서는 믿을 수가 없었다.
무언가 한수가 속이는 것 같아 따지듯 물었다.

"어째서 군사와 싸움에 관한 얘기는 하지 않았습니까?"

"낸들 어찌 아나? 조조가 꺼내지 않는 말을 나 혼자 한단 말인가?"

마초의 의심에 찬 눈초리에 한수가 불쾌한 듯 대꾸했다. 마초는
마음속으로 몹시 의심이 들었으나 한수가 그렇게 나오자 더는 따지

지 못하고 말없이 물러났다.

한편 자기 영채로 돌아간 조조는 가후를 보고 빙긋 웃으며 물었다.

"공은 내가 진 앞에서 한수와 이야기를 한 속뜻을 알겠소?"

가후가 한술 더 떠 대답했다.

"승상의 뜻이 오묘하나 아직 마초와 한수를 갈라놓기에는 넉넉하지 못합니다. 제게 한 가지 계책이 있는데 써보시겠습니까? 이대로 따라주신다면 마초와 한수는 틀림없이 원수지간이 되어 서로 죽이려 들게 될 것입니다."

"그게 어떤 계책이오?"

조조가 은근히 감탄하는 얼굴로 물었다. 가후가 자신의 속셈을 훤히 읽고 있을 뿐만 아니라 이미 그보다 나은 계책까지 세워두고 있는 듯했기 때문이었다. 가후의 대답은 이러했다.

"마초는 한낱 용맹뿐인 사내라 깊이 감춰진 계책은 알아보지 못합니다. 승상께서 몸소 붓을 들어 한수에게 글을 써 보내시되, 중간에 일부러 글자를 알아보기 어렵게 흘려 쓰시고 긴요한 곳은 먹을 덧칠해 글자를 고쳐놓으십시오. 그런 다음 봉해서 한수에게 보냄과 아울러 마초의 귀에도 그 일이 들어가게 하시면 마초는 틀림없이 한수에게 그 글을 보자고 할 것입니다. 그런데 정작 긴요한 곳은 글자가 모두 지워져 있거나 고쳐져 있으니 마초는 그게 한수가 한 짓으로 생각하기 십상입니다. 다시 말해 승상과 몰래 내통한 것이 마초에게 들킬까 두려워 한수가 지우거나 고친 걸로 단정하겠지요.

그렇잖아도 승상과 한수가 단 둘이서 오랫동안 얘기한 일을 수상쩍게 생각해오던 마초이니 이 일로 더욱 한수를 의심하게 될 것은 정한 이치입니다. 그리고 마초가 한수를 의심하게 되면 둘 사이에는 오래잖아 반드시 변란이 있을 것입니다. 거기다가 제가 나서서 한수 밑에 있는 장수들을 꼬드겨 둘 사이를 더욱 벌어지게 만들어놓는다면 마초를 사로잡는 일은 어렵지 않을 것입니다."

잔꾀에는 어지간한 조조도 혀를 내두를 만한 이간책이었다.

"그것 참 묘한 계책이오!"

조조는 그렇게 가후를 추켜준 뒤 곧 그 계책을 따라 글 한 통을 썼다. 대수롭지 않은 얘기는 뚜렷이 읽을 수 있게 해놓았으나 정작 요긴한 대목은 모두 지워버리거나 고쳐 쓴 글이었다. 그리고 그걸 사자에게 주고 일부러 여러 사람을 딸려 떠들썩하게 한수의 진중으로 보냈다.

조조가 노린 대로 그 소식은 오래잖아 마초의 귀에 들어갔다. 그전 일로 떨떠름하던 마초는 부쩍 의심이 일어 뛰듯이 한수를 찾아갔다.

"조조가 숙부님께 글을 보냈다는데 제가 한번 볼 수 없겠습니까?"

마초가 달려와 그렇게 말하자 그러잖아도 조조가 보낸 야릇한 글을 읽고 어리둥절해 있던 한수가 별 생각 없이 그 글을 내주었다.

마초가 얼른 읽어보니 알아볼 수 있는 것은 그저 한가로운 안부뿐이고, 정작 무엇이 있지 싶은 곳은 죄다 지워졌거나 고쳐져 있었다. 더욱 의심이 난 마초가 한수를 살피며 물었다.

"글의 중요한 대목이 왜 모두 고쳐져 있거나 지워져 있습니까?"

"나도 모르겠네. 원래 그런 글이 왔을 뿐이네."

한수가 사실대로 대답했다. 그러나 마초는 아무래도 믿을 수가 없었다.

"아무려면 조조가 초벌 글[草稿]을 그대로 보냈을 리야 있겠습니까? 혹시 숙부님께서 내가 자세한 걸 알게 될까 봐 미리 지워버리신 것 아닙니까?"

그렇게 다그치듯 물었다. 한수는 은근히 불쾌했으나 어쨌든 마초의 의심을 풀어보려고 애썼다.

"조조가 초벌 글을 잘못 알고 봉해서 보냈을 수도 있겠지."

"그건 더욱 믿지 못하겠습니다. 조조가 모든 일에 꼼꼼한 사람인데 어찌 그런 잘못을 저지를 리 있겠습니까? 아무래도 숙부님께서 무얼 속이고 있는 것 같습니다. 저와 함께 힘을 합쳐 역적을 죽이기로 하셔놓고 무슨 까닭으로 갑자기 딴마음을 품으시게 되었습니까?"

마초는 한수의 말을 들으려고도 않고 자신의 지레짐작으로만 그렇게 옥박질렀다. 한수는 화가 나기에 앞서 어처구니가 없었다. 한참을 씨근거리다가 겨우 마음을 가다듬어 말했다.

"네가 정히 나를 믿지 못하겠다면 이렇게 해보는 게 어떠냐? 내일 내가 진 앞에서 조조를 청해 얘기를 나누거든 네가 가까운 곳에 숨어 있다가 달려 나와 한 창에 조조를 죽여버려라."

아무래도 말로는 마초의 의심을 풀어줄 수 없을 것 같아 한수가 짜낸 궁리였다. 마초도 한수가 그렇게까지 나오자 한풀 수그러든 기세로 말했다.

"만약 그렇게 된다면 숙부님의 참마음을 볼 수 있겠습니다."

이에 한수는 다음 날 일찍 후선(侯選), 이감(李堪), 양흥(梁興), 마완(馬玩), 양추(楊秋) 다섯 장수를 거느리고 진을 나섰다. 언제든 한

달음에 뛰쳐나와 조조를 죽일 수 있을 만한 곳에 마초를 숨겨둔 채였다.

그렇지만 조조가 그만 꾀에 넘어갈 사람이 아니었다.

"한장군께서 승상께 드릴 말씀이 있답니다. 승상께서는 잠시만 나와주십시오."

한수의 군사들이 조조의 영채 앞으로 와서 그렇게 소리치자 조조는 문득 조홍을 불러 무어라고 귀엣말을 한 뒤 자기 대신 내보냈다.

조홍은 겨우 열몇 기만 거느리고 진채를 나와 한수를 보러 나왔다. 틀림없이 조조가 나올 줄 알았던 한수는 뜻밖에도 조홍이 나오자 당황했다. 할 말이 얼른 떠오르지 않아 우물쭈물하고 있는데 몇 발자국 앞으로 다가온 조홍이 말 위에서 허리를 굽히며 은근한 목소리로 말했다.

"어젯밤 승상께서 장군께 전하신 말씀을 잊으시지는 않았겠지요? 결코 그릇됨이 있어서는 안 될 것입니다."

실로 한수에게는 밑도 끝도 없는 엉뚱한 소리였다. 한수가 하도 어이없어 멍하니 바라보고 있는 사이에 조홍은 그 말만 하고는 이내 말 머리를 돌려 자기 진채로 돌아가버렸다. 한수가 그게 아니라고 잡아뗄 겨를마저 없었다.

하지만 가까운 곳에 숨어서 조홍의 말소리를 들은 마초에게는 모든 게 한 끈에 꿰어진 구슬처럼 뚜렷해 보였다. 한수는 전날 낮뿐만 아니라 간밤에도 조조와 무슨 말을 주고받았을 만큼 깊이 내통하고 있는 것임에 틀림없다고 단정했다.

"이놈! 이래도 나를 속일 테냐?"

분노로 눈이 뒤집힌 마초가 창을 끼고 말을 달려 나오더니 벼락같이 소리치며 한수를 찔러 갔다. 한수가 황급히 몸을 피하고 다섯 장수가 힘을 다해 마초를 말려 간신히 피를 보는 일은 피했으나 거기서 이미 마초와 한수 사이는 돌이킬 수 없게 갈라지고 말았다.

　"조카는 나를 의심하지 말게. 정말로 나는 딴 뜻이 없네."

　진채로 돌아온 한수가 거듭 마초에게 자신의 결백함을 밝혔으나 마초는 조금도 믿어주려 하지 않았다. 한동안 성난 눈길로 한수를 쏘아보다가 말없이 자기 진채로 돌아가버렸다.

　마초가 끝내 의심을 풀지 않고 떠나버리자 한수도 그대로 가만히 있을 수 없었다. 거느리고 있는 다섯 장수들을 모두 불러놓고 어두운 얼굴로 물었다.

　"마초가 원한을 품고 돌아갔으니 아무래도 심상치 않다. 이제 이 일을 어떻게 풀어나가야 하겠는가?"

　그러자 양추가 나서서 말했다.

　"마초는 자신의 용맹과 무예에 기대 주공을 얕보는 마음이 있습니다. 설령 우리가 그와 힘을 합쳐 조조에게 이긴다 한들 그런 그가 우리 몫으로 무엇을 주겠습니까? 제 어리석은 소견에는 차라리 조공께 몰래 항복함만 못할 것 같습니다. 그래서 뒷날 제후의 자리나마 잃지 않는 게 마초에게 업신여김을 받는 것보다야 낫지 않겠습니까?"

　하지만 한수는 아무래도 그렇게까지는 하고 싶지 않은 듯했다.

　"나와 그 아비 마등은 의로 맺은 형제다. 어찌 차마 저버릴 수 있겠느냐?"

"일이 이미 이 지경에 이르렀으니 달리 도리가 없습니다. 그렇다고 마초의 칼을 목을 늘이고 기다릴 수는 없지 않겠습니까?"

양추가 한층 격한 말로 한수를 부추겼다. 조조의 모사 가후의 은밀한 솜씨가 드디어 효과를 내고 있는 셈이었다. 한수도 차차 조조보다는 마초가 두려워지기 시작했다. 한참을 말없이 생각에 잠겼다가 어쩔 수 없다는 듯 물었다.

"그렇다면 누가 조조에게 가서 항복의 뜻을 전하겠는가?"

"제가 가겠습니다."

기다리고 있었다는 듯 양추가 다시 나섰다. 이에 한수는 양추에게 밀서 한 통을 써주고 조조에게 보내 항복의 뜻을 전하게 했다. 젊은 범 마초의 발톱은 그렇게 어이없이 잘려나가고 말았다.

한수로부터 항복의 뜻을 전해 받은 조조는 크게 기뻤다. 곧 한수를 서량후(西涼侯)로, 양추는 서량 태수로 삼고 나머지 장수들에게도 모두 큼직한 벼슬자리를 내렸다. 그리고 불을 놓는 걸 군호로 삼아 한수와 함께 마초를 치기로 양추와 약조를 맺었다.

조조와 헤어져 한수에게로 돌아간 양추는 그간의 일을 자세히 말한 뒤 그 약조를 전했다.

"오늘밤 채비가 갖춰지면 불을 놓아 알리도록 하십시오. 그러면 조승상께서도 밖에서 호응해 오시기로 했습니다."

은근히 걱정하던 한수는 양추의 그 같은 전갈을 듣자 몹시 기뻤다. 곧 영을 내려 중군 장막 뒤에다 마른 풀과 싸릿단을 쌓게 하고 양추, 후선 등 다섯 장수를 불러 의논했다.

"술자리를 벌이고 마초를 불러 해치워버리는 게 어떤가?"

한수가 다섯 장수들을 보며 물었다. 마초가 여느 장수라면 될 법한 계책이었으나 그의 무예와 용맹이 남다른지라 겁먹은 장수들이 얼른 대꾸를 하지 않았다. 한수도 거기에 생각이 미치자 자신의 계책이 망설여져 의논은 절로 길어졌다.

하지만 마초에게도 눈과 귀가 없는 것은 아니었다. 한수가 조조와 내통하여 무슨 일을 꾸미는 것 같다는 말을 몰래 풀어둔 군사들에게서 듣자 금세 칼을 짚고 일어났다.

"나는 우선 대여섯 사람을 데리고 한수의 움직임을 살필 터이니 그대는 곧 장졸들을 수습해 내 뒤를 받치도록 하라!"

방덕을 불러 그렇게 영을 내린 마초는 그 길로 한수를 찾아나섰다.

한수의 군막에 이르니 아직 제 주인이 꾸미는 일을 잘 모르는 군사들은 아무런 생각 없이 마초를 안으로 들여보내주었다. 마초는 발걸음 소리를 죽이고 가만히 한수가 있는 쪽으로 다가갔다.

그때껏 의논을 정하지 못한 한수는 수하의 다섯 장수들과 함께 마초를 죽일 계책을 짜내느라 수군거리고 있었다. 그러다가 드디어 무슨 결정이 났는지 양추가 문득 큰 소리로 한수를 재촉했다.

"이 일은 결코 질질 끌어서는 아니 됩니다. 되도록이면 빨리 해치우도록 하십시오."

그 말을 들은 마초는 크게 노했다. 서릿발 같은 칼을 빼들고 그들 가운데로 뛰어들며 큰소리로 꾸짖었다.

"이놈들, 네놈들이 감히 나를 해치려 들다니!"

그 소리에 한수를 비롯한 다섯 장수들은 깜짝 놀랐다. 정신이 아뜩하여 멍하니 마초를 올려보고 있는데 마초가 칼을 쳐들어 한수의 얼굴을 후려쳤다. 한수가 엉겁결에 손을 내밀어 칼을 막으니 왼팔이 토막나 떨어졌다.

그제서야 번쩍 정신이 든 한수의 다섯 장수들이 일제히 칼을 빼들고 마초에게 덤볐다. 좁은 군막 안에서 다섯을 상대로 싸우는 게 이롭지 않다 여긴 마초는 군막 밖으로 몸을 빼냈다.

다섯 장수가 놓칠세라 뒤쫓아와 마초를 에워싸고 칼을 휘둘러댔다. 마초는 홀로 그들을 맞고 있었으나 조금도 두려운 빛이 없었다. 한 자루 보도(寶刀)에 의지해 싸우는데 칼빛이 스쳐가는 곳에는 어김없이 적의 선혈이 뛰었다.

다섯 가운데 먼저 마초의 칼을 맞고 쓰러진 것은 마완이었다. 마초가 이어 다시 양흥을 베어넘기자 나머지 세 장수도 더는 마초와 싸울 마음이 나지 않았다. 졸개들이 보고 있다는 것도 잊고 각기 머리를 싸쥐고 달아났다.

혼자서 다섯 장수를 물리친 마초는 다시 군막 안으로 뛰어들어가 한수를 찾았다. 그러나 그때 이미 한수는 졸개들의 구함을 받아 어디론가 피하고 없었다.

마초가 한수의 군막에서 나오니 누가 질렀는지 벌써 군막 뒤에서 불길이 치솟고 있었다. 놀란 한수의 장졸들이 각기 영채를 나와 한수의 군막 쪽으로 몰려들었다. 아무리 천하의 맹장 마초라지만 새까맣게 몰려오는 그들까지도 홀로 당해낼 수는 없었다. 급히 말에 올라 그곳을 빠져나오려는데 방덕과 마대가 거느린 후군이 그곳에 이르렀다.

뒤이어 어제까지 한편이었던 서량병들 사이에 한바탕 어지러운 싸움이 일었다. 아무래도 젊은 마초가 앞장서서 싸우는 쪽이 유리할 수밖에 없어 곧 대세가 판가름 나려 할 즈음이었다.

갑작스런 함성과 함께 조조의 대군이 사방에서 마초를 에워쌌다. 앞은 허저요 뒤는 서황이며, 왼쪽은 하후연이요 오른쪽은 조홍이었다.

마초는 급히 방덕과 마대를 찾았으나 서량병이 서로 뒤얽혀 싸우는 북새통이라 찾을 길이 없었다. 하는 수 없이 백여 기만 이끌고 위교(渭橋)로 올라가 다리목을 막아섰다.

이때 날은 어느새 희끄무레 밝아오고 있었다. 마초의 눈에 한 떼의 군마를 이끌고 다리 밑을 지나가는 한수의 장수 이감이 들어왔다. 자신을 몰래 죽이려고 음모를 꾸미던 다섯 가운데 하나라는 걸 떠올리고 마초는 곧 창을 꼬나 이감을 뒤쫓았다. 마초가 뒤쫓는 걸 안 이감은 창을 늘어뜨린 채 달아나기에만 바빴다.

마침 조조의 장수 우금이 그곳을 지나다가 마초를 알아보고 뒤쫓으며 활을 들어 시위를 당겼다. 등 뒤에서 나는 시위 소리에 놀란 마초가 재빨리 몸을 틀어 피하자 화살은 그대로 이감의 얼굴에 가 박혔다.

자신이 쫓던 이감이 구슬픈 외마디 소리와 함께 말에서 떨어져 죽는 걸 본 마초는 곧 말 머리를 돌려 뒤쫓는 우금에게 덮쳐갔다. 마초의 기세에 눌린 우금은 창칼을 몇 번 부딪쳐보지도 않고 말을 박차 달아나버렸다.

우금을 쫓고 다리 위로 돌아간 마초는 다시 다리목을 지키고 서서 방덕과 마대를 기다렸다. 호위군을 선두로 벌써 다리 근처에까지 이른 조조의 대군은 마초가 다리목을 지키고 선 걸 보자 감히 밀고 나가지 못하고 어지럽게 활만 쏘아 붙였다. 마초가 창대를 휘둘러 날아오는 화살을 쳐내니 화살은 모두 땅으로 떨어졌다.

하지만 그사이에 조조의 대군은 마초가 서 있는 다리를 몇 겹이나 에워싸고 말았다. 마초가 거느리고 있던 기병을 휘몰아 뚫고 나가보려 했으나 워낙 조조의 대군이 굳게 에워싼 까닭에 뜻대로 되지 않았다.

마초는 한소리 큰 외침과 함께 강 북쪽으로 치고 들어갔다. 그러나 따르던 기병들이 조조의 군사들에 의해 길이 끊긴 바람에 마초 혼자 두꺼운 적진에 갇히고 말았다. 마초는 힘을 다해 뚫고 나가보려 했지만 곧 위급한 지경에 빠져들었다. 조조의 군사들이 마초가 탄 말에 쇠뇌를 쏘아 말이 쓰러지며 마초가 땅에 굴러떨어졌다.

말에서 떨어진 마초를 향해 조조의 군사들이 개미 떼처럼 몰려들고 있을 때였다. 문득 서북쪽에서 한 떼의 군마가 쏟아져 나와 마초를 위급에서 구했다. 바로 방덕과 마대가 거느리는 군사였다.

두 사람은 마초를 구해 말 위에 태운 뒤 한 가닥 살 길을 뚫어 서북쪽으로 달아났다. 마초가 몸을 빼쳐 달아났다는 소리를 들은 조조는 여러 장수들을 불러 엄히 영을 내렸다.

"밤낮을 가리지 말고 힘을 다해 마초를 뒤쫓도록 하라. 그의 목을 얻어오는 자에게는 천금의 상과 만호후(萬戶侯)를 내릴 것이요, 사로잡아 오는 자는 대장군에 봉하리라!"

조조가 얼마나 마초를 미워하면서도 두려워하는가를 잘 보여주는 영이었다.

그 영을 받은 장수들은 서로 공을 다투며 힘껏 마초를 뒤쫓았다. 그런 지경에 떨어지니 여포에 버금간다던 마초도 어쩌는 수가 없었다. 사람과 말이 지쳐도 돌아볼 겨를 없이 그저 달아나기에 바빴다. 그러다 보니 뒤따르던 기병들도 차차 줄어 모두 흩어지고 보졸들은 거의가 조조의 군사들에게 사로잡혀버렸다.

가까스로 조조의 추격에서 벗어난 마초가 뒤따르는 장졸을 헤어보니 방덕과 마대를 빼면 겨우 서른 몇 기뿐이었다. 그걸로는 조조와 다시 싸워볼 도리가 없다 여긴 마초는 농서 임조 땅을 바라고 달아나버렸다.

몸소 장졸을 휘몰아 안정까지 뒤쫓았던 조조였으나 마초가 이미 멀리 달아나버렸음을 알자 군사를 장안으로 돌렸다. 그리고 여러 장수들이 모이기를 기다려 공에 따라 상을 주는데 으뜸은 말할 것도 없이 한수와 양추 및 후선이었다. 왼쪽 팔을 잃은 한수는 서량후로서 장안에 남아 군사를 쉬게 하고, 양추와 후선은 열후에 봉한 뒤 위구를 지키게 했다.

그렇게 마초와의 싸움을 매듭지은 조조는 곧 영을 내려 군사를 허도로 되돌렸다.

그때 양주에는 참군 벼슬을 지내는 양부(楊阜)란 사람이 있었다. 자를 의산(義山)이라 하며 남다른 식견이 있었는데 문득 장안으로 달려와 조조에게 만나기를 청했다.

"그대는 무슨 일로 나를 찾아왔는가?"

양부를 불러들인 조조가 물었다. 양부가 헤아림 깊은 얼굴로 말했다.

"마초에게는 지난날의 여포와 같은 용맹이 있을 뿐만 아니라 강인(羌人)들로부터 마음으로 우러름을 받고 있습니다. 이제 승상께서 이긴 기세를 타고 그의 세력을 뿌리 뽑지 않아 마초에게 기력을 기를 기회를 준다면 농상(隴上)의 땅들은 다시는 나라의 땅으로 되돌아오지 않게 될 것입니다. 바라건대 승상께서는 군사를 허도로 되돌리지 마시고 끝까지 마초를 뒤쫓아 뒷날의 걱정거리를 남기지 않도록 하십시오."

"나도 본래 군사를 남겨 마초의 일을 아예 끝을 맺고 싶었으나 중원에 일이 많은 데다 남방도 아직 평정되지 않은 터라 오래 군사를 머물게 할 수가 없었소. 바라건대 그대가 나서서 나를 지켜주시오."

양부의 말을 기특하게 여긴 조조가 그렇게 청했다. 양부는 조조의 그 같은 청을 받아들임과 아울러 위강(韋康)이란 사람을 양주 자사로 천거했다. 조조는 그에 따른 뒤 양부와 위강 두 사람에게 군사를 나눠주며 기성(冀城)에 머물러 마초를 막게 했다.

명을 받고 떠남에 즈음하여 양부가 다시 조조에게 청했다.

"반드시 장안에도 많은 군사를 남겨 저희들의 뒤를 든든하게 해주십시오."

"거기에 대해서는 나도 이미 생각해둔 게 있소. 부디 마음 놓고 기성이나 잘 지키시오."

조조가 잔잔한 어조로 양부를 안심시켰다. 양부가 위강과 더불어 맡은 곳으로 떠나감으로써 마초의 일은 일단락되었다. 그제서야 장수들은 그때껏 궁금하던 것을 물었다.

"처음 마초가 동관(潼關)을 근거지로 삼았을 때 위북(渭北)으로 가는 길은 막혀 있지 않았습니다. 그런데도 승상께서는 어찌하여 하동을 따라 풍익(馮翊) 쪽으로 나아가지 않으시고 오히려 동관에만 매달렸습니까? 그리하여 거기서 많은 날을 보내신 뒤에야 북쪽으로 건너가 영채를 세우고 굳게 지킨 것은 무슨 까닭이십니까?"

그 말을 듣자 조조가 빙긋 웃으며 말했다.

"적이 먼저 동관을 차지하고 있을 때, 내가 만약 동관에 이르자마자 하동을 빼앗으려 했으면 적은 틀림없이 군사를 나누어 물을 건널 만한 곳은 모두 지켰을 것이다. 그렇게 되면 어떻게 우리가 하서(河西)로 건너갈 수 있겠느냐? 나는 일부러 적의 군세를 모조리 동관으로 끌어들이게 하여 남쪽을 지키는 데만 매달리게 함으로써 하서 쪽이 비도록 한 것이다. 서황과 주령이 아무런 어려움 없이 물을 건너 하서에 진채를 엮을 수 있었던 것은 실로 그 덕분이었다. 그뿐만 아니다. 그 뒤 나는 군사를 이끌고 강 북쪽으로 건너간 뒤에도 적이 우리를 얕보도록 하기 위해 애를 썼다. 수레와 목책을 잇대어 세움으로써 용도(甬道)를 만들고 흙으로 성을 쌓은 것은 모두 적이 우리를 약한 줄 알게 하여 그들의 마음이 교만에 차게 하기 위함이었다.

마음이 교만해지면 모든 일에 준비가 없게 마련, 나는 그 틈을 타 교묘한 이간책을 쓰는 한편으로 우리 군사의 힘을 모아두었다가 하루아침에 적을 쳐부순 것이다. 이는 바로 '빠른 우레는 귀를 가릴 틈도 없다[疾雷不及掩耳]'라는 계책이다. 군사를 부리는 데에 있어서의 변화는 결코 하나뿐이 아님을 그대들도 언제나 잊지 마라."

실로 빼어난 병략가(兵略家)의 모습을 그 어느 때보다 뚜렷하게 보여주는 조조의 말이었다. 그 말을 들은 장수들은 한결같이 조조의 빈틈없는 헤아림에 감탄해 마지않았다. 그러나 그들이 궁금한 것은 하나 더 있었다.

"승상께서는 언제나 적의 머릿수가 불어났다는 말만 들으면 오히려 기쁜 낯빛을 지으셨습니다. 그것은 또 어찌 된 까닭입니까?"

여러 장수들이 입을 모아 다시 조조에게 물었다. 조조가 더욱 흔쾌하게 웃으며 그들의 궁금함을 풀어주었다.

"관중과 변두리 땅은 길이 멀어 만약 적들이 각기 험한 지세에 의지해 버티면 한두 해로는 쓸어버리기 어려울 것이다. 그런데 그들이 한군데로 모인다고 하니 비록 머릿수는 많아도 마음이 하나가 되지 못해 이간질이 쉬울 뿐 아니라 한꺼번에 깨끗이 쓸어버릴 수 있게 되었다. 내가 기뻐한 것은 그 때문이었다."

그러자 장수들은 일제히 머리를 조아리며 칭송했다.

"승상의 귀신 같은 헤아림은 실로 저희 무리가 모두 머리를 합쳐도 이르지 못할 것입니다!"

"그렇지 않다. 그대들의 문무에 의지하고 있었기에 일이 잘 되었을 뿐이다."

조조는 그렇게 모든 공을 자신을 따르는 사람들에게 돌리고 장졸들에게 무거운 상을 내렸다. 그리고 항복한 서량병들은 휘하의 여러 부(部)에 나누어 받아들임과 아울러 하후연을 장안에 남겨 양부와 위강의 뒤를 밀어주도록 했다.

하후연이 다시 한 사람을 조조에게 천거했다. 풍익 고릉 땅의 장기(張旣)였다. 조조는 그를 경조윤(京兆尹)으로 삼아 하후연과 함께 장안을 지키게 하고 자신은 장졸들과 더불어 허도로 돌아갔다.

조조가 마초를 쳐부수고 돌아온다는 말을 듣자 헌제는 성 밖까지 어가를 내어 조조를 맞아들이고 옛적 한고조가 승상 소하에 베풀었던 예에 따라 세 가지 특전을 조서로 내렸다. 첫째는 조조가 조정에서 천자를 뵈올 때 내시들이 그 이름을 외치지 않아도 되는 것이요, 둘째는 조회에 들 때 몸을 굽히지 않아도 되는 것이며, 셋째는 칼을 차고 신을 신은 채 전상에 오를 수 있다는 것이었다.

그렇게 되니 조조의 위엄은 더욱 나라 안팎을 떨쳐 울렸다. 마초의 거병은 오히려 조조에게 복이 된 셈이었다.

하지만 여기서 다시 한번 더듬어보고 싶은 것은 정사와 『연의』 간의 거리이다.

먼저 살펴보고 싶은 것은 마등이란 인물이다. 조조에게 죽임을 당했다는 이유만으로 그는 의사처럼 그려지고 있어도 정사를 통해 재구성해낼 수 있는 마등은 그저 후한말(後漢末)의 흔한 지방 군벌에 지나지 않았다. 야사나 민담에 따른 것으로 보이는 마등의 충성심이나 조조를 제거하기 위한 밀계에 가담했다는 것 등은 정사에는 전혀 언급이 없다.

다만 나이가 들어 아들 마초에게 변방을 맡기고 조정으로 돌아간 것이라고 되어 있을 뿐이며 조조에게 죽임을 당한 것은 오히려 아들 마초의 거병과 관련된 일로 보인다.

그다음은 조조와의 싸움에서 마초가 초기에 거두었다는 전공(戰功)의 과장이다. 조조가 위하를 건널 때 마초가 그 뒤를 들이쳐 곤경에 밀어넣은 적이 있기는 하지만 적어도 『연의』에서 보이는 그런 참담한 패전이 거듭된 것은 아니었다.

또 위하를 건널 때의 조조를 묘사한 구절도 정사와는 거리가 멀다. 『연의』는 그를 구해준 허저의 두 다리 사이에 숨어 벌벌 떨고 있는 조조를 그리고 있으나 기실 조조를 배로 끌어다 태운 것은 장합이었으며 몇 리나 떠내려간 뒤에도 조조는 오히려 크게 껄껄거리며 마초를 빈정거리고 있다.

마초와 한수의 사이가 벌어진 데 대해서도 『연의』는 많은 부분을 과장하고 있다. 조조의 계책에 말린 그들이 서로 의심하게 된 것은 사실이나 양추가 사자로 조조의 진영을 왔다 갔다 했다는 것과 다섯 장수가 모두 마초를 배반했다는 것은 맞지 않다. 양추만 해도 그 싸움 뒤 안정에서 조조에게 포위되었다가 항복하는 것으로 정사에 나와 있기 때문이다.

결국 조조는 실제 이상 볼품없이 그려지고 마초는 또 지나치게 좋은 방향으로만 과장된 셈인데, 그것은 마초가 뒷날 촉한(蜀漢)의 오호대장(五虎大將) 가운데 한 사람이 되는 것과 무관하지 않다. 이미 여러 번 보았듯, 『연의』를 지은 이의 촉한정통론(蜀漢正統論)은 그 촉한의 장수 되는 사람에게까지 애정 어린 눈길을 보내게 했다.

서천은 절로 다가오고

　마초가 조조에게 여지없이 져 멀리 농서로 쫓겨갔다는 소문은 한중 땅에도 전해졌다. 그곳의 주인 한녕 태수 장로(張魯)는 크게 놀랐다.

　원래 장로는 패국 풍인 사람이었다. 그 할아비 장릉(張陵)이 서천으로 건너가 곡명산(鵠鳴山)에 자리를 잡고 도서(道書)를 지어내 사람들을 홀리니 거기에 속은 그곳 사람들이 모두 그를 우러러보았다. 장릉이 죽은 뒤에는 그 아들 장형(張衡)이 아비의 일을 이어받았는데, 장형은 백성들 중에 자신의 도(道)를 배우려는 이가 있으면 쌀 닷 말을 거두고 받아들여 세상 사람들은 그의 무리를 '쌀도둑[米賊]'이라 불렀다.

　장로는 장형의 아들이었다. 장형이 죽은 뒤 역시 아비의 일을 이

어받아 한중에 자리 잡고 스스로를 사군(師君)이라 했다. 뿐만 아니라 그를 따르는 무리에게도 칭호를 주어 자신의 도를 배우러 오는 자는 귀졸(鬼卒)이라 이름하고 그 우두머리는 좨주(祭酒)라 불렀으며 무리를 아주 많이 거느린 좨주는 특히 치두대좨주(治頭大祭酒)라 했다.

무리를 다스림에 있어서도 아비나 할아비 때와는 크게 달랐다. 모든 일에 정성과 믿음을 으뜸으로 삼았으며 도를 앞세워 어리석은 백성들을 속이는 걸 엄히 막았다.

병든 사람은 제단을 쌓고 조용한 방안에 거처함과 아울러 제단 앞에서 자신의 잘못을 뉘우치게 했다. 그다음 병이 낫기를 비는데 이때 주로 비는 일을 맡아 보살피는 이를 감령좨주(監令祭酒)라 했다. 비는 법은 병든 사람의 이름과 자신의 잘못을 뉘우치는 뜻을 적은 글인 삼관수서(三官手書)를 세 통 써서 한 통은 산꼭대기에 묻어 산과 하늘에 고하고 다른 한 통은 땅에 묻어 땅에 고하며 나머지 한 통은 물에 넣어 물귀신에게 고하게 했다.

그런 다음 병이 나으면 쌀 닷 말을 내어 고마움을 나타냄과 아울러 의사(義舍)란 집에다 음식물을 차리고 지나가는 사람들이 마음대로 집어먹게 했다. 의사는 치두대좨주가 나그네를 위해 지은 집으로 거기 차려진 음식을 지나치게 많이 집어먹으면 하늘의 벌을 받아 죽는다는 말이 있었다.

무리 가운데서 법규를 어긴 자가 있을 때 벌하는 것도 특이했다. 어떤 죄를 지어도 세 번까지는 반드시 용서하고 그래도 행실을 고치지 않으면 비로소 형벌을 내렸다. 또 그들이 자리 잡은 곳은 관부의 벼슬아치가 오지 않고 모든 일은 좨주들이 맡아서 처리했다. 그렇게 한중 땅을 차지하고 버티기 삼십 년, 조정에서는 길이 멀어 그곳을 정벌하지 못하고 장로에게 진남중랑장을 내리고 한녕 태수로 삼았다. 그렇게 하여 한중을 다스릴 권한을 주고 조공만 바치도록 해줌으로써 정벌을 대신했다. 후한말처럼 어지러운 천하에서나 있을 법한 일이었다.

그 장로가 천하를 떨쳐 울리는 조조의 위세에 놀라 무리를 모아놓고 의논을 시작했다.

"서량의 마등은 죽임을 당하고 그 아들 마초도 이번 싸움에 져 멀리 쫓겨갔다 하니 다음으로 조조는 틀림없이 우리 한중을 향해 쳐들어올 것이다. 나는 스스로 한녕왕(漢寧王)이 되어 우리 군사를 이끌고 조조에게 맞서 싸워 보려는 바, 그대들의 뜻은 어떠한가?"

무리 가운데 염포(閻圃)란 사람이 나서서 말했다.

"한중은 호수만으로도 십여 만이 되는 백성을 거느리고 있는 데다 재물은 많고 곡식은 넉넉합니다. 또 사방의 지세가 험해 지키기 좋을 뿐더러 이제 마초가 조조에게 패한 바람에 자오곡(子午谷)을 거쳐 한중으로 도망온 서량의 백성들도 수만 호나 됩니다. 제 어리석은 소견으로는 익주의 유장(劉璋)이 어둡고 약하니 그 땅부터 먼저 손에 넣는 게 좋겠습니다. 서천 마흔한 고을을 아울러 바탕을 든든히 한 뒤에 왕을 칭하셔도 늦지 않을 것입니다."

자못 통이 큰 구상이었다. 장로는 크게 기뻐하며 아우 장위(張衛)와 의논하여 서천을 칠 군사를 크게 일으켰다.

익주목(益州牧) 유장은 자를 계옥(季玉)이라 하며, 한때 인망 높던 유언(劉焉)의 아들이요, 한나라 노공왕(魯恭王)의 후손이었다. 장제(章帝) 원화(元和) 연간에 경릉(竟陵, 봉지 이름. 원래는 서천에 있지 않았던 듯)이 서천으로 옮겨지매 그리로 따라와 살게 되었는데, 뒷날 그아비 유언은 벼슬이 익주목에 이르렀다. 흥평(興平) 원년 유언이 병들어 죽자 서천 태수 조위 등이 그 아들을 받들어 익주목에 오르게하니 그 아들이 곧 유장이었다.

유장은 일찍이 장로의 어미와 아우를 죽인 일이 있어 장로와는 원수로 지냈다. 따라서 특히 믿는 방희(龐羲)를 한중과 가까운 파서(巴西) 태수로 삼아 평소에도 장로에 대한 경계를 게을리하지 않았다.

방희는 장로가 군사를 일으켜 서천을 뺏으러 온다는 말을 듣자 급히 그 사실을 유장에게 알렸다. 유장은 원래 겁이 많고 마음이 약한 사람이었다. 그 같은 전갈을 받자 크게 걱정하며 자기 밑의 벼슬아치들을 끌어모아 놓고 앞일을 의논했다. 문득 한 사람이 고개를 번쩍 쳐들고 나와 말했다.

"주공께서는 조금도 걱정하지 마십시오. 제가 비록 재주는 없으나세 치 썩지 않은 혀로 장로가 감히 우리 서천을 넘보지 못하게 만들겠습니다."

유장이 반가운 눈길로 보니 그는 익주의 별가(別駕)로 있는 장송(張松)이란 사람이었다. 재주는 있으나 생김이 괴이쩍어 얼굴은 깎아낸 듯 비딱하고 머리통은 뾰족했으며 코는 찌그러지고 이빨은 가만히 있어도 잇몸까지 드러나 보였다.

거기다가 키는 다섯 자로 겨우 난쟁이를 면했고, 목소리도 구리종같이 댕댕거려 도무지 볼품이 없었다. 그래도 때가 때인지라 그의 재주 하나에만 기대를 걸고 유장이 물었다.

"별가는 어떤 좋은 생각이 있길래 장로를 달래 이 위태로움을 풀 수 있다는 것인가?"

장송이 서슴없이 대답했다.

"제가 듣기로 허도의 조조는 중원의 군웅들을 비로 쓸듯 하여 여포와 원소, 원술이 모두 그에게 멸망당했다고 합니다. 거기다가 이번에 다시 마초를 쳐부수었으니 이제 하늘 아래 그에게 맞설 자가 없어졌다 할 수 있습니다. 주공께서 예물을 갖춰주시면 제가 허도로 가서 조조를 달래 장로를 치도록 만들겠습니다. 조조가 군사를 일으켜 한중으로 밀려들면 장로는 그에 맞서기도 힘겨울 판에 어찌 감히 우리 촉중(蜀中)을 넘볼 수 있겠습니까?"

생김과는 달리 그럴듯한 말이었다. 유장은 크게 기뻐하며 금은 보석과 비단을 예물로 갖춰 장송에게 주고 허도로 가서 조조를 달래보도록 했다.

그런데 여기서 흥미를 끄는 것은 그날로 종자 몇 기를 딸린 채 길을 떠난 장송이 몰래 품안에 감추고 간 서천의 지리도본(地理圖本)이다. 산세와 지형 외에도 성곽과 관의 위치에다 거기에 딸린 백성들과 군사들의 머릿수까지 기입해둔 일종의 군사 지도였기 때문이다.

한 권력 체계가 붕괴하기 시작하면 그 내부에서도 여러 가지 조짐이 나타나게 마련이지만 그중에서도 특히 눈에 띄는 것은 그 체계를 지탱하고 있던 지식인 계층의 이반(離反)이다. 이른바 눈알 파랗고 머리칼 노란 학자들이 말하는 '지식인의 탈주' 또는 '충성의 전이(轉移)' 현상이 그러하다. 장송이 어쩌면 자기가 속한 권력 집단에게

치명적인 피해를 입힐 수도 있는 그런 지도를 누구에겐가 주려고 그려간 것은 바로 그 '지식인의 탈주'의 한 예가 될 것이며, 그런 뜻에서 유장의 서촉은 이미 내부로부터 붕괴하고 있었다고 보아 틀림이 없다.

어쨌든 유장이 조조에게 예물을 갖춰 사람을 보냈다는 소문은 이미 제갈량이 서천에 풀어놓은 세작들에 의해 곧 형주에 전해졌다. 진작부터 그 땅에 남다른 기대를 걸고 있던 제갈량으로서는 바짝 긴장하지 않을 수 없는 소식이었다. 이에 제갈량은 다시 허도에도 세작을 풀어 장송과 조조 사이에 일어나는 일을 염탐케 했다.

한편 여러 날이 걸려 허도에 이른 장송은 역관에 짐을 풀고 매일 승상부로 찾아가 조조에게 보기를 청했다. 이때 조조는 마초를 두드려 쫓은 뒤라 마음이 한껏 우쭐하고 느긋해져 있었다. 날마다 술잔치를 벌이며 집 밖으로 나가는 일이 없어 나랏일마저 조조의 승상부 안에서 의논되고 결정되기 일쑤였다.

그러다 보니 서천에서 왔다는 사자가 조조에게 그리 크게 보일 리 없어 장송은 사흘 만에야 겨우 자신이 온 것을 조조에게 알릴 수 있었다. 하지만 이미 사람의 장막에 둘러싸인 조조를 만나기는 쉽지가 않아 장송은 다시 조조를 가까이서 모시는 벼슬아치들에게 뇌물을 주고서야 겨우 조조 앞으로 나아갈 수 있게 되었다.

조조도 옛날의 조조가 아니었다. 지혜롭고 재주 있다는 자들에 둘러싸여 여러 해를 지내다 보니 숨은 인재에 대한 갈증이 모두 사라졌는지 당상에 높이 앉아 장송을 맞아들였다. 장송은 조조의 그런 거만함에 자못 속이 뒤틀렸으나 떠맡은 일이 있는지라 꾹 참고 절부터 올렸다.

"네 주인 유장은 어찌하여 해마다 조공을 올리지 않느냐?"

막 절을 끝낸 장송에게 조조가 대뜸 꾸짖듯이 물었다. 장송의 볼품없는 생김이 조조에게 더욱 얕보였는지도 모를 일이었다.

"길이 거칠고 험한 데다 도적들이 가로막아 조공을 올릴 수가 없었습니다."

장송은 조조가 그 도적들에 대해 물어주기를 은근히 기다리며 대답했다. 그러자 조조는 성부터 냈다.

"내가 이미 중원을 깨끗이 쓸듯 했는데 도적은 무슨 도적이 있단 말이냐?"

도적이 누군가를 묻고 있다기보다는 도적이 남아 있다는 말 자체가 조조의 심기를 건드린 것 같았다. 장송은 더욱 속이 뒤틀렸다. 조조의 말을 비웃듯 대답했다.

"남쪽에는 손권이 있고 북쪽에는 장로가 있으며 서쪽에는 유비가 있습니다. 그중에 세력이 적은 자라도 갑옷 갖춘 병사만 십만이 넘을 것인데 승상께서는 어찌 천하가 태평한 듯 말하십니까?"

그러지 않아도 볼품없는 생김 때문에 장송이 별로 달갑지 않던 조조는 충동질에 가까운 그 말에 더욱 기분이 상했다. 갑자기 소매를 떨치고 일어나 후당으로 들어가버렸다.

"그대는 사신으로 와서 어찌 그리도 예를 모르시오. 첫마디부터 승상의 심기를 건드려 도대체 무엇을 하겠다는 것이오? 다행히도 승상께서는 그대가 멀리서 온 낯을 보아 죄를 묻지는 아니하셨으나 그대는 되도록 빨리 돌아가는 게 좋을 것이외다. 이곳에 더 머뭇거리며 함부로 입을 놀리다가는 반드시 큰 화를 입을 것이오!"

조조가 성난 얼굴로 방을 나간 뒤 좌우에서 그렇게 장송을 나무랐다. 장송이 껄껄 웃으며 여럿에게 들으라는 듯 빈정거렸다.

"알겠소이다. 우리 서천 사람들은 남에게 아첨하는 소리를 하지 못해 그리되었소."

"그대가 사는 서천의 사람들은 아첨을 모른다니 그게 무슨 말인가? 우리 중원에는 아첨꾼만 살기라도 한단 말인가?"

장송의 빈정거림에 누군가 큰 소리로 따지듯 물었다. 장송이 그 사람을 보니 눈썹이 엷고 눈이 가늘며 얼굴이 희고 정신이 맑아 보였다. 장송이 그 이름을 묻자 양수(楊修)라 대답했다.

양수는 동탁과 이각, 곽사의 난리 때 한실을 위해 여러 가지로 공을 세운 태위 양표(楊彪)의 아들이었다. 부친 양표는 원소, 원술과 친척인 탓에 조조에게 내침을 당했으나 그는 승상 문하의 창고를 맡아보는 주부(主簿)로 일하고 있었는데 아는 게 많고 말을 잘했으며 식견도 남다른 데가 있었다.

그런 양수를 한눈에 알아본 장송은 마음속으로 어려움을 느껴 적당히 말을 둘러댔다. 자칫하면 양수의 말재주에 넘어가 낭패를 보게될까 봐 두려웠기 때문이었다.

양수 또한 자신의 재주를 믿어 세상 사람들을 모두 얕보아온 터였으나 장송만은 달리 보였다. 천하의 조조를 면전에서 빈정거리는 그의 말투에 은근히 감탄하며 그 자리에서는 더 장송을 몰아세우지 않고 데리고 나와 자신이 일을 보는 서원으로 이끌었다.

주인과 손님이 각기 자리를 잡은 뒤에 양수가 조조를 대신하듯 새삼 말했다.

"촉 땅의 길은 거칠고 험하다는데 멀리서 오시느라 괴로움이 크셨겠소."

"주인의 명을 받았으니 끓는 물에 뛰어들고 불을 밟게 된다 한들 어찌 마다할 수 있겠습니까?"

장송도 조조와 만났을 때와는 달리 예의 바르게 말을 받았다. 양수가 다시 물었다.

"그래, 촉은 어떤 땅입니까?"

"촉은 나라의 서쪽에 치우친 고을로 옛날에는 익주라 불렸습니다. 길은 금강(錦江)이 있어 험하고 땅은 검각(劍閣)에 이어져 보기에 씩씩합니다. 그 땅을 한 바퀴 도는데 이백팔 정(程, 길의 거리 단위. 역을 설치할 정도의 거리)이요, 가로지르면 삼만 리가 좀 넘지요. 거기에 닭 울음과 개 짖는 소리가 서로 들을 수 있을 만큼 저자와 거리들이 잇대어 있으며, 밭은 기름지고 경치는 아름다운 데다 가뭄과 물난리를 걱정하지 않아도 됩니다. 또 나라는 넉넉하고 백성들은 잘 살아 음악을 즐기며, 그 땅에서 난 것들은 산처럼 쌓여 있지요. 하늘 아래 촉을 따라갈 만한 땅은 어디에도 없을 것입니다."

장송의 그 같은 말에 양수가 다시 물었다.

"촉의 인물은 어떠합니까?"

"글로는 저 유명한 사마상여(司馬相如)가 있고, 장수로는 복파장군(伏波將軍) 마원(馬援)이 있습니다. 병을 고치는 데는 중경(仲景) 같은 의자가 있고, 앞일을 미뤄 내다보는 데는 군평(君平)같이 숨어 사

는 복술가(卜術家)가 있지요. 또 세 가지 가르침, 아홉 갈래의 유파
[三敎九流]에 있어서도 각기 그 무리에서 빼어난 사람이 수없이 많
으니, 어찌 촉의 인물들을 이 자리에서 모두 헤아릴 수 있겠습니까?"

"그렇다면 지금 유계옥(劉季玉) 밑에는 공만 한 이가 몇이나 됩
니까?"

속으로 감탄한 양수가 묻기를 거듭했다. 그 물음 속에는 촉의 힘
을 은근히 가늠해보려는 뜻도 있었다. 장송이 그걸 알고 더욱 야단
스레 떠벌렸다.

"문무를 아울러 갖추고 지혜와 용맹을 함께 지녔으면서도 충의에
가득한 이만도 백은 넘습니다. 하물며 저같이 재주 없는 무리겠습니
까? 구태여 말한다면 이 장송 같은 무리는 수레에 실어 나르고 말
[斗]로 되어야 할 만큼 많아서 일일이 손꼽을 수조차 없을 지경입
니다."

"공의 벼슬은 무엇이오?"

"분에 넘치게도 별가의 자리를 차지하고 앉았으나 일을 감당해내
기 어렵습니다."

장송이 그렇게 답해놓고 문득 양수에게 물었다.

"이런 걸 물어 어떨는지 모르겠습니다만 공의 벼슬은 무엇입니까?"

"승상부의 주부로 있습니다."

양수가 왠지 떳떳잖은 얼굴로 대답했다. 장송이 양수의 그런 기색
을 놓치지 않고 슬쩍 퉁겼다.

"오래전부터 듣기로 공은 대를 이어 높은 벼슬을 해온 명문의 후
손이라 했습니다. 마땅히 묘당에 올라 천자를 받드셔야 할 것인데 어

찌하여 구구하게 승상부의 한낱 이름없는 벼슬아치가 되셨습니까?"

그러자 양수의 얼굴에 부끄러운 빛이 가득 떠올랐다. 잠시 말이 없다가 문득 아픈 곳을 건드린 데 부아가 난 듯 굳은 얼굴로 말했다.

"내가 비록 낮은 벼슬자리에 있으나 승상께서는 내게 군사를 부리는 데 중히 쓰이는 돈과 곡식을 모두 맡기셨소. 거기다가 아침저녁으로 승상께 가르침을 받아 배우고 깨우칠 게 매우 많은 까닭에 그 자리를 맡았소이다."

그 말을 들은 장송이 껄껄 웃더니 말했다.

"내가 듣기로 조승상은 글에 어두워 공자, 맹자의 가르침조차 잘 알지 못하고, 무(武)에 있어서도 대단한 게 없어 손자, 오자의 병법조차 통달하지 못했다 그럽디다. 오늘날처럼 높은 자리에 앉게 된 것은 오직 우격다짐의 패도(覇道) 때문이라던데 무얼 가르치고 깨우쳐줄 수 있단 말입니까? 더군다나 공 같은 큰 재주를 일깨우고 열어줄 수 있다니요?"

이제는 조조까지도 깎아내리는 판이었다. 양수가 그런 장송의 기를 꺾어보려는 듯 엄한 얼굴로 말했다.

"공은 변방의 한 모퉁이에 계셨으니 어찌 승상의 크나큰 재주를 알 수 있겠소? 내가 공께 꼭 보여드릴 게 있소."

그리고 부리는 사람을 시켜 선반에서 책 한 권을 내려오게 했다. 장송이 받아보니 책 겉장에 '맹덕신서(孟德新書)'란 넉 자가 크게 쓰여 있었다.

장송은 그 책을 받아 처음부터 끝까지 주욱 살폈다. 모두 열세 편으로 되어 있는데 한결같이 군사를 부리는 법에 관한 글이었다.

"공은 무슨 뜻으로 이 책을 내보이시오? 이게 무슨 책이오?"

읽기를 마친 장송이 짐짓 대수롭지 않다는 듯한 말투로 물었다. 양수가 저도 모르게 소리를 높이며 답했다.

"이것은 승상께서 옛일을 돌아보고 이제 일에 견주어 손자가 그러했듯 열세 편으로 된 책 한 권을 만들어보신 것이오. 공은 승상이 재주 없다 하셨으나, 이만하면 어떠시오? 뒷세상에 남겨 전해줄 만하지 않소?"

"무어요? 이 책은 우리 촉에서는 키가 석 자 되는 어린아이도 모두 외고 있는데 신서(新書)는 무슨 놈의 신서란 말이오? 원래 전국 시대 어느 이름 없는 선비가 쓴 것을 승상이 도적질에 능해 자기가 지은 것인 양 베껴 써놓고 그대를 속였을 뿐이외다."

장송이 전보다 더욱 크게 소리내어 웃으며 그런 엄청난 소리를 했다. 양수도 그건 너무하다 싶었던지 불끈하며 따지듯 물었다.

"이것은 승상께서 깊이 감추어두신 책으로 비록 쓰기는 마쳤으나 아직 세상에 내놓은 적이 없소. 그런데 촉에서는 어린아이들까지 줄줄 욀 수 있다니 그건 사람을 속여도 너무 지나친 게 아니오?"

"속이다니 그게 무슨 말씀입니까? 정히 믿지 않으신다면 내가 한 번 외워 보이지요."

장송이 그렇게 말하고 그 자리에서 『맹덕신서』를 외기 시작했다. 처음부터 끝까지 낭랑하게 외는데 단 한 자도 틀린 데가 없었다. 양수는 깜짝 놀랐다. 장송의 말대로 조조가 남의 글을 도둑질한 것은 아니라는 것쯤 양수도 짐작은 했지만, 한번 훑어본 책을 그대로 내리 욀 수 있는 그 엄청난 기억력에는 놀랄 수밖에 없었다.

"공은 한번 본 것은 결코 잊는 법이 없으니 참으로 천하의 기재(奇才)외다!"

양수는 그렇게 탄복하고 장송이 돌아가려 할 때 스스로 나서서 말했다.

"공은 잠시만 숙소에서 기다려주시오. 내가 다시 한번 승상께 말씀드려 공을 만나보게 하겠소이다."

이에 장송은 양수에게 감사하고 자신의 숙소로 돌아가 결과를 기다렸다.

양수는 곧 안으로 들어가 조조를 찾아보고 말했다.

"얼마 전에 승상께서는 어인 까닭으로 장송을 소홀히 대접하셨습니까?"

"말투가 공손하지 못해 일부러 그랬네."

조조가 아직도 언짢은 듯 얼굴을 찌푸리며 대답했다. 양수가 딱하다는 어조로 다시 물었다.

"승상께서는 예형(禰衡) 같은 사람도 용납하셔 놓고 어찌하여 장송은 용납하지 못하십니까?"

"예형은 문장이 세상에 널리 알려진 사람이라 내가 차마 죽이지 못했지만 장송이란 자는 무어 보아줄 만한 재주가 있어야지."

여전히 일없다는 표정으로 조조가 말했다.

"그렇지가 않습니다. 그 입은 흐르는 물 같고 말재주는 어디에도 막힘이 없었습니다. 제가 승상께서 지으신 『맹덕신서』를 보여주었더니 한번 훑어보고는 그대로 내리 외워 보이더군요. 그렇게 많이 알고 기억을 잘해내는 사람은 실로 세상에 드물 것입니다."

거기까지만 하고 그쳤어도 조조가 장송을 보는 눈은 많이 달라졌을 것이다. 그러나 글재주만 있지 세상 물정에는 어두운 양수라 장송이 한 소리를 모두 곧이곧대로 조조에게 말해버렸다.

"또 장송이 말하기를 그 책은 전국시대의 어느 이름 없는 선비가 쓴 것으로 촉에서는 어린아이들까지도 모두 훤히 알고 있다고 했습니다."

스스로의 두뇌가 남보다 뛰어남을 믿는 사람의 기분을 상하게 하는 데는 바로 그 자부심을 건드리는 것보다 더 효과적인 방법은 없다. 그런데 양수는 장송의 재주를 추켜세우는 데 바빠 바로 그런 조조의 자부심을 건드려버린 셈이었다.

"옛사람의 생각이 우연히 내 생각과 맞아떨어지는 수도 있지 않겠나?"

조조는 그렇게 얼버무렸지만 속으로는 심기가 몹시 상한 듯했다. 그 자리에서 자신이 쓴 책을 꺼내더니 갈가리 찢어 불살라버리게 했다. 그래도 양수는 눈치 없이 조조에게 권했다.

"그 사람을 다시 불러보시고 조정의 높은 기상을 느끼도록 해주십시오."

조조는 그런 양수의 권유를 마지못해 받아들이는 체했으나 그 목소리에는 이미 독기가 서려 있었다.

"내일 서쪽에 있는 교장(教場)에서 내가 군사를 점고하고 있을 테니 그대는 장송을 데리고 그리로 오도록 하라. 저에게 우리 군사들의 굳세고 씩씩한 모습을 보인 뒤 그 주인에게 돌아가 전하도록 해야 한다. 내가 곧 강남으로 내려가 서천을 차지하리라고."

하지만 양수는 조조가 그나마도 다시 장송을 보겠다고 하는 게 다행스러웠다. 자신이 아는 장송의 재주라면 얼마든지 조조의 마음을 사로잡을 수 있으리라 여겨 두말없이 조조의 명을 따랐다.

다음 날이었다. 양수는 장송을 데리고 서편에 있는 교장으로 갔다. 조조는 오만의 호위병을 그곳에 벌려 세우고 장송을 기다리고 있었다. 조조가 가장 아끼는 부대라 그런지 실로 그 위용은 보는 이를 놀라게 할 만했다.

장졸들의 갑옷은 번들거리고 그 안에 받쳐 입은 전포도 울긋불긋 찬란하기 그지없었다. 북소리 징소리에 하늘이 내려앉을 듯한데 창과 칼은 햇빛을 받아 번쩍이고 정기는 사방으로 줄을 지어 흩어지고 모이는 군사들을 따라 펄럭였다. 그 기세가 어찌나 대단한지 마치 사람과 말이 하늘로 치솟는 것 같았다.

장송은 찌푸린 눈으로 그런 호위병들을 바라보았다. 한참 뒤에 조조가 장송을 부르더니 벌려 선 군사들을 손가락질하며 물었다.

"그대의 서천에서도 일찍이 이 같은 영웅들을 보았는가?"

어느 정도 장송의 기가 질렸으리라 믿어 물은 것이지만 조조의 잘못된 생각이었다. 장송은 곁에서 듣는 사람이 민망할 만큼 차갑게 대꾸했다.

"우리 촉에서는 일찍이 이처럼 대단한 군사를 본 적이 없습니다. 다만 인의로 백성을 다스리는 걸 보아왔을 뿐입니다."

그 말에 조조는 낯빛이 싹 변했다. 그러나 장송은 조금도 두려워하는 빛이 없었다. 급해진 양수가 눈짓으로 장송을 말려 더는 조조의 심기를 건드리지 못하게 했지만 소용없는 일이었다.

서천은 절로 다가오고   51

"나는 천하의 쥐새끼 같은 무리들을 풀이나 지푸라기쯤으로도 안 본다. 나의 대군이 이르면 싸워서 이기지 않음이 없고 쳐서 빼앗지 못함이 없었다. 나를 따르는 자는 살고 나를 거스르는 자는 죽게 됨을 그대는 알고 있는가?"

장송의 말에 기분이 상할 대로 상한 조조가 위협하듯 그렇게 물었을 때였다. 장송은 양수의 눈짓도 못 본 체하고 오히려 빈정거림까지 섞어 맞받았다.

"승상께서 군사를 몰아 이르신 곳마다 싸우면 반드시 이기시고 치면 반드시 빼앗으신 것은 저도 잘 압니다. 지난날 복양에서 여포를 치실 때며, 완성에서 장수(張繡)와 싸우실 때며, 적벽에서 주유(周瑜)와 부딪치셨을 때며, 화용도에서 관우를 만나셨을 때, 그리고 동관에서 수염을 자르고 입은 옷을 벗어 던지실 때와 배를 뺏어 타고 화살을 피하며 위수를 건너실 때가 그렇습니다. 이는 모두 하늘 아래 승상께 맞설 자가 없음을 보이는 게 아니겠습니까?"

늘어놓는 게 모두 조조가 가장 참담하게 진 싸움들이고 보니 조조도 더는 참을 수가 없었다.

"더벅머리 선비 놈이 어찌 감히 나의 아픈 곳만 건드리느냐!"

크게 노한 조조가 그렇게 장송을 꾸짖은 뒤 좌우를 돌아보며 소리쳤다.

"무엇들 하는가? 어서 저놈을 끌어내다 목을 베어버려라!"

놀란 양수가 나서서 조조를 말렸다.

"장송의 죄는 죽어 마땅하나 그는 멀리 촉으로부터 조공을 바치러 들어온 사람입니다. 장송을 죽이셨다가 멀리 있는 그곳 백성들의 인심을 잃게 될까 두렵습니다."

그래도 조조는 성난 기색을 풀지 않은 채 장송을 목 벨 것만 재촉할 뿐이었다. 순욱이 다시 양수의 편을 들었다.

"양덕조(楊德祖)의 말이 옳습니다. 사신을 목 베어 서천 사람들의 원망을 사서는 아니 됩니다."

그제서야 조조가 영을 바꾸었다.

"저 더벅머리 선비 놈의 버러지 같은 목숨을 붙여줘라. 하지만 몽둥이질로 저놈의 요망한 입을 다스린 뒤에 내쫓아야 한다!"

그 순간이 바로 스스로 다가온 천하의 삼 분의 일을 몽둥이질해 내쫓는 순간이라는 것을 조조는 전혀 모르고 있었다.

조조에게 흠씬 두들겨맞고 그날 밤으로 허도를 나선 장송은 서천으로 돌아가는 길을 잡았다. 그러나 아무래도 그냥 돌아갈 수는 없어 발길을 멈추고 가만히 생각했다.

'나는 원래 서천의 주와 현을 모두 조조에게 바치려고 왔건만, 조조가 이렇게 사람을 함부로 대할 줄 누가 알았으랴. 내가 올 때 유장 앞에서 그렇게 큰소리를 쳤으니 아무 얻은 것 없이 이대로 돌아가면 틀림없이 서천 사람들의 비웃음을 사게 될 것이다. 내가 듣기로 형주의 유현덕은 인의로 널리 세상에 알려진 사람이라 하니, 차라리 그쪽을 거쳐 돌아가는 길을 잡아보는 게 낫겠다. 가다가 유현덕을 만나 그가 어떤 사람인지 살펴보기나 하자. 그를 만나보면 그다음에 내가 할 일도 절로 가늠이 설 것이다.'

그리고 말 머리를 돌려 형주로 향했다.

장송이 그 종자들과 함께 형주 땅으로 가다가 영주 초입에 이르렀을 때였다. 문득 한 떼의 인마가 맞은편에서 달려오는데 줄잡아 오백 기는 넘어 보였다. 앞선 장수가 가벼운 차림으로 말을 달려와 공손하게 물었다.

"오시는 분은 익주의 장별가(張別駕)가 아니십니까?"

"그렇소이다."

차림이나 말투로 보아 자신을 해치러 온 것 같지는 않아 장송이 바로 대답했다. 그러자 그 장수가 황망히 말에서 내리더니 더욱 목소리를 부드럽게 하여 스스로를 밝혔다.

"조운이 군사들과 더불어 이곳에서 기다린 지 오래되었습니다."

그 말에 장송도 얼른 말에서 내려 답례를 하며 물었다.

"그렇다면 바로 그 상산의 조자룡 장군이 아니시오?"

"그렇습니다. 주공 유현덕의 명을 받들어 먼 길을 가시는 대부를 마중 나왔습니다. 잠시 말을 쉬게 하시고 우리 주공께서 특히 저를 시켜 보내신 술과 드실 것을 거두어주십시오."

조운이 그렇게 말하고 뒤를 돌아보자 따라온 군사들이 장송 앞에 엎드려 술과 고기를 올렸다. 장송은 속으로 은근히 놀랐다.

'사람들이 말하기를 유현덕은 너그럽고 어질며 나그네를 잘 대접한다더니 정말 그렇구나!'

그러고는 기꺼이 보내온 음식을 받은 뒤 조운과 더불어 술잔까지 나누었다.

조운은 그 뜻밖의 마중을 유비의 덕으로 돌렸으나 실은 모든 것이 제갈공명의 솜씨였다. 진작부터 허도에 심어둔 세작들을 통해 장송이 당한 일을 듣고 그같이 안배를 해둔 터였다.

장송이 조운과 술 몇 잔을 나눈 뒤 말 머리를 나란히 하고 형주 땅으로 들어서니 어느새 날이 저물고 있었다. 앞에 한 역관이 보이는데 문 밖에 백여 명의 사람이 두 손을 모은 채 서서 기다리다가 북을 치며 장송을 맞아들였다.

　한 장수가 말 앞에 나타나 예를 표하며 말했다.

　"형님의 명을 받들어 이 관아무개가 마당을 쓸고 술을 마련해 기다린 지 오래됩니다. 아무쪼록 대부께서는 먼 길을 오시느라 더께 앉은 먼지를 털어버리시고 이곳에서 하룻밤 편히 쉬도록 하십시오."

　장송은 더욱 감격했다. 얼른 말에서 내려 답례를 한 뒤 관우, 조운과 더불어 역관 안으로 들어갔다.

　세 사람이 자리를 잡고 앉기 바쁘게 술과 밥이 들어왔다. 한눈에 정성을 다해 마련한 것임을 알 수 있을 만큼 정갈하면서도 푸짐한 상차림이었다. 거기다가 조조에게 모진 매까지 맞고 쫓겨난 장송이고 보니 그 환대가 어느 때보다 돋보이지 않을 수 없었다. 장송은 관우와 조운이 번갈아 권하는 술잔을 흥겹게 받다가 밤이 깊어서야 잠자리에 들었다.

　다음 날 장송은 일찍 아침상을 물리고 말에 올랐다. 관우와 조운이 오백여 기와 더불어 장송을 호위하듯 뒤따랐다. 그런데 겨우 사오 리나 갔을까, 다시 한 떼의 인마가 맞은편에서 달려오는 게 보였다. 유비가 엎드린 용[伏龍]이라는 제갈량과 새끼 봉[鳳雛]이라는 방통을 데리고 몸소 장송을 맞으러 달려 나온 것이었다.

　유비는 장송을 알아보자 먼저 말에서 내려 장송이 다가오기를 기다렸다. 그가 유비라는 것을 알아본 장송도 황망히 말에서 내려 유비 앞으로 나아갔다.

"오래전부터 대부의 높으신 이름은 우렛소리처럼 들어왔습니다만 한스럽게도 구름 낀 산이 첩첩이 막혀 있어 가르침을 들을 길이 없었습니다. 다행히 이번에 이곳을 지나 돌아가신다는 말을 들었기로 이렇게 나와 맞을 수 있게 되었습니다. 이 몸이 어리석다 버리시지 않으신다면 비록 보잘것없는 고을이나 잠시 이곳에 쉬어 가시는 게 어떻겠습니까? 덕분에 오랜 우러름과 사모함에서 온 제 마음속의 목마름을 풀 수 있다면 그보다 더한 다행이 없겠습니다."

서로 예가 끝난 뒤 유비가 청했다. 조조와는 하늘과 땅의 차이만큼이나 다른 정중함이었다. 감격한 장송은 기꺼이 유비의 청을 받아들였다. 곧 말에 올라 유비와 말고삐를 나란히 하고 형주성 안으로 들어갔다.

부중에 이른 뒤에도 유비의 정중함과 은근함은 한결같았다. 장송을 당(堂) 위로 불러앉히고 잔치를 열어 정성껏 대접했다.

술잔이 오간 지 한참이 지났으나 유비는 한가로운 얘기만 늘어놓을 뿐 서천에 관한 일은 입 끝에도 올리지 않았다. 유비의 환대가 서천 때문이라 짐작하고 있던 장송 쪽이 오히려 은근한 조바심이 일지경이었다.

"지금 황숙께서 다스리는 형주는 몇 군이나 됩니까?"

기다리다 못한 장송이 다른 얘기 끝에 슬쩍 통겨보았다. 곁에 있던 공명이 어두운 얼굴로 유비를 대신해 그 말을 받았다.

"형주는 동오로부터 잠시 빌려 쓰고 있는 땅일 뿐입니다. 그것도 동오에서는 걸핏하면 사람을 보내 내놓으라고 야단이지요. 다행히 우리 주공께서 손씨가(孫氏家)의 사위인 까닭에 그럭저럭 버텨 이렇게 몸을 담고 있는 것입니다."

"동오는 여섯 군, 여든한 고을을 차지하여 백성들은 억세고 나라는 넉넉하건만 그래도 만족할 줄 모른단 말씀입니까?"

장송이 담박 의기가 동해 자신도 모르게 목소리를 돋우었다. 이번에는 방통이 나서서 대꾸했다.

"우리 주공은 한 왕실의 황숙이시건만 오히려 한 조각 땅도 차지하지 못하고 다른 자들은 모두 한을 좀먹는 도적들이건만 힘으로 넓은 땅들을 차지하고 있소이다. 무얼 좀 아는 사람이면 마땅히 불평을 품을 만한 일이 아니겠습니까?"

그제서야 유비가 그 얘기에 끼어들었다.

"두 분께서는 더 말씀 마시오. 내게 무슨 덕이 있다고 이보다 더 많은 것을 바라겠소?"

마치 땅을 차지하는 다툼에는 조금도 관심이 없다는 투였다. 오히려 그 말을 받는 장송이 더 열을 내었다.

"그렇지 않습니다. 명공께서는 한실의 집안 어른이시요 인의로 안팎에 널리 알려진 분이십니다. 주나 군을 차지하시는 것은 말할 것도 없고, 나아가 대통(大統)을 이어 천자의 자리에 앉으셔도 분에 넘치는 일은 되지 않을 것입니다."

실로 엄청난 소리였으나 그래도 유비는 작은 흔들림조차 보이지 않았다. 다만 겸손하게 두 손을 모으며 자신을 크게 보아주는 장송에게 감사할 뿐이었다.

"공의 말씀은 너무도 지나치시오. 이 비가 어찌 그런 말씀을 감당할 수 있겠소?"

그리고 그로부터 사흘이나 장송을 위해 잔치를 베풀면서도 서천
의 일은 두 번 다시 꺼내지 않았다.

이윽고 장송이 떠나는 날이 되었다. 유비는 십리 밖 정자에다 다
시 크게 잔치를 벌여 떠나는 장송에게 마지막 정을 나타냈다.

"고맙게도 대부께서 버리시지 않고 사흘이나 머물러주시어 많은
가르침을 받았소이다. 이제 헤어지면 언제 다시 만나 높으신 가르침
을 듣게 될는지…….'

유비가 술을 가득 부은 잔을 장송에게 권하며 그렇게 말끝을 흐
렸다. 그리고 이내 주르르 눈물을 쏟는 것이 그냥 해보는 소리 같지
는 않았다. 장송은 또 한 번 감격했다.

'현덕이 이토록 너그럽고 어질며 또 선비를 사랑할 줄 아니 어찌
그냥 버리고 갈 수 있겠는가? 차라리 이 사람을 달래 서천을 차지하
도록 만들어야겠다.'

속으로 그렇게 생각한 뒤 유비에게 말했다.

"저 역시 아침저녁으로 황숙을 뒤따르며 모시고 싶으나 한스럽게
도 가까운 날에는 어려울 것 같습니다. 다만 떠나기 전에 한 말씀 올
리려 하니 부디 어리석다 물리치지 마시고 마음에 새겨들어주십시
오. 제가 보니 형주는 동쪽으로는 손권이 호랑이처럼 웅크리고 있고
북쪽으로 조조가 또한 고래처럼 버티고 앉아 삼키려고 노리는 땅입
니다. 아무래도 오래 매달려 있을 만한 곳이 못 됩니다."

"나도 그런 줄은 진작부터 알고 있으나 발자취를 옮겨 디딜 만한
땅이 없으니 어찌하겠소?"

유비가 한숨 섞어 반문했다. 이미 제갈량이 융중에서 나올 때부터 자신의 앞날은 오직 서천 땅에 달려 있다는 걸 잘 알고 있는 유비이고 보면 그 같은 반문은 이미 의뭉스러움을 지나 음흉함에 가까웠다. 그러나 유비에게 흠뻑 반해버린 장송에게는 갈 곳 없는 유비의 처지가 안타깝기만 했다. 끝내 유비는 한마디도 그 일을 말하기 전에 장송 스스로가 먼저 유비에게 서천을 칠 것을 권했다.

"익주는 지형이 험해 지키기 좋으면서도 안으로는 기름진 들이 천리에 뻗어 있어 백성들은 살기 좋고 나라의 살림도 넉넉합니다. 거기다가 또 그 땅의 배움 많고 재주 있는 선비들도 황숙의 덕을 사모해온 지 오래됩니다. 만약 명공께서 형주와 양주의 군사를 이끌고 서쪽으로 몰아오신다면 패업을 이룰 수 있을 뿐만 아니라 한실도 다시 일으키실 수 있을 것입니다."

그래도 유비는 여전히 의뭉을 떨었다.

"그런 큰일을 이 비가 어찌 감당할 수 있겠소? 익주목 유장 또한 한실의 종친으로서 촉 땅에 은덕을 베푼 지 오래이니 다른 사람이 그곳을 흔들리게 할 수는 없을 것이오."

"제가 주인을 팔아 영달을 구하는 것은 아니나 이제 명공을 만났으니 하는 수 없이 마음속을 털어놓아야겠습니다. 유장이 비록 익주의 주인이라고는 해도 생각이 밝지 못하고 마음이 약해 어진 이를 뽑아 쓸 줄 모르고 재주 있는 이도 부릴 줄 모릅니다. 거기다가 장로가 북쪽에 자리 잡고 앉아 이제 침범할 뜻을 드러내니 그곳 백성들의 인심은 이리저리 흩어져 밝은 주인을 얻기만 기다리고 있습니다. 제가 이번에 길을 나선 것도 실은 조조에게 항복하여 서천의 평안을 얻고자 함이었지요. 그런데 뜻밖에도 그 역적 놈이 오만방자하여 어진 이를 깔보고 선비를 우습게 알기에 특히 명공을 찾아뵈러 온 것입니다. 명공께서는 먼저 서천을 차지하여 기틀을 삼으신 뒤 북쪽으로 한중을 빼앗고 이어 중원을 거두어들이신다면 기울어진 조정을 바로잡으심과 아울러 청사(靑史)에 길이 크신 이름을 드리우실 수가 있을 것입니다.

어떻습니까? 명공께서 정말로 서천을 차지할 뜻이 있으시다면 저는 개나 말이 그 주인을 위해 수고로움을 마다 않듯 힘을 다해 안에서 호응하겠습니다.”

유비의 미지근한 대꾸에 장송이 더 몸이 달아 있는 대로 속을 다 드러내 보였다. 그러나 유비는 조금도 서두르는 기색 없이 자신에게 꼬리표처럼 붙어다니는 인의까지 챙겼다.

“그대의 두터운 정은 매우 고마우나 유장은 나와 같은 종친이니 어찌하겠소? 내가 만약 그를 친다면 세상 사람들이 모두 나를 침 뱉고 욕할 것이오.”

“대장부가 세상을 삶에 있어 공을 세우고 대업을 이루고자 함에는 말을 채찍질해 남보다 앞서는 길이 있을 뿐입니다. 만약 이번에 서천을 차지하시지 않아 그 땅이 다른 사람에게 넘어가버린다면 그때는 후회해도 이미 늦을 것입니다.”

장송이 한층 열을 올려 유비가 그로부터 듣고 싶어 하던 말을 해주었다. 대의와 명분까지도 장송에게서 얻어낸 뒤에야 비로소 유비는 진작부터 궁금하던 것을 물었다.

“내가 들으니 촉으로 가는 길은 험하고 거칠 뿐만 아니라 수많은 산과 강이 가로놓여 있다 했소. 비록 그 땅을 쳐서 빼앗을 생각이 있다 해도 무슨 좋은 계책이 있어 험하고 거친 땅으로 들어갈 수 있겠소?"

그러자 장송은 소매 속에서 지도 한 장을 꺼내 유비에게 건네주며 말했다.

"명공께서 베푸신 따사로운 정에 보답하고자 이걸 드리겠습니다. 훑어보시면 촉으로 가는 길은 대강 아실 수 있을 것입니다."

진작부터 망설이면서 소매 안에 만지작거리던 물건이었다. 만약 유비가 한 범용한 군벌로서 처음부터 자신의 야망을 위해 서천을 탐내고 있음을 장송에게 보였더라면, 장송은 그 지도를 찢어 없앨지언정 제 손으로 받쳐올리지는 않았을 것이다. 유비는 애써 기쁜 빛을 감추고 장송이 준 지도를 펴서 찬찬히 살폈다. 지도에는 촉으로 들어가는 길은 말할 것도 없고 가깝고 멂으며 넓고 좁은 데다 산과 물이 험한 곳과 군사를 부림에 있어서 요지인 곳, 그리고 곳곳의 성읍에 있는 곡식과 돈이며 지키는 장수의 이름과 군사들의 머릿수까지 하나하나 모두 적혀 있었다.

"명공께서는 되도록이면 빨리 일을 시작하십시오. 제게 뜻을 함께하는 벗으로 법정(法正)과 맹달(孟達) 두 사람이 있는데 그들도 반드시 명공을 도울 것입니다. 제가 돌아가면 먼저 그들을 보낼 테니 명공께서는 그 두 사람이 형주로 오거든 마음을 터놓고 함께 앞일을 의논하도록 하십시오."

무엇에 내몰린 듯 장송이 아직도 말없이 지도만 들여다보고 있는 유비에게 재촉하듯 말했다. 그제서야 유비도 두 손을 모으며 고마움의 뜻을 나타냈다.

"푸른 산은 늙지 않고 맑은 물은 길이 흐를 것이외다. 뒷날 일이 뜻대로 이뤄지면 반드시 이 큰 가르침에 두터운 보답을 하겠소."

상대편이 감동되어 자신이 필요로 하는 것을 그 편에서 스스로 바치게 만드는 것, 보기에 따라서는 음험한 계략 같기도 하지만 유비에게는 어쩌면 타고난 인품 같은 것인지도 모를 일이었다. 장송이 펄쩍 뛰며 손을 저었다.

"이 송(松)은 밝은 주인을 만나 기쁨을 이기지 못해 알고 있는 바를 모조리 말씀드렸을 뿐입니다. 어찌 뒷날의 보답을 바라 그리했겠습니까?"

그러고는 서둘러 작별을 고했다. 제갈공명은 운장에게 군사를 이끌고 장송을 호위하게 했다. 유비를 위해 장송이 그 누구보다 소중함을 잘 아는 운장은 한낱 부장이나 해야 할 일임에도 불구하고 두말 없이 장송을 호위하여 수십 리 밖까지 바래다주고서야 돌아왔다.

익주로 돌아간 장송은 먼저 가까운 벗인 법정부터 찾았다. 법정은 자를 효직(孝直)이라 하며 우부풍군 사람이었다. 일찍이 어진 선비로 우러름을 받던 법진(法眞)의 아들인데, 그 또한 재주와 지식으로 널리 이름을 얻고 있었다.

장송은 그 법정을 보고 말했다.

"조조는 어진 이를 가볍게 보고 선비를 함부로 대접하니 걱정은 같이 나눌 수 있어도 즐거움은 함께할 수 없는 사람일세. 하지만 유황숙은 그와 달라 나는 이미 그분께 익주를 바치기로 했네. 그 때문에 자네와 함께 의논하고자 왔는데 자네 생각은 어떤가?"

62

"나도 유장이 무능함을 보고 마음속으로는 유황숙을 생각해온 지 오래일세. 우리 두 사람이 모두 한마음이니 새삼 의논할 게 무엇 있 겠나?"

법정이 선뜻 그렇게 대답했다. 장송뿐만 아니라 법정까지도 원래 의 주인에게서 충성을 거둔 지 오래였던 듯했다. 뜻이 같음을 안 두 사람은 곧 구체적으로 유비를 위해 해야 할 일들을 상의하기 시작했 다. 그런데 얼마 되지 않아 맹달이란 사람이 법정을 보러 왔다.

맹달은 자를 자경(子慶)이라 쓰는데 법정과는 한 고향 사람이었 다. 언제나 그러했듯 스스럼없이 방문을 열고 들어서다가 장송과 법 정이 남 몰래 무슨 얘기를 주고받는 걸 보았다.

"나는 이미 자네들 두 사람의 마음속을 알고 있네. 자네들은 우리 익주를 남에게 갖다 바치려는 게 아닌가?"

맹달이 불쑥 큰 소리로 꾸짖듯 말했다. 두 사람은 깜짝 놀랐다. 아 직 맹달의 속을 모르는 장송이 달래듯 말했다.

"실인즉 그러네. 자네도 알겠지만 이미 유계옥은 글렀으니 누구에 겐가 이 땅을 맡겨야 백성들이 보존되지 않겠나? 그러지 말고 우리 와 함께 훌륭한 주인을 찾아 이 땅을 바치도록 하세."

그러자 맹달은 별로 망설이지 않고 대꾸했다.

"유현덕이 아니면 이 땅을 바칠 수 없을 것이네. 도대체 자네들은 누구를 생각하고 있나?"

"바로 자네와 같네!"

법정과 장송이 가슴을 쓸며 한꺼번에 대답했다. 그동안 서로 말은 안했어도 세 사람이 마음속에 감추고 있던 생각은 결국 같았다. 이에 세 사람은 손뼉을 치며 큰 소리로 웃고 다시 의논에 들어갔다.

"자네는 내일 유장을 보러 가야 하지 않는가? 그래 어떻게 일을 해나갈 셈인가?"

법정이 그렇게 묻자 장송은 미리 생각해두었던 대로 대답했다.

"나는 자네들 두 사람을 유황숙께 보낼 사신으로 천거하겠네. 그대들은 형주로 가서 유황숙 밑에 있으면서 나와 손발을 맞추도록 하세."

"알겠네. 그리만 되면 일은 한결 수월해지겠지."

법정과 맹달은 두말 없이 장송의 뜻을 따랐다.

법정과 맹달은 원래 서천 사람들이 아니었으나, 기근을 피해 그곳으로 옮겨 산 뒤로 오래 유장을 섬겨온 터였다. 벼슬은 그리 높지 않아도 유장이 믿고 기대는 그들까지 그 모양이니 이미 유장의 서촉은 무너지기만을 기다리는 집이나 다름없었다. 그러나 유비 쪽에서 보면 서촉은 부르기도 전에 절로 다가온 땅이었다.

서쪽으로 뻗는 왕기

다음 날이 되었다. 장송은 아무 일도 없었던 듯한 얼굴로 유장을 보러 들어갔다. 속을 졸이며 기다리던 유장은 장송을 보자마자 물었다.

"갔던 일은 어찌 되었는가?"

"조조는 한실의 역적으로 천하를 뺏으려고 꿈꾸는 자라 더불어 말할 위인이 못 됐습니다. 그는 이미 우리 서천을 뺏을 마음을 먹은 지 오래된 것 같았습니다."

장송은 조조에게 당한 욕을 분풀이하려는 듯 한껏 헐뜯어 말했다. 조조에게 한 가닥 희망을 걸고 있던 유장은 그 말에 금세 얼굴이 흐려지며 거듭 물었다.

"그렇다면 이제 어찌해야 되겠나?"

"주공께서는 너무 걱정하지 마십시오. 제게 한 가지 계책이 있어 장로와 조조가 우리 서천을 가볍게 침범하지 못하게 할 수 있습니다."

"그게 무슨 계책인가?"

조조를 만나러 가기 전에도 장송이 그런 큰소리를 친 적이 있어 못 미더운지 유장이 살피는 눈으로 장송을 보았다. 장송은 짐짓 씩 씩한 어조로 유장을 안심시켰다.

"형주에 있는 유황숙은 주공과 같은 종친일 뿐만 아니라 사람됨 이 어질고 너그러워 장자(長者)의 풍도가 있었습니다. 적벽의 싸움 뒤로 조조도 그의 이름을 들으면 간담이 서늘해진다는데, 하물며 장 로이겠습니까? 주공께서는 유황숙께 사신을 보내 화친을 맺으시고, 그분으로 하여금 밖에서 우리를 돕게 만드십시오. 조조와 장로가 한 덩어리로 뭉쳐서 밀려온다 해도 넉넉히 막아낼 수 있을 것입니다."

그 말을 들은 유장의 얼굴이 좀 밝아졌다. 한참을 생각하는 듯하 더니 다시 물었다.

"나도 또한 마음속으로는 그리 생각한 지 오래되네. 그런데 사자 로는 누구를 보냈으면 좋겠는가?"

"법정과 맹달이 아니면 이 일을 해내기 어려울 것입니다. 그 두 사람을 보내도록 하십시오."

장송이 미리 생각해둔 대로 그렇게 대답했다. 유장은 그리 생각이 깊지 않은 사람이라 좌우를 한번 둘러보지도 않고 법정과 맹달을 불 러들이게 했다.

"법정은 형주로 가서 내가 써준 글 한 통을 유황숙께 전하고 우리 를 도와 서천을 지켜주기를 청하라. 또 맹달은 골라 뽑은 군사 오천을 이끌고 가서 서천으로 들어오는 유현덕을 맞아들이도록 하라. 우리를 위해 싸워줄 사람이니 조금이라도 소홀히 대접해서는 아니 된다!"

벌써 유비와 한편으로 굳게 맺어진 사이 같은 말이었다. 그때 한 사람이 얼굴에 비 오듯 땀을 흘리며 방 안으로 뛰어들어와 소리쳤다.

"잠깐만 기다려주십시오. 주공께서 장송의 말을 들으시다가는 우리 서천의 마흔한 고을이 모조리 남의 손에 들어가고 말 것입니다!"

장송이 깜짝 놀라 그 사람을 보니 주부 일을 보는 황권(黃權)이었다. 황권은 서랑 중파 땅 사람으로 자는 공형(公衡)이라 썼는데 생각이 깊고 충직스러웠다.

"현덕은 나와 종친이라 서로 힘을 합쳐 이 땅을 지키려는데 그대는 무슨 까닭으로 그런 소리를 하는가?"

유장이 어리둥절해 물었다. 황권이 알아들을 만큼 유장에게 일러주었다.

"저도 유비가 사람을 너그럽게 대한다는 것을 잘 알고 있습니다. 그러나 또한 유비는 부드러움으로 굳셈을 꺾는 사람이니 그를 당해낼 영웅이 없다 할 수 있습니다. 멀리 있는 사람에게서는 그 마음을 얻고, 가까이 있는 백성들로부터는 그 기대를 모아들일 뿐만 아니라 부리는 이들 또한 만만치 않습니다. 지모 있기로는 제갈량과 방통이요, 용맹으로는 관우, 장비, 조운, 황충, 위연 같은 장수들이 날개처럼 벌려 섰습니다. 그런 유비를 촉으로 불러 어떻게 하시렵니까? 아랫사람으로 부리려 하신다면 그가 몸을 굽혀 섬기지 않을 것이요, 손님으로 대접한다면 한 나라에 두 주인이 있는 셈이 됩니다. 몸을 굽히려 들지 않는 사람을 부릴 수는 없으며, 또 한 나라에서 두 주인이 있을 수도 없으니 부디 저의 말을 들어주십시오. 이제 제 말을 들으시면 우리 서촉은 태산처럼 흔들림이 없을 것이요, 듣지 않으시면 주공께서는 달걀을 쌓아둔 것처럼 위태롭게 되실 것입니다.”

“그건 무슨 뜻인가?”

듣고 있던 유장이 아직도 잘 모르겠다는 얼굴로 물었다.

“장송은 허도에서 돌아오는 길에 형주를 들렀으니 반드시 유비와 무슨 일을 꾸며놓고 왔을 것입니다. 먼저 장송을 목 베시고 이어 유비와 관련을 끊는다면 우리 서천은 바위 위에 선 것처럼 든든할 것입니다.”

황권이 거침없이 말했다. 그래도 유장은 그 말이 얼른 받아들여지지 않았다. 오히려 떨떠름한 낯빛을 지으며 황권의 말을 받았다.

“조조나 장로가 쳐들어오면 그때는 어떻게 막는가?”

“변경을 막고 서촉으로 드는 길을 끊은 뒤에 성마다 도랑을 깊이 파고 성벽을 높이게 하십시오. 그런 다음 굳게 지키면서 기다리면 적은 절로 물러갈 것입니다.”

황권이 옳은 소리를 했으나 유장은 여전히 떨떠름한 낯빛을 고치지 않았다.

“적이 우리 경계 안으로 쳐들어오는 것은 눈썹에 불이 붙은 것만큼이나 다급한 일이다. 그런데 가만히 엎드려 때를 기다리자는 것이 어찌 좋은 계책이라 하겠는가?”

그러고는 황권의 말을 따르지 않았다. 법정이 가슴을 쓸어내리며 형주로 떠날 채비를 위해 유장 앞을 물러나려는데 다시 한 사람이

가로막으며 소리쳤다.

"아니 되오! 법정을 보내서는 아니 되오이다."

유장이 보니 종사관으로 있는 왕루(王累)였다. 왕루가 별로 달갑 잖은 눈길로 내려보는 유장 앞으로 나와 머리를 조아리며 말했다.

"오늘 주공께서 장송의 말을 따르심은 스스로 화를 불러들이는 것과 같습니다."

"그렇지 않다. 나는 유현덕과 힘을 합쳐 장로를 막으려는 것이다."

유장이 뻔한 소리로 왕루의 입을 막으려 했다. 왕루가 한층 목소 리를 높였다.

"장로가 우리 땅을 침범하는 것은 옴이나 버짐 같은 하찮은 병에 견줄 수 있습니다. 하지만 유비가 서천으로 들어오는 것은 가슴이나 염통이 썩는 큰 병과 다름없습니다. 더구나 유비는 세상이 다 아는 효웅으로 처음에는 조조를 섬기다가 금세 그를 해칠 마음이 들어 손 권을 따랐고 이번에는 또 손권에게서 형주를 빼앗았습니다. 그의 마 음 씀이 그처럼 고약한데 어찌 그와 함께 계실 작정이십니까? 만약 이번에 유비를 불러들이신다면 우리 서천은 이만 끝장을 보고 말 것 입니다!"

그 말에 장송은 다시 가슴이 뜨끔했으나 고맙게도 유장이 대신 나서 왕루를 꾸짖어주었다.

"시끄럽다. 더는 어지러운 소리 하지 마라! 현덕은 나와 피를 같 이한 종친인데 어찌 나의 기업을 빼앗겠느냐?"

그리고 황권과 왕루를 모두 끌어내게 한 뒤 법정에게 떠나기를 재촉했다.

익주를 떠난 법정은 빠른 길을 골라 형주로 갔다. 유비를 만나보고 엎드려 절한 뒤 유장이 보낸 편지를 바치는데 유비가 뜯어보니 이러했다.

'집안의 아우 되는 유장은 현덕 형님께 두 번 절하며 이 글을 올립니다. 우레 같은 이름을 엎드려 사모한 지 오래나 촉 땅의 길이 험하고 거칠어 예물을 갖추지 못했으니 실로 두렵고 부끄럽기 그지없습니다.

제가 듣기로 길흉 간에 서로 구해주고 걱정과 어려움이 있을 때 서로 돕는 것은 벗 사이에도 당연한 일이라 하거늘, 하물며 같은 피를 나눈 족친 간이겠습니까? 지금 장로는 북쪽에서 군사를 일으켜 아침저녁으로 제 땅을 침범하니 이 마음이 몹시 불안합니다. 이제 한 자투리 글을 올려 감히 들어주시기 바라오니 부디 같은 종친의 정과 형제의 의를 저버리지 마시고 도와주십시오. 대군을 일으켜 미친 도적들을 쳐 없애시고 저희와 더불어 입술과 이처럼 서로 돕고 의지하게 되면 그 또한 뜻 있는 일이 아니겠습니까? 글로는 이 간곡한 뜻을 다 전할 수 없으니 다만 기다리는 것은 형님께서 하루바삐 군사를 실은 말과 수레를 이끌고 이곳으로 오시는 일뿐입니다.'

그 글을 읽은 유비는 몹시 기뻤다. 이제는 같은 종친의 땅을 힘으로 빼앗았다는 말을 듣지 않게 될 구실이 생겼을 뿐만 아니라 그 싸움에 허비될 군사와 재물도 크게 줄일 수 있게 된 까닭이었다. 이에 유비는 융숭한 잔치를 벌여 법정을 대접하고 장송에 못지않게 은근한 정을 보였다. 법정도 이미 들은 말이 있는지라 별로 몸을 사리지 않고 유비가 권하는 잔을 받았다.

술이 몇 순배 돈 뒤였다. 유비는 문득 곁에 있던 사람들을 모두 물러가게 하고 법정에게 나직이 말했다.

"효직(孝直)의 높은 이름을 우러른 지 오래인 데다 얼마 전에는 또 장(張)별가에게서 공의 깊은 덕을 기리는 말을 많이 들었소. 이제 공을 바로 앞에 두고 가르침을 받게 되었으니 내 평생의 큰 자랑거리가 되겠소이다."

"구석진 촉 땅의 한낱 작은 벼슬아치가 어찌 그 말씀을 감당해낼 수 있겠습니까만, 제가 듣기로 말은 백낙(伯樂, 전국시대에 말을 잘 다루던 사람)을 만나야 소리내어 울고 사람은 자기를 알아주는 이를 만나야 그를 위해 죽는다 했습니다. 지난날 장별가가 드린 말씀 아직도 마음에 새겨두고 계십니까?"

법정이 자신을 높게 보아주는 데 대한 고마움을 나타냄과 아울러 물었다. 유비가 낯빛을 어둡게 하여 탄식처럼 말했다.

"이 비는 언제나 남의 땅에 빌붙어 지내는 몸이라 생각하면 서글프고 절로 한탄이 날 지경이외다. 뱁새도 깃들일 나뭇가지가 있고 토끼도 세 갈래 굴을 마련해둔다는데 하물며 사람이겠소? 거기다가 촉은 물자가 넉넉한 땅이니 차지하고 싶은 마음이 어찌 없겠소이까? 그러나 유계옥은 이 비와 같은 종친이어서 차마 빼앗지 못하고 있는 것이오."

"익주는 하늘이 내린 땅이라 할 만하나 어지러움을 다스려낼 만한 주인이 아니면 차지하고 있기 어렵습니다. 지금 유계옥은 어진 이를 제대로 부려 쓸 줄 모르니 머지않아 그 땅은 남의 손에 들어가고 말 것입니다. 거기다가 오늘 제가 들고 온 일은 그 스스로가 익주를 들어 장군께 바치는 것과 다름없는 것입니다. 부디 그르침이 없도록 하십시오. 토끼는 먼저 잡는 사람이 임자란 말도 들어보지 못하셨습니까? 만약 장군께서 그 땅을 얻으시고자 한다면 저는 죽음을 마다 않고 장군을 돕겠습니다."

그래도 유비는 장송을 만났을 때와 마찬가지로 얼른 마음을 드러내지 않았다.

"그 일은 천천히 의논해보도록 하겠습니다."

그러고는 다시 사람들을 불러들여 술잔을 돌리게 했다.

그날 술자리가 끝난 뒤였다. 공명이 몸소 법정을 그가 묵을 방까지 바래다주고 돌아오니 유비가 홀로 앉아 깊은 생각에 잠겨 있었다. 법정이 한 말을 되씹으며 결단을 내리지 못해 애쓰는 것 같은 모습이었다. 보다 못한 방통이 나서서 말했다.

"일을 당해 결단을 내려야 할 때 결단을 내리지 못하면 그는 어리석은 사람입니다. 주공께서는 높은 안목과 밝은 헤아림을 갖추셨으면서 어찌 이리도 망설임이 많으십니까?"

"공이 보기에는 이제 어떻게 했으면 좋겠소?"

유비가 가만히 물었다. 정말로 어떻게 해야 할지를 모르는 사람 같았다. 이미 여러 사람 입에서 나온 소리를 방통이 다시 한번 더 되뇌었다.

"형주는 동쪽으로 손권이 있고 북쪽으로는 조조가 있어 뜻을 펼쳐 보기에는 어려운 땅입니다. 이에 비해 익주는 호구가 백만에 땅은 넓고 물자는 넉넉해 큰일을 하는 데 밑천이 될 만한 땅입니다. 이제 다행히도 장송과 법정이 저편 안에서 주공을 돕겠다 하니 이는 곧 하늘이 그 땅을 주공께 내리시는 것이나 다름없습니다. 도대체 망설일 까닭이 무엇입니까?"

그러자 유비가 비로소 깊은 속을 드러내 보였다.

"지금 물하고 불 사이처럼 나와 맞서고 있는 것은 조조요. 조조는 성급한데 나는 너그럽고, 조조는 거친 힘으로 다스리는데 나는 어짊을 으뜸으로 삼으며, 조조는 속임수를 잘 쓰지만 나는 충직함으로 그를 갚음하고 있소이다. 모든 것이 조조와 생판 다르기 때문에 지금 이만큼이라도 이루어낼 수 있었던 것이오. 만약 이번 일이 작은 이로움을 얻고자 큰 의로움을 저버리는 것이 되면 나는 결코 할 수가 없소."

어디까지가 책략이고 어디까지가 덕성인지 분간이 안 될 만큼 그 둘이 묘하게 뒤섞인 말이었다. 더구나 서천은 유비를 둘러싼 집단에게는 반드시 차지해야 할 땅이라 결국 일은 그쪽으로 밀려가게 되어 있었다. 그렇다면 그 같은 유비의 반대에는 종친의 땅을 힘으로 빼앗았다는 세상의 비난을 아랫사람에게 전가시키려는 의도까지 숨어 있다고 말할 수도 있다.

방통이 어이없다는 듯 웃으며 말했다.

"주공의 말씀은 비록 하늘의 이치에는 맞다 해도 지금처럼 어지러운 세상과는 동떨어진 것입니다. 군사를 이끌고 힘으로 다투는 마당에는 한 가지 길밖에 없는 것이 아닙니다. 오히려 그 한 가지 옳은 도리에만 얽매여 계시다가는 한 발짝도 재겨 디딜 수가 없게 될 것입니다. 주공께서도 마땅히 권도(權道)를 좇아 생각을 바꾸셔야 합니다. 약한 자는 아우르고 어리석은 자는 치며, 거스르는 자는 빼앗고 따르는 자는 지켜주는 것은 은나라 탕왕이나 주나라 무왕도 하신 바였습니다. 유장에 대한 의(義)는 모든 일이 다 잘 풀린 뒤에 갚을 수도 있는 것입니다. 그때 가서 큰 나라를 그에게 내려 다스리게 한다면 주공께서 믿음을 저버리신 게 무엇이 있겠습니까? 만약 이번에 서천을 차지하지 않으신다면 그 땅은 끝내 남이 차지하고 말 것이니 주공께서는 부디 깊이 헤아려주십시오."

어쩌면 유비가 듣고 싶은 말을 모두 해준 것이나 다름없었다. 그제서야 유비는 비로소 깨달았다는 듯 고개를 끄덕였다.

"귀한 말씀 가슴 깊이 새겨두겠습니다."

그러고는 공명도 함께 끌어들여 서천으로 가기 위한 의논을 시작했다. 먼저 공명이 나서 유비를 깨우쳐주듯 말했다.

"형주도 매우 중요한 땅입니다. 마땅히 군사를 나누어 지키도록 해야 합니다."

"나와 방사원(龐士元)은 황충, 위연과 더불어 먼저 서천으로 가겠소. 군사(軍師)께서는 관운장, 장익덕, 조자룡 셋과 함께 형주를 지켜주시오."

미리 생각해둔 게 있었던지 유비가 그렇게 대꾸했다. 심복 중에도 심복, 핵심 중에도 핵심만 골라 형주를 지키게 하고 비교적 늦게 얻은 사람들만 데리고 서천을 치러 가겠다는 구상이었다.

여기서 다시 한번 살펴보고 싶은 것이 유비와 조조의 대비이다. 통상으로 조조가 원정을 떠날 때 보면 한둘 미더운 사람을 골라 근거지(주로 허창)를 지키게 하고 나머지는 모두 이끌고 나갔다. 요즈음의 기업에 비유하면 새로운 업종으로 진출할 때 거기다 전력을 투자하는 셈이 된다.

거기에 비해 유비는 그 최초의 기업 확장이라고 볼 수 있는 이번의 서천 진출에서, 주력은 고스란히 원래의 기업인 형주에 남겨놓고 그동안 쌓인 여력만을 쏟아붓고 있다.

형주의 전략적인 중요성을 잘 알고 있는 공명도 유비의 그 같은 신중함을 구태여 반대하고 싶지 않았다. 이에 스스로는 형주 전체를 지키는 일을 떠맡고, 관우에게는 양양의 요로(要路)를 지킴과 아울러 청니(靑泥)의 병모가지 같은 길목을 틀어막고 있게 했다. 장비에게는 새로 얻은 네 군을 맡겨 수시로 강줄기를 돌아보며 물길로 짓쳐오는 적에 대비하게 했으며, 조자룡은 강릉에 자리 잡고 앉아 공안을 지키게 했다.

서천으로 떠나는 유비도 자기가 데리고 갈 사람들을 나누어 진용을 갖추었다. 황충을 전부로 삼고 위연을 후군으로 삼아 앞뒤를 맡긴 뒤, 스스로는 유봉, 관평과 더불어 중군이 되었으며, 방통은 군사(軍師)로서 삼군을 총괄하게 했다. 이끌고 갈 군사는 말탄 이와 걷는 이를 합쳐 오만이었다.

유비가 대군을 이끌고 서천을 향해 떠나려 할 때 문득 요화가 한 떼의 군마를 이끌고 찾아왔다. 지난날 관우가 조조로부터 벗어날 때, 도중에서 감(甘), 미(麋) 두 부인을 구해준 적이 있었으나, 관우는 그가 황건적의 남은 무리라는 게 마음에 걸려 받아들이지 않고 뒷날을 기약했는데, 이제 소문을 듣고 찾아온 길이었다. 관우로부터 옛날 일을 전해 들은 유비는 반갑게 요화를 맞아들인 뒤 관우를 도와 조조를 막게 했다.

형주를 한층 든든히 한 유비가 장졸들과 더불어 서천으로 향한 것은 겨울철로 접어든 그해 시월이었다. 길을 떠난 지 얼마 되지 않아 맹달이 유비를 맞았다.

"유익주(유장)께서 제게 오천 군사를 딸려주며 멀리 나가 황숙을 맞아들이라 하셨습니다."

맹달이 유비에게 절을 올리며 그렇게 말했다. 그리고 앞장서서 서천으로 드는 길을 인도하는 한편 유장에게 사람을 보내 유비가 온 것을 알렸다. 유장은 곧 유비가 지나게 될 주군에 글을 내려 유비의 군사들이 먹을 양식과 쓸 물자를 넉넉히 대주게 했다.

보통 유장의 성격을 나타낼 때 어리석고 나약하다는 말이 자주 쓰이고 있으나 공정하게 말한다면 선량하고 순진하다는 편이 옳을 것이다. 유비는 이미 서천을 뺏을 마음을 굳히고 오는 중이건만, 유장은 그가 좋은 뜻으로 자기를 도와주러 오는 것으로만 믿고 있었다. 유비에게 곡식과 돈을 대게 한 것만으로 정성이 모자란다 싶어 다시 좌우에 영을 내렸다.

"내가 친히 부성(涪城)까지 나가 유현덕을 맞아들이리라. 거기에 쓸 수레와 장막을 마련하고 군사들은 기치와 갑옷을 가다듬도록 하라. 되도록이면 내 정성이 눈에 띄도록 모든 게 갖춰져야 한다."

그러자 주부 황권이 다시 나서서 말렸다.

"아닙니다. 주공께서 그리로 가셨다가는 반드시 유비에게 해침을 당할 것입니다. 오랫동안 녹을 먹고서도 주공이 남의 간계에 빠지는 것을 차마 볼 수 없어 올리는 말씀이니 바라건대 주공께서는 세 번 생각하신 뒤에 움직이도록 하십시오."

그 섬뜩한 소리에 유장이 멈칫해 있는데 장송이 나섰다.

"황권의 말은 종친 간을 이간질하고 이 땅을 도적질하려는 자들의 위세를 더해줄 뿐입니다. 주공께는 조금도 이로움이 없을 것이니 부디 헤아려 들으십시오."

몸에 해로운 것은 입에 달다 했던가. 장송의 말에 다시 유비에 대한 믿음을 회복한 유장이 벌컥 화를 내며 황권을 꾸짖었다.

"내 뜻은 이미 정해진 지 오래거늘 너는 어찌 거스르려 하느냐!"

황권은 안타깝고 분했다. 방바닥에 머리를 짓찧어 피를 흘려가며 유장을 말렸다. 그래도 유장이 듣지 않자 황권은 다가가 옷자락을 잡고 말리다가 나중에는 이빨로 물고 늘어졌다.

유장은 더욱 성이 나 옷자락을 떨치며 몸을 일으켰다. 그러나 황권이 기어이 악문 입을 벌려주지 않아 유장이 옷자락을 떨친 힘에 황권의 앞니 둘이 쑥 빠졌다. 실로 몸을 돌보지 않는 충신의 간곡한 만류였다.

그만하면 아무리 어리석은 사람이라도 한번쯤 다시 생각해볼 법도 했지만, 이미 운세가 기울었는지 유장에게는 황권의 그 같은 악착스러움이 곧 자신의 뜻을 꺾어보려는 아집으로만 보였다. 이에 더 참지 못하고 무사들을 불러 황권을 밖으로 끌어내게 하니 힘에 못 이겨 끌려나간 황권은 큰 소리로 울며 집으로 돌아갔다.

간신히 황권을 몰아낸 유장이 막 부성으로 떠나려 할 때였다. 다시 한 사람이 뛰어들어 크게 외쳤다.

"주공께서는 어찌하여 황권의 충성된 말은 받아들이지 않으시고 스스로 죽을 곳을 찾아가십니까?"

유장이 계단 아래에 엎드린 사람을 보니 건녕 유원 땅에서 온 이회(李恢)였다. 유장이 찌푸린 눈길로 내려보는데도 이회는 거침없이 이어갔다.

"제가 듣기로 임금에게는 그른 것을 말리며 다투는 신하가 있고 아비에게는 그른 것을 말리며 다투는 아들이 있게 마련[君有諍臣 父有諍子]이라 했습니다. 지금 황권의 충성되고 의로운 말은 주공께서 마땅히 좇으셔야 합니다. 유비를 서천으로 맞아들이시는 것은 든든한 문을 열어 무서운 호랑이를 불러들이는 것이나 다름없습니다."

그러자 유장은 성이 꼭뒤까지 올라 무섭게 꾸짖었다.

"유현덕은 나의 집안 형님이신데 어찌 나를 해친단 말이냐? 이 일에 다시 입을 여는 자는 목을 베리라!"

그리고 무사들을 불러 이회마저 끌어내게 했다. 그런 유장을 장송이 한 번 더 부추겼다.

"지금 촉 땅의 문관들은 모두 제 계집 자식만 생각하고 주공을 위해서는 힘을 다 쓰지 않고 있습니다. 또 장수들은 공만 믿고 교만하여 모두 바깥에만 마음을 쓰고 있을 뿐입니다. 만일 유현덕을 받아들이지 않는다면 적은 밖에서 쳐들어오고 백성들은 안에서 들고 일어나 이 땅은 반드시 망하게 될 것이니 주공께서는 부디 저들의 말을 헤아려 들으십시오."

"공은 헤아림이 매우 깊어 실로 이 몸에게 이로움을 주는 사람이

오. 내 반드시 잊지 않겠소.”

장송의 부추김에 다시 힘이 난 유장이 충신은 역시 장송밖에 없다는 투로 말을 받았다.

황권과 이회 때문에 출발이 늦어져 유장은 다음 날에야 유비를 맞으러 가는 말에 오를 수 있었다. 유장이 막 유교문(楡橋門)을 나서는데 사람이 와서 알렸다.

“종사 왕루가 스스로 몸을 묶고 성문 꼭대기에 거꾸로 매달려 있습니다. 한 손에는 주공을 말리는 글을 들고 한 손에는 칼을 들었는데, 만약 주공께서 그 글을 읽으시고도 들어주지 않으신다면 그 칼로 몸을 묶은 끈을 끊어 아래로 떨어져 죽겠다 합니다.”

한 나라가 아무리 어지러워도 충신 셋은 있다더니 왕루가 바로 그 마지막 충신이었다. 그러나 유장은 짜증부터 났다.

“그 글을 가져오너라!”

마지못해 그렇게 영을 내렸으나 유장의 마음은 이미 어떤 글로도 돌릴 수 없을 만큼 굳어 있었다.

군사들이 달려가 가져온 왕루의 글은 대략 이러했다.

‘익주 종사 신(臣) 왕루는 피눈물을 뿌리며 머리 조아려 아룁니다. 듣기로 좋은 약은 입에 쓰나 병을 다스리는 데는 이롭고, 충성된 말은 귀에 거슬리나 따르면 어려움에 빠지지 않는다 했습니다. 지난날 초 회왕(懷王)은 굴원(屈原)의 말을 따르지 않고 무관(武關)에서 회맹(會盟)하다가 진(秦) 때문에 고단함에 빠졌는데, 이제 주공께서 하시려는 바가 그와 크게 다르지 않습니다. 가볍게 성도를 떠나 부성까지 유비를 맞으러 가셨다가는 가는 길은 있어도 돌아오는 길은 없을까 실로 두렵습니다. 바라건대 장송을 저잣거리에 끌어내 목 베시고 유비와 맺은 약조를 끊어버리도록 하십시오. 그리하심은 촉 땅의 젊은이 늙은이 모두를 위해 다행일 뿐만 아니라 주공의 기업을 위해서도 마찬가지로 큰 다행이 될 것입니다.'

마디마디 옳은 말이었으나 이미 장송의 말에 홀린 유장에게는 오히려 성을 돋울 뿐이었다. 그대로 왕루가 매달려 있는 성문 앞으로 가 매섭게 꾸짖었다.

"나는 어진 이와 만나 난초(蘭草)와 지초(芝草)가 서로 친하듯 사귀고자 하는데 너는 어찌하여 이토록 여러 번씩 나를 욕뵈느냐?"

그러자 왕루는 더 말해봤자 소용없다 여겼던지 한소리 큰 고함과 함께 들고 있던 칼로 스스로를 달아매고 있던 줄을 끊었다. 높은 성문 꼭대기에 매달려 있던 몸이 세찬 기세로 땅에 떨어지니 피와 살로 된 왕루의 목숨이 배겨나지 못했다.

이미 운이 다했는지 눈앞에서 충신이 피를 쏟고 죽어도 유장은 눈썹 한번 까딱 안 했다.

"무엇을 하는가? 어서 길을 떠나도록 하라!"

그 한소리 재촉과 함께 삼만의 인마를 몰아 부성으로 향했다. 그 뒤에는 유비에게 줄 곡식과 물자가 천 대가 넘는 수레에 실려 따르고 있었다.

이때 유비의 전군은 이미 숙저 땅에 이르고 있었다. 행군에 쓰일 것은 서천에서 대줄 뿐만 아니라, 유비의 명이 워낙 엄해서 군사들이 백성의 재물을 빼앗는 일은 어느 곳에서도 없었다.

"백성의 재물은 터럭 하나라도 건드리면 누구든 목을 베리라!"

그것이 서천에 들어서면서 유비가 군사들에게 내린 명이었다. 그 땅에 다른 뜻을 품고 있는 유비에게는 당연했으나 약탈이 보편화되었던 당시의 백성들에게는 고맙기 짝이 없는 일이었다. 이에 백성들은 늙고 젊고를 가리지 않고 길가로 나와 유비의 군사들이 지나가는 것을 구경하며 향을 사르고 절을 올리기까지 했다. 유비 또한 갖은 좋은 말로 백성을 걱정하고 위로했다.

유비와 함께 가던 법정이 방통을 불러 가만히 말했다.

"얼마 전에 장송의 밀서를 받았습니다. 유장이 스스로 부성까지 온다 하니 그때 유장을 없이하도록 하라는 말이 들어 있었습니다. 제 생각에도 이런 좋은 기회를 결코 놓쳐서는 안 될 것 같습니다."

방통이 잠깐 생각에 잠겼다가 이내 당부했다.

"잠시만 그 일을 아무에게나 말하지 마시오. 우리 주공과 유장이 만난 뒤에 형편을 보아가며 일을 꾀하도록 하겠소. 미리 말했다가 밖으로 새나가기라도 하면 도중에 무슨 변이 나게 될 것이오."

법정도 그 말이 옳다 여겨 그 뒤로는 아무에게도 장송의 밀서에 대해 얘기하지 않았다.

부성은 성도에서 삼백육십 리나 떨어진 곳이었다. 유장이 먼저 부성에 와 있다가 유비가 이르렀단 말을 듣고 사람을 보내 맞아들이게 했다.

유비는 군사들을 모두 부강(涪江) 위쪽에 머물러 있게 하고 성안으로 들어가 유장을 만났다. 같은 종친인 데다 유비가 여러 해 손위라 유장은 형을 대하는 예로 유비를 맞아들였다.

유비 또한 오래 떨어져 있던 친아우 대하듯 유장을 대하니 유장은 더욱 유비가 가깝고 미덥게 느껴졌다. 눈물까지 흘리며 자신의 어려움을 하소연한 뒤 잔치를 열어 유비를 대접했다.

잔치가 끝나고 자신의 거처로 돌아온 유장이 여럿을 보고 말했다.

"생각할수록 황권과 왕루 같은 무리가 우습구나. 우리 형님의 어진 마음도 모르고 망령되이 의심하다니. 내가 오늘 본 바로 유현덕은 참으로 인의의 사람이었다. 그가 바깥에서 와 도와주게 되었으니 조조와 장로 따위를 걱정할 게 무엇 있겠는가? 모두가 장송의 덕이다. 그가 아니었더라면 나는 일을 그르쳐도 크게 그르칠 뻔했다."

그러고는 입고 있던 풀빛 두루마기[綠袍]를 벗어 황금 오백 냥과 함께 성도에 남아 있는 장송에게 내리게 했다. 상과 벌이 완전히 뒤집힌 꼴이었다.

"주공께서는 아직 너무 기뻐하지 마십시오. 유비는 부드러운 가운데도 줏대가 있는 사람이라 그 마음속을 헤아리기 어렵습니다. 마땅히 그가 딴 뜻을 품었을 때에 대한 방비가 있어야 합니다."

곁에 있던 유괴(劉璝), 냉포(冷苞), 장임(張任), 등현(鄧賢) 등의 문관들이 유장의 지나친 방심을 깨우쳐주었다. 유장은 그런 문관들마저 비웃듯 말했다.

"그대들은 모두 걱정이 지나치다. 우리 형님께서 어찌 두 마음을 품으셨겠는가?"

완전히 유비에게 홀려버린 사람 같았다. 더 말해보았자 소용없을 것임을 안 관원들은 모두 탄식하며 유장 앞에서 물러났다.

한편 그날 유비의 진중에서도 그와 비슷한 일이 있었다. 유비가 성안에서 돌아오자 방통이 들어와 물었다.

"주공께서는 오늘 잔치 자리에서 유장의 움직임을 어떻게 보셨습니까?"

"계옥(季玉)은 참으로 성실한 사람 같았소."

유비가 느낀 대로 대답했다. 방통이 문득 정색을 하고 다가앉으며 말했다.

"유장이 비록 착하다 해도 그가 거느린 유괴, 장임 등은 모두 얼굴에 불평하는 빛이 있었습니다. 이곳에서의 길흉을 함부로 장담하기 어렵습니다. 제게 힘 안 들이고 서천을 얻을 계책이 있는데 어떻습니까? 한번 써보시겠습니까?"

"그게 무엇이오?"

"내일 주공께서 잔치를 열고 유장을 부르도록 하십시오. 벽에 걸린 휘장 뒤에 칼과 도끼를 든 군사 백 명을 숨겨두었다가 주공께서 술잔을 던지는 걸 군호로 그를 죽여버리는 것입니다. 그런 다음 한달음에 성도로 짓쳐들어가면 칼을 칼집에서 뽑고 화살을 시위에 얹는 수고로움 없이도 앉아서 서천을 평정할 수 있을 것입니다."

방통이 그렇게 말하자 문득 유비가 고개를 저으며 마다하는 뜻을 나타냈다.

"계옥은 나와 같은 종친이요, 성심으로 나를 대접한 사람이외다. 거기다가 나는 이제 막 촉 땅에 들어와 은혜를 베풀고 믿음을 거둘 겨를이 없었소. 그런데 이제 내가 그런 짓을 한다면 위로는 하늘이 용납하지 않을 것이며 아래로는 백성들의 원성을 살 것이외다. 공의 이번 계책은 비록 패도(覇道)를 좇는 이라도 차마 따르기 어려운 것이오."

그저 마다하는 정도가 아니라 은근한 꾸짖음까지 섞인 듯한 말투였다. 타고난 너그러움과 어짊이 그렇게까지 해가며 실리를 좇을 수는 없다고 뻗댄 것임에 틀림없었다. 그제서야 방통도 문득 부끄러움이 이는지 한풀 꺾인 목소리로 발뺌을 했다.

"이 계책은 제가 꾸민 게 아닙니다. 법정이 장송의 글을 받았는데 거기에 때를 늦추지 말라고 씌어 있었습니다. 유장은 이르든 늦든 마땅히 도모해야 할 사람이라 이번 계책이 나온 것입니다."

그때 밖에서 듣고 있던 법정이 안으로 들어오며 유비에게 말했다.

"저희들은 이번 일을 스스로를 위해 꾸미지는 않았습니다. 이미 유장의 운수는 다했으니, 천명을 따르는 것일 뿐입니다."

그래도 유비의 목소리는 조금도 흔들림이 없었다.

"유계옥은 나와 같은 종친이오. 어찌 차마 그를 죽이고 그 땅을 뺏을 수 있겠소?"

"아닙니다. 이번만은 명공께서 틀리셨습니다. 만약 그렇게 하지 않으시면 장로가 어미 죽인 원수인 촉을 쳐서 빼앗고 말 것입니다. 명공께서는 이미 대군을 이끌고 먼 길을 지나 이곳에 이르셨으니 이대로 밀고 나아가 공을 이루도록 하십시오. 여기서 물러서시면 해로움이 있을지언정 이로움은 아무것도 없을 것입니다. 만일 쓸데없는 망설임과 의심으로 날짜를 끌다가는 일이 밖으로 새나갈 걱정이 있습니다. 그리되면 거꾸로 유장 쪽에서 모든 걸 알고 명공을 해치려 들 것이니 그때는 어찌하겠습니까? 지금은 하늘과 사람이 아울러 명공께 이 땅을 돌리려 하는 때입니다. 유장이 전혀 짐작하지 못하고 있을 때 일을 해치워 빨리 기업을 세워두시는 편이 실로 가장 나은 계책이 될 것입니다."

법정이 다시 한번 간곡히 권했다. 그런 법정을 거들어 방통도 두번 세 번 권했으나 유비는 끝내 그들의 말을 듣지 않았다. 애가 타는 것은 방통과 법정도 유장의 사람들 못지않았다.

다음 날이 되었다. 유비는 유장을 불러들여 죽이기는커녕 그날 다시 성안으로 들어가 유장이 베풀어준 잔치 자리에 앉았다. 한번 만나본 뒤여서인지 두 사람은 전날보다 훨씬 스스럼없이 마음을 터놓고 서로의 어려움을 이야기하며 정을 두터이 했다. 남이 보기에는 정말로 피를 나눈 형제처럼 정다웠다.

일이 그렇게 되니 답답한 것은 방통과 법정이었다. 어지간히 술이 돌았다 싶자 슬그머니 자리를 빠져나가 머리를 맞대고 의논했다.

"일이 이렇게 되었으니 하는 수가 없구려. 먼저 손을 쓰고 나중에 주공께 까닭을 말씀드리는 게 옳겠소."

대강 그렇게 뜻을 맞춘 다음 방통이 위연을 불러 가만히 영을 내렸다.

"장군은 당에 올라 칼춤을 추다가 틈을 보아 한칼에 유장을 죽여버리시오. 뒷일은 우리가 맡겠소."

위연이 그만한 소리를 못 알아들을 사람이 아니었다. 곧 칼을 빼들고 유비와 유장 앞에 나아가 말했다.

"잔치에 즐길 만한 것이 없어 자리가 너무 밋밋한 듯합니다. 제가 칼춤을 추어 흥을 돋워보겠습니다."

잔치 자리에 있을 수도 있는 일이라 유비가 별 생각 없이 허락하고 유장은 덩달아 재촉까지 했다. 그걸 본 방통은 됐다 싶어 데리고 간 무사들을 재빨리 당 아래로 모았다. 위연이 유장을 죽인 뒤의 혼란에 대비하기 위해서였다.

하지만 유장의 사람들이라고 눈뜬 장님만 모인 것은 아니었다. 위연이 잔치상 앞에서 칼춤을 추는 데다 당 아래로 유비의 무사들이 칼자루를 잡고 당 위만 쳐다보고 있자 일이 심상치 않다 여겼다.

"칼춤이란 원래 상대가 있어야 합니다. 서툴지만 제가 위(魏)장군의 상대가 되어 함께 칼춤을 추어 보겠습니다."

유장의 종사 장임이 칼을 들고 나서며 말했다. 아무것도 모르는 유비와 유장은 그 또한 의심 없이 허락했다. 하지만 위연으로서는 장임이 거추장스럽기 짝이 없었다. 때를 보아 유장에게 손을 쓰려 하면 어느새 장임이 칼을 들고 그 앞을 막아서는 것이었다.

아무래도 혼자서는 일이 어렵다고 여긴 위연이 유봉을 보고 눈짓을 했다. 위연의 눈짓을 얼른 알아챈 유봉이 다시 칼을 빼들고 당 위로 올라갔다.

그걸 본 유장 쪽에서도 가만히 있지 않았다. 냉포, 유괴, 등현 세 사람이 일제히 칼을 빼들고 나와 청했다.

"저희들도 군무(群舞)로 이 자리에 흥겨움을 보태볼까 합니다."

그제서야 유비도 비로소 눈앞에서 벌어지고 있는 칼춤의 참뜻을 짐작했다. 좌우에 차고 있던 칼을 빼들고 자리에서 벌떡 일어나 소리쳤다.

"우리 형제가 서로 만나 흠뻑 취하고자 하는데 의심하고 꺼릴 게 무엇이 있단 말이냐? 더군다나 여기는 홍문(鴻門, 항우가 유방을 청해 잔치를 벌였던 곳. 그곳에서 범증은 유방을 죽이고자 방금 방통이 한 것과 같은 일을 꾸몄음)의 잔치가 아닌데 칼춤은 도대체 무슨 놈의 칼춤이란 말이냐? 모두 칼을 놓아라. 칼을 놓지 않는 자는 세운 채로 목을 베리라!"

유비의 그 같은 호통소리를 듣고서야 겨우 눈치를 챈 유장도 또한 장수들을 꾸짖었다.

"형제가 서로 모여 즐기는데 칼은 무슨 놈의 칼이냐? 모두 칼집을 풀어놓아라!"

그런 다음 곁에 있던 사람들을 시켜 장수들이 풀어놓은 칼을 모두 거두어 나가게 했다.

유비와 유장의 연이은 꾸짖음에 위연과 유봉은 물론 유장의 장수들도 머쓱해졌다. 한결같이 무안한 표정으로 제자리를 찾아 내려갔다. 유비가 그런 장수들을 당 위로 되불러 술을 따라주며 달래듯 말했다.

"우리 형제는 살과 뼈의 근원을 같이하는 종친이다. 함께 의논하여 큰일을 하려는 것일 뿐 두 마음을 품지는 않을 것이니 부디 그대들은 의심하지 마라."

진정이 아니고는 우러날 수 없는 목소리요 표정이었다. 이에 유비를 의심하던 유장의 장수들까지도 엎드려 절하며 고마움을 나타냈다.

그러나 장수들보다 더욱 감격한 것은 유장이었다. 유장은 고마움을 이기지 못해 눈물까지 흘리며 유비의 손을 잡고 말했다.

"형님의 크신 은혜는 결코 잊지 않겠습니다."

이어 다시 이어진 술자리에서 전보다 더 가까워진 두 사람은 유쾌하게 술잔을 나누다가 해가 뉘엿거릴 때에야 헤어졌다.

"공들은 어찌하여 이 유비를 불의의 구렁텅이에 빠뜨리려 하시오? 앞으로는 두 번 다시 이런 일이 있어서는 아니 될 것이오!"

잔치가 끝난 뒤 자신의 진채로 돌아온 유비가 정색을 하고 나무랐다. 그러나 방통에게 애석한 것은 유비가 나서는 바람에 계책이 어그러진 일뿐이었다. 그 때문에 앞으로 얼마나 많은 장졸들의 목숨과 물자가 허비될까를 생각할수록 답답한데 유비가 나무라기까지 하니 절로 한숨이 나왔다.

한편 유비와 헤어져 자신의 진채로 돌아간 유장도 그 시각 수하들과 낮의 일을 얘기하고 있었다. 먼저 유괴가 나와 말했다.

"주공께서도 오늘 낮에 보시지 않았습니까? 위연 등이 한 짓은 아무래도 예사롭지 않았습니다. 차라리 어서 돌아가 뒷날의 걱정거리를 만들지 않는 편이 낫겠습니다."

그러나 유비의 좋은 면만 보고 있는 유장의 귀에 그 말이 들어갈 리 없었다.

"우리 형님을 다른 사람과 견주어서는 안 된다. 결코 그대들이 걱정하는 그런 일을 할 분이 아니다!"

유장이 그렇게 잘라 말하자 다른 장수들이 모두 유괴를 편들어 말했다.

"설령 유비에게는 그런 마음이 없다 해도 그의 아랫사람들은 그렇지 않습니다. 유비를 부추겨 우리 서천을 빼앗고 그 밑에서 부귀

88

를 누리려 드는 것이 분명합니다."

그래도 마찬가지였다.

"그대들은 까닭없이 우리 형제의 정을 떼어놓으려 하는구나!"

그 한마디와 함께 다시는 그들의 말을 귀담아 들으려 하지 않았다. 오히려 그날부터 더욱 유비와 가까이 지내며 그의 마음을 사기에만 바빴다.

그러던 어느 날이었다. 갑자기 유장에게 급한 전갈이 왔다.

"장로가 군마를 일으켜 가맹관으로 쳐들어오고 있습니다."

놀란 유장은 곧 사람을 유비에게 보내 불러들인 뒤 청했다.

"장로가 드디어 움직이기 시작했다고 합니다. 수고스럽겠지만 형님께서 가셔서 막아주십시오."

"알았네."

유비는 기꺼이 승낙하고 그날로 자기가 이끌고 온 장졸들과 더불어 가맹관으로 향했다.

유비가 떠나자 유장의 장수들이 다시 들고 일어나 유장에게 권했다.

"각처의 장수들에게 영을 내려 맡고 있는 관애(關隘)를 굳게 지키도록 하십시오. 아무래도 유비는 믿을 수가 없으니 반드시 방비가 있어야 합니다."

유장은 그래도 처음에는 듣지 않았으나 워낙 여러 사람들이 거듭 권하니 끝내 유비에 대한 믿음을 지켜내지 못했다. 백수의 도독으로 있는 양회(楊懷)와 고패(高沛) 두 장수에게 군사를 주어 유비가 촉을 치려면 반드시 지나야 할 부수관(涪水關)을 지키게 하고 자신은 성도로 돌아갔다.

한편 가맹관으로 떠난 유비는 장로보다 먼저 그곳에 이르렀다. 싸움이 없으면 느슨해지기 쉬운 것이 군율이었으나 유비는 달랐다. 군사를 엄하게 단속하여 민폐를 끼침이 없게 하고 오히려 기회 있을 때마다 널리 은혜를 베푸니 그곳의 민심이 곧 유비에게로 쏠렸다.

장강엔 다시 거센 물결이 일고

유비가 서천으로 들어가 가맹관에 자리 잡고 있다는 소식은 오래 잖아 손권의 귀에도 들어갔다. 놀란 손권은 곧 문무 관원들을 모아 놓고 앞일을 물었다. 고옹이 일어나 말했다.

"유비가 군사를 나누어 멀고 험한 길을 떠났으니 돌아오기 또한 쉽지 않을 것입니다. 주공께서는 먼저 군사 한 갈래를 서천으로 드 는 길목으로 보내 그가 돌아오는 길을 끊어버리신 뒤 동오의 군사를 모두 일으켜 형주와 양양으로 밀고 들어가도록 하십시오. 이는 실로 그 땅을 되찾을 둘도 없는 기회이니 결코 헛되이 잃으셔서는 아니 됩니다."

"그것 참 좋은 계책이오!"

손권도 속으로 그런 생각을 아니 해본 것은 아니었지만 고옹에게서 들으니 더욱 그럴듯했다. 이에 고옹을 추켜주고 다시 군사를 낼 의논을 하고 있는데 문득 병풍 뒤에서 한 사람이 크게 소리쳐 꾸짖으며 나왔다.

"아니 된다! 누가 이따위 계책을 냈느냐? 그자를 목 베도록 하라. 그자는 내 딸의 목숨을 해치려는 자다!"

그 소리에 놀라 모두 바라보니 그 사람은 바로 오국태부인이었다.

"나는 평생에 딸 하나를 얻어 유비에게 시집 보냈다. 그런데 이제 너희들이 유비를 상대로 군사를 움직이면 내 딸의 목숨은 어찌 되란 말이냐?"

오국태부인은 한 번 더 여럿을 꾸짖고는 손권을 향했다.

"너는 아버지와 형의 기업을 물려받아 앉아서 강동 여든한 고을을 다스리게 되었으면서도 아직도 모자란다 생각하느냐? 어찌하여 작은 이익으로 피붙이를 저버리려 드느냐?"

손권에게는 아버지 쪽으로 보면 어머니의 하나요, 어머니 쪽으로 보면 이모인 오국태부인이었다. 거기다가 평소에 국태부인을 깍듯이 모시는 손권이라 그녀의 노여움을 대하자 어찌할 줄 몰랐다. 기어드는 목소리로 오국태부인을 진정시킬 뿐이었다.

"걱정 마십시오. 제가 그만 깜박 잊었습니다. 이제 알았으니 늙으신 어머님의 가르치심을 어찌 감히 어기겠습니까?"

그러고는 뭇 관원들을 꾸짖듯 내보냈다. 손권이 그렇게 하자 오국 태부인도 더는 언성을 높이지 않았지만 안으로 들어가는 그녀의 태도에는 두고 보겠다는 빛이 역력했다.

엉겁결에 그렇게 일을 마무리짓기는 해도 손권은 역시 천하를 다투는 한 무리의 주군이었다. 어머니 때문에 두 번 다시 오기 어려운 호기를 놓치게 된 게 안타깝기 그지없었다.

"이번 기회를 놓치고 어느 날에 형주를 얻으란 말인가……."

그런 생각에 잠겨 말없이 찌푸리고 앉았는데 장소가 들어와 물었다.

"주공께서는 무슨 걱정이 있으십니까?"

"조금 전의 일을 생각하니 답답해서 이러고 있소."

그러자 장소가 미리 생각한 게 있는 듯 서슴없이 대답했다.

"그 일이라면 너무 걱정하지 마십시오. 아주 쉬운 길이 있습니다."

"그게 무엇이오?"

손권이 활짝 펴지는 얼굴로 물었다.

"믿는 장수 한 사람을 뽑아 오백 군사를 이끌고 형주로 몰래 들어가게 하십시오. 가서 군주(君主, 손부인)께 밀서를 전하며 국태부인의 병이 위중하여 죽기 전에 따님을 한번 보고 싶어한다고 일러주게 하십시오. 그러면 군주께서 틀림없이 따라나설 것이니 밤을 틈타 우리 동오로 모셔오게 하면 됩니다. 거기다가 군주께서 돌아오실 때 유비의 하나 있는 자식 아두를 데려오게 하시면 더욱 좋습니다. 모르긴 해도 유비는 아두와 형주를 맞바꾸지 않을 수 없을 것이니 우리는 피 한 방울 흘리지 않고 그 땅을 얻을 수 있습니다. 또 유비가 그걸 거절한다 해도 이미 군주를 모셔 오셨으니 우리가 군사를 일으킨다 해도 거리낄 게 무엇이겠습니까?"

장소가 그렇게 대답했다. 손권은 자신도 모르게 무릎을 쳤다.

"그것 참 좋은 계책이오! 마침 내게 주선(周善)이란 사람이 있는

데 겁이 없을 뿐만 아니라 어려서부터 담장을 넘고 벽을 뚫어 남의 집으로 숨어드는 재주가 뛰어났소. 또 오랫동안 우리 형님을 따라다닌 사람이라 믿을 수도 있으니 그를 보내도록 합시다."

손권이 그렇게 말하자 장소가 받았다.

"이 일은 결코 밖으로 새나가서는 아니 됩니다. 되도록이면 빨리 그를 보내도록 하십시오."

이에 손권은 그날로 주선을 불러 영을 내렸다.

"그대는 군사 오백을 데리고 형주를 다녀오도록 하라. 군사들은 모두 장사치로 꾸며 배 다섯 척에 나눠 태우고 가되 배 안에는 병기를 넉넉히 감춰두어야 한다. 몰래 형주로 들어가서는 내가 거짓으로 써준 글을 내밀고 내 누이동생을 이리로 데려오도록 하라."

그리고 몇 가지 주선이 형주에 이른 뒤에 해야 할 일을 알려주었다.

명을 받은 주선은 곧 물길을 타고 형주로 가서 배와 군사들은 물가에 놓아두고 혼자서만 성안으로 들어갔다.

"강동에서 온 사람이오. 손부인께 전할 말이 있으니 안으로 들어가 알려주시오."

손부인의 거처에 이른 주선은 문을 지키는 군사에게 말했다.

그 전갈을 받은 손부인은 재촉하듯 주선을 안으로 불러들였다. 시집 간 아낙에게 친정 쪽의 사람이란 항상 반가운 손님이게 마련이지만, 방금 유비가 멀리 서천으로 떠난 뒤라 그 적막감이 더욱 주선을 반겨 맞아들이게 했는지도 모를 일이었다.

손부인을 만난 주선은 소매에서 글 한 통을 꺼내 올렸다. 국태부인이 위독하다는 거짓말이 담긴 글이었다. 그러나 아무것도 모르는 손부인은 친정 어머니의 목숨이 오늘내일 한다는 말에 눈물부터 흘렸다.

"그래, 그대는 무슨 일로 이렇게 몸소 찾아오셨소?"

울면서도 그저 편지 한 장 전하는 일이라면 주선 같은 사람이 직접 올 리 없다는 데 퍼뜩 생각이 미친 손부인이 문득 물었다. 주선이 때를 놓치지 않고 대답했다.

"국태께서는 병이 위중해지시면서부터 아침저녁으로 오직 부인만을 생각하고 계십니다. 만약 부인께서 더디 가셨다가는 생전에 서로 만나뵙게 되지 못하게 될까 두렵습니다. 뿐만 아니라 국태께서는 외손자의 얼굴도 돌아가시기 전에 한번 보기를 원하고 계시니, 부인께서는 이번에 아두 아기씨까지 데리고 가셔서 할머니와 손자도 만나보게 하십시오. 저는 부인께서 강동으로 가시는 길을 조금이라도 편케 하고자 특히 이렇게 왔습니다."

"하지만 황숙께서는 지금 군사를 이끌고 멀리 나가 계시오. 내가 강동으로 가려면 그전에 사람을 시켜 군사(軍師)에게 알린 뒤에라야 갈 수 있소."

유비가 없으면 제갈공명에게라도 허락을 받아야 된다는 뜻이었다. 주선이 그런 손부인을 보고 무겁게 고개를 가로저으며 말했다.

"만약 제갈량의 대답이 '먼저 황숙께 알려 황숙의 말씀이 있어야만 배를 내어드리겠습니다' 하는 식으로 나오면 어찌시겠습니까? 국태께서는 오늘내일 하시는데 부인께서는 이곳에서 한가하게 기다리시고만 있을 작정이십니까?"

"그래도 말하지 않고 떠났다가는 반드시 그들이 길을 막고 보내

주지 않을 것이오."

손부인이 아직도 얼른 마음이 내키지 않는다는 듯 말했다. 시집
가기 전의 남자 못지않게 씩씩하던 기상은 간 곳이 없었다. 주선이
다시 손부인을 부추겼다.

"물가에는 제가 거느리고 온 배들이 기다리고 있습니다. 마음만
먹으면 한 나절 안에 강동까지 갈 수 있습니다. 얼른 수레에 올라 성
을 나가도록 하십시오."

그 말을 듣자 손부인도 더는 망설이지 않았다. 하나뿐인 늙은 어
머니가 죽음을 앞두고 있다는데 누군들 마음이 흔들리지 않겠는가.
손부인은 곧 수레를 불러 일곱 살 난 아두를 데리고 올랐다. 수레 뒤
에는 주선을 비롯한 서른 명 남짓의 군사들이 각기 칼을 차고 말에
올라 따랐다.

형주성을 빠져나간 손부인 일행은 곧 동오의 배와 군사들이 기다
리는 물가로 달렸다. 부중 사람들이 그 일을 알고 공명에게 알리려
할 무렵 손부인은 벌써 사두진에 이르러 기다리고 있던 배에 오른
뒤였다.

일이 그렇게 쉽게 풀리자 주선은 신이 났다. 얼굴에 기쁜 빛을 감
추지 못하며 힘차게 영을 내렸다.

"닻을 올려라! 어서 돌아가자."

그 말에 분주히 닻을 거둔 군사들이 배를 막 동오 쪽으로 내려가
려 할 때였다. 문득 강 언덕에 한 장수가 나타나 크게 소리쳤다.

"배를 잠시 멈추어라! 부인께 드릴 말씀이 있다."

모두가 놀라 돌아보니 그 장수는 조운이었다.

주선이 손부인과 몰래 만나 동오로 돌아갈 일을 꾀하고 있을 때 조운은 마침 초소를 돌아보느라 성안에 없었다. 그러다가 손부인 일행이 성을 나간 뒤에야 돌아와 그 소리를 들었다. 크게 놀란 조운은 미처 군사를 모을 틈도 없이 너댓 명만 뒤딸린 채 말 위에 뛰어올라 바람같이 강가로 달려 나온 길이었다.

조운을 알아보지 못한 주선이 긴 창을 짚고 자못 위엄을 떨치며 소리쳤다.

"너는 누구길래 감히 주모(主母, 주군에 짝 되는 호칭)의 앞길을 막고자 하는가?"

그러고는 졸개들을 재촉해 배를 띄우게 하는 한편 감추어둔 무기를 꺼내들고 뱃전에 줄지어 서게 했다.

바람은 알맞고 물살은 빨라 동오의 배들은 거침없이 강남을 바라고 흘러내려 갔다. 그런 배들을 강을 따라 뒤쫓으며 조운이 거듭 소리쳤다.

"부인께서 가실 때 가시더라도 저의 한마디만 듣고 가십시오. 꼭 드려야 할 말씀이 있습니다."

그래도 주선은 들은 체를 않고 노 젓기만을 재촉했다. 십여 리나 그렇게 뒤쫓던 조운은 문득 강가 여울목에 고기잡이 배 한 척이 비스듬히 매여 있는 것을 보았다. 조운은 말을 버리고 얼른 그 고기잡이 배에 올랐다. 뒤따르던 군사들 중에 두 사람이 따라 올라와 노를 잡았다.

조운은 손부인이 앉아 있는 큰 배를 뒤쫓아 급히 고기잡이 배를 몰았다. 조운이 뒤쫓아오는 걸 본 주선이 졸개들에게 소리쳤다.

"활을 쏘아라!"

곧 화살이 까맣게 조운이 탄 고기잡이 배를 뒤덮었다. 그러나 조운이 뱃전에 서서 창대로 쳐내니 화살은 모두 배 밖으로 튀겨나가 물 위에 떨어졌다.

그사이 두 배의 사이는 두어 길로 좁혀졌다. 주선의 졸개들은 활과 화살을 버리고 창을 들어 다가오는 조운을 향해 함부로 찔러댔다. 조운이 문득 창을 버리고 허리에 찼던 청홍검(靑虹劍)을 빼들었다. 일찍이 조조가 자랑하던 천하의 명검으로 당양 장판(長坂)의 싸움에서 조운의 손에 들어온 물건이었다.

조운이 그 청홍검을 들어 한차례 후리니 눈부신 칼빛과 함께 그를 향해 찔러오던 오병(吳兵)들의 창날이 모두 잘려 나가며 절로 길이 열렸다. 조운은 그 틈을 놓치지 않고 한차례 용을 씀과 함께 작은 고깃배에서 뛰어올랐다.

이어 커다란 새처럼 손부인이 탄 큰 배에 뛰어내리는 조운을 보자 오병들은 모두 놀라 자빠질 지경이었다. 감히 앞을 막을 생각을 못하고 길을 내주니 조운은 곧바로 뱃전 쪽으로 갔다.

아두를 품에 안고 있던 손부인이 그런 조운을 보고 큰 소리로 꾸짖었다.

"어찌 그대는 이토록 예를 모르는가?"

조운이 얼른 칼을 감추고 목소리를 낮추며 되물었다.

"주모께서는 어디로 가십니까? 어찌하여 군사께는 알리지 않으셨습니까?"

"어머님께서 병환이 나 위독하시다기에 친정으로 다니러 가는 길이오. 하도 급해 군사께는 알릴 겨를이 없었소."

손부인이 위엄을 잃지 않으려고 애쓰며 대꾸했다. 조운이 지지 않고 부드러운 가운데도 따지는 듯한 말투로 물었다.

"문병을 가신다면 무슨 까닭으로 작은 주인을 데리고 가십니까?"

"아두는 내 아들이오. 형주에 두고 가면 돌보아줄 사람이 없기에 데려가는 것이오."

"아니 되십니다. 우리 주공께서는 일생에 자식으로 작은 주인 단한 분만을 두셨을 뿐입니다. 그 까닭에 저는 당양의 장판파에서 조조의 백만 대군 사이를 오가며 작은 주인을 구해냈던 것입니다. 그런데 이제 부인께서 남의 땅으로 데려가시겠다니 어찌 이치에 맞는 일이겠습니까?"

둘러댄 손부인의 말에 조운의 목소리가 문득 높아졌다. 성정이 거센 손부인도 가만있지 않았다. 문득 성난 얼굴로 조운을 소리쳐 꾸짖었다.

"그대는 한낱 장하(帳下)의 무부(武夫)에 지나지 않거늘, 어찌 감히 주인의 집안일까지 참견하려 드느냐?"

그래도 조운은 물러서려 하지 않았다. 자질구레한 시비 가리기는 피하고 제 할 말만 했다.

"부인께서 가시는 것은 말리지 않겠습니다. 다만 작은 주인만은 남겨두고 가십시오."

손부인이 한층 기색을 엄하게 그런 조운을 꾸짖었다.

"너는 함부로 길을 막고 내 배 위로 뛰어올랐으니 모반할 뜻이라도 있다는 것이냐?"

하지만 조운은 완강하기가 산악 같았다.

"만약 작은 주인을 넘겨주시지 않는다면 저는 비록 만 번 죽는 한이 있더라도 결코 부인을 보내드릴 수 없습니다."

손부인도 말로는 조운을 더 어찌해볼 수 없음을 알았다. 그러나 워낙 대가 센 여자라 순순히 아두를 내놓으려 들지 않았다.

"무엇을 하느냐? 어서 앞을 막아 아기씨를 보호하지 못하겠느냐?"

손부인이 문득 곁에 있는 계집종들에게 소리쳤다. 무예를 익혔을 뿐만 아니라 항시 창칼을 들고 있는 그네들로 하여금 조운을 막게 할 심산이었다. 손부인의 매서운 영에 계집종들이 우르르 뛰어나와 손부인과 아두를 둘러쌌으나 될 일이 아니었다.

조운이 기다렸다는 듯 몸을 날려 계집종들을 헤치고 손부인의 품으로부터 아두를 빼앗았다. 마치 자루에서 과일 집어내듯 거침없는 몸놀림이었다.

하지만 그다음이 문제였다. 아두를 빼앗아 품은 것까지는 좋았으나 조운은 곧 나아가지도 물러서지도 못할 지경에 빠지고 말았다. 강변으로 오르고 싶었으나 물 한가운데 있는 배 위라 돕는 사람이 없이는 될 일이 아니었고, 칼을 휘둘러 모조리 죽여버리고 싶었으나 억센 손부인이 기를 쓰고 달려들 것을 생각하니 그도 차마 못할 일이었다.

"에이, 못난 것들. 어서 아두를 되찾아오지 못할까?"

손부인이 성을 이기지 못해 발을 구르며 계집종들을 몰아댔다. 계집종들이 손부인의 성화에 못 이겨 병장기를 쥐고 머뭇머뭇 조운에게 달려들었으나 조운이 한 손으로는 아두를 품듯 감싸안고 한 손으로는 청홍검을 치켜들며 눈을 부라리니 아무도 덤벼들 생각을 못했다.

이때 주선은 배 뒷전에서 키를 잡고 있었다. 조운이 이러지도 저러지도 못하고 섰는 걸 보자 문득 한 가지 좋은 생각이 떠올랐다.

'옳다. 조운까지 데려가자. 제놈이 아두를 품고는 강물에 뛰어내릴 수 없을 것이니 이대로 배를 강동으로 몰고 가면 그야말로 돌 하나로 새 두 마리를 잡는 격이 아니겠는가.'

그렇게 홀로 중얼거리며 배를 그대로 물살에 맡겨버렸다. 빠른 물살에 순풍까지 겹쳐 배는 거침없이 강동 쪽으로 흘러가기 시작했다.

뱃전에 아두를 품고 서 있는 조운은 속이 탔다. 그러나 외손바닥이 소리를 낼 수 없듯 아무도 도와주는 사람이 없으니 천하의 조자룡도 어쩌는 수가 없었다. 다만 아두를 지키기만 하며 배와 함께 동오로 흘러갈 뿐이었다.

조운의 처지가 정히 위급해졌다 싶을 때였다. 홀연 강 아래쪽 포구에서 여남은 척의 배가 가로로 한 줄 죽 늘어서서 앞을 막았다. 깃발이 휘황하게 나부끼고 북소리가 요란하게 오래전부터 기다리고 있던 배들 같았다.

'이번에야말로 동오의 계책에 빠지고 말았구나!'

그 배들을 동오에서 보낸 배들로 본 조운이 속으로 그렇게 탄식하고 있는데 문득 앞선 배의 뱃전에 긴 창을 낀 장수 하나가 나타나 소리쳤다.

"형수님께서는 조카를 남겨두고 가십시오!"

목소리에 생김을 보니 틀림없는 장비였다. 장비 역시 이곳저곳 초소를 돌아보다가 손부인이 아두를 데리고 동오로 갔다는 소식을 들었다. 그러나 그대로 뒤쫓아봤자 이미 늦다고 여긴 그는 급히 유강구(油江口)로 말을 달려와 그 좁은 물길에서 동오의 배들을 붙들고자 길을 끊고 기다리고 있었다.

주선은 장비까지 칼을 빼들고 배에 오르는 걸 보자 마음이 급했다. 키고 뭣이고 다 팽개쳐둔 채 칼을 빼들고 달려 나왔다. 그러나 주선은 원래 장비의 적수가 못 되었다. 장비는 한칼에 주선을 베어죽인 뒤 그 목을 잘라 손부인 앞에 내던지며 엄포를 놓았다. 어지간한 손부인도 일이 그쯤 되니 놀라지 않을 수 없었다. 자기도 모르게 떨리는 목소리로 장비에게 말했다.

"아주버님께서는 또 어찌 이리 무례하십니까?"

"형수님은 우리 형님을 무겁게 여기지 않으시고 이제 사사로이 친정으로 돌아가려 하시는데, 그건 예에 있는 일입니까?"

장비가 막보는 말투로 통을 놓았다. 드디어 손부인도 사정조가 되었다.

"어머님께서 병환이 깊어 몹시 위태롭다고 합니다. 아주버님, 만약 형님께서 돌아오시기를 기다렸다가는 내 일을 그르칠 것 같아서 길을 서둘렀을 뿐이지 몰래 달아나는 게 아닙니다. 그런데도 기어이 나를 보내주시지 않겠다면 나는 차라리 강물에 빠져 죽고 말겠습니다!"

손부인이 그렇게까지 나오니 장비도 더는 몰아댈 수 없었다. 저만큼 서 있는 조운에게로 다가가 가만히 의논했다.

"만일 부인을 몰아세워 정말로 강물에 빠져 죽기라도 한다면 이는 신하된 사람의 도리가 아닐세. 아두를 찾았으니 부인과 배는 가도록 버려두는 게 어떻겠나?"

조운도 달리 마땅한 방책이 없는지 고개를 끄덕였다. 그러자 장비는 손부인을 바라보며 자못 점잖게 말했다.

"우리 형님은 대한의 황숙이십니다. 형수께서는 부디 그분에게 욕됨을 끼치지 않도록 하십시오. 그리고 오늘 떠나가시더라도 우리 형님의 은의를 생각하셔서 되도록이면 빨리 돌아오도록 하십시오."

그런 다음 조운과 아두만 자기편 배로 옮기고 동오에서 온 다섯 척의 배는 손부인과 함께 가도록 버려두었다. 형주를 되찾기 위한 동오의 절묘한 계책은 막판에 와서 장비와 조운에 의해 다시 한번 어긋나버린 셈이었다.

장비와 조운은 아두를 무사하게 되찾은 공을 서로에게 돌리며 흐뭇한 마음으로 뱃머리를 돌렸다. 그런데 미처 몇 리 가기도 전에 이번에는 형주의 수군을 모두 끌어모은 듯이나 많은 배들을 만났다. 동오 전체와 한바탕 수전을 벌이더라도 아두만은 되찾으리라 벼르고 나선 공명이 이끌고 온 배들이었다.

공명은 장비와 조운이 이미 아두를 빼앗아오는 걸 보자 기뻐해 마지않았다. 아두를 굳이 데려가려는 동오의 속셈을 누구보다 훤히 알아볼 수 있는 그였기에 장비와 조운이 더욱 대견스러웠다. 강가에 배를 대고 그들과 말 머리를 나란히 해 형주성으로 돌아오면서 거듭 그들의 공을 치하했다. 그리고 한편으로 가맹관으로 글을 보내 그곳에 있는 유비에게 손부인이 강동으로 돌아간 일을 알렸다.

    그런데 이 사건에서 한 가지 앞뒤가 잘 맞아떨어지지 않는 것은 유비와 손부인의 금실이다. 그 얼마 전 오빠인 손권을 저버리듯 하고 유비에게 빠져 동오를 떠난 손부인이 이제는 손권을 위해 유비를 저버리듯 동오의 계책이 이루어지게 해주려고 애쓰고 있기 때문이다. 거짓 편지에 속았다고는 하지만 아무래도 그 변화가 얼른 수긍이 가기 위해서는 다시 한번 정사에 의지하는 편이 온당할 것 같다.

    원래 유비와 손부인의 결혼은 동오 쪽에서 발벗고 나선 정략의 일부였다. 유비에 대한 정책에서 동오는 강경파와 온건파로 나누어져 있었는데, 그 결혼은 『연의』에서처럼 강경파인 주유가 꾸민 계책이 아니라 온건파인 노숙이 유비를 회유하기 위해 주장하고 나선 것이라고 한다.

    그 때문인지 손부인과 유비의 결합은 처음부터 무리한 데가 많았다. 먼저 손부인은 아버지 손견이 일찍 죽은 데다가 국태부인으로 보면 둘도 없는 외동딸이라 어려서부터 제멋대로 자랐다. 유비와의 첫날밤 부분에서 제법 그럴듯하게 미화되어 있기는 하지만, 손부인이 항시 무장한 계집종들을 데리고 다니며 사내처럼 칼쓰기를 좋아하였다는 것은 바로 그러한 성격의 일단을 보여주는 것인데, 유비는 못내 그런 점을 탐탁지 않게 여겼다. 거기다가 버릇 없이 자라 오만하고 거센 성정은 더욱 유비와의 화합을 방해했을 것이다.

    한편 유비는 유비대로 손부인에게 탐탁스럽지 못할 점이 또한 여럿이었다. 먼저 들 수 있는 것은 두 사람의 나이 차이로 손부인은 꽃다운 이십대였는 데 비해 유비는 이미 오십대였다. 또 유비는 끝내 아들로는 아두 하나만을 가지고 그 뒤로는 자식을 못 가진 것으로 보아 그때 이미 남성으로서는 그리 매력적이지 못했음에 틀림이 없다. 거기다가 자라면서 보고 겪은 오라버니의 기업(基業)에 비해 유비의 그것은 손부인에게는 거의 초라하게까지 느껴졌을 것이다. 그리하여 이래저래 유비와 형주에 정을 못 붙이고 있는데 손권의 간곡한 편지가 온 것이라면 이 사건에서 본 손부인의 태도는 아무런 무리가 없을 것이다.

어쨌든 간신히 동오로 돌아간 손부인은 오라버니 손권을 만나자마자 조운이 아두를 뺏어간 일이며 장비가 주선을 죽인 일을 낱낱이 일러바쳤다. 듣고 있던 손권이 분을 이기지 못해 주먹을 움켜쥐며 소리쳤다.

"이제 내 누이가 돌아왔으니 유비는 이미 내 친척이 아니다. 주선의 원수를 갚지 못할 까닭이 어디 있겠는가!"

그러고는 곧 문무 관원들을 불러모아 형주를 칠 의논을 시작했다. 이 사람 저 사람이 일어나 한참 군사를 일으킬 의논들을 하고 있는데 문득 급한 전갈이 그곳으로 날아들었다.

"조조가 사십만의 대병을 일으키고 있습니다. 지난번 적벽 싸움의 원수 갚음을 위해서라고 합니다."

이에 크게 놀란 손권은 형주 칠 일을 잠시 제쳐놓고 조조를 막을 일부터 의논했다. 갑자기 싸울 상대가 바뀌어서인지 의견은 구구각색이었다. 그때 다시 사람이 와서 알렸다.

"장사 장굉이 몸이 아파 집에서 쉬고 있었는데 이제 그 병이 깊었는지 주공께 슬픈 글을 올려왔습니다."

손권이 그 글을 받아 뜯어보니 곧 죽음을 준비하는 글이었다. 구절 구절 충성으로 가득한 가운데 한 구절 특히 손권의 눈길을 끄는 데가 있었다.

'……제가 살피건대 말릉(秣陵)은 그 산천에 제왕(帝王)의 기운이 서려 있는 땅입니다. 되도록이면 빨리 그곳으로 도읍을 옮기시어 만세를 이어갈 기업의 바탕으로 삼으십시오……'

어찌 보면 그걸 권하기 위해서 병든 몸을 돌보지 않고 붓을 든 것 같았다. 읽기를 마친 손권은 소리내어 울며 여럿을 둘러보고 말했다.

"장자강(張子綱)이 내게 말릉으로 도읍을 옮기기를 권하고 있구려. 죽음을 앞두고 하는 말을 내 어찌 좇지 않을 수 있겠소?"

그러고는 말릉의 이름을 건업(建業)으로 고침과 아울러 돌로 튼튼한 성을 쌓게 했다. 한 나라의 근거가 되는 도읍을 옮기는 일이 쉽지 않건만 그토록 쉽게 결정하는 것으로 보아 손권도 전부터 생각한 바가 있었던 듯했다.

손권의 그 같은 결정에 곁들여 여몽이 한 가지를 더 권했다.

"조조의 군사들이 쳐내려 올 것에 대비해 유수 물 어귀에 둑벽을 쌓는 것이 좋겠습니다."

그러자 여러 장수들이 입을 모아 말했다.

"물길 위쪽에서 적을 들이치고 맨발로 적의 배에 뛰어들면 될 것인데 둑은 무엇 때문에 쌓는단 말씀이오?"

물 위의 싸움에 익숙한 그들로서는 당연한 물음이었다. 여몽이 찬

찬히 대꾸했다.

"군사를 부리는 데는 우리 편에 이로운 수도 있고 그렇지 못한 수도 있소이다. 또 싸움에 있어서는 아무리 능한 사람이라도 싸움마다 이길 수는 없지요. 갑자기 적을 만나 보졸과 기병이 함께 어울려버리면 어느 겨를에 물 위로 나가며 배 위로 뛰어든단 말이오?"

"그렇소. 사람이 멀리 헤아리지 않으면 반드시 걱정거리가 가까이 이른다 하였소. 자명(子明, 여몽의 자)이 멀리 내다본 것 같소."

손권도 그렇게 여몽을 편들고 그날로 군사 몇 만을 뽑아 유수 어귀에 둑벽을 쌓게 했다.

이때 허도에 있는 조조는 날로 위엄과 복록이 더해졌다. 사람의 운세가 성하게 되면 아첨하는 무리가 따르게 마련인지 조조도 예외는 아니었다. 군사를 일으켜 적벽 싸움에서 입은 수모를 씻으려는 조조 앞에 장사 동소가 들어와 말했다.

"예부터 이제까지 두루 살펴도 신하 된 사람으로서 승상만큼 공이 높으신 분은 없을 듯합니다. 비록 주공(周公)이나 여망(呂望, 강태공)이 되살아난다 해도 승상께는 미치지 못할 것입니다. 바람으로 머리를 빗고 비로 몸을 씻기[櫛風沐雨, 풍우에 시달림] 삼십여 년, 흉악한 무리를 비질하듯 쓸어 없애 백성들에게 해로움을 끼치지 못하게 하고 쓰러져가는 한실을 다시 일으켰으니 어찌 다른 신하들과 더불어 재상의 자리에 나란히 앉으실 수 있겠습니까? 승상께서는 마땅히 위공(魏公)의 자리로 나아가심과 아울러 구석(九錫)을 더해 받으심으로써 세우신 공덕을 기림받으셔야 합니다."

실로 아첨이라도 너무한 아첨이었다.

구석이란 무엇인가. 구석이란 공이 있는 제후에게 내리는 특전이다.

그 첫째는 타고 다니는 말과 수레에 나타난다. 나아감과 물러남에 절도가 있고 그 나다님에 위엄을 띠게 하고자 걷는 것을 수레로 대신하게 하는데, 수레는 큰 길 작은 길을 달리하고 수레를 끄는 말과 소도 천자나 왕의 행차 때와 비슷한 격식에 따랐다. 황금 수레[大輅]와 융로(戎輅, 전차) 각 한 대. 검은 말 두 쌍과 누런 말 여덟 마리이다.

둘째는 의복에 있어서의 특전이다. 그 말[言]이 곧 문장을 이루고 그 행동이 곧 법이 되므로 의복을 내려 그 덕을 나타내는데, 이때의 의복은 곧 왕의 예복이었다. 곤룡포, 면류관에 붉은 신[赤舃] 등이다.

셋째는 악현(樂縣)이었다. 그 훌륭한 점은 남에게 본보기가 되고 안으로는 어짊[仁]을 품게 하고자 사용할 수 있는 가무와 음곡을 내려 백성들을 가르치게 하는데, 이때에도 규모와 기준은 천자나 제후의 예에 따랐다. 헌현(軒縣, 악기를 삼 면으로 벌여 놓고 연주하는 것) 음악과 육일(六佾, 여섯 명씩 여섯 줄로 늘어서서 추는 춤) 춤이 그러하다.

넷째는 거처하는 집이었다. 붉은 대문과 나무 기둥에 붉은 칠을 한 집을 내려 다른 신하들과의 구별을 뚜렷이 한 것으로 보통 주호(朱戶)라 불렸다.

다섯째는 궁궐 안에서 있게 마련인 행동 제한의 완화였다. 예를 지키면서도 편안하게 하기 위해 칼을 차고 전상에 나아갈 수 있는 등 특전을 주었는데 보통 그것을 납폐(納陛)라 했다.

여섯째는 호분(虎賁)이라 하여 궁중을 지키는 군사들을 뽑아 사사로이 호위로 쓸 수 있는 특전이었다. 용맹함을 겉으로 드러내고 의를 지킴에 군세라는 뜻으로 호분 삼백 명을 주어 비상시에 대비케 했다.

일곱째는 궁시(弓矢)라 하여 안으로는 어질고 밖으로는 치우치지 말라는 뜻으로 붉은 활과 붉은 살, 검은 활과 검은 살을 내리는데 이는 또한 마음대로 역적을 칠 수 있는 권한을 나타내기도 했다.

여덟째는 부월(斧鉞)로 왕의 의장에 쓰는 금도끼와 은도끼를 내리는데, 이는 또한 사람을 마음대로 죽여도 죄 되지 않는 특전이었다.

아홉째는 거창(秬鬯) 규찬(圭瓚)이라는 제사를 지낼 때의 특전으로 그 부모를 제사하는 데 신에게 올리는 향기로운 술과 종묘에서 쓰는 옥으로 깎은 제기를 쓸 수 있게 하였다.

한나라 조정에 대한 믿음과 기대를 버린 지 오래인 조조라 신하로서는 거의 불경에 가까운 구석을 자신에게 내리게 해야 한다는 동소의 말이 그렇게 귀에 거슬릴 리 없었다. 오히려 흐뭇한 기분으로 모두가 나서서 일을 밀고 나가기만 바라는데 문득 시중(侍中) 순욱이 일어나 말했다.

"아니 됩니다. 승상께서는 원래 의로운 군사를 일으켜 기울어가는 한실을 붙드셨습니다. 마땅히 처음의 충성스럽고 곧은 뜻을 지키시어 겸손하게 물러날 줄 아는 절도를 잃지 않도록 하십시오. 군사는 덕으로 백성을 사랑할 것인즉 구석 같은 특전으로 위세를 뽐내는 것은 온당치 못합니다."

순욱은 조조가 처음 몸을 일으킬 때부터 허도에 자리 잡고 앉을 때까지 가장 많이 재주와 지모를 빌려준 모사였다. 그러나 먼저 죽은 곽가와는 달리 그는 조조 개인을 위해서라기보다는 그를 통해 한실을 되세우려는 뜻에서 힘을 다해왔다. 따라서 조조가 차차 딴 뜻을 키워가자 그는 조조의 측근에서 밀려난 상태였는데 이제 입바른 소리를 하고 나섰다.

순욱의 말을 들은 조조는 갑자기 모두가 알아볼 만큼 불쾌한 낯빛이 되었다. 그러나 워낙 옳은 말인 데다 순욱이 또한 자신에게는 잊지 못할 공신이라 맞대놓고 면박을 주지는 못했다. 그때 동소가 다시 나서 맞섰다.

"어찌 한 사람의 뜻이 여럿의 바람을 가로막을 수 있겠습니까? 여기 있는 다른 모든 사람의 뜻도 들어보셔야 할 것입니다."

조조의 눈치를 보고 한 약삭빠른 말이었다. 다른 사람들도 이미 조조의 불쾌해하는 얼굴을 보았는지라 굳이 딴소리를 하려 들지 않았다. 이에 모두 동소의 말을 따라 천자께 상주하니 조조는 곧 위공(魏公)에다 구석을 더해 받게 되었다.

"내 일찍이 오늘과 같은 일이 벌어질 줄은 몰랐구나!"

조조가 위공에다 구석을 더해 받았다는 소문을 듣자 순욱은 그렇게 탄식했다. 지난날 그런 조조를 도와 힘을 아끼지 않은 것을 후회함과 아울러 이제 거침없어진 조조가 앞으로 노릴 것이 걱정되어 나온 탄식이었다. 그러나 조조는 그 탄식을 다른 뜻으로 받아들였다. 이제 다시는 그 자신을 돕지 않으리라는 순욱의 결의로 들은 것이었다.

진작부터 자신에게서 멀어져 가는 순욱을 은근히 노여워하고 있던 조조는 거기서 자신의 마음을 굳혔다. 순욱이 자기를 저버리고 해치려 들 리는 없지만 자기가 하는 일을 싸늘한 비웃음으로 보고 있다는 것만으로도 참을 수가 없었다. 거기다가 순욱의 그 같은 태도가 다른 사람에게 번지는 것도 가슴속에 남 몰래 품고 있는 야망에는 해롭기 짝이 없었다.

건안 십칠년 시월, 드디어 대군을 일으킨 조조는 강남으로 내려가기에 앞서 순욱에게 함께 갈 것을 명했다. 이미 자신을 위해 꾀를 빌려 주지 않을 줄 알면서도 굳이 순욱을 데려가려는 뜻은 뻔했다. 따라가지 않으려 들면 명을 어긴 죄를 묻고, 따라나서면 어지러운 싸움터에서 적당한 구실을 붙여 순욱을 죽여버릴 작정이었다.

이미 조조를 따라다니며 함께 일해오기 삼십 년, 순욱이 그 같은 조조의 속셈을 모를 리 없었다. 조조를 따라나서는 체하다가 수춘에 이르러 병을 핑계삼아 더 나아가지 않았다.

하지만 조조는 한번 먹은 마음을 바꾸려 들지 않았다. 어느 날 순욱이 시름에 잠겨 있는데 문득 조조로부터 사자가 달려와 꾸러미 하나를 전했다. 풀어보니 음식을 담는 그릇이었는데, 조조가 친필로 뚜껑을 봉한 것이었다.

순욱은 불길한 느낌을 누르며 봉함을 뜯고 뚜껑을 열었다. 그러나 그릇 안에는 아무것도 들어 있지 않았다. 순욱은 눈을 감고 가만히 생각해보았다. 이내 조조의 뜻을 알 것 같았다.

'이제 그대가 먹을 것은 없다. 내가 그대에게 보낼 것은 이 빈 그릇과 같은 옛정의 껍질뿐이다!'

순욱의 귀에는 그 같은 조조의 차가운 목소리가 들리는 듯하였다. 먹을 것이 없다면 죽는 길뿐이지 않은가. 순욱은 쓸쓸하게 웃으며 그렇게 중얼거리고 미리 마련해두었던 독을 꺼내 마셨다. 그때 그의 나이 쉰이었다. 그러나 죽는 순간까지 그를 괴롭힌 것은 조조를 잘못 본 자신의 어리석음에 대한 후회가 아니라 마시면 마실수록 더 목말라진다는 바닷물 같은 인간의 권력욕에 대한 자신의 무지였다.

뒷사람이 그런 순욱의 죽음을 슬퍼하며 노래했다.

순욱의 재주 천하를 울렸으되	文若才華天下聞
가엾게도 발 잘못 디뎌 권문을 찾았네.	可憐失足在權門
뒷사람들 한가로이 장량에 비기나	後人漫把留侯比
죽을 때는 오히려 한신에게 부끄럽구나.	臨歿無顔見漢君

일은 자신이 뜻한 대로 되었지만 조조 또한 마음이 즐겁지만은 않았다. 순욱의 아들 운(惲)이 발상(發喪)과 함께 부음을 전하자 이를 받은 조조는 뉘우치고 괴로워해 마지않았다. 뉘우침은 자신이 너무 급하게 순욱을 죽음으로 몰아넣은 데 대한 것이요, 괴로움은 자신의 야망이 가장 가까운 사람에게서조차 이해받을 수 없는 성질의 것이라는 데서 온 것이었다.

조조는 순욱을 두텁게 장례지내주게 하고 경후(敬侯)란 시호를 내려 순욱의 넋을 위로했다.

그러는 사이 강남으로 내려간 조조의 대군은 어느새 유수에 이르렀다. 조조는 조홍을 뽑아 선봉으로 삼고 삼만 철갑군을 주며 먼저 강변을 살펴보게 했다.

"강을 따라 수없는 깃발이 펄럭이고 있는데 어느 곳에 적병이 모여 있는지는 알 길이 없습니다."

잠시 후 조홍에게서 그런 기별이 왔다. 그 말에 조조는 마음놓고 쳐내려가지 못하고 스스로 군사를 몰아 조심스레 나아가다 유수구에 이르러 진을 쳤다.

"우선 적의 형세부터 정확히 알아두어야겠다."

대군이 그럭저럭 진채를 벌이고 자리를 잡아갈 무렵 그렇게 생각한 조조는 장졸 백여 명만 이끌고 가까운 산언덕으로 올라갔다. 강물 위를 보니 오군 싸움배들이 가로세로 줄을 맞추어 가지런히 떠 있는데 다섯 가지 빛깔의 깃발이 펄럭이는 사이로 군사들이 든 창검이 삼엄하게 번쩍이고 있었다.

손권은 그중 가장 큰 배 위에 푸른 일산을 받쳐 쓰고 앉아 있었다. 그런 손권의 좌우에는 문무의 벼슬아치들이 양편으로 시립해 있는 게 보였다.

"아들을 낳으려면 손권쯤은 되어야지. 유표의 자식들은 돼지새끼나 강아지와 다름없지."

손권의 당당한 모습을 가리키며 조조는 자기도 모르게 감탄의 말을 했다.

하지만 그때 이미 조조는 동오의 계략에 빠져들고 있었다. 조조가 정신 없이 강 위를 바라보고 있는데 문득 한소리 포향이 들리더니 벌려섰던 동오의 싸움배들이 일제히 조조군 쪽을 향해 몰려들었다. 뿐만 아니었다. 유수 입새에 있던 둑벽 뒤에서도 한 떼의 인마가 달려 나와 조조군을 덮쳐왔다.

그같이 갑작스러운 오병(吳兵)들의 습격에 조조의 군사들은 싸워보지도 않고 겁부터 먹었다. 보졸, 마군 할 것 없이 뒤돌아보며 달아나기 바빴다. 몇몇 장수들이 그들을 꾸짖어보았지만 아무도 멈추려 들지 않았다.

높은 데서 그 꼴을 본 조조는 어이가 없었다. 어떻게 손을 써야 할지 몰라 발만 구르고 있는데 갑자기 수천의 기마(騎馬)가 산기슭에서 솟아난 듯 조조를 향해 몰려왔다. 앞선 말 위에는 한 사람의 장수가 앉아 있는데 푸른 눈에 붉은 수염이었다.

"손권이다! 손권이 나타났다!"

조조의 군사들이 그 장수를 알아보고 소리쳤다. 손권 스스로 한 갈래의 군마를 이끌고 조조를 치러 나온 것이었다. 조금 전까지도 손권이 푸른 일산을 받치고 배 위에 앉아 있던 것을 보았던 조조는 손권의 그처럼 재빠른 움직임에 깜짝 놀랐다. 그 또한 군사들이나 다름없이 달아날 궁리부터 먼저 했다.

"이놈 조조야, 어디로 가려느냐?"

조조가 말 머리를 돌리려 할 때 문득 한소리 외침과 함께 동오의 장수 한당과 주태가 말을 휘몰아 덤벼들었다. 조조의 등 뒤에 섰던 허저가 칼춤을 추며 마주쳐 나가 그 둘과 맞섰다. 조조는 그 틈을 타고 몸을 빼쳐 가까스로 진채로 돌아갔다.

허저는 한당과 주태 두 장수를 맞아 서른 합이 넘도록 버티다가 조조가 안전하게 몸을 빼냈다고 생각될 무렵에야 말 머리를 돌렸다. 조조는 진채로 돌아온 허저에게 무거운 상을 내림과 아울러 다른 장수들을 꾸짖었다.

"장수란 자가 적을 마주하고 있다가 먼저 달아나 우리 군사의 날카로운 기세를 꺾어놓다니! 앞으로 두 번 다시 그런 일이 있으면 모조리 목을 베리라!"

하지만 조조의 낭패는 거기서 그치지 않았다. 그날 밤 삼경 무렵이었다. 갑자기 진채 밖에서 함성이 크게 일었다. 놀라 말에 오른 조조가 사방을 돌아보니 여기저기서 불길이 솟는 가운데 오병들이 물밀듯이 진채로 몰려들고 있었다. 뜻밖의 야습이었다.

그러잖아도 낮의 싸움에서 잔뜩 기가 죽어 있던 조조의 군사들은 이번에도 이리 몰리고 저리 몰리며 당하기만 했다. 날이 밝은 뒤에 간신히 군사를 수습하고 보니 진채는 오십 리나 뒤로 밀려나 있었다.

두 번씩이나 싸움에 져 쫓긴 조조는 마음이 울적했다. 그러나 그래도 내색했다가는 장졸들의 사기를 떨어뜨릴까 보아 짐짓 한가롭게 병서를 읽고 있는데 정욱이 들어왔다.

"승상께서는 병법을 잘 아시면서 어찌 '군사를 부리는 데 신속함을 귀하게 여긴다'는 말을 잊으셨습니까? 이번에 승상께서 겪고 계시는 어려움은 순전히 그 때문입니다. 승상께서 군사를 일으키셔 놓고도 쓸데없이 날짜를 끈 까닭에 손권은 방비를 든든히 할 수 있었습니다. 유수 어귀에 둑벽을 쌓아 막고 있으니 이토록 들이치기가 어렵게 되지 않았습니까? 제 생각에는 아무래도 허도로 돌아가는 게 좋을 성싶습니다. 가서 따로이 좋은 계책을 세운 뒤에 다시 강남을 엿보는 게 어떻겠습니까?"

말인즉 옳았으나 조조는 차마 그런 정욱의 말을 따를 수 없었다. 일껏 대군을 일으켜 와놓고 빈손으로 돌아갈 수는 없는 일이었다.

조조가 자신의 말을 듣지 않자 정욱은 하릴없이 조조 앞을 물러

나왔다. 하지만 조조의 마음도 편하지는 않았다. 침상에 엎드려 이런 궁리 저런 궁리로 뒤척거리다가 깜박 잠이 들었다.

얼마나 지났을까, 조조는 문득 수만 마리의 말이 일시에 내닫는 듯한 거센 물결 소리에 눈을 떴다. 대강 한가운데서 붉은 태양이 솟아오르며 눈부신 빛을 뿜고 있었다.

바뀐 깃발 돌려세운 칼끝

조조는 이상한 느낌이 들어 하늘을 쳐다보았다. 놀랍게도 거기 또 두 개의 붉은 해가 서로 마주보며 빛나고 있었다. 천지에 합쳐 세 개의 해가 떠 있는 셈이었다. 그런데 더욱 놀라운 것은 강물 속에서 떠오른 해였다. 똑바로 하늘을 향해 떠오르던 그 해가 돌연 벼락 같은 소리를 내며 진채 앞의 산 위로 떨어지지 않는가.

조조가 놀라 깨어보니 한바탕 낮꿈이었다. 장막 앞에 있는 군사에게 시각을 물어보니 때는 오시였다.

"말을 끌어오너라."

조조가 문득 몸을 일으키며 영을 내렸다. 낮꿈은 개꿈이라지만, 꿈의 내용이 너무도 기이한 데다 해가 떨어진 곳이 바로 건너편 산중이라 그대로 앉아 있을 수가 없었던 까닭이었다.

잠시 후 말에 오른 조조는 오십여 기만 이끌고 진채를 나가 꿈속에서 해가 떨어진 산기슭으로 가보았다. 거기에 무슨 이상한 게 없나 싶어 꼼꼼히 살피고 있는데 갑자기 한 떼의 인마가 숲속에서 쏟아져 나왔다. 앞선 사람은 금으로 된 갑옷을 걸친 데다 투구까지 금빛으로 번쩍였다. 조조가 눈여겨보니 다름 아닌 손권이었다.

손권은 조조가 그곳에 와 있는 걸 보고도 조금도 겁먹거나 흐트러진 기색을 보이지 않았다. 산비탈에서 말을 멈춘 뒤 채찍을 들어 조조를 가리키며 꾸짖듯 소리쳤다.

"승상께서는 중원에 자리 잡고 앉으시어 이미 부귀가 더할 나위 없거늘 또 무엇이 부족하시오? 어찌하여 다시 우리 강남을 침범하셨소이까?"

"그대는 신하 된 몸으로 왕실을 섬기지 않고 있다. 나는 천자의 명을 받들어 특히 그대의 죄를 물으러 왔다."

조조도 지지 않고 한껏 위엄을 갖추어 대꾸했다. 손권이 껄껄 웃으며 빈정거렸다.

"그 무슨 부끄러움을 모르는 말씀이오? 승상이 천자를 끼고 제후들을 개 몰듯 하는 것은 이미 천하가 다 아는 일이 아니오? 나는 결코 한실을 섬기지 않으려는 게 아니외다. 다만 승상 같은 역적을 쳐 없애 나라를 바로잡으려 할 뿐이오."

그 말에 조조는 왈칵 성이 났다. 다짜고짜로 장수들을 호령해 산 위에 있는 손권을 잡아내리라고 몰아댔다. 그러나 미처 조조의 호령이 끝나기도 전에 한차례 요란한 북소리가 나더니 두 갈래의 군마가 산 뒤편에서 쏟아져 나왔다. 왼쪽은 한당과 주태요, 오른쪽은 진무와 반장이 이끌고 있는 삼천의 궁노수였다. 그들이 일제히 활과 쇠뇌를 퍼부으니 오뉴월에 장마 퍼붓듯 살이 날랐다.

겨우 오십 기만 끌고 간 조조는 다시 어려운 지경에 빠지고 말았다. 급히 말을 돌려 달아났으나 승세를 탄 동오 쪽 네 장수가 곱게 놓아주려 들지 않았다. 그러나 다행히도 도중에 호위군을 이끌고 조조를 찾아나온 허저를 만나 겨우 사로잡히는 것은 면할 수 있었다.

비록 조조는 놓치고 말았으나 이번에도 어김없는 동오의 승리였다. 오병들은 노랫소리도 드높게 승리를 뽐내며 유수 어귀로 돌아갔다.

한편 허저의 구함을 받아 진채로 돌아온 조조는 속으로 가만히 생각했다.

'손권은 결코 대수롭잖게 볼 인물이 아니다. 강물 속에서 떠오른 그 붉은 해에 상응하는 인물이니 뒷날 반드시 제왕이 될 것이다.'

그렇다면 이번 싸움에서 자신이 그런 손권을 이길 수 없다는 뜻이 아닌가. 거기서 조조는 비로소 군사를 물려 허도로 돌아가고 싶은 마음이 들었다. 하지만 한편으로는 동오의 비웃음이 겁나 함부로 군사를 되돌릴 수도 없었다. 그야말로 나갈 수도 물러날 수도 없는 처지에 빠져버린 것이었다.

그 바람에 양군은 다시 한 달 남짓을 맞붙어 싸웠다. 더러는 이기고 더러는 져서 딱 어느 쪽이 더 낫다고 말하기 어려운 싸움이었다. 그러는 사이 그해가 저물고 이듬해 정월이 되었다. 봄비가 잇달아 내려 강물이 붇고 진채는 진흙탕이 되어 군사들의 어려움은 이만저만이 아니었다.

조조는 점점 걱정이 되었다. 이제는 어느 쪽으로든 결단을 내려야 한다는 생각이 들어 하루는 여러 모사를 불러모으고 의논을 했다.

"싸움은 이렇다 할 성과가 없는데 봄비가 와 군사들의 고단함과 괴로움만 커지니 어떻게 하면 좋겠는가?"

조조의 그 같은 물음에 모사들은 저마다 다른 소리를 했다.

"아무래도 군사를 거두어 돌아가는 게 좋겠습니다. 뒷날을 다짐하고 이번에는 이만 물러가시지요."

"아닙니다. 이제 바야흐로 따뜻한 봄날이 왔으니 한번 싸움을 벌여볼 때입니다. 이대로 돌아간다면 세상 사람들의 비웃음을 면하기 어렵습니다. 결코 군사를 물리셔서는 아니 됩니다."

그렇게 서로 뜻이 다르니 얼른 결정이 날 수 없었다. 서로 네가 옳으니 내가 옳으니 하고 입씨름을 벌이고 있는데 문득 사람이 와서 알렸다.

"동오에서 사자를 시켜 글을 보내왔습니다."

조조가 글을 뜯어보니 손권이 보낸 것이었다.

'이 몸과 승상은 한가지로 한조의 신하외다. 그런데 승상께서는 어찌하여 나라의 은혜에 보답하고 백성들을 평안케 할 생각은 않고 함부로 창칼을 휘둘러 불쌍한 목숨들을 모질게 앗고 있으시오? 결코 어진 이가 할 일이 아닌 듯하오이다. 이제 봄이 와 물이 붇고 있으니 그대는 마땅히 물러가야 할 것이오. 돌아가지 않으면 또 한번 적벽에서와 같은 화를 당할 것인즉, 부디 깊이 헤아려 움직이시기 바라오.'

손권은 대략 그렇게 적은 뒤 다시 뒤편에는 두 줄의 빈정거림 같은 시구를 덧붙여 놓고 있었다.

　　그대가 죽지 않고는　　　　　足下不死
　　이 몸이 편안치 않을 것이네.　　孤不得安

그걸 본 조조가 문득 껄껄 웃으며 말했다.

"그럴 테지. 손권은 거짓말을 하지 않는군."

그러고는 동오에서 온 사자에게 무거운 상을 내림과 아울러 수하의 장졸들에게 군사를 되돌릴 채비를 하라 일렀다. 손권의 글에 발끈하여 미련을 떨며 버텨봤자 별 득될 게 없다는 걸 알고 짐짓 배포 넉넉하게 나온 것이었다.

조조가 여강 태수 주광(朱光)에게 완성을 맡기고 허창으로 돌아가자 손권 역시 군사를 거두어 말릉으로 물러났다. 그러나 손권은 이왕에 한군데로 뭉쳐놓은 전력을 그대로 흩어버리고 싶지는 않았다. 말릉으로 돌아가기 무섭게 여러 장수들을 불러놓고 물었다.

"조조는 허창으로 돌아갔으나 유비는 아직 멀리 가맹관에서 돌아오지 않았다. 조조를 막으려고 거느리고 온 군사로 비어 있는 형주를 쳐서 빼앗는 게 어떻겠는가?"

그러자 장소가 나서서 말했다.

"구태여 군사를 움직일 필요까지는 없습니다. 제게 유비가 다시는 형주로 돌아올 수 없게 할 계책이 있습니다."

"그게 어떤 계책이오?"

"주공께서 만약 군사를 움직여 형주를 치신다면 조조는 반드시 그 틈을 타기 위해 되돌아올 것입니다. 차라리 편지 두 통을 써서 유장과 장로에게 보내는 편이 낫습니다. 유장에게는 유비가 동오와 손잡고 서천을 뺏으려 한다는 글을 써보내고 장로에게는 형주가 비어 있으니 어서 차지하라 이르십시오. 그러면 의심이 난 유장은 유비를 칠 것이고 욕심이 난 장로는 형주로 군사를 낼 것이니, 유비는 머리와 꼬리가 서로 구해줄 수 없는 지경에 빠지고 말 것입니다. 그런 뒤에 주공께서 군사를 내신다면 형주는 힘들이지 않고 얻으실 수 있습니다."

손권이 들어보니 그럴듯했다. 이에 그 말을 따르기로 하고 곧 글두 통을 닦아 유장과 장로에게로 달려가도록 했다.

이때 유비는 가맹관에 머물면서 민심을 사기에 바빴다. 날이 갈수록 백성들은 유비를 따라, 마침내는 원래의 주인 유장을 잊을 지경이 되었다. 그런데 하루는 공명이 글을 보내왔다. 손부인이 동오로 돌아간 일과 조조가 군사를 거느리고 내려와 유수를 치려 한다는 소식이었다.

걱정이 된 유비가 방통을 불러놓고 물었다.

"조조가 손권을 치러 왔다니 실로 걱정이오. 조조가 이겨도 형주를 차지하려 들 것이고 손권이 이겨도 또한 형주를 엿볼 것이니 이 일을 어찌하면 좋겠소?"

그러자 방통은 조금도 걱정할 것 없다는 투로 대답했다.

"주공께서 걱정하실 일은 아닙니다. 공명이 형주에 있으니 동오는 감히 그곳을 뺏으려 들지 못할 것입니다. 오히려 형주의 일을 평계로 이곳의 일이나 풀어나가도록 하십시오. 유장에게 글을 보내 조조가 손권을 치러 내려왔음을 알림과 아울러 손권이 구원을 청해왔다고 하시면서 군사와 곡식을 비는 것입니다. 주공과 손권은 입술과 이 같은 사이라 구해주지 않을 수 없으며, 또 장로는 기껏 제 땅을 지키는 데만 급급한 위인이라 결코 서천으로 쳐들어오지 않을 것이니, 먼저 형주로 돌아가 손권과 더불어 조조부터 쳐부수고자 한다고 말하십시오. 그리고 거기 곁들여 지금 주공께서는 군사가 적고 양식이 모자라니 가려뽑은 군사 사만과 곡식 십만 섬만 보태달라 하시면 됩니다. 간곡히 청하시어 마다할 수 없도록 하신 뒤에 만약 유장이 군사와 곡식을 보내오면 그때 가서 다시 의논하도록 하시는 게 좋겠습니다."

유비는 그렇게 말하는 방통의 속셈을 얼른 알아낼 수 없었으나 말없이 따랐다. 그날로 곧 사람을 뽑아 유장에게 보낼 글을 주고 성도로 보냈다.

성도로 가는 유비의 사자는 오래잖아 부수관을 지나게 되었다. 그곳을 지키던 유장의 장수 양회(楊懷)와 고패(高沛)는 의논 끝에 고패는 남아서 관을 지키고 양회는 사자와 더불어 성도를 다녀오기로 결정을 보았다. 유비만을 살피고 있던 그들이라 무언가 수상쩍은 느낌이 든 까닭이었다.

양회와 함께 성도에 이른 사자는 유장을 만나보고 유비가 써준 글을 바쳤다. 읽기를 마친 유장이 문득 사자와 함께 들어온 양회를 보고 물었다.

"그대는 무슨 까닭으로 함께 왔는가?"

양회가 기다렸다는 듯이 대답했다.

"오직 그 편지 때문입니다. 유비는 우리 서천으로 들어온 뒤로 널리 은덕을 베풀어 백성들의 마음을 거두어들이고 있는 바 그 속셈이 매우 수상쩍습니다. 그런데 다시 이번에 군사와 곡식을 달라 하니 더욱 그 속셈을 알기 어렵습니다. 결코 달라는 대로 주셔서는 안 됩니다. 유비에게 다시 군사와 곡식을 보태주는 것은 불타는 집에 장작을 던져 그 불길을 더해주는 것이나 다름없습니다."

"나와 현덕은 형제의 정분이 있다. 어찌 돕지 않을 수 있겠느냐?"

양회가 자못 옳게 보고 하는 말이었으나 유장은 아직도 어정쩡한 소리만 했다. 그때 어떤 사람이 참을 수 없다는 듯 내달으며 소리쳤다.

"유비는 효웅이니 그를 촉에 불러들여 오래 머물게 하고 내쫓지 않는 것은 호랑이를 방 안으로 불러들인 것이나 마찬가지라 할 수 있습니다. 거기다가 이제 다시 군사와 곡식을 보태준다면 그 호랑이에 날개까지 덧붙여주는 것과 무엇이 다르겠습니까?"

모두 놀라 그 사람을 보니 그는 영릉군 중양 땅 사람 유파(劉巴)였다. 그러나 유장은 그 말을 듣고도 얼른 결정을 내리지 못했다. 황권이 다시 나와 양회와 유파를 편들었다.

"두 사람의 말이 옳습니다. 주공께서는 결코 유비의 청을 들어주어서는 아니 됩니다."

권하는 사람은 없고 말리는 사람만 있으니 마침내는 유장도 마음이 변했다. 겨우 늙고 힘없는 군사 사천과 곡식 일만 섬으로 유비의 청을 들어주는 흉내만 내고 유비에게는 글을 보내 적당한 핑계를 대

124

기로 했다. 그리고 한편으로는 가만히 양회를 불러 전보다 한층 엄하게 부수관을 지키게 했다.

유비에게 보내는 유장의 글을 가지고 가맹관으로 간 사자는 곧 유비를 만나보고 그 글을 바쳤다. 글을 다 읽은 유비가 버럭 성을 냈다.

"나는 너희들을 위해 적을 막아주려고 힘을 다해가며 애쓰건만 너희는 도리어 재물을 아껴 보답을 꺼리는구나! 이래서야 어떻게 군사를 잘 부릴 수 있겠느냐?"

그렇게 꾸짖으며 편지를 북북 찢고 몸을 일으켰다. 그 기세에 놀란 유장의 사자는 도망치듯 성도로 돌아갔다.

속으로는 일이 그렇게 되기를 기다렸으면서도 방통이 시치미를 떼고 유비에게 말했다.

"주공께서는 언제나 인의를 무겁게 여겨오셨습니다. 그런데 이제 편지를 찢고 성을 내셨으니 지금껏 유장에게 보이신 정은 헛것이 되고 말았습니다."

"그렇다면 이제 어떻게 해야겠소?"

유비가 곧 진정된 얼굴로 방통에게 물었다.

"제게 세 가지 계책이 있습니다. 주공께서 들어보시고 그중에 하나를 고르십시오."

방통이 기다렸다는 듯 말했다. 유비가 다시 물었다.

"그 세 가지 계책이란 무엇 무엇이오?"

"첫째는 지금 당장 날랜 군사를 가려뽑아 밤낮으로 달려 재빨리 성도를 치는 것이니, 이는 셋 중에서 가장 상계(上計)라 할 수 있겠습니다. 사람과 물자의 손실이 적고 일이 빨리 매듭지어질 것이기 때문입니다. 둘째는 양회와 고패를 죽이고 부성을 빼앗은 뒤 성도로 짓쳐가는 것입니다. 양회와 고패는 촉의 이름난 장수들일 뿐만 아니라 강한 군사를 거느리고 험한 관을 지키고 있어 힘으로 밀치고 지나가기는 어렵습니다. 먼저 주공께서는 형주로 돌아간다는 거짓 소문부터 퍼뜨리십시오. 그러면 그 소문을 들은 두 사람은 반가운 마음에서라도 주공을 배웅하러 오지 않고는 못 배길 것입니다. 그때 그들을 사로잡아 죽이고 부성을 뺏은 다음 성도로 향하면 이는 중계(中計)가 됩니다. 세 번째는 백제성으로 물러간 뒤 밤을 틈타 형주로 돌아가는 것입니다. 서천은 뒷날 천천히 뺏기로 하고 한 걸음 물러서는 것인 바 이는 셋 중에서 가장 하계(下計)가 될 것입니다. 주공께서는 이들 중에서 하나를 고르십시오. 만약 이 세 가지 계책 중에서 어느 것도 고르지 않고 우물거리시다가는 앞으로 반드시 큰 고단함에 빠져 구함받을 길이 없게 될 것입니다."

그 말을 듣고 한참을 생각하던 유비가 천천히 입을 열었다.

"군사(軍師)께서 말씀하신 상계는 너무 촉급하고 하계는 너무 더딘 것 같소. 중계가 빠르지도 않고 더디지도 않으니 그 편이 좋겠소."

그러고는 붓을 들어 유장에게 보낼 편지를 썼다.

'조조가 부장 악진을 시켜 형주의 청니진을 넘보게 하고 있소. 나의 여러 장수들이 나가 맞섰으나 당해내지 못해 내가 몸소 나가 막아야 할 것 같구려. 얼굴을 맞대고 앞뒤를 자세히 말할 겨를이 없어 이렇게 글로써 작별을 고하는 바이오.'

대략 그런 내용이었다.

그런데 그 편지가 성도에 이르자 뜻밖의 변고가 생겼다. 유비와 방통의 은밀한 속셈을 알 리 없는 장송은 유비가 갑자기 형주로 돌아간다는 말에 애가 탔다. 다 쑨 죽에 코 빠뜨리는 격이 된 유비의 회군을 그냥 보고 있을 수 없어 급히 글 한 통을 썼다. 그리고 사람을 시켜 막 유비에게 보내려 하는데 친형인 광한 태수 장숙(張肅)이 찾아왔다. 장송은 급히 그 편지를 소매 속에 감추고 형을 맞아들였다. 그러나 아무리 침착한 사람이라도 그런 형편에 태연할 수만은 없었다. 장숙이 얘기를 나누면서 보니 아우가 웬지 허둥대는 기색이 있어 마음속으로 슬몃 의심이 났다. 뿐만이 아니었다. 뒤이어 술을 내오게 한 장송은 형에게 술을 따르면서 다시 돌이킬 수 없는 실수를 저질렀다. 허둥댄 나머지 소매에 넣어두었던 편지가 땅에 떨어지는 것도 알아차리지 못한 것이었다.

그 편지를 주운 것은 장숙을 따라온 시중꾼이었다. 우연히 그 편지를 줍게 된 그 시중꾼은 그게 자기 주인이 떨어뜨린 것이겠거니 여겨 그대로 간직했다가 술자리가 끝나 장숙이 장송의 집을 나선 뒤에야 장숙에게 내놓았다.

장숙은 아우의 필체를 알아보았지만 그날의 태도가 수상쩍던 터라 그대로 편지를 뜯어보았다. 거기에는 뜻밖에도 엄청난 글이 담겨 있었다.

'지난번 이 장송이 황숙께 올린 글은 작은 거짓과 틀림도 없건만, 황숙께서는 어찌하여 이렇게 질질 끄시기만 하고 일을 시작하지 않으십니까? 거스르면 쳐서 빼앗고 따르면 지켜주는 것은 옛사람이 귀하게 여겨온 이치가 아닙니까? 이제 큰일이 거의 이루어지려 하는데 무엇 때문에 이곳을 버리고 형주로 돌아가려 하시는지 실로 알 길이 없습니다. 멀리서 들은 소문이기는 하나 아무래도 잘못된 일 같습니다. 이 글을 받으시는 대로 급히 군사를 몰아 성도로 달려오도록 하십시오. 저는 안에서 호응할 것이니 만에 하나라도 이번 일이 잘못되는 법은 없을 것입니다.'

그걸 읽은 장숙은 깜짝 놀랐다.
"내 아우가 집안을 아예 쑥밭으로 만들 일을 꾸미고 있구나. 이대로 있어서는 아니 되겠다!"
그런 탄식과 함께 장숙은 그 밤으로 유장을 찾아갔다. 장숙이 그 편지를 바침과 아울러 아우 장송이 유비와 짜고 서천을 유비에게 바치려 한다는 말을 하자 유장은 크게 노했다.
"내 평소에 저를 박하게 대접하지 않았거늘 제놈이 어찌하여 나를 저버리려 한단 말이냐!"
그렇게 소리친 뒤 곧 좌우를 보고 영을 내렸다.
"장송과 그 집안 노유를 모조리 잡아들여 저잣거리에서 목 베도록 하라!"
이에 장송은 그 아까운 재주를 제대로 한번 써보지도 못한 채 목 없는 시체가 되고 말았다.
장송을 죽인 유장은 곧 문무의 관원을 불러 모아놓고 물었다.
"유비가 내 땅을 뺏으려 든다니 어떻게 하면 좋겠는가?"

그제서야 마음이 급했는지 목소리까지 떨리고 있었다. 유비라면 눈에 쌍심지를 켜고 나서던 황권이 얼른 그 말을 받았다.

"머뭇거리셔서는 아니 됩니다. 즉시 사람을 뽑아 각처의 관애에 알리고, 군사를 보태주어 굳게 지키라 하십시오. 형주로부터 오는 것은 군사 한 사람, 말 한 필이라도 들이지 않도록 해야 합니다."

유장도 이제는 그 말을 아니 들을 수 없었다. 곧 사람을 풀어 밤낮을 가리지 않고 각처에 격문을 전하게 했다. 황권의 말을 그대로 옮겨적은 격문이었다.

한편 가맹관에서 군사를 되돌린 유비는 부성을 향해 가면서 부수관을 지키는 양회와 고패에게 사람을 보냈다.

"유황숙께서 형주로 돌아가기 전에 두 분 장군과 더불어 작별의 정을 나누고자 하십니다."

그 같은 소식을 들은 양회와 고패는 반가운 중에도 슬몃 딴생각이 났다. 이미 그전부터 나도는 뜬소문에 속아 유비가 형주로 돌아간다는 것은 의심 없이 믿는 그들이었지만, 이제는 그나마도 유비를 그냥 보내주고 싶지 않았던 것이다.

"유비가 형주로 돌아가려고 왔다는데 어찌하면 좋겠나?"

양회가 먼저 고패의 속을 떠보듯 넌지시 물었다. 고패가 얼른 대답했다.

"이번 기회에 유비를 아예 죽여버리세. 우리 두 사람이 함께 날카로운 칼을 품고 찾아가 그를 배웅하는 자리에서 찔러 죽이는 게 어떤가? 그렇게 하면 우리 주인의 큰 걱정거리를 하나 잘라 없애는 게 되네."

"그것 참 좋은 계책일세. 실은 나도 유비를 그냥 돌려보내서는 안 된다고 생각하고 있었네."

양회도 대뜸 찬성하고 나섰다. 이에 뜻을 맞춘 두 사람은 이백여 명만 데리고 관을 나가 돌아가는 유비를 배웅하러 갔다. 유비의 의심을 살까 보아 군사들은 거의 관 위에 남겨두었지만 대신 두 사람의 가슴에는 각기 한 자루씩 날카로운 단도가 감추어져 있었다.

이때 유비는 형주로 돌아가는 양, 군사들을 모두 움직여 부수가에 이르렀다. 방통이 문득 무슨 생각이 났던지 유비를 찾아보고 말했다.

"만약 양회와 고패가 기꺼이 달려 나오더라도 이는 딴 뜻이 있어서일 것이니 대비가 있어야 합니다. 또 그 두 사람이 오지 않는다면 이는 우리 속셈을 헤아렸다는 증거이니 재빨리 군사를 몰아 부수관을 뺏어야 할 것입니다. 결코 늑장을 부리시어 저들에게 방비할 틈을 주어서는 아니 됩니다."

그러는데 홀연 한줄기 세찬 바람이 일어 말 앞에 세운 대장기[帥字旗]를 쓰러뜨렸다. 좋지 않은 느낌이 든 유비가 방통에게 물었다.

"이것은 무슨 징조요?"

"이것은 하늘이 미리 주공을 깨우쳐주는 것입니다. 양회와 고패 두 사람은 틀림없이 주공을 찔러 죽일 마음으로 오고 있으니 마땅히 잘 막아내야 합니다."

방통이 한참을 살피다가 그렇게 대답했다. 이에 유비는 겉옷 속에 두껍게 갑주를 껴입고 허리에는 보검을 차 만일에 대비했다.

얼마 뒤에 사람이 와서 알렸다.

"양회와 고패 두 장군께서 황숙을 배웅하러 오셨습니다."

"잠시 군마를 쉬게 하고 그들을 맞아들이도록 하라."

유비가 별 표정 없는 얼굴로 영을 내렸다. 곁에 있던 방통이 문득 위연과 황충을 불러 가만히 일렀다.

"태연하게 그들을 맞아들이되, 양회와 고패가 부수관에서 데려온 군사들은 한 사람도 돌아가게 해서는 아니 되오."

황충과 위연은 방통의 속셈을 몰랐으나 받은 군령이라 두말 않고 고개를 끄덕이며 물러났다.

이윽고 양회와 고패가 군사 이백을 거느리고 유비의 진채 앞에 이르렀다. 몸속에는 유비를 찔러 죽일 칼을 감추고 있으면서도 겉으로는 양을 끌고 술독을 지워 정성을 다한 배웅을 가장했다.

그러나 유비의 군중에는 이렇다 할 긴장이나 경계의 기색이 없었다. 이에 양회와 고패는 자신들의 계책이 잘 맞아떨어졌다고 믿어 속으로 기쁨을 이기지 못했다.

유비가 있는 장막 안도 마찬가지였다. 유비는 갑옷조차 입지 않고 방통과 단 둘이 앉아 있었다. 양회와 고패의 생각에는 언제든 한칼에 해치울 수 있을 것 같았다.

"황숙께서 먼 길을 돌아가신다기에 저희들이 보잘것없으나마 술과 안주를 마련해 특히 배웅하러 왔습니다."

양회가 짐짓 은근한 목소리로 그렇게 말하고 술을 따라 올렸다. 유비가 부드러운 미소와 함께 손을 저으며 말했다.

"오히려 수고하시는 것은 관을 지키는 두 분 장군이 아니시오? 이 잔은 마땅히 두 분께서 먼저 받으셔야겠소."

상대를 조금도 의심하지 않는 듯한 겸양이었다. 두 사람은 그 잔을 지나치게 사양하는 것도 이상하게 보일까 봐 차례로 받아마셨다. 두 사람이 모두 잔을 비운 뒤 유비가 다시 말했다.

"내게 두 분 장군과 은밀히 의논할 일이 하나 있소이다. 그밖의 사람들을 내보내야겠소."

그러고는 두 사람이 무어라고 대답하기도 전에 그들이 데리고 온 이백의 군사들은 모두 중군 쪽으로 몰아내버렸다.

양회와 고패는 거기서 퍼뜩 이상한 기분이 들었으나 그렇다고 유비가 장수들을 부르거나 군사들을 끌어들이는 것도 아니어서 잠자코 있었다. 마음만 먹으면 언제든 자기들 둘만으로도 유비 하나쯤은 찔러 죽일 수 있다고 믿은 것이었다.

하지만 그게 잘못이었다. 양회와 고패의 졸개들이 모두 장막 밖으로 물러나기 바쁘게 유비가 문득 그 둘을 꾸짖었다.

"나와 너의 주인은 한 집안의 형제 뻘이다. 그런데 너희 둘은 어찌하여 서로 짜고 우리 사이의 정을 떼느냐?"

그제서야 둘은 거꾸로 유비에게 속은 걸 알았으나 이미 때는 늦은 뒤였다. 유비의 뒤를 이어 방통이 다시 좌우를 돌아보며 소리쳤다.

"무엇을 하느냐? 어서 저 두 놈을 묶지 못할까!"

그러자 언제 와 숨어 있었던지 장막 뒤에서 칼과 도끼를 든 군사들이 우르르 달려 나와 두 사람을 꽁꽁 묶어버렸다. 손 한번 제대로 써보지 못하고 묶인 두 사람을 가리키며 방통이 다시 좌우에게 명했다.

"저놈들의 몸을 뒤져라. 반드시 흉측한 물건이 숨겨져 있을 것이다."

132

군사들이 명에 따라 양회와 고패의 몸을 뒤지니 정말로 날카로운 칼 한 자루씩이 나왔다. 방통이 더 볼 것도 없다는 듯 둘을 목 베라 소리쳤다. 그러나 유비는 차마 둘을 죽일 수 없었다. 죄가 적어서가 아니라 유장과 그간 나눈 정이 마음에 걸린 탓이었다. 그걸 본 방통이 잘라 말했다.

"저 두 놈은 처음부터 주공을 해치려 든 놈들입니다. 결코 살려둘 수 없습니다."

그러고는 더욱 엄하게 도부수들을 꾸짖어 양회와 고패를 장막 앞에서 목 베게 했다. 이때 위연과 황충은 이미 양회와 고패가 데리고 온 이백의 군사들을 한 사람 남기지 않고 잡아놓고 있었다. 유비는 그들을 모두 불러들여 술을 나눠주면서 놀란 가슴을 다독거려주었다.

"양회와 고패는 나와 유장 사이를 이간질했을 뿐만 아니라 이번에는 날카로운 칼을 품고 와 나를 찔러 죽이려 했으므로 죽여버렸다. 그러나 너희들은 아무런 죄가 없으니 너무 놀라지 마라."

그러자 겁에 질려 있던 졸개들은 모두 머리를 조아려 고마움을 나타냈다. 곁에 있던 방통이 그런 그들에게 덮어씌우듯 말했다.

"이제 우리는 너희들을 길잡이로 삼고 군사를 들어 부수관을 빼앗으려 한다. 뜻대로 되면 너희 모두에게 무거운 상을 내릴 것인 바, 어찌할 테냐? 내가 시키는 대로 따르겠느냐?"

이미 저희 대장 둘이 죽는 꼴을 본 그들이라 딴마음이 들 틈이 없었다. 모두 목소리를 합쳐 시키는 대로 따르기를 다짐했다.

그날 밤이었다. 양회와 고패가 데려왔던 이백 명을 앞세운 유비의 대군은 소리 없이 부수관으로 다가갔다.

관문 아래 이르자 앞선 이백 가운데 하나가 성벽 쪽을 보고 소리 쳤다.

"두 분 장군님께서 급한 일이 있어 돌아오셨다. 빨리 문을 열어라!"

성 위에서 내려다보니 어김없이 아침에 관문을 나간 자기편 군사 들이었다. 아무런 의심 없이 문을 열어 그들을 맞아들이려는데 홀연 어둠 속에 숨어 있던 유비의 대군이 그들과 한덩어리가 되어 성안으 로 밀려들었다.

너무도 갑작스러운 일인 데다 대장마저 없는 관 안의 군사들은 대항 한번 제대로 해보지 못하고 손을 들었다. 유비는 칼에 피 한 방 울 묻히지 않고 부수관을 차지함과 아울러 그곳에 있던 모든 촉군 (蜀軍)까지 거둬들였다.

서천을 손에 넣기 위해서는 반드시 거쳐야 할 험한 관문을 별로 힘들이지 않고 손에 넣은 유비는 기쁘지 않을 수 없었다. 길잡이를 한 이백을 비롯해 그 싸움에 공이 있는 이들에게는 모두 골고루 상 을 내린 뒤 군사를 나누어 관을 지키게 하며 그 밤을 보냈다. 다음 날이었다. 유비는 소를 잡고 술을 내려 군사들의 노고를 위로함과 아울러 공청(公廳)에서 잔치를 열었다. 술이 거나하게 오른 유비가 문득 방통을 돌아보며 말했다.

"오늘 이 모임이 실로 즐겁지 아니하오?"

유장에 대한 의리나 천하의 이목 따위는 까마득히 잊어버리고 하 는 소리였다. 어쩌면 그게 유비가 늘상 말해온 인의의 한계인지도 모를 일이었다.

방통이 정색을 하고 그런 유비를 나무랐다.

"남의 나라를 치고 즐거워하는 것은 어진 이의 군사 부리는 법도가 아닙니다."

그러자 유비가 성난 소리로 방통을 꾸짖었다.

"내가 듣기로 지난날 주(周)의 무왕도 주왕(紂王)을 쳐부수고 음악을 지어 그 공을 기렸다 했다. 그렇다면 무왕이 포악한 주(紂)를 친 것도 어진 이의 군사 부림이 아니란 말인가? 그대의 말이 어찌 이토록 이치에 맞지 않는가? 듣기 싫으니 어서 물러나라!"

술이 취한 탓인지, 아니면 애써 일을 그렇게 꾸며놓고도 드러내놓고 기뻐하는 것을 나무라는 모사의 위선에 역정이 난 것인지는 모르지만 어쨌든 대단한 폭언이었다. 그러나 방통은 무안해하기는커녕 오히려 크게 웃으며 자리에서 일어났다. 어쩌면 마음속으로는 인의에 얽매인 유비의 우유부단함이 그렇게라도 덜어진 게 기꺼웠는지도 모를 일이었다.

유비도 좌우의 사람들에게 부축되어 후당으로 돌아갔다. 밤이 깊도록 코를 골고 난 뒤 겨우 술에서 깨어난 유비에게 곁에 있던 사람들이 술자리에서 있었던 일을 일러주었다. 듣고 난 유비는 크게 뉘우쳤다. 옳은 말을 하는 사람을, 그것도 평소 스승처럼 대하던 방통을 꾸짖어 내쫓았으니 그도 그럴 법한 일이었다.

이튿날 아침 일찍 옷을 갈아입고 당에 오른 유비는 방통을 모셔 오게 한 뒤 전날의 잘못을 빌었다.

"어제는 내가 술이 취해서 말이 지나쳤던 것 같소. 부디 마음에 꺼들지 않으셨기 바라오."

그러나 방통은 별 표정 없이 빙그레 웃기만 했다. 유비가 거듭 빌었다.

"어제 한 말은 순전히 내 실수였소이다. 크게 잘못되었소."

그제서야 방통이 입을 열었다.

"잘못이야 제게도 있습니다. 군신이 함께 실수를 했는데 어찌 주공만의 잘못이었겠습니까?"

조금도 원망하는 기색이 없는 대꾸였다. 비로소 유비도 마음을 놓고 마주 웃으며 전과 다름없이 방통을 대했다.

한편 유장은 믿었던 양회와 고패가 유비에게 죽음을 당하고 부수관이 떨어졌단 말을 듣자 크게 놀랐다.

"일이 정말로 이리 될 줄은 몰랐구나!"

그렇게 한탄하며 급히 문무 관원들을 불러모아 유비의 군사를 막을 계획을 의논했다. 이번에도 황권이 앞장을 섰다.

"밤낮을 가리지 않고 속히 군사를 낙성으로 보내시어 이곳에 오는 데 목줄기가 되는 길을 막아버리도록 하십시오. 유비가 아무리 날랜 군사와 사나운 장수를 거느리고 있다 해도 그곳을 지날 수는 없을 것입니다."

유장은 그 말을 따라 유괴, 냉포, 장임, 등현 네 장수에게 군사 오만을 주며 말했다.

"그대들은 밤낮을 가리지 말고 낙성으로 달려가 유비를 막으라."

이에 네 장수는 그날로 군사를 일으켜 성도를 떠났다.

낙성으로 가는 중에 유괴가 나머지 세 장수에게 말했다.

"내가 들으니 금병산(錦屛山) 속에 한 이인이 있어 도호(道號)를 자허상인(紫虛上人)이라 하는데 사람의 죽고 사는 것과 귀하게 되고 천해지는 걸 모두 안다고 하네. 마침 오늘 우리가 바로 그 금병산을 지나가게 되니 한번 그 사람을 찾아가 세상일을 물어보는 게 어떤가?"

밤을 낮처럼 달려가야 할 급한 행군길에 자못 엉뚱한 소리가 아닐 수 없었다. 장임이 그런 유괴의 말에 퉁을 놓았다.

"대장부가 군사를 이끌고 적과 싸우러 가면서 어찌 산야에 숨어 사는 사람을 찾아 그런 한가로운 짓거리를 하려는가?"

그래도 유괴가 우겨댔다.

"아닐세. 옛 성인이 말하시기를 지극한 정성으로 도를 닦으면 앞날의 일도 알 수 있다 하였네. 그럴 만큼 고명한 이가 있다면 그에게 앞일을 물어 길한 일은 따르고 흉한 일은 피하는 게 좋지 않겠는가?"

그러자 나머지 세 장수도 귀가 솔깃해 유괴의 말을 따르기로 했다. 한시가 바쁜 행군길에 장수 되는 자들이 그 모양이니 유장의 운은 이미 다해 있는 것이나 다름없었다.

잠시 행군을 멈추게 한 네 장수는 오십여 기만 거느리고 금병산에 이르러 지나가는 나무꾼에게 길을 물었다. 나무꾼은 대답 대신 손가락을 들어 높은 산꼭대기를 가리켰다. 그곳에 자허상인의 거처가 있는 모양이었다.

네 장수가 헐떡이며 산꼭대기로 올라가니 과연 깨끗한 암자가 하나 있었다. 상인(上人)을 시중드는 듯한 아이 하나가 집 앞에 나와 서 있다가 그들 네 장수를 맞아들이며 이름을 물었다. 네 장수가 차례로 이름을 대자 아이는 그들을 암자 안으로 인도했다.

자허상인은 골풀로 짠 돗자리 위에 단정히 앉아 있었다. 네 사람은 엎드려 절한 뒤에 앞일을 물었다. 자허상인이 가만히 고개를 저으며 말했다.

"빈도(貧道)는 산야에 숨어 사는 쓸모없는 늙은이외다. 그런 일을 어찌 알 수 있겠소?"

그래도 유괴는 물러나지 않고 두 번 세 번 청했다. 이에 자허상인은 동자를 불러 종이와 붓을 가져오라 이른 뒤 여덟 구로 된 글을 써서 유괴에게 건네주었다.

왼쪽에는 용 오른쪽엔 봉 거느려	左龍右鳳
서천으로 날아드네.	飛入西川
새끼 봉은 땅에 떨어져도	鳳雛墜地
누운 용은 하늘로 솟는구나.	臥龍昇天
하나를 얻으면 하나를 잃음은	一得一失
하늘의 정한 이치	天數當然
때를 보아 움직여서	見機而作
죽음길에나 들지 않도록 하라.	勿喪九泉

서촉의 앞날뿐만 아니라 그들 네 사람의 운수까지도 싸잡아 말하고 있는 글귀였다. 그러나 유괴는 그걸 알아듣지 못하고 또 물었다.

"우리 네 사람의 운수는 어떻습니까?"

자허상인이 미미하게 웃으며 대답했다.

"정한 운수는 피하기 어렵소이다. 그걸 구태여 물어서 무엇 하겠소?"

그래도 유괴가 거듭 물었으나 자허상인은 두 눈을 꽉 감고 자는 듯 응답이 없었다. 네 장수는 하는 수 없이 금병산을 내려왔다. 유괴가 무언가 마음에 걸리는지 걱정스레 말했다.

"선인의 말이니 아니 믿을 수가 없소. 끝의 두 구절이 아무래도 마음에 걸리는구려."

"다 미친 늙은이의 헛소리요. 그 말을 들어 무슨 득이 있겠소?"

장임이 대수롭지 않다는 듯 유괴에게 핀잔을 주며 말 위로 뛰어올랐다.

그럭저럭 낙성에 이른 네 장수는 인마를 나누어 험한 길목에 배치하고 유비를 막을 채비에 들어갔다. 유괴가 다시 나서서 다른 셋에게 말했다.

"낙성은 성도를 지키는 담벼락과 같으니 이곳을 잃으면 성도 또한 보존하기 어렵네. 우리 네 사람이 의논해서 두 사람은 안에서 성을 지키고 두 사람은 밖으로 나가 진을 치도록 하는 게 어떻겠나? 성 앞에 있는 산기슭이 험하니 거기에 의지해 두 채의 진을 벌여 두면 적병이 함부로 이 성을 넘보지 못할 것이네."

그러자 냉포와 등현이 말했다.

"우리 두 사람이 나가서 진채를 세워보겠소."

의논이고 뭐고 할 것 없이 절로 일이 풀린 셈이었다. 유괴는 몹시 기뻐하며 냉포와 등현에게 군사 이만을 나누어주고 성에서 육십 리 떨어진 곳에서 따로이 진채를 세우게 했다. 그리고 자신과 장임은 남은 삼만을 이끌고 낙성을 지키면서 그들과 안팎에서 호응하기로 했다.

그 무렵 부수관의 유비는 방통과 더불어 낙성을 칠 의논을 하고 있었다. 홀연 사람이 와서 알렸다.

"유장이 네 장수를 뽑아 보냈는데, 그중 냉포와 등현은 이만의 군사를 이끌고 성 밖 육십 리 되는 곳에 두 개의 큰 진채를 세웠다고 합니다."

그렇다면 낙성을 치기 전에 우선 냉포와 등현의 진채부터 두들겨 부숴야 할 판이었다. 유비가 여러 장수들을 불러놓고 물었다.

"누가 앞장서서 첫 공을 세워보겠는가? 가서 그 두 적장의 진채를 뺏어볼 사람은 나서라."

"이 늙은이가 한번 해보겠습니다."

미처 유비의 말이 끝나기도 전에 늙은 장수 황충이 팔을 걷어붙이며 나섰다.

"장군께서 먼저 낙성으로 가서서 냉포와 등현의 진채를 빼앗아주신다면 반드시 큰 상을 내려 보답하겠소."

유비가 그렇게 선뜻 허락했다. 황충은 남보다 먼저 공을 세울 기회를 얻게 되자 몹시 기뻤다. 그날로 자신이 이끄는 군사들을 정돈하고 떠날 채비를 서둘렀다. 황충이 유비를 작별하고 막 떠나려 하는데 문득 한 장수가 나와 소리쳤다.

"황(黃)장군께서는 이미 나이가 적지 아니하신 터에 어떻게 이 힘든 길을 떠나려 하십니까? 제가 비록 재주 없으나 한번 가보았으면 합니다."

유비가 보니 그는 다름 아닌 위연이었다. 황충이 불끈해 위연을 나무랐다.

"내가 이미 휘하의 군사들에게 장령(將令)을 내렸는데 자네가 왜 나서는가? 감히 내 공을 뺏어보겠다는 뜻인가?"

"장군께서는 늙으셔서 뼈와 살이 이미 전처럼 말을 듣지 아니할 것입니다. 제가 듣기로 냉포와 등현은 둘다 촉(蜀) 땅의 이름난 장수로서 한창 혈기가 성한 젊은 것들이라 합니다. 혹시라도 장군께서 그들을 사로잡지 못하시게라도 된다면 주공의 큰일을 그르쳐버릴 게 아니겠습니까? 그 때문에 제가 그 일을 대신하려고 나선 것일 뿐 달리 나쁜 뜻은 없습니다."

위연이 그렇게 대꾸했다. 말투는 한껏 공손했으나 말뜻에는 황충의 늙음을 얕보는 데가 많았다. 황충이 버럭 성을 내며 소리를 질렀다.

"너는 내가 늙었다 늙었다 하는데, 어떠냐? 나하고 무예라도 한번 겨루어볼 작정이냐? 내 비록 나이를 좀 먹었다 해도 너쯤은 몇 수 가르쳐줄 수 있다!"

위연도 지지 않았다.

"그거 좋지요. 주공께서 보고 계시는 데서 무예를 겨루어 이기는 편이 가도록 하는 게 어떻습니까?"

그렇게 황충의 부아를 돋우었다. 그 말을 들은 황충은 더 참을 수가 없었다. 계단 아래로 우르르 달려내려가 젊은 군교 하나를 보고 소리쳤다.

"가서 내 칼을 가져오너라. 내 오늘 위연의 솜씨가 얼마나 대단한지 봐야겠다."

그러면서 위연을 노려보는 품이 정말로 한바탕 드잡이질을 벌이려는 심사 같았다. 유비가 그런 황충을 급히 말렸다.

"아니 되오. 이제 내가 군사를 이끌고 서천을 뺏으려 함에 있어 믿는 것은 오직 두 분 장군의 힘이오. 만약 두 호랑이가 서로 싸우면 한쪽이 반드시 상할 것인즉, 그렇게 되면 그야말로 나의 큰일은 그르쳐지고 말 것이오. 제발 두 장군은 다투지 말고 속을 푸시오."

그때 곁에 있던 방통이 나섰다.

"그대들 두 분께서는 서로 다투실 필요가 없소. 지금 냉포와 등현은 따로 영채를 세우고 있다 하니 두 분 장군은 각기 한 영채씩을 맡아 치면 될 것이오. 으뜸가는 공은 먼저 적의 영채를 빼앗은 쪽에게 돌리면 될 일이 아니겠소?"

그렇다면 두 사람도 구태여 서로 다툴 까닭이 없었다. 이에 황충은 냉포의 영채를 맡고, 위연은 등현의 영채를 맡아 각기 군사를 이끌고 떠나기로 결정을 보았다. 하지만 방통은 아무래도 마음이 놓이지 않은 듯했다. 황충과 위연이 떠난 뒤 유비에게 권했다.

"저 두 사람이 가는 길에 서로 다툴까 두렵습니다. 주공께서 몸소 군사를 이끌고 뒤따라가시어 저들의 뒤를 받쳐주도록 하십시오."

유비도 마음이 아주 놓이지 않던 터라 그 말을 따랐다. 방통을 부성에 남겨 그곳을 지키게 한 뒤 자신은 유봉, 관평과 더불어 오천 군사를 거느리고 황충과 위연을 뒤따르기로 했다.

한편 자신의 진채로 돌아온 황충은 곧 장졸들에게 영을 내렸다.

"오늘 밤 사경쯤에 밥 지어 먹고 오경에는 떠날 채비를 마치도록 하라. 날이 새는 대로 떠나리라!"

위연을 의식해서 다분히 서두는 기색이 있는 영이었다. 그런데 위연은 그런 황충보다 한술 더 떴다. 가만히 사람을 풀어 황충이 언제 떠나는가를 알아본 뒤 자신이 이끄는 장졸들에게 영을 내렸다.

"우리는 오늘 밤 삼경쯤에 밥 지어 먹고 사경쯤에는 떠날 수 있도록 하라. 날이 샐 무렵 해서는 등현의 영채에 이르도록 해야 한다."

모든 걸 황충보다 한 경씩 앞당긴 영이었다. 군사들은 들은 대로 채비에 들어갔다. 모두 배불리 먹고 말은 방울을 떼었으며 사람은 하무[枚, 소리를 못 내게 입에 무는 나뭇가지]를 물었다. 그리고 깃발은 말고 갑옷은 싸매, 어두운 밤에 소리 없이 적의 진채를 들이칠 수 있게 했다.

그럭저럭 삼경이 되었다. 위연은 군사들을 재촉해 길을 떠났다. 그런데 길을 반쯤 갔을 무렵 문득 딴생각이 들었다.

'그냥 등현의 진채만 쳐들어서는 내 능력이 그리 돋보이지 않을 것이다. 먼저 냉포의 진채부터 들이쳐 이긴 뒤에 다시 등현의 진채를 두들겨 부숴야겠다. 그렇게 되면 두 곳을 빼앗은 공이 모두 내 것이 될 게 아닌가?'

위연은 그렇게 생각하고 말 위에서 가만히 영을 내렸다.

"군사들은 모두 왼편 산그늘로 붙어라. 냉포의 진채부터 먼저 빼앗으리라!"

이에 위연의 군사들은 처음에 맡은 등현은 제쳐놓고 냉포 쪽부터 먼저 덮쳐갔다. 희끄무레 날이 밝아올 무렵에는 냉포의 진채가 저만치 보이는 곳까지 이를 수 있었다. 위연은 싸움을 시작하기 전에 잠시 군사를 쉬게 했다. 군사들은 좋아라 북과 징과 기치 창칼을 모두

세워놓고 초저녁부터 서두르느라 지친 팔다리를 쉬었다.

하지만 냉포라고 경계도 없이 잠만 자는 멍청이는 아니었다. 미리 풀어논 군사들이 곧 위연이 온 것을 알아 냉포에게 전했다. 냉포는 놀라는 대신 오히려 위연을 사로잡을 온갖 채비를 하고 말에 올랐다. 그리고 한소리 큰 북소리에 맞추어 삼군을 몰고 한꺼번에 쏟아져 나오니 기습은 오히려 위연이 당하는 꼴이었다.

일이 그렇게 되었건만 위연은 조금도 두려워하지 않았다. 거침없이 말을 박차고 달려 나가 냉포와 맞붙었다. 냉포도 또한 촉에서는 이름깨나 날리는 장수라 둘의 싸움은 서른 합에 이르도록 승부가 가려지지 않았다.

이때 냉포의 군사들이 길을 나누어 위연의 군사를 덮쳤다. 눈 한 번 제대로 붙여 보지 못하고 밤길을 달려온 위연의 군사들은 사람과 말이 함께 지칠 대로 지쳐 있었다. 거기다가 갑작스런 기습을 받고 보니 견딜래야 견딜 재간이 없었다. 누구라 할 것 없이 뒤돌아서 내빼기 바빴다.

냉포와 싸우던 위연도 등 뒤의 진채에서 나는 어지러운 함성을 들었다. 아무래도 자기편 군사들이 적을 당해내지 못하고 쫓기는 것 같자 그 또한 절로 기가 꺾였다. 한칼질로 냉포를 주춤 물러나게 만든 뒤 그대로 말 머리를 돌려 달아나기 시작했다.

새끼 봉은 땅에 떨어지고
누운 용은 하늘로 솟네

　대장인 위연이 그 모양으로 쫓기니 나머지 졸개들은 더 말할 나
위조차 없었다. 눈사태 지듯 뭉그러져 달아나자 냉포가 이끄는 서천
의 군사들은 더욱 힘이 나 뒤쫓았다. 위연이 이끄는 유비의 군사들
이 그렇게 한 오리쯤 쫓겼을 때였다. 문득 눈앞의 산그늘에서 북소
리가 크게 울리며 한 떼의 인마가 나타났다. 서천의 또 다른 장수 등
현이 이끄는 군사였다.

　"위연은 어서 말에서 내려 항복하라!"

　등현이 길을 끊고 서서 기세좋게 소리쳤다. 등과 배로 적을 맞게
된 위연은 더욱 당황했다. 힘으로 밀어붙일 양으로 말을 박차 앞으
로 내닫는데, 이번에는 또 타고 있던 말이 말썽을 부렸다. 급히 내닫
다가 앞발을 잘못 디뎌 풀썩 무릎을 꿇으며 위연을 내동댕이쳐버린

탓이었다.

등현이 이때를 놓치지 않고 나는 듯 말을 몰아와 그런 위연을 덮쳤다. 창을 번쩍 들어 아직 제대로 몸을 가누지 못한 위연을 한 번에 꿰어버리려는 듯 내질렀다. 맹장 위연도 그대로 끝나는가 싶은 찰나 시위 소리와 함께 화살 하나가 날아와 등현의 가슴에 박혔다.

등현이 한소리 괴로운 외침과 함께 말에서 떨어지자 뒤쪽에서 그 꼴을 본 냉포가 달려 나왔다. 냉포가 이미 정신을 잃은 등현을 구해 말 위로 끌어올리려는데 맞은편 산그늘에서 한 장수가 달려 나오며 크게 소리쳤다.

"노장 황충이 여기 있다. 쥐 같은 무리는 함부로 닫지 마라!"

그러고는 칼을 춤추듯 휘두르며 똑바로 냉포에게 덮쳐갔다. 냉포가 창을 들어 맞서보려 했으나 될 일이 아니었다. 몇 번 어울려 보기도 전에 말 머리를 돌려 달아나기 바빴다. 황충이 이긴 기세를 타고 냉포를 뒤쫓으니 싸움터의 형세는 금세 뒤바뀌었다.

한 장수가 말에서 떨어져 죽고 다른 장수가 쫓기는 꼴을 보고 서천의 군사들은 갑자기 어지러워지기 시작했다. 얼마 전의 치솟던 기세는 간 곳 없이 사방으로 흩어져 달아나기에만 바빴다.

위연을 구한 황충은 추격을 늦추지 않고 냉포의 진채 앞까지 휘몰아갔다. 자신의 진채에 이르자 좀 힘이 솟는지 냉포가 다시 말 머리를 돌려 황충과 맞섰다. 그럭저럭 여덟아홉 합은 버텼으나 아무래도 냉포는 황충의 적수가 못 되었다. 이미 자신의 왼편 진채는 지키기 어렵다고 여겨 그걸 버리고 오른쪽 진채로 달아났다. 등현은 죽었지만 그 진채만은 아직 성하리라고 믿고 거기서 쫓기는 저희 편 군사를 수습해 버텨볼 생각이었다.

그런데 이 무슨 변괴인가. 오른편 진채로 가보니 여기저기 깃발이 펄럭이는데 그게 전부 낯설었다. 냉포는 놀란 나머지 멍하니 말꼬리를 잡고 서서 한참을 바라보고만 있었다. 그때 진채 안에서 한 장수가 말을 몰아 나왔다. 금투구에 비단 전포를 입은 유비였다. 그 좌우로는 유봉과 관평이 뒤따르고 있었다.

"진채는 내가 이미 뺏은 지 오래다. 이놈, 어디를 가려느냐?"

유비가 소리쳐 냉포를 꾸짖으며 항복을 권했다. 방통의 말을 따라 위연과 황충의 뒤를 받쳐주러 왔던 유비는 황충이 승세를 타고 냉포를 뒤쫓자 얼른 길을 바꾸어 등현의 진채를 뺏어버린 것이었다.

앞뒤로 적을 맞은 냉포는 나갈 수도 물러날 수도 없었다. 한참을 두리번거리다가 문득 산비탈에 난 좁은 길 하나를 찾아 그걸 타고 낙성으로 돌아가려 했다.

하지만 그리 오래는 못 갈 팔자였다. 미처 십 리도 가기 전에 홀연 복병이 나타나 냉포에게 갈퀴와 밧줄을 던져댔다. 좁은 길목에서 만난 복병이라 겨드랑이에 날개라도 솟지 않고서는 벗어날 길이 없었다. 냉포는 발버둥도 제대로 쳐보지 못하고 산 채로 붙들리고 말았다.

냉포를 사로잡은 것은 위연이었다. 전날 밤 황충의 구함을 받고서야 퍼뜩 정신이 든 위연은 자신이 공을 서두르다가 큰 죄를 지었음을 알았다. 어떻게 죄를 씻을까 궁리하다가 군사를 수습한 뒤 사로잡은 서천의 군사에게 길을 잡게 하여 그리로 갔다. 만약 황충이 냉포의 진채를 빼앗게 되면 냉포는 틀림없이 그 길을 지나 낙성으로 돌아가리라 여겨 매복해보기로 한 것이었다.

다행히 바라던 대로 냉포를 사로잡자 위연은 이제 살았다 싶었다. 사로잡은 냉포를 꽁꽁 묶어 앞세우고 유비의 진채를 찾아갔다.

그때 유비는 서천 군사들을 상대로 한창 선심을 쓰고 있었다. 싸움터 모퉁이에 면사기(免死旗)를 세워놓고, 아무리 적군이라도 무기를 거꾸로 들고 갑옷을 벗어던진 자는 죽이지 못하게 했다. 그리고 항복하는 적군을 상하면 목을 베리라 하니 장졸들은 모두 그 명을 따랐다.

등현과 냉포를 모두 잃어버린 서천의 군사들은 항복만 하면 죽이지 않는다는 걸 알자 모두 무기를 놓고 갑옷을 벗어던졌다. 유비가 그들에게 다시 말했다.

"너희 서천 사람들도 모두 부모와 처자는 있을 것이다. 진심으로 항복하기를 원하는 자는 우리 군사로 거두어 쓸 것이요, 항복하기를 원하지 않는 자는 놓아줄 터이니 모두 돌아가거라."

항복하는 자는 말할 것도 없고 항복하지 않는 자까지 살려서 보내준다니 실로 놀라운 너그러움이 아닐 수 없었다. 거기에 감격한 서천 군사들의 함성은 하늘과 땅을 뒤흔드는 것 같았다.

그런 유비의 진채에 먼저 이른 것은 황충이었다. 황충은 그 곁에 진채를 내리기 무섭게 유비에게 달려가 말했다.

"위연이 군령을 어기고 공을 서두르는 바람에 큰 낭패를 볼 뻔했습니다. 마땅히 그 목을 베어 장졸들에게 널리 군령의 무거움을 보여야 할 것입니다."

그리고 전날 밤에 있었던 일을 낱낱이 밝혔다. 듣고 난 유비도 성난 기색을 감추지 못했다. 곧 사람을 보내 위연을 급히 불러오게 했다.

잠시 후 나타난 위연은 냉포를 사로잡은 일을 앞세워 유비에게 용서를 빌었다. 그 뜻밖의 공로에 유비의 성난 기색이 일시에 풀어지며 황충을 돌아보고 말했다.

"비록 위연은 큰 죄를 지었다고는 하나 냉포를 사로잡은 공 또한 적지는 않소. 아무래도 이 공으로 앞서 지은 죄를 씻어주어야겠소이다."

그러고는 위연을 보고 엄하게 일렀다.

"위연은 듣거라! 군령을 어긴 죄는 목 베어 마땅하나 여기 계신 노(老)장군의 말씀이 하도 지극해 이번만은 용서한다. 이후 다시는 이번과 같은 일이 없도록 할 것이며, 아울러 노장군께 감사함을 잊지 마라."

마치 황충이 힘써 말리는 바람에 위연을 용서해준다는 투였다. 유비의 눈부신 용인술(用人術)이었다. 자신의 공을 가로채려 하다가 일을 망친 위연을 오히려 황충이 나서서 변호해주었다니 누군들 황충의 너그러움에 감격하지 않겠는가. 그 말을 들은 위연은 진정으로 뉘우치며 황충에게 잘못을 빌었다.

황충은 황충대로 감격이 컸다. 나이도 잊고 젊은 위연을 탓해 험구함으로써 유비에게 옹졸함을 보였는데도, 유비는 없는 말을 지어내 가며 자신의 너그러움을 드러내 위연으로 하여금 마음에서 우러난 잘못을 빌도록 해주었기 때문이었다. 거기다가 또 무거운 상까지 내려 자신이 세운 공은 공대로 추켜주니 황충은 위연에게 느꼈던 노여움을 아니 잊을래야 아니 잊을 수가 없었다. 자칫 사이가 틀어져 버릴 뻔한 두 사람을 그렇게 화해시킨 유비는 곧 사람을 시켜 냉포를 끌어오게 했다. 냉포가 장막에 이르자 유비는 몸소 냉포에게 다가가 그 묶인 끈을 풀어 주고 술을 내리며 달랬다.

"그대는 이제 내게 항복함이 어떤가."

냉포가 얼른 대답했다.

"황숙의 어지심에 기대 죽음을 면했는데 어찌 항복하지 않을 수 있겠습니까? 저뿐만 아니라 낙성에 있는 유괴와 장임도 불러와 항복하도록 하겠습니다. 그 두 사람은 모두 저와 생사를 같이하기로 한 벗들이라, 내가 돌아가서 권하기만 하면 당장 달려와 항복하고 낙성을 들어 황숙께 바칠 것입니다."

한 나라에서 이름깨나 있는 장수의 항복 치고는 너무도 무게가 없었다. 거기다가 딴사람까지 끌어들여 항복을 하도록 만들겠다고 나서는 게 이상했으나, 유비는 기뻐해 마지않았다. 새 옷과 안장을 내리고 말을 주어 낙성으로 돌아가게 했다.

"저 사람을 놓아주어서는 아니 됩니다. 한번 몸을 빼내 가면 다시는 돌아오지 않을 것입니다."

위연이 보다 못해 유비를 말렸다. 그래도 유비는 냉포를 의심하는 기색이 없었다. 가만히 웃으며 오히려 위연을 안심시키려 들었다.

"내가 인의로 사람을 대접하면 그 사람도 나를 저버리지 않을 것이다."

하지만 결국 맞게 본 것은 위연 쪽이었다. 낙성으로 돌아간 냉포는 장임과 유괴를 만나 항복을 권하기는커녕 엉뚱한 큰소리만 쳤다.

"내가 잡히다니 무슨 소릴. 무더기로 덤벼들기에 여남은 놈 때려 죽이고 말을 뺏어 빠져나왔지."

사로잡혔다가 유비가 놓아줘서 돌아왔다는 말은 쏙 빼고 그렇게 둘러댄 것이었다. 그러나 어쨌든 싸움은 진 싸움, 성 밖에서 서로 호응하러 나간 이만의 장졸 가운데 냉포 혼자 덜렁덜렁 돌아왔으니 유괴로서는 황망하지 않을 수 없었다.

그 소식을 들은 유장은 크게 놀랐다. 역시 유괴처럼 황망하여 여럿을 불러놓고 대책을 물었다. 유장의 맏아들 유순(劉循)이 나서 말했다.

"제가 먼저 군사를 이끌고 낙성으로 가서 한번 지켜보겠습니다."

유장이 대견하면서도 마음 놓이지 않는다는 듯 여럿을 돌아보며 물었다.

"이미 내 아들이 가겠다고 나섰지만 곁에서 도울 사람이 있어야 겠소. 누가 마땅하겠소?"

유장의 물음이 떨어지기 바쁘게 다시 한 사람이 나섰다. 유장이 보니 사돈 간이 되는 오의(吳懿)란 사람이었다. 유장이 미덥다는 표정으로 두말 없이 허락했다.

"사돈 어른께서 저 아이를 도와주신다면 더 바랄 나위가 없겠습니다. 그런데 부장으로는 누구를 데려갔으면 좋겠습니까?"

"오란(吳蘭)과 뇌동(雷同)이 좋겠습니다."

오의가 미리 생각해둔 게 있는 듯 그렇게 두 사람을 댔다. 이에 유장은 오의에게 오란과 뇌동 및 군사 이만을 주고 아들 유순을 도와 낙성을 지키도록 보냈다.

성도에서 보낸 구원병이 이르자 유괴와 장임은 반갑게 그들을 맞아들이고 그간에 있었던 일을 자세히 알려주었다. 듣고 난 오의가 문득 두려운지 여럿을 보고 물었다.

"군사가 성안에 이르면 막아내기 어렵소. 여러분에게는 어떤 고견이 없으시오?"

해놓은 거짓말이 있어 공연히 급해진 냉포가 얼른 나섰다.

"이 부근에는 부강(涪江)이 흐르는데 물살이 매우 빠릅니다. 한편 앞에 있는 적의 진채는 산 발치에 자리 잡고 있어 매우 낮은 땅이 됩니다. 제게 군사 오천만 주시면 그들에게 괭이와 삽을 들려 먼저 가서 부강의 물을 끊고 그 물로 유비의 군사를 모조리 쓸어버리겠습니다."

오의가 들어보니 제법 그럴듯했다. 이에 냉포에게 군사 오천을 주어 먼저 강물을 끊으러 보내고, 다시 오란과 뇌동에게도 한 갈래 군사를 나누어주어 그런 냉포의 뒤를 받쳐주게 했다. 명을 받은 냉포는 이번에야말로 공을 세워볼 기회라 생각하고 군사들에 앞장서 강물을 끊는 데 쓸 기구들을 거둬들이기 시작했다.

한편 유비는 그때 부성에 가 있었다. 위연과 황충에 각기 진채 하나씩을 맡기고 자신은 방통과 더불어 앞일을 의논하기 위해 돌아간 것이었다. 유비가 방통에게 낙성의 소식을 전하며 다음 계책을 짜고 있을 때 문득 사람이 와서 알렸다.

"동오의 손권이 한중의 장로에게 사신을 보내 화친을 맺고 서천을 치라고 부추겼다 합니다. 이에 장로는 군사를 이끌고 가맹관 쪽으로 나오려 하고 있습니다."

그 말을 들은 유비가 놀란 얼굴로 방통을 보며 물었다.

"만약 가맹관을 잃으면 우리는 돌아갈 길이 끊기는 셈이 되오. 그리 되면 나아갈 수도 물러날 수도 없게 되니 이 일을 어찌하면 좋겠소?"

그러나 방통은 별로 걱정하는 눈치가 아니었다. 지나가는 말처럼 곁에 있는 맹달에게 슬쩍 그 일을 떠넘겼다.

"공은 촉 땅 사람이니 이곳 지리는 훤히 알고 있으실 거요. 가맹관으로 가서 그곳을 한번 지켜보시지 않겠소?"

맹달도 걱정 않기로는 방통이나 다름없었다. 그쯤이야 큰일도 아니라는 듯 선선히 고개를 끄덕인 뒤 말했다.

"제가 천거하는 사람 하나와 같이 가서 지키게 해주신다면, 만에 하나라도 관(關)을 잃으실까 걱정하실 필요는 없을 것입니다."

"그 사람이 누구요?"

유비가 반색하며 물었다. 맹달이 대답했다.

"일찍이 형주 유표 밑에서 중랑장을 지냈던 사람입니다. 남군 지강이 고향인데 이름은 곽준(霍峻)이요, 자는 중막(仲邈)이라 쓰지요."

유비는 곽준을 본 적이 없지만 맹달이 그토록 장담하는 것으로 보아 믿어도 좋을 것 같았다. 곧 사람을 보내 곽준을 불러오게 한 뒤 맹달과 함께 가맹관을 지키도록 보냈다.

가맹관을 막는 일이 그렇게 풀리자 방통은 남은 의논을 내일로 미루고 유비 앞을 물러나왔다. 방통이 거처로 돌아와 잠시 쉬려는데 문득 사람이 와서 일렀다.

"군사를 찾아와 꼭 뵙겠다는 손님이 있습니다."

그리고 그 행색을 말하는 것이 여러 가지로 미루어 여느 손님은 아닌 듯했다. 여기저기 벌여둔 일이 많아 인재가 아쉬운 때라 방통은 몸소 마중을 나갔다. 그 사람은 키가 여덟 자에 생김이 매우 우람했다. 머리를 짧게 끊어 목덜미까지 풀어내린 데다 옷차림은 몹시 너저분했지만 짐작대로 예사 인물 같지는 않았다.

"선생님은 누구신지요?"

한참을 살피던 방통이 목소리를 가다듬어 공손하게 물었다. 그러나 그는 대답도 없이 성큼성큼 당 위로 올라오더니 거기 있는 침상 위에 벌러덩 누웠다. 방통은 그런 손님의 행티가 매우 괴이쩍어 두 번 세 번 같은 물음을 되풀이했다.

"조금만 기다리게나. 나는 그대와 더불어 천하의 큰일을 얘기하러 왔네."

이윽고 그 손님이 귀찮다는 듯 대답했다. 눈 아래 사람이 보이지 않는다는 투였다. 방통은 더욱 이상했으나 함부로 그를 대할 수는 없었다. 한참을 살피다가 좌우를 향해 명했다.

"무엇을 하는가? 귀한 손님이 왔으니 어서 술과 밥을 내오너라."

우선 대접을 극진히 하며 그 하는 양을 보겠다는 생각이었다. 무언가 그만한 값어치가 있는 것을 지녔기에 감히 그렇게 나올 수 있으리라 짐작한 까닭이었다.

잠시 후 상다리가 휘도록 푸짐한 음식이 나왔으나 손님은 조금도 겸양하는 기색이 없었다. 제 것 제 먹는다는 듯 거침없이 먹어대는데 그 먹성이 또한 엄청났다. 이것저것 닥치는 대로 입에 쏟아넣어 우적우적 씹어 삼키고 술항아리마저 깨끗이 비운 뒤 다시 침상으로 가 벌러덩 누워버리는 것이었다.

방통의 궁금증은 더 커졌다. 무언가 중요한 일이 있는데 도통 입을 열지 않을뿐더러, 더 딱한 것은 그 사람이 누군지조차 모른다는 점이었다.

"법효직(法孝直)을 모셔오너라."

한참을 궁리하던 방통은 문득 사람을 보내 법정을 불러오게 했다. 법정은 서천 사람이니 어쩌면 그 낯 모를 손님을 알아볼지도 모른다는 생각에서였다.

방통의 갑작스런 부름을 받은 법정은 무슨 일인가 싶어 급하게 달려왔다. 방통은 법정을 문밖에 나가 맞은 뒤 찾아온 손님의 생김새며 행동거지를 자세히 일러주고 혹시 그런 사람을 아는지 물었다.

"그렇다면 팽영년(彭永年)이 아닌지 모르겠습니다."

법정이 그렇게 말하며 그 손님이 누워 있는 방으로 들어갔다. 그러나 법정이 살펴보기도 전에 상대편이 먼저 법정을 알아보았다.

"효직은 그간 별일이 없었는가?"

그때껏 평상에 누웠었던 그 손님이 벌떡 몸을 일으키며 법정에게 소리쳤다. 법정도 그를 잘 아는 듯 반갑게 인사말을 나누었다. 방통이 그런 법정에게 물었다.

"그럼 효직이 잘 아는 분이시오?"

"그렇습니다. 이 친구는 광한 사람으로 이름은 팽양(彭羕)이요, 자는 영년(永年)이라 씁니다. 촉 땅의 호걸인데 바른 말을 하다가 유장의 노여움을 사서 머리터럭이 잘린 채 남의 종노릇을 한 적이 있지요. 지금 머리칼이 짧은 것은 그 때문입니다."

선비로서 머리칼을 잘리고 남의 종노릇을 하게 되었다면 그것은 죽음에 버금가는 형벌이었다. 유장으로부터 그런 형벌을 받았다면 그에 대한 앙심이 어떠할지는 절로 짐작이 가는 일이었다.

'반드시 유장에게는 해롭고 우리 주공에게는 이로운 일을 하러 온 사람이겠구나.'

속으로 그렇게 헤아린 방통은 전보다 한층 더 극진하게 팽양을 대접하며 물었다.

"선생께서는 어떤 가르침이 있어 저희를 찾아오셨습니까?"

"나는 당신들 수만 군사의 목숨을 구해주려고 특별히 찾아왔소. 유황숙을 뵙고 다 말씀드리겠소이다."

팽양이 그런 엄청난 소리를 했다. 그 말을 들은 법정은 급히 유비에게 그 말을 전했다. 수만 군사의 목숨이 달려 있다는 말에 놀란 유비가 만사를 제쳐놓고 팽양을 불러들였다.

"지금 나의 수만 군사가 위태롭다니 그게 무슨 말씀이오?"

서로 처음 보는 예가 끝나기 무섭게 유비가 물었다. 팽양이 대답 대신 되물었다.

"황숙께서는 낙성 근처에 나가 있는 앞 진채에 얼마간의 군마를 나누어두셨을 것입니다. 그렇지 않습니까?"

"위연과 황충이 진채 하나씩을 맡아 거기 있습니다만……."

유비가 숨기지 않고 말해주었다. 그러자 팽양이 나무라듯 말했다.

"황숙께서는 장수 된 이로서 어찌하여 지리(地理)도 알지 못하십니까? 낙성 근처에 나가 있는 앞 진채는 부강을 곁에 두고 있습니다. 만약 적이 강물을 그리로 끌어대고 다시 군사를 풀어 앞뒤를 막아버린다면 황숙의 수만 대군은 단 한 사람도 살아나오지 못할 것입니다."

그제서야 유비도 크게 깨닫는 바가 있었다. 진을 치는 데 가장 중요한 지리를 살피지 않았던 것이다. 팽양이 다시 그런 유비에게 덧붙여 말했다.

"지금 강성(罡星, 북두성)이 서쪽에 있고 태백성(太白星, 금성)은 이곳을 쐬니 반드시 불길한 일이 있을 듯합니다. 부디 모든 일에 신중을 기하십시오."

당장 빠져 있는 위태로움을 알려줄 뿐만 아니라 앞날의 일까지 살펴 미리 경계할 바를 알려주는 것이었다. 유비는 고마운 느낌을 이기지 못해 넙죽 엎드려 절하고 그날부터 팽양을 막빈(幕賓)으로 삼았다. 그리고 한편으로는 위연과 황충에게 사람을 보내 자신의 새로운 영을 전하게 했다.

"아침저녁으로 순찰을 엄히 하여 적이 강물을 끊지 못하게 하라. 이 일을 게을리했다가는 그곳의 어느 누구도 살아서 돌아오기 어려울 것이다."

영을 받은 황충과 위연은 의논 끝에 두 사람이 각기 하루에 한 번씩 순찰을 돌되 만약 적을 만나면 서로 힘을 합치기로 결정을 보았다.

한편 모든 준비를 마친 냉포는 황충과 위연이 그렇게 대비하고 있는 줄도 모르고 때가 오기만을 기다렸다. 그러다가 어느 날 밤 비바람이 몹시 이는 것을 보고 군사 오천을 몰아 강가로 나갔다. 바람 소리에 자기편의 행군이나 삽질 괭이질에서 나는 시끄러운 소리가 묻히리라 여겨 그날 밤을 고른 것이었다.

냉포가 막 군사를 풀어 강물을 끊으려 할 때였다. 갑자기 뒤편에서 함성이 크게 일었다. 그제서야 적이 미리 준비하고 있었음을 알고 놀란 냉포는 급히 군사를 몰았다.

마침 그날 밤 순찰을 돌던 것은 위연이었다. 위연이 황황히 물러나는 냉포를 뒤쫓으며 몰아대니 서천의 군사들은 저희끼리 얽혀 밟혀 죽는 자가 칼 맞아 죽는 자보다 더 많았다.

냉포는 뒤 한번 돌아봄이 없이 달아났으나 그도 끝내 빠져나가지는 못했다. 한참을 정신없이 달리는데 어느새 위연이 나타나 앞을 가로막았다. 냉포가 창을 들어 맞서보았지만 몇 번 엇갈리기도 전에 냉포는 다시 한번 위연에게 사로잡히고 말았다.

서천 쪽에서 오란과 뇌동 두 장수가 그런 냉포를 도우려고 나왔으나 그도 소용이 없었다. 유비 쪽에서도 황충이 기별을 받고 나타나 오란과 뇌동의 군사들을 여지없이 두들겨 부숴버린 까닭이었다.

위연은 사로잡은 냉포를 끌고 부관의 유비에게로 갔다. 냉포를 본 유비가 성난 얼굴로 꾸짖었다.

"나는 너를 인의로 대해 놓아 보냈거늘, 네 어찌 감히 나를 저버렸느냐? 이번에는 너를 용서하지 않으리라!"

그러고는 곧 냉포를 끌어내 목 베게 하는 한편 위연에게는 큰 상을 내렸다. 하지만 위연에 못지않게 고마운 것은 팽양이었다. 그의 귀띔은 낙성에 나가 있는 군사들을 위태로움에서 구해주었을 뿐만 아니라 오히려 적장을 사로잡아 목 벨 수 있게 했기 때문이었다.

유비는 그 고마움을 나타내는 뜻으로 크게 잔치를 열어 팽양을 대접했다. 그런데 한창 잔치가 무르익었을 무렵이었다. 홀연 사람이 들어와 알렸다.

"형주에 계신 제갈군사께서 마량을 보내 글 한 통을 올려왔습니다."

이에 유비는 곧 마량을 불러들이고 물었다.

"형주에 무슨 일이라도 있는가?"

"아닙니다. 형주는 평안하니 주공께서는 조금도 걱정하지 마십시오."

마량은 그렇게 대답하고 품안에서 제갈공명이 써준 편지 한 통을 꺼내 바쳤다. 유비가 뜯어보니 대략 이런 글이 적혀 있었다.

'양이 간밤에 태을수(太乙數)를 셈해보니 올해는 계해년(癸亥年)이라 강성이 서쪽에 있고, 또 건상(乾象, 천문)을 보니 태백성이 낙성 어름에 자리 잡고 있습니다. 이는 으뜸되는 장수의 신상에 흉한 일은 많고 길한 일은 적으리라는 조짐이니 부디 모든 일에 살피고 삼가는 마음을 지니시어 가볍게 나서지 않도록 하십시오.'

그러잖아도 생각보다 일이 잘 풀리지 않아 걱정하던 유비는 그 글을 읽자 마음이 달라졌다. 별로 망설이는 기색도 없이 마량에게 말했다.

"자네는 먼저 형주로 돌아가 나도 이만 형주로 돌아갈 작정이더라고 공명에게 전하게. 서천을 뺏는 일은 가서 다시 의논해보는 게 좋겠네."

그러나 방통은 달랐다. 공명의 글을 훑어본 뒤에 속으로 생각했다.

'공명은 내가 서천을 뺏어 홀로 공을 세우게 되는 걸 걱정하고 있

구나. 그 때문에 이런 글을 보내 막으려고 한다……'

그대로 밀고 나가면 어렵지 않게 서천을 차지할 수 있다고 믿는 그로서는 당연히 해봄직한 의심이었다.

"저 역시 태을수를 셈해보아 강성이 서쪽에 있다는 것은 알고 있습니다. 그러나 그것은 주공께서 서천을 얻게 되시리라는 걸 나타내는 것일 뿐 주공께 흉한 일이 있으리란 뜻은 아닙니다. 또 저 역시 천문을 보아 태백성이 낙성 어름을 쬐고 있음을 알고 있습니다만 마찬가지로 그게 반드시 우리에게 흉한 일이 있으리란 뜻은 아닌 듯합니다. 먼저 촉장 냉포를 사로잡아 목 벴으니 그 흉조는 이미 풀렸다고 볼 수도 있는 것입니다. 주공께서 쓸데없는 걱정으로 일을 중도에 그만두셔서는 아니 됩니다. 되도록 빨리 군사를 이끌고 나아가 서천을 차지하도록 하십시오."

방통이 유비를 잡고 그렇게 두 번 세 번 권했다. 마음 내키지 않아 하던 유비도 방통이 그렇게 나오자 곧 생각을 바꾸었다. 군사를 형주로 되돌리는 대신 앞으로 내몰아 서천 뺏는 일을 서둘렀다.

황충과 위연은 유비가 방통과 더불어 대군을 이끌고 이르자 반갑게 진채 안으로 맞아들였다. 방통은 자리를 잡고 앉기 바쁘게 법정에게 물었다.

"앞으로 나가 낙성에 이르는 데 작은 길이 몇이나 있소?"

법정이 땅바닥에 그림을 그려가며 아는 대로 일러주었다. 유비가 품속에서 전에 장송이 그려준 지도를 꺼내 맞춰보니 조금도 틀림이 없었다. 법정이 그 가운데 두 갈래 길을 짚으며 설명했다.

"이 산 북쪽에 있는 것은 큰 길인데 바로 낙성의 동문에 이르게 됩니다. 또 이쪽 남쪽에 있는 산속에 난 작은 길은 낙성 서문에 이르게 되지요. 두 길 모두 군사가 나아가기에는 크게 어려움이 없을 것입니다."

그러자 방통이 유비를 돌아보며 말했다.

"저는 위연을 선봉으로 삼아 남쪽에 있는 소로로 나아가겠습니다. 주공께서는 황충을 선봉으로 삼아 산 북쪽의 큰 길로 나아가십시오. 양쪽 모두 낙성에 이르면 그때 힘을 합쳐 한꺼번에 낙성을 치도록 하는 게 좋겠습니다."

유비가 문득 무슨 생각이 났던지 무겁게 고개를 저으며 그 말을 받았다.

"나는 어려서부터 활쏘기와 말타기를 익혔고 좁고 험한 길도 자주 다녔소. 내가 남쪽 소로로 갈 테니 군사께서 북쪽 큰 길로 나아가도록 하시오. 군사께서 낙성 동문을 들이치고 내가 서문을 맡으면 되지 않겠소?"

유비는 창칼을 못 다루고 말타기에도 능하지 못한 방통이 험한 산길로 가는 게 아무래도 걱정되었다.

"아닙니다. 큰 길은 반드시 적이 군사를 내어 막을 것이니 싸움을 많이 겪은 주공께서 군사를 이끌고 나가셔야 합니다. 제가 소로로 나가는 편이 옳습니다."

방통이 그렇게 우겼다. 얼핏 들어서는 그럴듯한 말이었으나 유비는 왠지 마음이 놓이지 않았다. 한 번 더 방통의 마음을 움직여볼 양으로 꿈 얘기까지 꺼냈다.

"아무래도 군사께서 좁은 산길을 가시는 게 마음에 걸리는구려.

어젯밤 꿈에 한 신인(神人)이 나타나 쇠막대기로 내 오른편 팔을 후려쳤는데 꿈에서 깬 지금까지도 아직 아픔이 느껴지오. 이번에 나서는 길이 좋지 않을 조짐 같아 실로 걱정이오."

"장사가 싸움터에 나간 이상 죽지 않으면 다칠 것은 뻔한 이치가 아니겠습니까? 까짓 꿈속에 있었던 일로 어찌 그렇게 걱정하십니까?"

방통은 조금도 꺼려하는 기색 없이 그렇게 대꾸했다. 유비가 이번에는 공명의 글을 핑계로 댔다.

"내가 이렇게 걱정하는 것은 공명이 보낸 글 때문이기도 하오. 차라리 군사께서는 돌아가 부관이나 지키시는 게 어떻겠소?"

그러자 방통이 어이없다는 듯 껄껄거리며 말했다.

"주공께서는 지나치게 공명에게 홀리셨습니다. 그 사람은 저 혼자서 큰 공을 세우게 되는 게 싫어 그 같은 편지로 주공을 걱정하게 만든 것입니다. 마음에 걱정이 있으면 꿈속에도 나타나는 법, 그런 꿈이 흉한들 걱정할 게 무엇이겠습니까? 이 방통은 간과 뇌를 땅에 쏟고 죽게 되더라도 마음에 없는 소리는 하지 않습니다. 주공께서도 다시는 여러 말씀 마시고 어서 나아가기나 하십시오."

방통이 그렇게 나오니 유비도 더는 우길 수가 없었다. 그날로 전군에 영을 내려 오경 무렵에 밥 지어 먹고 날이 밝을 무렵에는 낙성으로 출발하도록 했다.

다음 날 새벽 선봉을 맡은 황충과 위연이 먼저 떠나고, 유비가 방통과 더불어 다시 한번 낙성에서 만날 일을 약정하려는 때였다. 문득 방통이 탄 말이 헛것을 보았는지 발을 잘못 디뎌 방통을 땅바닥에 떨어뜨렸다. 놀란 유비가 말에서 뛰어내려 방통이 타고 있던 말의 고삐를 잡고 살피며 물었다.

"군사께서는 어째서 이토록 보잘것없는 말을 타고 다니시오?"

"이 말을 탄 지 오래됩니다만 이 같은 일은 일찍이 없었습니다."

"말이 싸움에서 헛것을 보게 되면 탄 사람의 목숨을 앗게 되는 수도 있소이다. 내가 탄 이 흰 말은 매우 길이 잘 들어 군사께서 타셔도 만에 하나 잘못되는 법은 없을 것이오. 이 시원찮은 말은 내가 타도록 하겠소."

유비가 그렇게 말하며 방통이 타고 있던 말에 훌쩍 올라탔다. 뜻 아니하게 유비와 말을 바꿔타게 된 방통은 감격해 마지않았다.

"주공의 두터운 은혜에 실로 무어라 감사의 말씀을 올려야 될지 모르겠습니다. 만 번 죽는다 한들 어떻게 보답할 수 있겠습니까?"

그렇게 고마움을 나타내고 말에 올라 미리 정한 길로 군사를 이끌고 나아갔다. 유비는 그만 일로 죽음까지 들먹이는 방통이 새삼 마음에 걸렸지만 싸움터로 나서는 길이라 입밖에 내지는 못했다. 방통의 뒷모습을 보며 부디 아무 일 없기를 빌고 자신의 길을 떠나는 수밖에 없었다.

한편 낙성을 지키고 있던 오의는 냉포가 강물을 끌어 적군을 몰살시키기는커녕 오히려 유비의 군사들에게 사로잡혀 죽었다는 소식을 듣자 크게 놀랐다. 곧 남은 장수들을 불러 모아놓고 머지않아 밀어닥칠 유비를 막을 방어책을 물었다. 가장 지략이 나은 장임이 나서서 말했다.

"성 동남쪽에 있는 산모퉁이로 한 줄기 소로가 있는데 매우 중요한 길목이외다. 내가 군사 한 갈래를 이끌고 그곳을 틀어막을 테니 여러분들은 성이나 굳게 지키고 계시오. 만에 하나라도 실수가 있어서는 아니 되오."

그때 문득 유비가 군사를 나누어 오고 있다는 급한 소식이 들어왔다. 길게 의논할 겨를이 없는 오의는 거의 요행을 바라는 심경으로 장임의 주장을 받아들였다.

장임은 곧 군사 삼천을 이끌고 먼저 산속 소로로 달려가 매복한 채 유비군이 오기를 기다렸다. 오래잖아 선봉 위연이 이끄는 군사들이 그곳을 지나기 시작했다.

"이들은 선봉이니 모두 보내주어라. 우리는 더 기다리다가 중군을 잡아야 한다."

장임은 그런 영을 내려 군사들이 함부로 움직이지 못하게 했다.

이윽고 방통이 이끄는 본진이 숲속의 소로에 이르렀다. 장임의 군사들이 흰 말을 타고 다가오는 방통을 가리키며 말했다.

"저기 흰 말을 타고 오는 자가 유비임에 틀림없습니다."

전에 싸움터에서 유비가 그 말을 타고 있는 걸 본 적이 있어 하는 소리였다. 유비가 방통에게 준 말은 그만큼 남의 눈에 잘 띄는 백마였다.

유비를 가까이서 본 적이 없는 장임은 군사들의 말을 그대로 믿었다. 뜻밖에도 적의 우두머리를 잡게 된 것을 크게 기뻐하며 군사들에게 가만히 영을 내렸다.

"포향이 울리기를 기다렸다가 한꺼번에 유비를 쏘도록 하라."

이때 군사를 재촉해 나가던 방통은 머리를 쳐들어 길 앞을 살피고 있었다. 문득 길은 좁은 산골짜기로 접어드는데 양쪽 등성이에는 나무와 풀숲이 우거져 있었다. 그것도 절기는 아직 늦여름에서 초가을 사이라 잎이 무성해 그 속에 무엇이 숨었는지 알아볼 수가 없었다. 한마디로 말해 적이 매복하기에는 더할 나위 없는 지세로 보였다.

선봉을 맡은 위연이 별 탈 없이 지나간 곳이어서 마음놓일 법도 하건만 왠지 방통은 그 골짜기가 꺼림칙했다. 그곳에 어려 있는 살기 같은 것이 느껴진 까닭이었다.

"이곳이 어디냐?"

방통이 문득 고삐를 당기며 물었다. 군사들 가운데 근래 항복한 촉병 출신 하나가 대답했다.

"이곳의 땅 이름은 낙봉파(落鳳坡)라 합니다."

그러자 방통이 깜짝 놀라며 소리쳤다.

"내 도호(道號)가 봉추(鳳雛)인데 이곳이 낙봉파라면 어찌 되는 것이냐? 나에게 결코 이로울 수 없는 땅이다. 모두 어서 물러나라!"

하지만 이미 때는 늦은 뒤였다. 갑자기 산 언덕에서 한소리 포향이 울리며 메뚜기 떼 덮치듯 화살이 쏟아졌다. 모두 방통을 향해서만 날아드는 화살이었다. 장임의 삼천 군사가 백마를 과녁 삼아 활을 쏘아댄 때문이었다.

아무리 천하의 봉추선생이라지만 쏟아지는 화살비야 어찌 피해낼 수 있겠는가. 가엾게도 방통은 끝내 어지럽게 나는 화살 아래 죽으니 그때 그의 나이 겨우 서른여섯이었다. 저 자허상인(紫虛上人)이 예언한 대로 봉황은 다 자라기도 전에 땅에 떨어지고[鳳雛墜地] 만 셈이었다.

방통을 유비라고만 믿고 있던 장임은 그가 고슴도치같이 온몸으로 화살을 받고 말에서 떨어지자 힘이 부쩍 났다. 뒤이어 삼천 군사를 휘몰아 유비군의 앞뒤를 막고 들이쳤다. 좁은 계곡에 갇혀 나아가지도 물러나지도 못하게 된 유비군은 이리저리 쫓기다가 태반이 거기서 목숨을 잃었다.

앞서 가다 겨우 그곳을 빠져나오게 된 군사 몇이 나는 듯 달려가 위연에게 그 소식을 알렸다. 위연은 군사를 돌려 본진을 구하려 했으나 산길이 좁아 마음대로 되지 않았다. 아니, 그 이상으로 자신을 지키기에도 급급했다. 장임이 위연이 돌아서는 길을 막고 있을 뿐만 아니라 미리 높은 곳에 숨겨놓은 군사로 위연의 머리 위에도 화살비를 퍼붓게 한 까닭이었다.

위연은 당황했다. 외마디 소리와 함께 쓰러지는 군사들 사이를 몰이꾼에게 몰린 멧돼지 모양 내닫고 있는데 항복한 지 얼마 안 되는 촉병 출신의 군사 하나가 권했다.

"아무래도 낙성 쪽으로 밀고 나가 큰 길로 들어서는 게 좋겠습니다."

위연은 달다 쓰다 가릴 겨를이 없었다. 우선 쏟아지는 화살비나 피해보자는 생각으로 앞장서서 길을 열고 낙성 쪽으로 밀고 나갔다.

하지만 그마저도 뜻 같지가 못했다. 겨우 좁은 계곡을 빠져나왔는가 싶자 홀연 앞에서 티끌이 자욱하게 일며 또 한 떼의 군마가 나타났다. 낙성을 지키고 있던 장수 오란과 뇌동이 이끄는 촉의 군사였다.

위연이 그들과 싸우려 할 때 다시 등 뒤에서 장임이 덤벼들었다. 앞뒤로 적을 받은 위연은 곧 새까맣게 둘러싼 적병 한가운데 갇혀버리고 말았다. 위연은 죽을힘을 다해 싸웠으나 워낙 적이 두텁게 에워싸고 있어 벗어날 길이 없었다.

그러다가 어느 때쯤일까. 갑자기 오란과 뇌동의 후군(後軍)이 어지러워지는가 싶더니, 그들 두 적장이 한꺼번에 그곳을 구하러 달려갔다. 누군가 자기편이 왔음을 짐작한 위연은 힘이 부쩍 났다. 기세를 타고 오란과 뇌동을 뒤쫓는데, 문득 적병을 헤치고 한 장수가 나타나 소리쳤다.

"문장(文長, 위연의 자)은 걱정 마라. 내가 특히 그대를 구하러 왔노라!"

위연이 반갑게 쳐다보니 바로 늙은 황충이었다. 위연은 곧 황충과 힘을 합쳐 적을 쳐부수기 시작했다. 거꾸로 앞뒤에서 협공을 당하게 된 오란과 뇌동은 이내 무너져 달아났다. 위연과 황충은 그런 적을 쫓아 똑바로 낙성까지 밀고 나갔다.

성안에서 보고 있던 유괴가 오란과 뇌동을 구하려고 대군을 이끌고 쏟아져 나왔다. 황충과 위연은 둘 다 선봉이라 원래가 많지 않은 군사를 이끈 데다, 위연은 또 장임에게 적지 않은 군사를 잃어 유괴의 대군을 당해낼 길이 없었다. 다시 밀리게 된 판에 용케 유비가 나타나 별 어려움 없이 몸을 빼낼 수 있었다.

유비는 우선 어지럽게 흩어진 전열부터 가다듬을 양으로 일단 군사를 진채로 돌렸다. 그런데 겨우 진채에 이르기 바쁘게 장임의 군마가 좁은 산길에서 쏟아져 나왔다. 뿐만 아니었다. 등 뒤에는 어느새 유괴와 오란, 뇌동이 이끄는 대군이 바짝 뒤쫓아오고 있었다.

유비가 죽었다는 소리라도 들었는지 촉군의 기세는 전에 없이 대단했다. 유비는 그곳의 진채를 지키기 어렵다고 보아 한편 싸우면서 한편 물러나기 시작했다. 이제는 부관으로 돌아가서 다시 전열을 가다듬는 수밖에 없다고 생각이 들었다.

이긴 기세를 탄 적은 쉴 틈 없이 뒤쫓아왔다. 전날 밤부터 서둔 유비군은 사람과 말이 한가지로 지쳐버렸다. 마음속에는 되돌아서서 한바탕 싸움을 벌일 뜻도 있었으나 몸은 그저 앞만 보며 달아날 뿐이었다.

그때 다행히도 관을 지키던 유봉과 관평이 좌우에서 삼만군을 이끌고 쏟아져 나왔다. 관 안에서 푹 쉬고 난 뒤라 힘과 생기가 넘쳐흐르는 군사들이었다.

이번에는 장임이 그 기세를 당해내지 못하고 달아나기 시작했다. 유봉과 관평은 그런 장임을 이십 리나 두들겨 쫓고 많은 마필을 뺏어 돌아왔다.

유비가 방통이 끝내 보이지 않는 것을 안 것은 부관 안으로 돌아간 뒤였다.

"군사께서는 어디 계시는가?"

유비가 불길한 예감을 억누르며 물었다. 황충은 물론 위연까지도 아직 방통이 죽은 것을 모르고 있었다. 방통을 따라갔다가 낙봉파에서 겨우 목숨을 건져 나온 군사 하나가 울먹이며 대답했다.

"군사께서는 말과 함께 적의 난전(亂箭) 아래 숨을 거두셨습니다."

그 말을 들은 유비는 방통이 죽은 낙봉파 쪽을 보고 통곡한 뒤 그 넋을 달랠 제단을 마련케 했다. 다른 장수들도 한결같이 통곡해 마지않았다. 황충이 문득 눈물을 거두고 말했다.

"이번에 군사를 잃으셨으니 장임이 이를 알면 틀림없이 이곳 부관을 치러 올 것입니다. 적지 않이 상한 데다 기마저 꺾인 군사로 승세를 탄 적을 어떻게 막을 수 있겠습니까? 차라리 사람을 형주로 보내 제갈군사를 이리로 모셔오는 게 낫겠습니다. 그분과 더불어 다시 서천을 뺏을 계책을 세우도록 하십시오."

나이값을 하는 소리였다. 거기다가 그런 황충의 헤아림이 옳다는 것은 오래잖아 드러났다. 유비가 아직 대답을 않고 있는데 군사 하나가 헐레벌떡 뛰어들어와 알렸다.

"장임이 군사를 이끌고 관 아래 이르러 싸움을 걸고 있습니다."

그 같은 소식에 유비보다 장수들이 더 노했다. 황충과 위연이 함께 일어나며 소리쳤다.

"제가 한번 나가보겠습니다."

"제가 나가 저 버릇없는 장임의 목을 가져오겠습니다."

유비가 오히려 그런 두 사람들을 말려 주저앉히며 말했다.

"이번에 져서 우리 군사들의 날카로운 기세가 적지 않이 꺾여 있으니 가벼이 나가 싸워서는 아니 되오. 마땅히 굳게 지키면서 제갈군사께서 오실 때까지 기다려야 할 것이오."

그러자 황충과 위연도 더는 오기를 부리지 않았다. 속을 누르고 유비의 명을 받들어 굳게 성을 지킬 뿐이었다

유비는 관평을 불러 글 한 통을 써주며 말했다.

"너는 형주로 가서 군사께 이 글을 올리고 이곳으로 모셔오도록 하라."

명을 받은 관평은 그 밤으로 말을 달려 형주로 갔다. 유비는 관평이 돌아올 때까지 스스로 부관을 맡아 굳게 지킬 뿐 나가 싸우지 않았다.

때는 칠월 칠석 무렵이었다. 형주의 공명은 명절을 그냥 넘길 수 없어 칠석날 밤에 잔치를 열고 여러 관원들과 더불어 술잔을 나누었다. 주군이 군사를 이끌고 서천에 나가 있으니 술자리의 얘기는 절로 서천의 일이 중심되지 않을 수 없었다.

혹은 유비를 걱정하고 혹은 서천을 얻은 뒤를 생각하며 기대에 차 얘기를 나누는데 문득 서쪽 하늘에서 별이 하나 떨어지는 게 보였다. 크기가 북두성만큼이나 되는 별이었는데 떨어지며 흘리는 빛이 사방으로 흩어지는 게 예사롭지 않았다.

공명이 그걸 보고 깜짝 놀라더니 갑자기 소매로 얼굴을 가리고 소리내어 울었다.

"슬프구나, 사원(士元)이여, 가슴 아프다, 봉추여……."

곁에 있던 사람들이 어리둥절해 공명을 진정시키며 까닭을 물었다. 공명이 흐느낌 섞어 대답했다.

"내가 일전에 헤아려보니 올해는 강성이 서쪽에 있어 군사에게 이롭지 못했소. 거기다가 천구(天狗, 재물을 맡은 별 이름 또는 그 달의 흉한 귀신)가 우리 군을 범하고, 태백성이 낙성에 있기에 나는 주공께 글을 올려 모든 일에 삼가고 조심하라 말씀드렸던 것이오. 그런데도 일은 잘못되고 말았구려. 서쪽에 있는 그의 별이 졌으니 틀림없이 방사원은 죽었소이다. 누가 일이 이리 될 줄 생각이나 하였겠소. 이제 주공께서는 팔 하나를 잃으셨소……."

그리고 다시 소리내어 통곡했다. 관원들은 모두 놀랐으나 하도 엄청난 소리라 믿기지 않은 모양이었다. 고개를 갸웃거리는 그들에게 공명이 울음을 멈추고 말했다.

"며칠 안으로 곧 소식이 올 것이오. 아아, 이 일을 어찌할꺼나······."

그렇게 되니 잔치가 제대로 될 까닭이 없었다. 내온 술도 다 비우지 못하고 한결같이 무거운 가슴으로 흩어졌다.

며칠 뒤였다. 관운장과 더불어 서천의 일을 걱정하고 있는데, 사람이 들어와 관평이 온 것을 알렸다. 관원들은 며칠 전에 들은 말이 있어 관평이 서천에서 달려왔다는 소리만 듣고도 모두 놀랐다. 그러나 더욱 놀라운 것은 관평이 공명에게 올린 글이었다.

'지난 칠월 초이렛날 방통군사께서 돌아가셨소. 낙성을 치러 가다 낙봉파에서 촉장 장임의 매복에 걸려 어지러운 화살 아래 숨을 거두신 것이오······.'

거기 씌어 있는 그런 내용은 며칠 전 공명이 말한 그대로였다. 공명이 다시 통곡하고 다른 벼슬아치들도 그제서야 눈물을 흘리지 않는 이가 없었다.

한참 뒤에 공명이 눈물을 거두고 말했다.

"이미 주공께서 부관에 갇히시어 오도 가도 못할 지경이시라면 이 양이 아니 가볼 수 없소."

"군사께서 가신다면 형주는 누가 지키겠소? 형주는 매우 중요한 땅이니 또한 가볍게 버려두어서는 아니 될 것이오."

듣고 있던 관우가 그런 걱정을 했다. 공명이 이미 마음속으로 정해둔 게 있는 듯 망설임 없이 말했다.

"주공의 글 가운데는 누구에게 형주를 맡기라는 말이 뚜렷이 적혀 있지는 않지만, 나는 이미 주공의 뜻을 알고 있소."

그러고는 그 자리에 있는 관원들에게 유비의 편지를 보인 뒤에 말했다.

"주공께서는 이 글에서 형주를 내게 맡기시고 마음대로 사람을 뽑아 쓰라고 하십니다만, 특히 관평을 보내신 것으로 보아 뜻은 운장께 중임을 맡기시려는 것 같소. 운장께서는 저 복사꽃 핀 동산[桃園]에서 맺은 의를 잊지 마시고 힘써 이 땅을 지켜주시오. 결코 가볍게 여길 일이 아니니 공은 모름지기 근면으로 맡은 바 책임을 다해야 할 것이오."

의논이랄 것도 없는 군령(軍令)이었다. 관우도 자기밖에는 달리 형주를 맡아 지킬 만한 사람이 없다고 생각했는지 한번 사양하는 법도 없이 승낙했다. 그런 관우의 표정에는 왠지 비장한 각오가 어려 있었다.

공명은 곧 크게 잔치를 열고 그 자리를 빌려 관우에게 형주 태수의 인수를 물려주었다.

"이제 형주의 모든 일은 오직 장군 몸에 달렸소."

공명이 인수를 물려주면서 뒷일을 당부하는 뜻으로 그렇게 말했다. 관우가 굳은 얼굴로 자신의 결의를 밝혔다.

"대장부가 이왕에 무거운 책임을 맡았으니 목숨이 남아 있는 한 저버려서는 아니 될 것이오."

공명은 관우가 목숨부터 먼저 걸고 나서는 게 까닭없이 불길했다. 이미 나온 말이라 어찌할 수 없으나 굳이 못 들은 체 다른 말을 꺼냈다.

"만약 조조가 군사를 이끌고 내려온다면 어찌하시겠소?"

"힘을 다해 맞서겠소이다."

관우는 여전히 굳은 얼굴로 대답했다. 공명이 다시 물었다.

"그렇다면 조조와 손권이 한꺼번에 군사를 일으켜 쳐들어올 때는 어찌하겠소?"

"군사를 나누어 싸우지요."

그러자 공명이 관우를 깨우쳐주듯 말했다.

"만약 운장께서 그렇게 하시면 이 형주는 위태로워지고 말 것이오. 이제 내가 여덟 자 글귀를 드릴 테니 장군께서는 언제나 그걸 마음에 새겨두시오. 그렇게 하는 것만이 형주를 온전히 지킬 수 있는 것이외다."

"그 여덟 자를 말씀해보시오."

"북거조조(北拒曹操) 동화손권(東和孫權)."

평소와는 달리 겸허하게 받아들이려는 관우에게 공명이 시구를 읊조리듯 그 여덟 자를 일러주었다. 북으로 조조와는 싸우고, 동으로 손권과는 화친하라는 뜻이었다. 관우가 잠깐 생각하다 다짐하듯 말했다.

"군사의 그 말씀 가슴 깊이 새겨두겠습니다."

남달리 자부심이 강해 다른 사람의 가르침을 귀담아 듣지 않는 관우였으나 상대가 공명인 때문인지, 아니면 형주가 너무도 중요한 땅인 까닭인지 한마디 묻는 법도 없이 공명의 뜻을 받아들였다.

관우가 쓸데없는 고집을 부려 일을 그르치면 어쩌나 은근히 걱정하던 공명은 그 같은 관우의 다짐에 약간 마음이 놓였다. 형주의 일은 관우에게 맡기기로 하고 문관으로는 마량, 이적, 상랑, 미축을, 그리고 무장으로는 미방, 요화, 관평, 주창을 남겨 관우를 돕게 했다.

대강 형주의 일이 마무리되자 공명은 다시 서천으로 갈 군사를 일으켰다. 먼저 날랜 병마 일만을 가려뽑아 장비에게 주며 말했다.

"장군은 파주를 휩쓴 뒤 낙성 서쪽으로 나가도록 하시오. 먼저 이르는 자가 으뜸가는 공을 차지할 것이오."

다음은 조운이었다. 공명은 그에게도 한 갈래 군사와 배를 내주며 일렀다.

"자룡은 소강을 거슬러 올라가 낙성으로 가라. 역시 먼저 이르는 자에게 으뜸가는 공이 돌아가리라."

그런 다음 자신은 간옹, 장완 등과 더불어 군사 일만 오천을 이끌고 그 뒤를 따르기로 했다.

장완은 공명이 형주에서 새로 찾아낸 사람이었다. 영릉 상향(湘鄕)이 고향으로 자를 공염(公琰)이라 쓰는데, 일찍부터 형양 지방에서 학문과 재주로 이름이 높았으며 그때는 공명 밑에서 서기 일을 보고 있었다.

공명은 장비, 조운과 같은 날 군사를 일으켜 서천을 향했다. 저 자허상인이 일찍이 말한 바 '누운 용은 하늘로 솟네[臥龍昇天]'란 구절은 그 출발을 가리키고 있는지도 모를 일이었다.

무너져내리는 서천의 기둥들

장비가 떠날 채비를 끝낸 뒤 작별을 고하러 오자 공명은 당부했다.

"서천에는 뛰어난 인물들이 매우 많으니 그들을 가볍게 여기고 맞서서는 아니 될 것이오. 삼군을 엄히 단속하여 가는 길에 백성들의 재물을 노략질하는 일이 없도록 하시오. 오히려 가는 곳마다 백성들을 불쌍히 여기고 보살펴 민심을 얻도록 해야 하오. 또 장군께서는 함부로 사졸들을 매질하지 않도록 하시오. 사졸들을 모질게 다루면 그들도 장군을 위해 즐겨 싸우지 않을 것이외다. 부디 그릇됨이 없게 하여 되도록 빠른 날에 낙성에서 다시 만나게 되길 바라오."

어지간한 장비도 공명의 말이라면 귀담아 들었다. 틀림없이 그러마고 다짐한 뒤 말에 올랐다. 장비는 말뿐만 아니라 실제로도 공명이 일러준 대로 잘 따랐다. 가는 곳마다 백성들의 어려움을 보살펴

주고 항복하는 사람은 터럭만큼도 해치지 않았다. 그렇게 한천의 길로 밀고 올라가 파군에 이르렀을 무렵이었다. 문득 풀어둔 세작들이 돌아와 알렸다.

"파군 태수 엄안(嚴顏)은 촉 땅의 장수로 나이는 비록 많아도 힘은 조금도 줄어들지 않았다 합니다. 강한 활을 잘 쏘고, 큰 칼을 주로 쓰는데, 만 명은 혼자 당할 만한 용맹이라 일컬어질 정도입니다. 지금 성안에 버티고 앉아 항기(降旗)를 올리지 않고 있으니 한바탕 힘든 싸움을 피할 길이 없겠습니다."

그 말을 들은 장비는 성에서 십 리쯤 떨어진 곳에다 진채를 내리고 먼저 사람을 보내 엄포를 놓게 했다.

"늙은 엄안은 어서 나와 항복해 성안에 가득한 백성들의 목숨을 구하라. 공연히 버티면 성을 짓뭉개어 늙고 젊고를 가리지 않고 모두 죽여버리리라!"

엄안은 일찍이 유장이 법정을 시켜 유비를 서천으로 불러들였다는 말을 듣자 '이거야말로 아무것도 없는 산에 올라앉은 주제에 호랑이를 끌어들여 스스로를 지켜주게 만들려는 꼴이로구나!' 하고 탄식했다는 장수였다. 뒤에 과연 유비가 속셈을 드러내 부관을 차지하고 앉자 몹시 성난 그는 몇 번이나 군사를 이끌고 가서 유비와 싸우려 했으나 자신이 지키고 있는 파군이 또한 서천으로 드는 중요한 길목이라 함부로 비워두지 못해 그냥 주저앉아 있던 참이었다.

엄안은 장비가 군사를 이끌고 왔다는 말을 듣자 차라리 잘됐다 싶었다. 이번에야말로 유비에게 단단히 본때를 보여주리라 다짐하며 급히 거느리고 있던 군사 오륙천을 끌어모으고 나가 싸울 채비를 했다. 그때 어떤 사람이 권했다.

"장비는 장판교에서 호통 소리 한번으로 조조의 백만 대군을 쫓아버린 맹장입니다. 조조 역시 그의 소문만 듣고 몸을 피해 달아났다니 결코 가벼이 맞서서는 아니 됩니다. 도랑을 깊이 파고 성벽을 높여 굳게 지킬 뿐, 나아가 싸우지 않도록 하십시오. 그렇게 되면 적은 한 달을 넘기지 못하고 물러갈 것입니다. 거기다가 장비는 성미가 불 같고 군사들을 심하게 매질하는 것으로 소문이 나 있는 장수입니다. 우리가 굳게 지키기만 하면 싸울래야 싸울 수 없어 울화가 치솟을 것이고, 울화가 치솟으면 반드시 가까이 있는 졸개들에게 풀게 마련입니다. 그리하여 졸개들을 모질게 다루게 되면 적병의 마음이 변할 것은 또한 뻔한 이치가 아니겠습니까? 그때 틈을 보아 들이치면 장비를 사로잡기는 어렵지 않습니다."

엄안이 가만히 생각해보니 매우 좋은 계책 같았다. 이에 모든 군사를 성벽 위로 불러 올려 굳게 지키기만 하게 했다. 장비가 엄포를 놓으려고 뽑아 보낸 군사가 엄안이 지키는 성에 이른 것은 바로 그런 때였다. 그날 엄안이 성벽 위를 둘러보고 있는데 유비군의 복색을 한 군사 하나가 성문 밖에 와서 소리쳤다.

"문을 열어라. 장(張)장군의 전갈을 가지고 왔다!"

엄안이 문을 열어주게 하고 그 군사를 불러들여 물었다.

"그래 그 전갈이란 어떤 것인가?"

"노(老)장군께서는 어서 항복하시어 성안 백성들의 목숨을 구하라는 게 우리 장군님의 말씀이었습니다. 만약 버티다가 성이 깨어지는 날이면 늙고 젊고를 가리지 않고 모두 죽이겠다고 하셨습니다."

눈치 없이 그 군사는 장비가 하라는 대로 전했다. 듣고 난 엄안은 크게 노했다.

"장비 그 하찮은 것이 어찌 이리도 예의를 모른단 말이냐? 이 엄안이 어떻게 역적에게 항복하겠는가! 이번에는 내가 너의 입을 빌려 내 뜻을 장비에게 전하리라."

그러고는 그 군사의 귀와 코를 베어버린 뒤 장비에게 돌려보냈다. 그 군사가 돌아가 장비에게 울며 엄안이 한 말을 전하자 장비 또한 열화같이 성을 냈다. 이를 부드득 갈며 고리눈을 부릅뜨더니 곧바로 갑옷을 걸치고 말에 뛰어올랐다.

장비는 눈에 띄는 대로 수백 기를 끌어모은 뒤 바람같이 파군성 아래로 달려가 싸움을 돋우었다. 그러나 엄안은 얼굴도 안 비치고 성 위의 적병들만 장비에게 갖은 욕설을 퍼부었다.

제 성을 이기지 못한 장비는 앞뒤 없이 적교로 뛰어들며 성을 둘러싼 도랑을 건너려 했다. 그러나 그때마다 비 오듯 화살이 쏟아져 길을 막을 뿐, 날이 저물도록 적병은 한 사람도 성을 나오지 않았다. 장비는 헛되이 기력만 소비한 끝에 분을 머금은 채 진채로 돌아가지 않을 수 없었다.

다음 날이 되었다. 장비는 날이 새기 바쁘게 다시 군사를 이끌고 성 아래로 달려가 싸움을 걸었다. 성벽에 세운 누각 위에서 장비가 하는 양을 보고 있던 엄안이 말없이 활을 들어 화살 한 대를 날렸다. 화살은 보기 좋게 장비의 투구에 가 맞았다. 장비가 엄안을 손가락질하며 악을 썼다.

"엄안, 이 늙은것아. 내 너를 사로잡기만 하면 반드시 너의 생살을 씹으리라!"

그러나 엄안은 대꾸조차 없었다. 그날도 장비는 저물도록 헛기운만 쓰다가 다시 군사를 되돌리는 수밖에 없었다. 셋째 날이 되었다. 장비는 또 군사를 이끌고 성 곁으로 가서 욕을 퍼부어댔다. 원래 파군의 성은 산 위에 자리 잡은 것이라 그 둘레에도 여러 산들이 솟아 있었다. 욕을 퍼붓다 지친 장비는 도대체 성안에서 무슨 짓들을 하고 있는지 궁금했다. 성보다 높이 솟은 산 위로 올라가 성안을 내려다보았다.

갑옷 입은 군사들이 대오를 갖추어 성안에 숨어 있는 게 보였다. 다만 나와서 싸우려 들지 않을 뿐 싸울 채비는 그 어느 성보다 단단했다. 백성들도 바쁘게 군사들 사이를 오락가락하며 벽돌을 쌓는다, 싸움에 쓸 돌을 나른다 법석을 떨었다. 군민이 한마음이 되어 성을 지키고 있는 모습이었다.

"내려가자!"

한참을 내려다보던 장비가 못마땅한 듯 혀를 차며 소리쳤다. 그리고 욕설만으로는 성안의 군사들을 끌어낼 길이 없다 생각했는지 새로운 영을 내렸다.

"마군은 모두 말에서 내리고 보군은 땅바닥에 앉아 놀아라! 다만 적이 오면 금세 맞싸울 마음의 채비를 잊어서는 아니 된다."

하지만 아무 소용이 없었다. 성안의 적군을 얕잡아봐도 너무 얕잡아보는 듯한 짓거리였지만 성안에서는 끝내 개새끼 한 마리 얼씬하지 않았다. 장비는 다시 쓸데없는 욕질로 목만 쉬어 자기 진채로 돌아갔다.

자신의 군막으로 돌아온 장비는 홀로 생각에 잠겼다.

"하루종일 소리 질러 욕해봐도 저쪽에서 나오지 않으니 어찌하면 좋겠는가……."

실로 난감한 일이 아닐 수 없었다. 답답한 가슴으로 머리를 쥐어짜다 문득 한 가지 좋은 꾀가 떠올랐다. 장비는 장수 하나를 불러 군사 쉰 명 가량을 딸려주며 말했다.

"너는 지금 이들을 데리고 성 아래로 가서 다시 엄안에게 욕을 퍼부어라. 엄안은 너희 머릿수가 적은 걸 보고 군사를 내보낼 것인데 그때는 그냥 우리 쪽으로 도망쳐 오기만 하면 된다."

그리고 남은 장졸들에게는 진채 안에 가만히 머물러 있되 언제든 적이 오면 맞을 수 있는 채비를 갖추게 했다. 일종의 유인책이었다.

명을 받은 쉰 명 안팎의 군사들은 곧 성 아래로 달려가 욕설을 퍼붓기 시작했다. 그동안 장비는 진채에서 주먹을 쥐었다 폈다 하며 엄안이 걸려들기만을 기다렸다. 하지만 이번에도 아무런 소용이 없었다. 그날뿐만 아니라 그 뒤로도 이틀간이나 더 군사를 보내 욕을 퍼붓게 했건만 엄안은 끝내 꿈쩍도 하지 않았다.

이에 장비는 다시 머리를 쥐어짜듯 하여 계교 하나를 더 생각해냈다.

"군사들을 모두 흩어 나무를 베고 말먹이 풀을 뜯어오게 하라. 그리고 아울러 성을 지나쳐 갈 샛길이 있는지 찾아보라."

장비가 장수들을 불러 그렇게 영을 내렸다. 장졸들은 장비의 속셈도 모르면서 시키는 대로 따랐다.

한편 성안에 있는 엄안은 며칠씩이나 장비의 움직임이 보이지 않자 마음에 의혹이 일었다. 엿새나 연이어 악을 쓰며 싸움을 걸던 장비라 갑자기 눈앞에 보이지 않는 데 대한 의혹 또한 클 수밖에 없었다.

엄안은 눈치 빠른 군사 여남은 명을 골라 장비의 군사들로 꾸미게 한 뒤 성 밖으로 내보냈다. 나무하고 풀 베는 장비의 군사들 틈에 끼어 허실을 탐지하게 할 작정이었다.

산속으로 들어간 엄안의 군사들은 별 탈 없이 장비의 군사들 틈에 끼어 일하다가 해 질 무렵 한 덩어리가 되어 진채로 돌아갔다. 장비가 장막 안에서 발을 굴러가며 성질을 부리고 있었다.

"엄안 이 하찮은 늙은것이 나를 분통이 터져 죽게 할 작정이구나!"

장비의 짜증 섞인 호통이 장막 밖에까지 들려 나왔다. 곁에 있던 사람들이 그런 장비를 달랬다.

"장군께서는 너무 조급하게 생각하지 마십시오. 이 며칠 새에 한 가닥 샛길을 찾아냈는데, 파군을 거치지 않고도 앞으로 나아갈 수 있을 것 같습니다."

"그런 길을 알고 있었다면 왜 진작 내게 일러주지 않았느냐?"

듣고 난 장비가 버럭 성을 내며 목소리를 높였다. 거기에 겁을 먹었는지 여럿이 입을 모아 대꾸했다.

"길은 찾았으나 아직은 미심쩍은 데가 있습니다. 지금 사람을 풀어 자세히 살펴보게 하는 중입니다."

그러자 장비가 벌떡 몸을 일으키며 소리쳤다.

"일이란 꾸물대다가 때를 놓쳐서는 안 된다. 오늘 밤 이경에 밥 지어 먹고 삼경에 달 뜨거든 모두 떠나도록 하자! 사람은 하무[枚]

를 물고 말은 방울을 떼어 조용히 빠져나가면 엄안 제까짓 것이 어찌 알겠느냐? 내가 앞장서서 길을 열 것이니 너희들은 차례로 따라오기만 하면 된다."

그러고는 그 자리에서 사람들을 몰아대어 그 일을 진채 안의 모든 장졸들에게 알리게 했다.

장비의 군사들 틈에 섞여 있던 엄안의 군사들도 그 소리를 들었음은 말할 나위도 없었다. 장비의 속셈도 모르고 큰 기밀을 낚았다고 믿은 그들은 곧 성안으로 돌아가 엄안에게 그 소식을 전했다. 듣고 난 엄안은 기쁨을 감추지 못했다.

"내 벌써 알았지. 장비 그 하찮은 것이 어찌 끝내 참아낼 수 있겠는가? 제가 샛길로 이곳을 지나쳐가려 한다니 틀림없이 양식과 치중은 뒤에 세울 것이다. 내가 뒤를 들이쳐 그걸 뺏고 길을 막아버린다면 제까짓 것이 가기는 어딜 간단 말이냐? 잘됐다. 그 꾀 없는 촌놈은 이제 내 계책에 떨어졌다."

그렇게 말하고는 곧 장졸들에게 영을 내렸다.

"오늘 밤 이경에 밥 지어 먹고 삼경에는 성을 나간다. 먼저 그 샛길로 가서 나무와 풀숲이 무성한 곳에 숨어 기다리되 장비가 지나갈 때는 그냥 보내주도록 하라. 적을 들이치는 것은 그다음 곡식과 치중을 실은 수레가 그 길로 들어설 때이다. 북소리가 나거든 한꺼번에 뛰쳐나가 적을 쓸어버려라!"

그 같은 엄안의 영은 어김없이 시행되었다. 그날 밤 엄안의 군사들은 배불리 밥 지어 먹고 갑옷 투구를 갖춰 쓴 뒤 조용히 성을 빠져나왔다. 그리고 미리 정한 곳에 흩어져 숨은 채 장비의 군사들이 지나가기만을 기다렸다.

엄안도 비장(裨將) 여남은을 데리고 몸소 성을 나왔다. 거꾸로 장
비를 쳐부수게 되었다는 기쁨이 그의 유별난 조심성을 무디게 한 탓
이었다. 자기편 군사들이 숨어 있는 곳에 이르자 그 역시 말에서 내
려 숲속에 몸을 감췄다.

그럭저럭 삼경이 되자 장비의 군사들이 그 샛길을 지나가기 시
작했다. 들은 대로 장비가 맨 앞에서 장팔사모를 비껴든 채 말을 몰
고 있었다. 딴에는 숨소리마저 죽이려고 애쓰는 빛이 역력했다. 엄
안의 군사들은 미리 받은 군령대로 그런 장비를 그냥 지나가게 버려
두었다.

오래잖아 기다리던 수레의 행렬이 뒤를 이었다. 그걸 본 엄안은
이때다 싶었다.

"북을 울려라!"

엄안이 나직이 영을 내리자 갑자기 북소리가 요란하게 울리며 사
방에서 복병이 일어났다.

그런데 벌 떼같이 일어난 복병들이 막 장비의 군사들을 덮치려
할 때였다. 홀연 등 뒤에서 한소리 큰 징소리가 나며 한 떼의 군마가
엄안의 복병들을 덮쳤다.

"늙은 도적은 달아나지 마라! 내가 여기서 너를 기다린 지 오래다."

누군가가 내지르는 고함 소리에 엄안이 놀라 그쪽을 돌아보았다.
한 장수가 앞서 달려오는데 표범의 머리에 고리눈을 하고 장팔사모
를 비껴든 채 새까만 말을 타고 있었다. 틀림없이 장비였다. 조금 전
에 자기 눈으로 장비가 지나가는 걸 본 엄안은 놀라지 않을 수 없었

다. 거기다가 사방에서 징소리가 나며 얼마인지도 모를 대군이 쏟아져 나오니 더욱 기가 막혔다.

이미 장비가 눈앞으로 다가들어 칼을 휘두르기는 했으나 이미 엄안의 손발은 제대로 말을 듣지 않았다. 그걸 알아챈 장비는 첫 합부터 짐짓 빈틈을 보였다. 거기에 속은 엄안은 한칼로 장비를 베어버릴 듯 힘차게 칼을 내리쳤다. 퍼뜩 몸을 젖혀 피한 장비가 그대로 엄안에게 다가들더니 엄안의 갑주 끈을 잡고 덥석 말 등에서 들어올려 땅바닥에 내동댕이쳤다.

엄안이 땅바닥에 떨어지자 장비의 군사들이 벌 떼처럼 그를 둘러쌌다. 그리고 갈고리와 올가미를 던져 금세 엄안을 멧돼지 옭듯 꽁꽁 얽어 놓고 말았다.

처음 그 길을 앞장서서 열고 간 장비는 실은 생김이 비슷한 졸개를 그렇게 꾸민 가짜였다. 장비는 자신이 그 길로 파군을 지나쳐 가려 한다는 소문을 듣는다면 엄안이 그대로 성안에 죽치고 있을 리 없다고 여겼다. 뿐만 아니라 엄안이 북소리로 군호(軍號)를 삼을 것까지 짐작하고 자신은 징소리로 군호를 삼을 정도로 치밀하게 계책을 짜 엄안을 사로잡게 되었다.

사방에서 적병이 밀려드는 데다 대장까지 사로잡히는 걸 보자 서천 군사들은 더 싸울 마음이 없었다. 태반이 갑옷을 벗어던지고 창자루를 거꾸로 잡으며 항복의 뜻을 나타냈다.

장비는 기세를 타고 군사를 휘몰아 파군성으로 달려갔다. 그곳 역시도 엄안이 사로잡힌 것을 알자 이렇다 할 싸움 없이 문을 열고 항복했다. 장비는 군사들에게 엄명을 내려 함부로 백성들을 죽이지 못하게 하고, 방을 써 붙여 군민을 모두 안심시켰다.

오래잖아 군사들이 오랏줄에 묶인 엄안을 끌고 왔다. 그때 장비는 대청 높직한 곳에 자리 잡고 앉아 있었다. 그러나 끌려온 엄안은 결코 그런 장비에게 무릎을 꿇으려 들지 않았다. 장비가 성난 눈길로 그런 엄안을 내려보다가 이를 북북 갈며 물었다.

"이미 내가 이곳에 이르렀는데도 너는 어찌하여 항복하지 않고 감히 내게 맞서려 하였는가?"

그래도 엄안은 전혀 두려워하는 기색이 없었다. 오히려 장비를 노려보며 꾸짖었다.

"너희들은 의롭지 못하게 우리의 주군을 침범한 자들이다. 이곳에는 목이 잘리는 장수는 있을지언정 항복하는 장수는 없을 것이다!"

그 말을 들은 장비는 더욱 성이 났다. 좌우를 둘러보며 엄안을 끌어내다 목 베라고 소리소리 질렀다. 엄안도 지지 않고 그런 장비를 마주 꾸짖었다.

"이 역적 놈아, 베려면 빨리 벨 것이지 웬놈의 성질은 그리 부리느냐?"

그런 엄안의 목소리는 씩씩하기 그지없었고, 얼굴에도 두려워하는 그늘은 찾아볼래야 찾아볼 길이 없었다. 그걸 본 장비는 돌연 마음이 변했다. 사나이다운 사나이를 만났다는 기분 때문일까, 조금 전까지의 분노가 문득 기쁨으로 바뀐 것이었다.

"모두 물러나라!"

장비가 앞뒤 없이 소리쳤다. 그리고 모두 영문 모를 얼굴로 그 갑작스런 호령에 몰려 물러나자 몸소 계단 아래로 내려가더니 엄안을

묶은 줄을 풀어주었다. 뿐만이 아니었다. 새로이 옷을 가져오게 하
여 갈아입히더니 엄안을 대청 가운데 있는 높은 자리에 앉히고는 넙
죽 절을 했다.

"그동안 말이나마 욕보임이 지나쳤던 것 같습니다. 너무 꾸짖지
말아주십시오. 실은 저도 평소부터 장군께서 호걸스런 분임을 알고
있었습니다."

장비가 그렇게 나오니 아무리 철석 같은 엄안이라 해도 감격하지
않을 수 없었다. 비로소 자신이 속절 없이 장비에게 졌음을 깨닫고
마음에서 우러난 항복을 했다. 뒷사람이 그런 엄안을 찬양하여 읊
었다.

머리터럭 희도록 서촉에 살았으되	白髮居西蜀
맑은 이름은 온 나라를 떨쳐 울렸네.	淸名震大邦
충성된 마음 밝은 달과 같고	忠心如皎月
드높은 기상 장강을 말 듯하네.	浩氣捲長江
차라리 목 잘려 죽을지언정	寧可斷頭死
어찌 무릎 꿇어 항복할 수 있으리.	安能屈膝降
파주 땅의 나이 든 장수	巴州年老將
하늘 아래 그 짝을 찾을 수 없구나.	天下更無雙

장비는 엄안의 항복을 받았으나 조금도 예를 잃지 않았다. 좋은
말로 늙은 엄안의 씁쓸한 마음을 어루만져준 뒤에 가르침을 청하듯
물었다.

186

"이 장아무개는 운이 좋아 파군을 지날 수는 있게 되었습니다만 앞으로 남은 길을 생각하니 막막합니다. 어떻게 하면 서천으로 드는 수고로움을 줄일 수 있겠습니까?"

엄안이 한참을 묵묵히 있다가 천천히 입을 열었다.

"싸움에 진 장수로서 장군의 두터운 은혜를 입었으니 어찌 보답하지 않을 수 있겠습니까? 말이나 개의 수고로움이라도 장군을 위해서라면 마다하지 않겠습니다. 제 생각에는 활을 쏘고 창칼을 휘두르는 일이 없이 바로 성도를 향해 가는 길도 있을 듯합니다만……."

"어떤 길입니까?"

장비가 반가운 표정을 감추지 못하고 급히 물었다. 엄안이 다시 한번 말이 없다가 이윽고 마음을 정한 듯 무겁게 입을 열었다.

"이리로 주욱 가면 낙성에 이르게 되는데, 그때까지 있는 관과 험한 길목을 지키는 일은 모두 이 늙은이가 맡고 있었습니다. 따라서 거기 있는 모든 관군들도 제가 다스려왔으니 바라건대 장군께서는 이 늙은이를 앞장세워 주십시오. 가는 곳마다 그곳을 지키는 장졸들을 달래 모조리 장군께 항복하도록 해보겠습니다."

어제까지 서천의 든든한 기둥의 하나였던 엄안은 드디어 서천을 뒤집는 지렛대로 변해버린 셈이었다. 장비는 그 말을 듣자 고마워해 마지않았다. 곧 엄안으로 하여금 전부를 맡게 하고 자신은 후부가 되어 그 뒤를 따랐다.

과연 엄안의 말은 어김이 없었다. 엄안은 가는 곳마다 그곳을 지키는 장졸들을 불러내 모두 장비에게 항복하도록 만들었다. 간혹 어찌해야 좋을지 몰라 망설이는 자가 있다면 엄안이 차분하게 타일렀다.

"내가 이미 이렇게 항복했는데 하물며 너희겠느냐? 공연히 귀한 목숨 버리지 말고 항복하여 새 길을 찾으라."

그러면 모두 어김없이 성문을 열고 나와 항복하게 마련이었다. 덕분에 장비는 이렇다 할 싸움 한번 없이 낙성으로 나아가는 길을 재촉할 수 있었다.

한편 공명은 형주를 떠날 때 이미 유비에게 사람을 보내, 모두 낙성에서 만나기로 했으니 유비도 그리로 오라는 기별을 보냈다. 유비는 그 기별을 받자마자 여럿을 모아놓고 의논했다.

"지금 공명과 익덕은 길을 나누어 서천으로 쳐오고 있는 바, 낙성에서 서로 만나 함께 성도로 들어가려 한다. 물과 뭍으로 칠월 스무날에 형주에서 떠났다니 이제 낙성에 당도할 때가 되었다. 우리도 속히 군사를 움직여 그리로 가야겠는데 어찌하면 좋겠는가?"

황충이 얼른 그 말을 받았다.

"장임이 매일처럼 와서 싸움을 걸었으나 우리가 성안에서 나가지 않은 까닭에 적군은 우리를 얕잡아보고 있을 것입니다. 상대편을 얕잡아보게 되면 마음이 풀어지고, 마음이 풀어지면 모든 일에 준비가 없게 마련이니, 오늘 밤 군사를 나누어 적의 진채를 급습해보는 게 어떻겠습니까? 어리석은 소견으로는 밝은 대낮에 싸움을 벌이기보다 훨씬 나을 것 같습니다."

유비도 그 같은 황충의 말이 그럴듯했다. 이에 그 말을 따라 군사를 세 길로 나누어 장임의 진채를 야습하기로 결정을 내렸다.

그날 밤 이경 무렵이었다. 황충은 왼편 길을, 위연은 오른편을, 그리고 유비는 가운데를 맡기로 하고 세 갈래 군마는 일제히 장임의 진채를 향해 떠났다. 과연 장임의 진채는 야습에 대한 아무런 준비가 없었다. 유비의 군사들이 물밀듯 밀어닥쳐 불을 지르자 뜨거운 불길이 하늘로 치솟는 가운데 장임의 군사들은 뿔뿔이 흩어져 달아날 뿐이었다.

유비는 그런 촉병들을 전에 없는 기세로 몰아붙였다. 촉병들은 부관을 버리고 낙성을 향해 꽁지가 빠지게 달아났다. 하지만 그 총중에도 먼저 낙성으로 달려가 장임의 패전을 전한 군사가 있었다. 급보를 받은 낙성의 장수들은 곧 군사를 내어 쫓겨오는 장임과 그 군사들을 성안으로 맞아들였다.

밤새껏 장임을 몰아대던 유비는 낙성의 군사들이 나와 그를 구해가자 더 쫓기를 멈추고 도중에서 진채를 내렸다. 무리하게 뒤쫓다가 혹시라도 낭패가 있을까 걱정해서 그리한 것이었다. 그러다가 날이 밝은 뒤에야 곧바로 낙성으로 가 성을 에워싸고 들이치기 시작했다.

장임은 전날 밤 크게 혼이 난 까닭인지 군사들을 성안에 묶어놓고 움직이지 않았다. 유비가 아무리 싸움을 걸어도 굳게 성문을 닫고 지킬 뿐이었다. 유비는 하는 수 없이 공성전을 벌였으나 워낙 든든한 성이라 쉽지 않았다.

그럭저럭 사흘이 지나갔다. 나흘째 되던 날 유비는 또 한차례 호된 공격을 퍼부었다. 자신은 한 갈래 군사를 이끌고 서문을 들이치고, 황충과 위연은 동문을 두들겨 부수게 했다. 남문과 북문을 비워둔 것은 적군이 그리로 빠져나가 봤자 달아날 길이 없는 까닭이었다. 남문 일대는 모두 험한 산길이요 북문 쪽은 부수가 길을 막고 있었다.

이때 장임은 성안에 가만히 앉아 유비가 하는 양을 냉정하게 살피고 있었다. 유비가 서문 쪽으로 말을 타고 오락가락하며 몸소 장졸들을 몰아대고 있는 게 보였다. 한쪽은 높고 든든한 성에 의지해 지키고 다른 쪽은 그걸 뛰어넘어 빼앗으려 하는 판이라 아무래도 더 힘든 쪽은 정해져 있게 마련이었다. 진시부터 미시까지 쉴 새 없는 공격을 퍼붓고 나니 유비 쪽의 인마는 하나같이 지친 기색을 드러냈다.

그걸 본 장임은 서촉에서 으뜸가는 지장답게 한 가지 좋은 계책을 떠올리고 오란과 뇌동을 불렀다.

"그대들은 각기 한 갈래 군사를 이끌고 북문으로 나가 동문을 치고 있는 위연과 황충을 등 뒤에서 덮치도록 하라. 나는 남문으로 나가 서문을 치고 있는 유비를 덮치리라."

장임은 그렇게 영을 내린 뒤 다시 성안에 남은 장수들에게 일렀다.

"그대들은 성안에 남은 군사들과 백성들을 모조리 성벽 위로 데리고 나가 북을 울리고 고함을 지르게 하라. 적이 우리가 남문과 북문을 나가는 걸 눈치챌 수 없게 해야 한다."

그런 다음 서둘러 한 갈래 군사를 몰아 성을 나갔다.

한편 힘을 다해 서문을 들이치던 유비는 붉은 해가 서쪽 하늘로 기우는 걸 보자 그날도 성을 뺏기는 글렀다 싶었다. 이만 군사를 물리는 수밖에 없다 생각하고 후군부터 먼저 물러나라고 영을 내렸다.

그런데 명을 받은 군사들이 막 몸을 돌리려 할 즈음, 문득 한쪽 성벽 위에서 크게 함성이 일었다. 군사들은 물론 유비까지도 영문을 몰라 그쪽을 멍하니 바라보았다. 그때 다시 함성이 일며 남문 쪽에서 한 갈래 인마가 쏟아져 나와 서문 쪽으로 덮쳐왔다. 바로 장임이 이끄는 군사들이었다.

장임은 모든 걸 제쳐놓고 오직 유비만을 목표로 말을 몰았다. 너무도 갑작스런 일인 데다 하루 종일 고된 싸움으로 지쳐 있는 유비의 군사들은 이내 어지러워졌다. 그러나 이때는 황충과 위연도 유비를 도와줄 형편이 못 됐다. 그들도 오란과 뇌동의 갑작스런 습격을 받아 앞뒤를 가릴 정신조차 없는 판국이었다.

급한 김에 유비가 몸소 칼을 빼어 맞섰으나 장임이 싸움으로 단련된 무장이라 유비가 당해낼 수 없었다. 유비는 몇 번 창칼을 부딪는 체하다가 그대로 말 머리를 돌려 달아나기 시작했다.

황망중에 잡은 길이라 방향을 제대로 잡을 수가 없었다. 산비탈에 난 좁은 길로 유비가 천방지축 말을 닫는데 장임이 놓치지 않고 바짝 뒤쫓았다. 유비는 혼자요, 장임은 몇 기를 거느리고 있어 위태롭기 짝이 없는 형국이었다.

뒤돌아볼 틈도 없이 말을 채찍질해 내닫던 유비가 한군데 산모퉁이를 돌아설 때였다. 문득 맞은편 산길에서 한 갈래 인마가 앞을 가로막았다. 그 또한 장임의 군사로만 여긴 유비가 하늘을 우러러보며 괴롭게 부르짖었다.

"앞에는 숨어 있는 적병이요, 뒤에는 쫓아오는 적병이로구나! 하늘이 나를 망하게 하시려는도다. 하늘이 나를 망하게 하시는도다!"

하지만 유비의 지나친 속단이었다. 적의 복병인 줄만 알고 있던 군사들 속에서 한 장수가 달려 나오는데 바로 장비였다.

엄안과 함께 낙성으로 달려오던 장비가 그 산길로 접어든 것은 얼마 전이었다. 문득 숲 저편에서 보얗게 먼지가 이는 걸 보고 장비는 자기편과 촉병 사이에 싸움이 붙은 것임을 짐작했다. 이에 말을 박차 달려오다가 운좋게도 장임에게 쫓기는 유비를 만나게 되었다.

장비는 유비에게 인사말을 건넬 틈도 없이 장임과 맞붙었다. 다 잡게 된 유비를 놓치게 된 장임이라 안타까움 섞인 그 솜씨가 자못 볼만했다. 천하의 장비와 어울려서 여남은 합이나 승패 없이 버티었다. 그러다가 엄안이 대군을 이끌고 당도하자 비로소 장임이 몸을 돌려 달아났다.

장임이 성안으로 쫓겨 들어가 적교를 걷어올릴 때까지 몰아낸 뒤에야 되돌아온 장비가 유비를 찾아보고 말했다.

"군사께서는 강물을 거슬러 올라오시느라 아직 이곳에 이르지 못하신 것 같소. 내가 가장 먼저 왔으니 으뜸가는 공도 내가 차지하게 되었구려."

그런 장비의 말투에는 은근히 으스대는 빛이 있었다. 그러나 유비는 대견하기만 했다. 솥뚜껑 같은 장비의 손을 덥석 잡으며 물었다.

"산길이 거칠고 험한데 네가 무슨 수로 적병의 방해를 받지 않고 먼길을 이리 빨리 올 수 있었느냐?"

"오는 길에 마흔너댓 곳이나 관애가 있었지만 여기 계신 엄안 장군의 공으로 털끝만 한 힘도 들이지 않고 지나왔소."

장비가 한층 자랑스런 표정으로 대답했다. 그리고 처음 보는 엄안을 궁금히 여기는 유비에게 그동안 있었던 일을 자세히 털어놓왔다.

애기를 끝낸 장비가 엄안을 불러 유비에게 보이자 유비가 다시 한번 엄안의 공을 치하했다.

"노(老)장군이 아니었던들 내 아우가 어찌 이곳에 이렇게 쉬 올 수 있었겠소? 모두가 장군의 공이오."

그러고는 입고 있던 황금 사슬갑옷[鎖子甲]을 벗어 엄안에게 입혀 주었다. 엄안도 감격하여 절하며 감사했다.

"술을 내오너라. 오랜만에 아우를 만났고 또 새로이 엄장군을 얻 었으니 어찌 그냥 넘길 수 있겠는가."

유비가 문득 좌우를 보고 영을 내렸다. 그러나 미처 그 술자리가 벌어지기도 전에 급한 전갈이 들어왔다.

"황충과 위연 두 장군이 오란, 뇌동과 싸우는데 다시 성안에서 오 의와 유괴가 군사를 이끌고 나왔다고 합니다. 그 바람에 양쪽에서 협공을 받게 된 황, 위 두 분 장군께서는 마침내 적을 당해내지 못하 고 동쪽으로 쫓겨가고 계십니다."

그 말을 들은 장비가 유비를 재촉했다.

"군사를 두 길로 나누고 달려가 어서 구해야겠소. 빨리 갑시다!"

유비가 그걸 마다할 까닭이 없었다. 곧 군사를 나누어 장비에게는 왼편을 맡기고 자신은 오른쪽을 맡아 앞으로 밀고 나갔다.

유비와 장비가 구원을 온 것을 먼저 알아차린 것은 오의와 유괴 였다. 황충과 위연을 몰아붙이다가 문득 등 뒤에서 함성이 일자 얼 른 군사를 물려 성안으로 숨어버렸다. 그러나 한창 신이 나서 황충 과 위연을 쫓고 있던 오란과 뇌동은 그럴 틈이 없었다. 앞만 보고 내닫는 사이에 유비와 장비가 나타나 뒤를 끊어버렸다. 거기다가 황충과 위연이 되돌아서 치고 들자 둘은 일이 이미 글러버린 것을 알았다. 자기들을 적진 속에 버려두고 성안으로 달아나버린 오의와 유괴를 깊이 원망하며 이끌고 있던 군사들과 더불어 항복하고 말았다.

오란과 뇌동이 비록 큰 장수는 아니나 그런 대로 부릴 만은 한 사람들이었다. 유비는 기꺼이 그들의 항복을 받아들이고 그 군사들을 거둬들인 뒤 낙성 부근에 진채를 내렸다.

한편 모처럼 좋은 때를 만났다 싶어 군사를 몰고 성을 나갔다가 오란과 뇌동 두 장수만 잃고 되쫓겨 들어온 장임은 걱정이 컸다. 이대로 가다가는 성을 빼앗기게 될지도 모른다는 생각에 한숨만 푹푹 쉬고 있는데 오의와 유괴가 찾아와 말했다.

"지금 형세가 매우 위태로우니 한바탕 죽기로 싸워 적을 물리쳐야겠소. 한편으로 사람을 성도로 보내 주공께 위급을 알리고, 다른 한편으로는 알맞은 계교를 써서 적을 막아보도록 합시다."

오란과 뇌동을 버리고 자기들만 성안으로 도망쳐 온 것이 못내 마음에 걸리는지 자못 결연한 표정이었다. 거기에 힘을 얻은 장임이 다시 한 꾀를 내놓았다.

"좋소. 이렇게 해봅시다. 내일 내가 군사 약간을 이끌고 나가서 싸움을 걸었다가 거짓으로 져서 성 북쪽으로 쫓겨가겠소. 그때 성안에서 다시 한 갈래 군사들이 뛰쳐나와 나를 뒤쫓는 적을 두 동강 내어버린다면 우리가 이길 수도 있을 것이오."

그러자 오의가 그 말을 받아 바로 결단을 내렸다.

"유장군은 공자를 도와 성을 지키고 계시오. 내가 군사를 이끌고 나가 장장군의 계책을 도와보겠소."

유장의 장인 되는 오의가 그렇게 나오니 의논은 그대로 정해지고
말았다.

다음 날이었다. 장임은 수천의 인마만 이끌고 함성을 지르며 성을
나가 싸움을 돋우었다. 보고 있던 장비가 말에 펄쩍 뛰어올라 장임
을 맞으러 달려 나가더니 두말할 것도 없이 바로 어울렸다. 두 사람
의 말이 엉겼다 떨어지기 열 번이나 했을까, 문득 장임이 힘이 달린
다는 듯 달아나기 시작했다.

장비는 신이 났다. 성을 끼고 달아나는 장임을 한 창에 꿰어놓을
듯한 기세로 뒤쫓았다. 그때 갑자기 성안에서 오의가 한 떼의 군사
를 이끌고 쏟아져 나와 장비의 뒤를 덮쳤다.

그제서야 장비는 속은 걸 알았다. 급히 군사를 되돌리려 하는데
이번에는 달아나던 장임이 돌아서서 덤볐다. 눈깜짝할 사이에 장비
가 오히려 두터운 포위망에 갇혀버려 오도 가도 못할 신세로 바뀌어
버린 것이었다.

어지간한 장비도 그 지경이 되니 당황하지 않을 수 없었다. 겹겹
이 둘러싼 적병 가운데서 이놈 치고 저놈 찌르며 갈팡질팡하고 있는
데 문득 강변 쪽에서 한 갈래 군사가 적병을 헤치며 다가왔다. 지옥
에서 부처를 만난 기분으로 장비가 멀거니 구경하는 사이에 앞선 장
수 하나가 창을 끼고 말을 박차 오의와 맞붙더니 이내 오의를 사로
잡고 적병을 흩어버렸다. 가까이 오는 것을 보니 다름 아닌 조운이
었다.

"군사께서는 어디 계시는가?"

장비가 반가워 어쩔 줄 모르며 물었다. 한바탕 싸운 다음이건만 조운은 숨결 한 가닥 흐트러짐이 없이 대답했다.

"벌써 이곳에 이르셨습니다. 아마도 지금쯤은 주공을 만나뵙고 계실 것이오."

이어 두 사람도 사로잡은 오의를 앞세우고 진채로 돌아갔다. 또다시 계교가 틀어진 장임도 하는 수 없이 동문으로 되쫓겨 들어갔다.

진채로 돌아온 장비와 조운이 공명을 보러 가니 간옹과 장완(蔣琬)이 먼저 나와 맞았다. 장비가 말에서 내려 군막 안으로 들어가자 공명이 놀라움을 이기지 못한 표정으로 물었다.

"장군이 어떻게 먼저 이곳에 이르렀소?"

유비가 곁에 있다가 그간에 있었던 일을 자세히 일러주었다. 딴 이야기에 정신이 팔려 그때껏 장비가 엄안을 풀어준 일조차 말할 틈이 없었던 것 같았다. 듣고 난 공명이 문득 유비에게 경하를 드렸다.

"이제는 장장군께서 지모를 쓰실 줄 아시니, 실로 주공의 크신 복이라 아니할 수 없습니다."

그때 조운이 사로잡은 오의를 끌고 들어왔다. 유비가 그런 오의를 보고 부드럽게 물었다.

"너는 어찌하겠느냐? 항복을 하겠느냐?"

"이왕 사로잡힌 바 되었으니 항복을 아니하고 어쩌겠습니까?"

오의가 순순히 그렇게 대답했다. 유비는 몹시 기뻐하며 몸소 오의를 풀어주었다. 공명이 조용히 오의에게 물었다.

"성안에는 어떤 자들이 남아 지키고 있느냐?"

"유계옥의 아들 유순(劉循)이 유괴와 장임의 도움을 받아 성을 지키고 있습니다. 유괴는 그리 대단한 인물이 못 되지만 장임은 그렇지 않습니다. 매우 담이 크고 지략도 뛰어나니 결코 가볍게 보아서는 아니 됩니다."

오의가 아는 대로 대답했다.

"그렇다면 먼저 장임을 사로잡은 뒤에야 낙성을 뺏을 수 있겠구나!"

공명은 혼잣말처럼 그렇게 중얼거리고 다시 오의를 보고 물었다.

"성 동쪽에 걸려 있는 저 다리의 이름이 무엇이라 하느냐?"

"금안교(金雁橋)라고 합니다."

그러자 공명은 아무 말도 없이 말에 오르더니 다리 부근으로 가서 성을 둘러싼 개울을 한 바퀴 둘러보았다. 계책을 세우기 전에 지형을 살펴보기 위함인 듯했다. 그러다가 이윽고 어떤 결정을 얻었는지 진채로 돌아오기 바쁘게 황충과 위연을 불러들여 영을 내렸다.

"금안교에서 오륙 리 떨어진 곳은 개울 양쪽 언덕이 모두 띠풀과 갈대밭이니 군사를 숨길 만하였다. 위연은 창 든 군사 일천 명을 데리고 왼쪽에 숨었다가 말을 타고 있는 장수들만 죽여라. 또 황충은 칼과 도끼를 든 군사 일천을 거느리고 오른쪽에 숨었다가 말만 골라 찍어버리도록 한다."

그리고 이어 장비를 불렀다.

"위연과 황충에게 쫓긴 장임은 반드시 산 동쪽의 작은 길로 달아날 것이니 장익덕은 일천 군사를 이끌고 그 뒤에 숨었다가 장임이 오거든 사로잡도록 하시오."

그다음은 조운이었다. 장비에 이어 불려온 조운에게 공명이 다시 영을 내렸다.

"자룡은 금안교 북쪽에 매복해 있다가 내가 장임을 꾀어 장임이 다리를 지나거든 곧 그 다리를 끊어버린 뒤 군사들을 북쪽으로 옮기 도록 하라. 마치 에워쌀 듯한 형세를 지어 장임이 감히 북쪽으로 달 아날 엄두를 내지 못하게 해야 한다. 그리하여 장임이 남쪽으로 달 아나게 되면 바로 나의 계책에 걸려들게 되는 것이다."

그렇게 일일이 할 일을 일러준 뒤 공명은 스스로 적을 꾀어내러 나갔다.

이때 낙성에는 유장이 새로이 내려보낸 두 장수 탁응과 장익이 들어와 촉군의 기세가 조금 되살아나 있었다. 거기에 힘을 얻은 장 임은 장익에게 유괴와 함께 성을 지키라 하고 자신은 탁응과 더불어 성을 나왔다. 자신은 앞서고 탁응은 뒤에서 호응하게 군사를 두 갈 래로 나누어 싸움다운 싸움을 벌여볼 작정이었다.

하지만 장임은 그리 멀리 갈 필요가 없었다. 무엇이 급한지 공명 이 대오도 갖추지 못한 군사를 휘몰아 금안교를 건너오고 있었기 때 문이었다. 말로 듣던 그 제갈공명과 똑바로 맞붙게 되니 아무리 간 이 큰 장임이라도 긴장하지 않을 수 없었다. 무턱대고 몰아나가는 대신 진세를 벌이고 공명을 기다렸다.

네 바퀴 달린 수레를 탄 공명이 윤건에 깃털 부채를 든 채 군사들 사이에서 나왔다. 곁에는 백여 기가 제법 위엄을 갖추고 벌려 서 있 었으나 그리 대단해 보이지는 않았다.

"조조는 백만 대군을 거느리고도 내 이름을 듣자 바람에 흩어지 는 가랑잎처럼 달아났다. 그런데 너는 어떤 물건이기에 아직도 항복 을 않느냐?"

공명이 문득 깃털 부채를 들어 장임을 가리키며 꾸짖었다. 대오도 제대로 갖추지 못한 군세에 비해 터무니없게 들리는 큰소리였다. 장임이 말 위에서 차게 웃으며 빈정거렸다.

"사람들은 제갈량이 군사를 부리는 데는 귀신 같다더니 모두 헛소리로구나. 이름만 높았지 실제로는 아무것도 아니지 않은가!"

그러고는 볼 것도 없다는 듯 창을 쓰윽 쳐들어 휘저었다. 그걸 군호로 장임의 군사들이 일제히 앞으로 밀고 나갔다.

그 엄청난 기세에 질렸는지 공명의 장졸들은 한번 제대로 맞서보지도 않고 뒤돌아 내빼기 시작했다. 공명도 수레를 버리고 말에 올라 그런 군사들 틈에 섞였다.

어지간한 장수면 그것이 자신을 유인하는 계책임을 알아볼 것이언만, 그 무슨 패신에 홀렸는지 장임은 그만 깜빡했다. 그저 신이 나서 금안교를 건너 물러나는 공명을 뒤쫓기에 바빴다.

장임과 그 군사들이 막 금안교를 건넜을 때였다. 돌연 함성이 일며 오른쪽에서는 유비가, 왼쪽에서는 엄안이 각기 한 갈래 군사를 이끌고 마주쳐 나왔다.

장임은 그제서야 자신이 공명의 계책에 빠진 줄 알았다. 급히 금안교로 물러나려 했으나 그때는 이미 조운이 다리를 끊어버린 뒤였다. 장임은 다시 북쪽으로 말 머리를 돌렸다. 그러나 북쪽 언덕에는 어느새 조운이 군사를 벌려 세운 채 가로막고 있었다. 길이 막힌 장임은 하는 수 없이 말 머리를 남쪽으로 돌려 개울을 끼고 달아나기 시작했다.

오륙 리나 달렸을까, 갈대가 무성한 곳에 이르렀을 때 홀연 위연이 갈대숲 속에서 한 떼의 군사를 이끌고 나타났다. 위연의 군사들은 모두 긴 창을 들었는데 오직 말 탄 장졸들만 노려 찔러댔다.

뿐만이 아니었다. 다시 한 곳에 황충이 칼과 도끼를 든 군사들을 이끌고 나타나 이번에는 말다리를 찍어대기 시작했다. 그 바람에 장임의 마군은 모조리 땅바닥에 떨어져 죽거나 사로잡히는 신세로 변했다. 믿고 있던 마군이 그 모양이 되니 뒤따르던 보군이 어찌 감히 나갈 수 있겠는가.

이에 다급해진 장임은 겨우 수십 기만 이끌고 가까운 산길로 접어들었다. 졸개들을 모두 버리다시피 하며 찾아든 길이었지만 실은 거기가 바로 범 아가리였다. 언제 와 있었는지 장비가 불쑥 나타나 길을 막은 까닭이었다.

놀란 장임이 급히 말 머리를 돌려 달아나려 했으나 이미 때는 늦은 뒤였다. 장비가 천둥 같은 고함 소리를 내지르며 우르르 덮쳐 단숨에 장임을 사로잡아버렸다.

장임을 따라왔던 촉장 탁응도 그때는 이미 장임의 편이 아니었다. 장임이 계책에 빠져 허둥대는 걸 보자마자 탁응은 조운에게 가서 항복해버렸다. 성을 나왔던 촉의 장졸들은 한판 싸움으로 모조리 유비의 손아귀에 떨어져버린 셈이었다.

유비가 항복한 탁응에게 상을 내리고 있을 때 장비가 사로잡은 장임을 끌고 들어왔다. 유비는 그런 장임을 달래볼 양으로 물었다.

"촉의 여러 장수들이 모두 바람에 쓸리듯 항복하였는데, 그대는 어찌하여 항복하지 않았는가?"

장임이 눈을 부릅뜨 유비를 노려보며 대꾸했다.

"충신이 어찌 두 주인을 섬기겠느냐?"

"그렇지 않다. 그대는 천시(天時)를 너무 모르는구나. 이제 어떠냐? 항복하면 그대를 무겁게 쓰겠다."

유비가 더욱 마음이 끌리는지 한 번 더 장임을 달랬다. 그러나 장임의 뜻은 이미 정해진 모양이었다. 한번 곰곰 생각해보는 법도 없이 내뱉었다.

"지금 항복한다 해도 뒷날에는 다시 내 본주인을 따를 것이다. 아무 소용 없으니 차라리 나를 어서 죽여라!"

그래도 유비는 차마 장임을 죽이지 못했다. 어떻게든 달래 제 사람으로 만들어보려고 애썼지만 장임은 소리 높여 유비를 꾸짖을 뿐 항복하려 들지 않았다. 곁에 앉아 있던 공명이 보다 못해 유비에게 나직이 권했다.

"아무래도 그의 청을 들어주어 아름다운 이름이나 지키게 해주는 편이 낫겠습니다. 장임을 목 베도록 하십시오."

그러고는 아직도 망설이는 유비를 대신해 무사들에게 영을 내렸다.

"장임을 끌어내 목 베도록 하라!"

그 역시 장임을 죽이기가 못내 아까웠으나, 섣불리 살려주었다가 아직도 많이 남은 서천의 장수들이 모두 장임을 따를까 두려워 그같이 결단을 내렸다.

장임이 죽은 뒤에도 유비는 애석함을 이기지 못했다. 그의 시체를 거두어 후하게 장례를 치러준 뒤 금안교 곁에 묻고 빗돌을 세워 그 충성을 기렸다. 그러나 유장의 서천으로 보면 장임의 그 같은 죽음은 엄안의 항복에 이어 또 하나의 든든한 기둥이 무너져내린 것이나 다름없었다.

다음 날이었다. 유비는 엄안과 오의를 비롯해 항복한 촉의 장수들을 모두 앞장세워 낙성으로 갔다.

"빨리 성문을 열고 항복하라! 그리하면 성안의 모든 목숨을 건질 수 있을 것이다."

엄안은 성안을 향해 크게 소리쳤다. 그러나 우두머리 격인 유괴는 항복은커녕 온갖 욕설과 꾸짖음으로 항복한 장수들을 부끄럽게 만들었다. 참지 못한 엄안이 가만히 화살을 뽑아 시위에 얹었을 때였다.

서량의 풍운아 다시 일어나다

문득 성 위에서 한 장수가 칼을 빼 유괴를 찍은 뒤 성문을 열고
항복했다. 유비의 장졸들은 그가 열어준 성문으로 물밀듯 쳐들어갔
다. 유순도 더는 낙성을 지킬 길이 없음을 깨달았다. 서문을 열고 달
아나 제 아비가 있는 성도로 가버렸다.

유비는 방을 붙여 백성들의 마음을 가라앉히는 한편 유괴를 죽인
장수를 찾았다. 그 장수는 바로 탁응과 함께 새로이 성도에서 온 장
익이었다. 유비는 장익에게 무거운 상을 주고 아울러 다른 장수들에
게 골고루 상을 내렸다.

대강 수습이 끝나자 공명이 다시 유비에게 말했다.

"낙성은 이미 떨어졌고 성도 또한 눈앞에 있으나 두려운 것은 그
밖의 여러 고을들이 들고 일어나는 일입니다. 사람을 보내어 미리

다독여두는 것이 좋겠습니다. 장익과 오의는 조운과 더불어 외수, 정강, 건위 등에 딸린 주군을 어루만지게 하고 엄안과 탁응은 장비와 더불어 파서, 덕양 등이 딸린 주군에 보내 그 군민을 달래게 하십시오. 그런 다음 군사를 성도로 돌려 일제히 나간다면 큰 어려움은 없을 것입니다."

이에 유비는 장비와 조운에게 영을 내려 항복한 촉장들과 더불어 성도를 뺀 나머지 여러 주군을 평정하러 보냈다. 그들이 떠나자 공명이 다시 남은 항장들을 불러 물었다.

"우리 앞에는 어떤 관애가 있는가?"

"면죽이 많은 군사가 지키는 곳입니다. 그 면죽만 뺏는다면 성도를 얻는 일은 손바닥에 침 한번 뱉는 것으로 넉넉할 것입니다."

항장 가운데 하나가 그렇게 대답했다. 그 말을 들은 공명은 곧 여럿과 더불어 면죽으로 군사를 낼 일을 의논했다. 문득 법정이 나서서 유비에게 말했다.

"이미 낙성이 깨뜨려졌으니 바야흐로 촉 땅의 형세는 몹시 위태롭게 되었다 할 수 있습니다. 만일 인의로 이곳 백성들이 주공을 따르게 하고자 하신다면 잠시 군사를 움직이지 마십시오. 제가 한 통 글을 써서 유장에게 올리고 이해로 달랜다면 유장은 절로 항복해 올 것입니다."

"효직(孝直)의 말씀이 매우 옳은 듯하오."

공명이 그렇게 찬성하고 나왔다. 유비는 더 생각해볼 것도 없이 법정이 유장에게 쓴 편지를 지름길로 성도에 전하도록 했다.

한편 낙성에서 간신히 몸을 빼낸 유순은 성도로 돌아가 그 아비 유장을 만났다. 낙성이 떨어진 일과 여러 장수가 죽거나 항복한 일을 낱낱이 전하니 유장은 몹시 놀라 벼슬아치들을 모아놓고 앞일을 의논했다. 종사 정탁이 한 계책을 말했다.

"지금 유비가 비록 우리 성을 치고 땅을 뺏기는 했지만 그 군사는 그리 많지 않습니다. 거기다가 이 땅의 선비와 백성들은 아직 그를 따르지 않고, 들에 있는 곡식에 의지할 뿐 그 군대에는 치중이 없습니다. 파서와 재동의 백성들을 모두 부수 서쪽으로 옮기고, 그 창고는 물론 들판에 있는 곡식까지 모조리 태워버리도록 하십시오. 그런 다음 도랑을 깊이 파고 성벽을 높여 가만히 기다리시기만 하면 됩니다. 싸움을 걸어도 받지 않으면 가진 곡식과 물자가 없는 적은 백 일을 넘기지 못하고 절로 달아날 것입니다. 그때 틈을 보아 들이치면 유비를 사로잡는 일도 어렵지 않습니다."

유비가 들었으면 가슴이 철렁했을 계책이었다. 그러나 마음 약한 유장은 듣지 않았다.

"그렇지 않소. 내 듣기로 적을 막아 백성들을 평안케 한다는 말은 있어도 거꾸로 백성들을 내몰아 적에 대비한다는 말은 없었소. 공의 말은 따를 만한 계책이 못 되는 듯싶소이다."

그렇게 퇴짜를 놓으니 의논은 절로 길어지지 않을 수 없었다. 이 사람이 나서서 이 말을 하고 저 사람이 나서서 저 말을 하여 한참 시끄러운데 문득 법정이 글을 보내왔다는 전갈이 들어왔다.

유장은 그 글을 가져온 사람을 불러들이게 하고 글을 받아 피봉을 뜯어보았다. 거기에는 대략 이런 글이 씌어 있었다.

'지난날 주공의 뽑으심을 받아 형주와 화친을 맺으러 갔던 법정입니다. 뜻밖에도 주공의 좌우에 사람이 없어 일은 오늘날 이 지경이 되어버렸습니다만 그래도 지난 은의를 저버릴 수 없어 한 말씀 올립니다. 지금 형주[劉備]는 아직도 익주[劉璋]에 대한 옛정을 그대로 지니셨을 뿐만 아니라 족친 간의 우의도 잊지 않으시고 계십니다. 만약 주공께서 선연히 마음을 돌리시어 형주에 귀순하신다면, 헤아리건대 그리 박한 대접을 받지는 않으실 것입니다. 부디 가볍게 듣지 마시고 세 번 살피시어 이 일을 결단하십시오.'

그 같은 법정의 글을 읽은 유장은 몹시 노했다. 그 자리에서 편지를 찢어발기며 욕을 퍼부었다.

"법정은 주인을 팔아 영달을 사려는 자다. 은혜를 잊고 의를 저버린 역적 놈이 무슨 돼먹잖은 소리냐!"

그러고는 편지를 가져온 사자를 성 밖으로 내쫓은 뒤 아내의 동생 되는 비관(費觀)에게 군사를 주어 먼저 면죽으로 보냈다. 성도를 지키기 위해서는 면죽이 다른 어떤 곳보다 중요하다는 것쯤은 유장도 알고 있었다.

비관은 떠나기에 앞서 함께 데려갈 인재 한 사람을 유장에게 천거했다. 남양 사람으로 이름은 이엄(李嚴)이요, 자는 정방(正方)이라 했다. 유장이 그 천거를 받아들이니 비관은 그날로 이엄과 더불어 군사 삼만을 골라 면죽을 향해 떠났다.

이때 익주 태수는 동화(董和)라는 사람이었다. 남군 지강이 고향으로 자는 유재(幼宰)라 썼는데 자못 식견이 높았다. 그 동화가 유장에게 글을 올려 한중의 군사를 빌려 쓰자고 했다. 그걸 읽은 유장이 동화를 불러들여 물었다.

"장로와 나는 대를 이은 원수지간이다. 그런데 어찌 구해주려 하겠느냐?"

"그가 비록 우리와 원수처럼 지내는 사이라고는 하나 유비가 군사를 이끌고 낙성까지 와 있으니 사태는 매우 위급합니다. 입술이 없어지면 이가 시린 법, 우리가 망하면 그쪽도 성하지 못할 것이니 이해를 따져 달래보도록 하십시오. 모르긴 해도 장로는 틀림없이 우리 말을 따를 것입니다."

동화가 그렇게 대답했다. 유장도 거기까지 듣고 나자 드디어 마음이 정해졌다. 곧 글 한 통을 닦아 한중으로 보냈다. 그런데 그 같은 유장의 글이 뜻밖의 인물을 끌어들였으니 그가 곧 마초였다.

전에 조조에게 크게 패한 마초는 쫓기던 끝에 오랑캐인 강족의 땅으로 달아났다. 거기서 숨어지낸 지 두 해 남짓, 마침내 강병(羌兵)과 동맹을 맺게 된 그는 그들과 함께 농서의 고을들을 휩쓸기 시작했다. 조조로 하여금 스스로 수염을 자르고 달아나게 만든 적까지 있는 마초에 날래고 거친 강병이 따르니 그들이 이르는 곳마다 배겨나는 성이 없었다. 그러나 꼭 한군데 끝내 떨어지지 않고 버티는 곳이 있었는데 그곳이 바로 기성이었다.

그때 기성을 지키고 있는 조조 쪽의 장수는 위강(韋康)이었다. 간신히 마초의 공격을 막아내고는 있지만, 아무래도 오래 버틸 자신이 없는 위강은 여러 번 하후연에게 사람을 보내 구원을 청했다. 그러나 하후연은 조조의 허락을 받지 못해 함부로 군사를 움직일 수 없

서량의 풍운아 다시 일어나다   207

었다.

목이 빠지도록 기다려도 구원병이 오지 않자 위강도 마침내는 마음이 흔들렸다. 여럿을 불러놓고 어두운 얼굴로 말했다.

"아무래도 마초에게 항복하는 게 나을 것 같소. 여러분의 뜻은 어떠시오?"

그러자 곁에 있던 참군 양부(楊阜)가 울며 말했다.

"마초는 임금을 거스르는 역적의 무리인데 어떻게 그에게 항복할 수 있단 말인가?"

원래 위강은 양부가 조조에게 천거한 사람이었다. 그러나 조조가 위강을 더 크게 보아 양부보다 윗자리에 앉혀놓았던 것인데, 위강은 그 값을 못했다.

"일이 이 지경에 이르렀는데 항복하지 않고 어쩌겠는가?"

그렇게 되물으며 양부가 아무리 말려도 듣지 않더니 끝내는 성문을 활짝 열고 마초에게 항복해버렸다.

위강은 마초가 자기를 후하게 대해줄 줄 알았으나 생각과는 딴판이었다. 성안에 들어온 마초는 오히려 크게 성난 얼굴로 위강을 꾸짖었다.

"너는 일이 급해진 이제서야 항복을 하는구나. 틀림없이 진심이 아닐 것이다!"

그러고는 무사들에게 영을 내려 위강을 비롯하여 항복한 기성의 벼슬아치 마흔 명 남짓을 모두 목 베게 했다. 그때 양부는 다행히도 항복하러 간 벼슬아치들 틈에 끼어 있지 않아 죽음을 면했다. 그런데 누군가 그걸 알고 마초에게 고자질했다.

"양부는 위강이 항복하려는 것을 말린 자입니다. 마땅히 목을 베야 합니다."

마초가 무겁게 고개를 가로저으며 말했다.

"안 된다. 그 사람은 의리를 지켰으니 목을 벨 수 없다!"

그러고는 양부를 다시 참군으로 썼다. 양부는 군소리 없이 마초의 벼슬을 받더니 다시 양관(梁寬)과 조구(趙衢) 두 사람을 천거했다. 마초는 기꺼이 그 천거를 받아들여 두 사람을 모두 군관으로 삼았다. 그러자 양부가 또 다른 청을 했다.

"제 아내가 임도 땅에서 죽었습니다. 바라건대 제게 두 달만 주시면 그곳으로 가서 아내를 장사 지내고 오겠습니다."

생각하기에 따라서는 이상할 수도 있었으나 마초는 이번에도 기꺼이 허락했다. 양부의 군건한 인품에 마초가 그만큼 반해 있었다고 볼 수도 있었다.

이에 마초의 손아귀를 벗어나 임조로 가던 양부는 도중에 역성을 지나게 되었다. 역성에는 양부의 고종형제인 무이장군(撫彛將軍) 강서(姜敍)가 있었다. 강서의 어머니는 양부의 고모로 그때 나이 여든두 살이었다. 처음부터 먹은 마음이 있어 강서의 집을 들른 양부는 먼저 늙은 고모를 찾아보고 울며 말했다.

"저는 성을 맡아 지켰으나 끝내 지켜내지 못했고, 주장(主將)이 죽었으나 함께 죽지도 못했습니다. 실로 부끄러워 고모님께 낯을 들수가 없습니다. 마초는 임금을 거역하고 함부로 태수를 죽인 자라 기성의 사람 치고 그에게 한을 품지 않은 이가 없습니다. 그런데도 지금 형님께서는 역성에 이렇게 자리 잡고 계시면서도 역적을 칠 마음이 전혀 없으시니 이 어찌 신하 된 이의 도리라 하겠습니까?"

그러면서 눈물을 쏟는데 바로 피눈물이었다. 그 말을 들은 강서의 어머니는 곧 아들을 불러 꾸짖었다.

"위사군(韋使君)이 마초에게 죽음을 당한 것은 바로 너의 죄다. 알고나 있느냐?"

그러고는 다시 양부를 돌아보며 따지듯 물었다.

"너는 이미 마초에게 항복하여 그 녹을 먹은 바 있다. 그런데 어찌하여 이제 다시 그를 치려 하느냐?"

"제가 역적을 따르고 있는 것은 그렇게라도 목숨을 지켜 죽은 위사군의 한을 풀어주려 함입니다."

양부가 변명 아닌 변명을 했다. 강서도 덩달아 자신이 그때껏 움직이지 않은 까닭을 머뭇머뭇 밝혔다.

"마초는 영용(英勇)하기 짝이 없는 자입니다. 섣불리 도모하기 어렵습니다."

그러자 양부가 처음부터 강서에게 하고 싶었던 말을 했다.

"형님, 그렇지는 않습니다. 마초는 용맹은 있어도 꾀가 없어 도모하기 쉽습니다. 거기다가 저는 이미 양관, 조구와 함께 남몰래 약조를 맺어두었으니 만일 형님께서 군사를 일으키시기만 하면 그 둘은 반드시 안에서 호응할 것입니다."

그 말을 들은 강서의 어머니가 다시 아들을 몰아세웠다.

"너는 얼른 일을 꾀해보지 않고 언제까지 기다릴 테냐? 또 세상에 죽지 않는 사람이 어디 있겠느냐? 충의를 위해 죽는다면 그 죽음은 옳은 자리를 찾은 셈이다. 부디 내 걱정일랑 하지 마라. 그 때문에 네가 이 아이의 말을 따르지 않는다면 내가 먼저 죽어 네 걱정거리를 없애주마."

늙은 어머니가 그렇게까지 나오니 강서도 더는 머뭇거릴 수 없었다. 곧 평소부터 가깝게 지내던 통병교위 윤봉(尹奉)과 조앙(趙昂)을 불러 마초를 칠 의논을 했다.

그중에서 조앙은 아들 조월(趙月)이 마초의 비장(裨將)으로 있었다. 강서의 부름을 받아 가서 함께 마초를 치기로 하기는 했으나 정작 집으로 돌아오니 마음이 적잖이 어지러워 아내 왕씨(王氏)를 보고 말했다.

"나는 오늘 강서, 양부, 윤봉 세 사람과 마초를 쳐서 위강의 원수를 갚아줄 의논을 했소. 그런데 우리 아들 월(月)이가 마초를 따라다니고 있어 실로 걱정이외다. 만약 우리가 군사를 일으킨다면 마초는 틀림없이 그 아이부터 먼저 죽일 것이니 이를 어찌하면 좋겠소?"

조앙의 아내 왕씨는 여느 아낙과 달랐다. 함께 걱정을 하기는커녕 오히려 소리 높여 남편을 깨웠다.

"군부(君父)의 크나큰 욕을 씻어주기 위해서라면 죽어도 아까울 게 없습니다. 하물며 자식 하나 잃는 것이겠습니까? 만약 당신이 아들을 생각해 이번 일에 끼지 않으신다면, 제가 먼저 죽어 세상의 비웃음을 면하겠습니다."

이에 조앙도 아들 걱정을 훌훌 털어버리고 마초를 치는 일에 나서기로 마음을 굳혔다.

다음 날이었다. 네 사람은 함께 군사를 일으켜 강서와 양부는 역성에 자리 잡고 조앙과 윤봉은 기산(祁山)에 진을 쳤다. 조앙의 아내 왕씨도 가만있지 않았다. 남편이 있는 기산을 찾아가서 가졌던 패물과 비단을 판 돈으로 군사들을 위로하고 기운을 돋워주었다.

한편 마초는 강서와 양부가 윤봉, 조앙과 더불어 군사를 일으켰다는 말을 듣자 크게 노했다. 곧 조앙의 아들 조월을 끌어내 목을 벤 뒤 방덕과 마대에게 모든 군마를 끌어내게 해 역성으로 달려갔다.

강서와 양부도 기죽지 않고 군사들과 더불어 성을 나왔다. 양쪽 군대가 둥그렇게 진을 쳐 맞선 가운데 강서와 양부가 흰 갑옷을 입고 나와 마초를 꾸짖었다.

"임금을 거역하고 의를 저버린 역적 놈아. 어서 목을 내놓아라!"

하지만 싸움이 의기만으로 되는 것은 아니었다. 양부와 강서의 외침에 크게 노한 마초가 대꾸고 뭐고 없이 바로 군사를 몰아 짓쳐드니 누가 그 기세를 꺾어낼 수 있겠는가. 강서와 양부의 군사는 이내 깨강정 으깨지듯 부숴져 달아나기 바빴다.

마초는 기세를 늦추지 않고 군사를 휘몰아 강서와 양부를 뒤쫓았다. 그런데 갑자기 등 뒤에서 크게 함성이 일며 한 떼의 군마가 덮쳐 왔다. 강서와 양부의 위급을 구하러 온 윤봉과 조앙이었다.

마초는 얼른 군사를 돌려 윤봉과 조앙을 막으려 했다. 그러자 이번에는 달아나던 강서와 양부가 되돌아서 덤볐다. 앞뒤에서 협공을 받아 머리와 꼬리가 서로 돌볼 겨를이 없어진 마초의 군사들은 차차 어지러워지기 시작했다.

그런데 이때 다시 옆구리를 비스듬히 찔러오듯 한 떼의 군사가 마초군을 덮쳐왔다. 그때서야 겨우 조조의 허락을 받아낸 하후연이 대군을 이끌고 마초를 쳐부수러 온 길이었다.

212

아무리 천하의 마초라고 하지만 그렇게 세 갈래의 군마에 에워싸이고 나니 견뎌낼 재간이 없었다. 곧 형편없이 뭉그러져 달아나기 시작했다. 밤새도록 쫓긴 끝에 마초가 기성으로 돌아갔을 때는 날이 희끄무레 밝아올 무렵이었다.

"성문을 열어라!"

지친 마초가 억지로 목청을 짜내 소리쳤다. 그러나 성문은 열리지 않고 난데없이 성 위에서 화살비가 쏟아졌다.

"이 무슨 짓들이냐? 똑똑히 보아라. 나, 마초가 왔다."

성안의 군사들이 무얼 잘못 본 줄 알고 마초가 더욱 소리 높여 외쳤다. 그러자 화살비가 그치더니 성벽 위에 양관과 조구가 나타나 마초를 꾸짖었다.

"이놈, 마초야! 너는 천명을 거슬러 나라의 성지를 빼앗고, 그 관원을 죽인 역적이다. 이제 하늘을 대신해 벌을 내리니 똑똑히 보아라!"

그러고는 먼저 마초의 아내 양씨를 끌어내 마초가 보는 데서 목을 벤 뒤 그 목을 성벽 아래로 던졌다. 뿐만이 아니었다. 뒤이어 울며불며 끌려나온 마초의 어린 아들이 차례로 목이 떨어지고, 마초의 가까운 피붙이 이십여 명도 모두 목만 마초의 발아래 떨어졌다.

사람이 너무 참혹한 지경에 빠지면 고함도 욕설도 뱉을 기력이 없는 법이다. 마초는 그 끔찍한 광경에 숨이 막히고 가슴이 터질 듯해 몇 번이나 말에서 떨어질 뻔했다.

거기다가 엎친 데 덮친 격으로 뒤쫓던 하후연의 대군이 다시 등 뒤를 덮쳤다. 참으로 모진 게 사람의 목숨이었다. 마초는 하후연의 군세가 큰 걸 보고 싸울 엄두도 못 낸 채 방덕, 마대와 더불어 한 줄기 길을 열어 달아났다. 어쩌면 그렇게라도 살아 아내와 자식들의 원수를 갚아야 한다는 생각에 내몰렸는지도 모를 일이었다.

겨우 하후연의 추격을 뿌리치고 나니 이번에는 강서와 양부의 군사들이 앞을 가로막았다. 마초는 이를 악물고 그들과 부딪쳐 뚫고 나갔다. 그런 마초의 눈에서는 그대로 시퍼런 불길이 쏟아지는 것 같았다.

그럭저럭 강서와 양부의 추격은 벗어났으나 아직도 끝은 아니었다. 윤봉과 조앙의 군사가 또 마초의 앞을 가로막았다. 물러날 길이 없는 마초는 이번에도 악귀 같은 형상으로 뚫고 나가는 길을 택했다.

다행히 마초 자신은 뚫고 나갈 수 있었으나 장졸들이 모두 그 같지는 못했다. 윤봉과 조앙의 추격을 벗어나고 헤어보니 마초를 따르고 있는 것은 겨우 오륙십 명밖에 되지 않았다.

그렇게 쫓기는 사이 낮이 가고 새로 날이 어두웠다. 마초는 밤새도록 달리다가 날 샐 무렵 역성에 이르렀다.

역성은 강서와 양부가 근거 삼은 땅이라 대부분의 군사는 그 둘을 따라 성을 나가고 없었다. 마초는 그 틈을 타기로 하고 성문 앞으로 가서 소리쳤다.

"문을 열어라! 우리가 돌아왔다."

별로 많지 않은 군사가 대담하게 성문을 두드리자 성문을 지키던 장수는 틀림없이 자기편이 돌아온 줄 알았다. 별 까다로운 확인 없이 성문을 활짝 열어 마초 일행을 맞아들이고 말았다.

뜻밖으로 손쉽게 성안으로 들어가게 된 마초는 성문 안쪽에 발을 들여놓기 무섭게 무자비한 복수의 화신으로 변했다. 성문을 지키던 강서의 군사들은 말할 것도 없고 죄 없는 백성들마저 눈에 띄는 대로 모조리 죽여버렸다.

마초와 그 수하들이 무서운 피바람을 일으키며 역성을 쓸다 강서의 집에 이르렀을 때였다. 눈이 뒤집힌 마초는 강서의 늙은 어머니부터 끌어내게 했다. 그녀는 끌려나와서도 전혀 두려워하는 기색 없이 오히려 마초를 손가락질하며 꾸짖었다.

더욱 성이 난 마초는 스스로 칼을 뽑아 강서의 어머니를 베어 죽이고 이어 윤봉과 조앙의 전가족도 늙은이와 어린이를 가리지 않고 몰살시켰다. 조앙의 아내 왕씨만이 그때 남편의 군중에 있어 겨우 죽음을 면했을 뿐이었다.

그러는 사이 날이 밝았다. 마초의 자취를 더듬어 역성까지 따라온 하후연이 대군을 풀어 역성을 에워쌌다. 마초는 자기들의 힘만으로는 지킬 수 없음을 알고 성을 버리기로 했다. 한군데 포위가 느슨한 곳을 매섭게 뚫고 서쪽으로 달아났다.

한 이십 리쯤이나 달렸을까, 문득 한 떼의 군마가 마초의 앞길을 가로막았다. 앞선 장수는 다름 아닌 양부였다. 양부를 본 마초는 분노와 원한으로 두 눈이 시뻘게졌다. 사랑하는 아내와 자식들을 눈앞에서 죽인 것은 양관과 조구였지만, 이번 일의 발단은 모두 그에게 있다고 생각하니 양부를 산 채로 갈아마셔도 시원하지 않을 것 같았다. 마초는 자기편의 군세가 형편없는 것도 잊고, 부드득 이를 갈며 말 배를 찼다.

마초가 창을 꼬나들고 양부를 무섭게 덮쳐오자, 양부의 일곱 형제가 모두 양부를 도우러 달려 나갔다. 이어 양부의 후군도 머릿수만 믿고 밀려왔으나 그들은 방덕과 마대가 맡았다. 방덕과 마대는 겨우 오십여 기만 거느리고 양부의 후군이 주인 마초를 덮치지 못하게 가로막았다.

덕분에 마초는 양부와 그 일곱 형제들을 상대로 한 싸움에 있는 힘을 다 쏟을 수 있었다. 비록 하나와 여덟이 어울린 싸움이었으나 양부와 그 일곱 형제는 마초의 적수가 되지 못했다. 신들린 듯한 마초의 창질에 일곱 형제가 차례로 죽음을 당하고, 양부도 다섯 군데나 창에 찔린 채 위급한 지경에 빠지고 말았다.

마초가 마지막 한 창으로 양부를 꿰어놓으려고 창을 꼬나 잡았을 때였다. 갑자기 등 뒤에서 함성이 일며 하후연이 다시 대군을 이끌고 뒤쫓아왔다. 마초는 분하지만 하는 수 없었다. 양부를 버려두고 말 머리를 돌려 달아나기 시작했다. 그런 마초를 따르는 것은 방덕과 마대를 비롯한 예닐곱 기뿐이었다.

마초를 멀리 쫓아버린 하후연은 이어 마초 때문에 어지러워진 농서 여러 고을의 민심을 안정시키는 데 힘을 쏟았다. 그런 다음 강서와 양관, 조앙 등에게 땅을 나누어 지키게 하고, 다친 양부는 수레에 실어 허도로 돌아갔다.

조조는 양부의 공을 크게 추키며 그를 관내후에 봉했다. 양부가 조용히 사양했다.

"이 양부는 난리를 막은 공도 없고 절개를 지켜 죽지도 못했습니다. 마땅히 법에 따라 처단돼야 하거늘, 어떻게 벼슬까지 받을 수 있겠습니까?"

조조는 그런 양부를 더욱 갸륵히 여겼다. 기어이 관내후로 봉하여

자기 곁에 두었다.

한편 겨우 하후연의 추격을 벗어난 마초는 갈 길이 막막했다. 데리고 온 강병들을 모두 잃어 강족의 땅으로 돌아갈 수도 없었고, 그렇다고 달리 의지할 만한 친분이 있는 곳도 없었다.

마초는 방덕, 마대와 의논 끝에 우선 한중의 장로에게 의지해보기로 했다. 자기를 필요로 하면서도 다루기에 만만한 인물로는 장로밖에 없다고 보아 내린 결정이었다.

생각대로 장로는 마초가 찾아가자 몹시 반겼다. 마초 같은 인물을 자기 사람으로 만들 수만 있다면 서쪽으로는 전부터 탐내온 익주를 삼킬 수 있고, 동쪽으로는 은근히 겁나던 조조에게도 맞설 수 있다고 믿은 까닭이었다.

"내 딸을 마초에게 주어 그를 사위로 삼는 게 어떻겠는가?"

어떻게든 마초를 자기 사람으로 만들 생각으로 장로가 여럿을 모아놓고 물었다. 대장 양백(楊柏)이 그런 장로를 말렸다.

"마초의 아낙과 자식들이 이번에 참변을 당한 것은 모두 마초가 너무 모질게 남을 해친 탓입니다. 그런데도 어찌 주공께서는 따님을 마초에게 보내려 하십니까?"

그 말을 듣자 장로도 가슴이 섬뜩했다. 아닌 게 아니라 마초의 전 아내가 그랬다면 새 아내가 될 자기 딸 또한 그런 꼴을 당하지 않으리라고 누가 장담하겠는가. 이에 장로는 마초를 사위로 삼을 마음을 버리고 그저 귀한 손님으로만 대접했다.

그런데 어떤 입빠른 사람이 있어 그날 거기서 있었던 일을 마초에게 일러바쳤다. 그 말을 들은 마초는 몹시 성이 났다. 잘하면 장로의 사위가 되어 한중 땅을 가로챌 수도 있었는데, 그 좋은 기회를 양백이 가로막아버린 까닭이었다. 마초는 이를 갈며 언제든 때만 오면 양백을 죽여버리리라 별렀다.

양백이라고 눈과 귀가 없을 리 없다. 들리는 소문과 자기를 보는 마초의 험악한 눈초리로 그 같은 마초의 속마음을 헤아리고 형 양송(楊松)과 의논하여 그 역시 때만 오면 마초를 없애버리려 했다.

유장이 사람을 보내 장로에게 구원을 청한 것은 바로 그럴 즈음이었다. 유장에게 해묵은 감정이 있는 장로는 한마디로 그 청을 거절하고 사신을 내쫓았다. 그러나 유장은 단념하지 않고 이번에는 황권(黃權)을 보내 다시 구원을 청했다.

황권은 짐작이 있는 사람이었다. 장로를 만나기 전에 장로의 신임을 받고 있는 양송을 먼저 찾아보고 말했다.

"동천[漢中]과 서천[益州]은 실로 입술과 이 같은 사이라 하겠습니다. 입술이 없어지면 이가 시린 법, 우리 서천이 부서지면 동천 또한 지키기 어려울 것입니다. 만약 이번에 군사를 내어 우리를 구원해주면 우리는 그 보답으로 스무 고을을 떼어드리겠습니다."

그 말을 들은 양송은 기꺼이 황권을 장로와 만나게 해주었다. 서천을 도와 얻을 이득도 이득이려니와, 잘 되면 미덥잖은 우리에 가두어놓은 호랑이 같은 마초도 멀리 쫓아버릴 수 있을 것 같아서였다.

장로 또한 황권의 말을 듣자 어미 죽인 원수도 잊고 기쁜 낯빛을 지었다. 다시 생각해보니 황권의 말이 이치에도 맞을뿐더러 새로이 땅을 스무 고을이나 얻을 수 있는 좋은 기회인 것 같았다. 두말 않고 황권의 말을 따르려 하는데 파서 사람 염포(閻圃)가 나서서 말렸다.

"유장과 주공은 대를 이은 원수지간입니다. 지금 일이 급해 구원을 청하며 거짓으로 땅을 떼어주겠다는 것이니, 속아서는 아니 됩니다."

그때였다. 문득 계하에서 한 사람이 내닫듯 나서며 소리쳤다.

"제가 비록 재주 없으나 바라건대 군사 오백만 주십시오. 가서 유비를 사로잡고 유장이 약속한 땅을 떼어 받아 돌아오겠습니다."

모두 놀란 눈으로 돌아보니 그는 다름 아닌 마초였다. 장로도 마초라면 넉넉히 그럴 수 있다고 믿었다. 기꺼이 그의 청을 허락했다. 먼저 황권을 샛길로 돌려보내고 이어 마초에게 군사 이만을 내주며 서천으로 달려가 유장을 구해주게 했다.

그때 마초의 장수 방덕은 병이 나서 함께 갈 수 없었다. 장로는 방덕 대신 양백을 감군(監軍)으로 삼아 마초와 함께 떠나게 했다. 장로로서는 잘한다고 한 짓이었지만 실은 개와 고양이를 한 배에 태운 격이었다.

마초가 아우 마대와 의논하여 떠날 즈음, 유비의 군마는 낙성에 머물러 있었다. 법정의 글을 가지고 서천으로 갔던 사자가 돌아와 유비에게 알렸다.

"유장은 편지를 발기발기 찢고 저를 꾸짖어 내쫓았습니다. 뿐만 아니라 정탁(鄭度)이란 사람은 유장에게 우리와 싸울 계책까지 올렸는데, 그게 자못 그럴듯했습니다."

"어떤 계책인가?"

"들판이나 골짜기에 있는 곡식은 물론 곳간과 광에 있는 곡식까지도 모조리 태워버린 다음, 파서의 백성들을 모두 부수 서쪽으로 옮겨버린다는 것입니다. 그리고 성마다 둘러 있는 개울을 깊이 파고 성벽을 높이 쌓아 싸우지 않고 지키기만 한다면 우리는 백 일도 안 돼 절로 물러갈 것이라 했습니다."

그 말을 듣자 유비와 제갈공명은 다 같이 크게 놀랐다.

"만약 그 말대로 한다면 우리는 정말로 위태롭게 되어버린다. 큰 일이로구나."

두 사람이 입을 모아 그렇게 걱정하는데 문득 법정이 껄껄 웃으며 말했다.

"주공께서는 조금도 걱정하지 마십시오. 그 계획이 비록 모지나, 유장은 그걸 쓸 만한 사람이 못 됩니다."

오래 유장을 섬긴 적이 있는 사람이 하는 소리라 조금 마음이 놓이기는 해도 유비는 걱정이 아니 될 수 없었다. 그런데 채 하루도 지나지 않아 다시 소식이 들어왔다.

"유장은 백성을 마소 몰듯 내몰 수 없다 하여 정탁의 말을 따르지 않았다고 합니다."

그제서야 유비도 비로소 마음을 놓았다. 공명도 그 소식에 힘을 얻었는지 유비에게 싸움을 서두르도록 권했다.

"되도록이면 빨리 군사를 내어 면죽을 빼앗도록 하십시오. 그곳만 우리 손에 들어오면 성도 또한 쉽게 뺏을 수 있습니다."

이에 유비는 황충과 위연에게 군사를 나눠주며 먼저 면죽으로 나가게 했다.

면죽을 지키던 유장의 장수 비관(費觀)은 유비의 군사가 온다는 말을 듣자 이엄을 뽑아 그들을 맞게 했다. 이엄은 군사 삼천을 이끌고 성을 나가 황충과 위연을 마주보고 진을 쳤다.

유비 쪽에서 황충이 먼저 말을 몰고 나와 싸움을 돋우었다. 이엄도 지지 않고 달려 나가 황충과 어울렸다. 두 사람이 어우른 지 마흔합이 넘었으나 좀처럼 승부가 나지 않았다. 그런데 진중에서 그 싸움을 보고 있던 공명이 돌연 북을 울리게 하여 황충을 불러들였다.

"이제 막 이엄을 사로잡으려 하는데 군사께서는 무슨 까닭으로 저를 불러들이셨습니까?"

불려온 황충이 아쉽다는 얼굴로 공명에게 불퉁거렸다. 공명이 달래듯 말했다.

"내가 이엄의 무예를 보니 힘으로는 사로잡기 어려울 것 같소. 장군은 내일 다시 싸우되, 거짓으로 져서 이엄을 산골짜기로 꾀어들이시오. 그때 이엄이 미처 예기치 못한 군사를 내어 들이치면 우리가 이길 수 있을 것이오."

황충은 힘으로는 이엄을 이길 수 없으리라는 공명의 말에 은근히 화가 났으나 군사의 영이라 아니 들을 수가 없었다.

다음 날이었다. 전날 황충이 먼저 물러난 데 우쭐해진 이엄이 다시 군사를 이끌고 와서 싸움을 걸었다. 황충 역시 다시 나가 싸웠으나 전날 같지는 못했다. 열 합도 되기 전에 거짓으로 쫓겨 달아나자 이엄은 신이 나서 뒤쫓았다.

평지를 벗어난 황충은 곧 산골짜기로 접어들었다. 한참을 앞뒤 없이 뒤쫓던 이엄은 골짜기로 접어들어서야 퍼뜩 짚이는 게 있었다.

"적의 잔꾀다! 뒤쫓지 말고 물러나라!"

이엄이 그렇게 소리치며 급히 군사를 돌렸을 때였다. 어디서 나왔는지 위연이 한 떼의 군사를 이끌고 앞을 막았다. 등 뒤에선 달아나던 황충이 되돌아서서 짓쳐오고 있었다.

나아갈 수도 물러날 수도 없게 된 이엄이 갈팡질팡하고 있을 때 산꼭대기에 올라가 있던 공명이 소리쳤다.

"공은 이미 함정에 빠지셨소. 항복하지 않는다면 양쪽에 숨겨둔 강한 쇠뇌가 공에게 봉추의 원수 갚음을 하게 될 것이오."

그 소리를 듣자 이엄은 온몸에서 힘이 쭉 빠졌다. 힘없이 말에서 내려 갑옷을 풀고 항복하니 그가 거느리고 있던 군사들도 모두 그를 따랐다.

공명은 항복한 이엄을 데리고 유비에게로 갔다. 그러나 이엄을 대한 유비의 태도는 결코 항복한 적장에 대한 태도가 아니었다. 마치 오래 기다린 사람을 만난 듯하니 이엄은 절로 머리가 수그러지지 않을 수 없었다.

"이제 장군은 우리 사람이 되셨으니 묻겠소. 어떻게 하면 쉽게 면죽을 뺏을 수 있겠소?"

새로운 주종으로서의 예가 끝난 뒤 유비가 넌지시 물었다. 이엄이 잠시 생각에 잠겼다가 조용히 대답했다.

"비관이 비록 유장과 친척이기는 하지만 나와는 매우 가까운 벗입니다. 제가 가서 그를 한번 달래보겠습니다."

그러자 유비는 선뜻 허락했다.

"좋소이다. 그럼 성으로 돌아가서 비관에게 항복하도록 권해보시오."

전에 냉포를 놓아주었다가 속은 적이 있음에도 불구하고, 조금도

222

의심하는 빛이 없는 표정이었다. 공명도 이엄을 믿을 만하다 여겼던지 곁에서 말없이 보고만 있었다.

이에 면죽성으로 돌아간 이엄은 비관을 만나보고 간곡히 말했다.

"유현덕은 어질고 덕이 높은 사람이오. 나를 보아 믿고 항복하시오. 공연히 버티다가는 반드시 큰 화를 입게 될 것이오."

이엄이 그렇게 권하자 비관도 턱없이 싸움만을 우기지는 않았다. 조용히 이엄의 말을 받아들여 성문을 열고 유비에게 항복해버렸다.

이에 피 한 방울 흘리지 않고 면죽성을 차지한 유비는 다시 성도를 칠 의논을 했다. 어느 길로 어떻게 군사를 나누어 성도를 칠 것인가로 한참 의견이 분분할 때였다. 홀연 유성마가 달려와 알렸다.

"한중의 장로가 마초와 양백, 마대에게 군대를 주어 가맹관(葭萌關)을 치게 했습니다. 지금 맹달과 곽준이 힘을 다해 지키고는 있으나 사세가 매우 위급합니다. 구원을 늦추게 되면 가맹관은 깨어지고 말 것이니 서둘러주십시오."

그 말을 들은 유비는 몹시 놀랐다. 전에 서로 힘을 합쳐 싸운 적까지 있는 마초가 갑자기 자신에게 칼끝을 들이대었다는 것도 그랬지만, 그보다는 마초의 빼어난 무예와 용맹을 상대해 싸워야 한다는 게 더욱 걱정되었다. 공명도 놀랍기는 마찬가지였다. 한참이나 쓴 입맛만 다시다가 어쩔 수 없다는 듯 말했다.

"마초라면 조자룡과 장익덕 두 사람을 보내는 수밖에 없습니다. 그들이라야 마초와 맞설 수 있습니다."

"자룡은 군사를 이끌고 밖으로 나가 아직 돌아오지 않았소. 여기 있는 것은 익덕뿐이니 급한 대로 그부터 먼저 보내야겠소."

유비가 찌푸린 얼굴로 그렇게 대꾸했다. 장비 혼자서는 마초를 당해낼 것 같지 않아서 영 마음이 놓이지 않는다는 표정이었다. 공명이 그걸 알아차리고 나직이 유비에게 당부했다.

"익덕이 걱정되더라도 주공께서는 아무 말씀 마십시오. 제가 익덕을 충동질해서 마초를 가볍게 여기고 함부로 싸우는 일이 없도록 해 보겠습니다."

그런데 미처 그 말이 끝나기도 전에 장비가 우르르 뛰어들며 소리쳤다.

"형님, 나는 가겠소. 어서 가서 마초 놈과 싸울 테요!"

어디선가 마초가 가맹관으로 쳐들어왔다는 소리를 들은 것 같았다. 그러나 공명은 짐짓 장비의 말을 듣지 못한 체 유비를 보며 걱정했다.

"지금 마초가 우리 관을 들부수고 있으나 이곳에는 그를 당해낼 만한 장수가 없습니다. 형주에 있는 관운장이 아니면 안 되는데, 그렇다고 형주를 내주고 이리로 오라고 할 수도 없고……."

그 말에 장비가 분을 이기지 못해 씩씩거리며 공명에게 대들었다.

"군사께서는 어째서 나를 그토록 작게 보시오? 나는 일찍이 조조의 백만 대군도 홀로 물리친 적이 있소이다. 까짓 마초 따위 하찮은 것이야 무슨 걱정거리가 되겠소?"

"장군이 장판교를 끊었을 때는 조조가 우리 편의 허실을 잘 알지 못해 물러갔을 뿐이오. 만일 그때의 우리 형편을 조조가 알았더라면 장군이 어찌 무사할 수 있었겠소? 그렇지만 지금은 그때와 다르외다."

공명이 그렇게 말하자 더욱 화가 난 장비가 범처럼 으르렁거렸다.

"다르긴 무엇이 다르단 말씀이오? 그 하찮은 오랑캐 아들놈이 무에 그리 대단하다는 거요?"

"마초의 용맹은 천하가 다 알아주는 바요. 지난날 위교의 싸움에서 조조는 제 수염을 베고 전포를 벗어던져 가며 달아났으나 죽을 고비를 몇 번이나 만났소이다. 결코 대수롭지 않게 볼 인물이 아니니 설령 관운장이 간다 해도 반드시 이길 수 있을지 걱정이오."

공명이 눈도 깜박 않고 그렇게 마초를 추켜세워 장비의 부아를 한층 돋우었다. 마침내 참지 못한 장비가 소리쳤다.

"나를 어서 보내주기나 하시오! 내가 가서 마초를 이기지 못한다면 설령 내 목이 떨어지는 군령이라도 달게 받겠소!"

바로 공명이 기다린 말이었다. 그제서야 공명은 장비의 출전을 허락했다.

"장군이 이왕에 군령장까지 쓰겠다니 그럼 우선 선봉이 되어 가보시오."

그런 다음 다시 유비에게 말했다.

"바라건대 주공께서도 가맹관으로 가주셨으면 합니다. 면죽은 제가 남아 지키다가 조자룡이 돌아오면 다시 의논해 뒤를 댈 것입니다."

"저도 보내주십시오. 가서 마초가 어떤 물건인지 한번 봐야겠습니다."

그때껏 장비의 서슬에 눌려 눈치만 보고 있던 위연이 다시 끼어들었다. 공명은 그것도 허락했다. 그리하여 위연은 오백 기를 이끌고 길잡이 겸 망보기로 먼저 떠나고, 장비는 그다음을 이으며, 유비는 후대가 되어 가맹관으로 떠나게 했다.

그렇게 되자 싸움이라면 자기밖에 없는 줄 아는 장비도 어지간히 긴장되지 않을 수 없었다.

유비도 몸소 나서고 위연이 보태졌는데도 다시 조자룡이 돌아오면 더할 듯하니 마초가 새삼 조심스러웠다. 적어도 한달음에 우르르 달려가 개 때려잡듯 마초를 잡겠다는 생각은 버리지 않을 수 없었다.

가맹관 아래 가장 먼저 이른 위연은 관 안에 있는 맹달과 연락이 닿기도 전에 장로의 장수 양백부터 만났다.

공을 서두르는 위연이 장비가 오기를 기다리지 않고 양백을 덮치자, 양백 또한 지지 않고 맞서 곧 한바탕 싸움이 벌어졌다. 하지만 양백은 위연의 적수가 못 됐다. 말과 말이 열 번을 뒤엉켰을까 그새 견디지 못한 양백이 말 머리를 돌려 달아나기 시작했다.

위연은 장비에게 으뜸가는 공을 뺏기지 않으려고 제 군사 적은 것은 걱정도 않고 양백을 뒤쫓았다. 얼마나 달렸을까. 문득 양백은 보이지 않고 낯선 장수 하나가 한 떼의 군마를 이끌고 앞길을 가로막았다. 마초의 아우 마대였다.

마초의 얼굴을 모르는 위연은 마대가 바로 마초인 줄 알았다. 큰 공을 세울 더 없이 좋은 기회라 여기고 칼춤을 추며 덤볐다. 마대가 맞서 이번에는 위연과 마대 간에 한바탕 싸움이 벌어졌다.

둘이 어울린 지 열 합쯤 되었을 때였다. 마대 또한 양백과 마찬가지로 말 머리를 돌려 달아나기 시작했다.

마대를 마초로만 알고 있는 위연은 신이 났다. 쫓기는 게 거짓인 줄도 모르고 말을 몰아 뒤쫓는데, 문득 마대가 몸을 돌리더니 화살 한 대를 날렸다. 화살은 마음 놓고 쫓던 위연의 왼팔에 날아와 박혔다. 그제서야 속은 줄 안 위연이 다친 왼팔을 싸쥐고 되돌아 달아났다.

이번에는 마대가 기세를 타고 위연을 뒤쫓기 시작했다. 쫓고 쫓기고 하면서 가맹관 아래 이르렀을 무렵이었다. 한 장수가 우레 같은 고함을 내지르며 관 위에서 말을 몰아 달려왔다. 장비가 와 있다가 싸우는 소리를 듣고 얼른 달려 나온 길이었다.

장비는 위연이 화살을 맞아 쫓겨 들어오는 것을 보자 뒤쫓는 것은 틀림없이 마초일 것이라 생각했다. 얼른 위연을 구해 관 안으로 들여보낸 뒤 마대를 가로막으며 소리쳤다.

"도대체 너는 어떤 놈이냐? 싸우기 전에 이름부터 알고나 보자."

"나는 서량의 마대다. 너는 누구냐?"

마대가 씩씩하게 대꾸했다. 상대가 마초가 아니란 말에 장비는 은근히 실망했다.

"그렇다면 너는 마초가 아니로구나! 어서 돌아가거라. 너는 나의 적수가 못 되니 가서 마초에게 싸우러 나오라고 일러라. 연나라 사람 장익덕이 여기서 기다린다면 알아들을 것이다!"

그렇게 어린애 타이르듯 했다. 장비가 너무 자기를 우습게 보자 마대는 벌컥 성이 났다.

"네 어찌 감히 나를 그리 작게 보느냐!"

그 한소리와 함께 창을 끼고 말을 박차 장비에게 덤벼들었다. 걸어오는 싸움이라 장비도 창을 들어 맞섰으나 처음부터 오래갈 싸움은 못 되었다. 채 열 합도 안 돼 힘이 부친 마대가 말 머리를 돌려 달아났다.

장비가 그런 마대를 뒤쫓으려 할 때 문득 어떤 사람이 관 위에서 말을 달려 내려오면서 소리쳤다.

"아우는 뒤쫓지 마라!"

장비가 돌아보니 유비가 팔을 저으며 달려오고 있었다. 그때서야 가맹관에 이른 유비는 장비가 너무 가볍게 싸움에 말려드는 것 같아 서둘러 말렸다.

장비도 공명에게 써준 군령장이 마음에 부담이 되는 데다 유비까지 달려 나와 말리자 더는 마대를 쫓으려 하지 않았다. 고집 부리지 않고 말 머리를 돌려 유비와 함께 관으로 돌아갔다. 그런 장비가 대견한지 유비가 달래듯 말했다.

"네 성미가 조급한 게 걱정이 되어 내가 일부러 예까지 왔다. 어쨌든 너는 오늘 마대를 이겼으니 잠시 쉬었다가 내일 다시 마초와 싸워보도록 해라."

하지만 다음 날 싸움을 먼저 걸어온 것은 오히려 마초였다. 날 새기 무섭게 관 아래서 북소리가 크게 울리면서 마초가 군사를 이끌고 나타난 것이었다.

유비가 관 위에서 내려보는 가운데 마초가 문기 그늘 아래서 창을 끼고 말을 박차 달려 나왔다. 머리띠는 사자 형상을 한 투구요, 허리에는 짐승을 그린 띠에, 은으로 된 갑옷을 걸치고 흰 전포를 입었는데, 그 차림이 속되지 않을뿐더러 그 인물도 남달리 뛰어나 보였다.

유비가 그런 마초를 보자 자신도 모르게 감탄의 소리를 냈다.

"사람들이 말하기를 비단 같은 마초[錦馬超]라더니, 정말로 세상에 이름이 헛되이 나는 법은 없구나!"

유비가 마초를 높이 보자 장비는 심사가 뒤틀려 가만히 듣고 있을 수 없었다. 얼른 창을 꼬나들며 관을 나가 마초와 싸우려 했다. 유비가 그런 장비를 말렸다.

"잠깐만 기다려라. 먼저 마초의 날카로운 기세를 피한 뒤에 나가 싸우는 게 좋겠다."

하지만 마초가 기다려주지 않았다. 홀로 관 아래로 말을 몰고 와 쩌렁쩌렁한 목소리로 장비의 부아를 돋우었다.

"장빈가 뭔가 하는 촌놈이 왔다더니 어디 있느냐? 어서 나오너라. 한 창에 멱을 따놓겠다."

아우 마대에게 들은 말이 있어 하는 소리였다. 장비가 펄펄 뛰며 관을 박차고 나서려 아우성이었지만 유비는 얼른 허락하지 않았다. 너댓 번이나 마초를 씹어 삼킬 듯 이를 갈며 나서는 장비를 꾸짖어 관 위에 붙들어 두었다.

그런 사이 한나절이 지났다. 아무리 심한 소리를 충돌질해도 관 안에서 아무런 대꾸가 없자 마초의 군사들은 차차 지루한 기색을 드러내기 시작했다. 그걸 본 유비가 비로소 장비에게 말했다.

"이제 됐다. 너는 오백 기만 골라 관을 나가보도록 해라. 마초하고 싸우되, 뜻 같지 못하거든 언제고 돌아오너라."

그 말을 들은 장비가 대꾸고 뭐고 없이 우르르 관문을 뛰쳐나갔다. 마초는 장비가 홀로 달려 나오는 것을 보자 창을 들어 뒤를 보고 휘저으며 소리쳤다.

"모두 화살 닿을 거리 밖으로 물러나라. 나 혼자 장비를 사로잡겠다."

그때 장비가 씨근거리며 마초 앞에 이르렀다. 그도 역시 뒤쫓아오는 자기편 군사는 안중에도 없는 듯 마초만 잡고 늘어졌다.

"너는 연나라 장익덕을 알아보겠느냐?"

장비가 창을 꼬나 잡으며 그렇게 소리치자 마초가 비웃음 반 놀림 반으로 받았다.

"나는 여러 대를 걸친 공후의 집안에서 난 사람이다. 어찌 너 같은 촌놈을 알아볼 수 있겠느냐?"

그러자 참지 못한 장비가 말을 박차 덤벼들고, 마초도 지지 않고 내달아 맞섰다. 곧 두 말이 엇갈리며 불꽃 튀는 싸움이 벌어졌다. 창과 창이 어울려 찌르고 후비고 쑤시고 후리는데, 둘의 솜씨가 얼마나 절묘한지 보는 이가 모두 넋을 잃을 지경이었다.

서천엔 드디어 새로운 해가 뜨고

장비와 마초의 싸움은 그럭저럭 백 합을 넘어섰다. 그러나 승부가 나기는커녕 어느 쪽도 지친 기색조차 보이지 않았다.

"참으로 범 같은 장수들이로구나."

보고 있던 유비는 감탄해 마지않았다. 은근히 마초가 탐이 나면서 한편으로는 혹시라도 장비가 실수할까 봐 걱정이 되었다. 그 바람에 유비가 징과 북을 울리게 하여 장비를 불러들이니 마초도 하는 수 없이 자기 진채로 돌아갔다.

하지만 장비는 아무래도 분이 풀리지 않았다. 잠시 말을 쉬게 한 뒤 투구도 쓰지 않고 머릿수건만 맨 채 다시 말 등에 뛰어올랐다. 그리고 유비가 미처 말릴 틈도 없이 관을 뛰쳐나가 마초에게 싸움을 걸었다.

걸어온 싸움을 마다할 마초가 아니었다. 장비가 부르는 소리를 듣자마자 창을 끼고 달려 나오니 둘의 싸움은 다시 어우러졌다.

유비는 아무래도 마음을 놓을 수 없었다. 혹시라도 장비가 실수할 때를 대비해 스스로 갑주를 두르고 관을 나갔다. 유비가 지켜보는 가운데 다시 싸움은 백 합을 넘어섰으나 둘 다 싸울수록 더 힘이 솟는 것 같았다. 신들린 사람들처럼 창끝을 주고받는데, 그 기세가 처음이나 조금도 다름이 없었다.

보다 못한 유비가 또다시 징과 북을 울리게 하여 장비를 불러들였다. 장비가 마지못해 물러나자 마초 역시 홀로 싸울 수는 없는 노릇이라 자기 진채로 돌아갔다. 거기다가 날도 이미 저물어 어느 쪽도 더 싸울래야 싸울 수가 없었다.

"마초는 빼어난 장수이니 가볍게 맞서서는 아니 된다. 오늘은 이만 관으로 돌아가고 내일 다시 와서 싸우도록 해라."

까닭없이 자신을 불렀다고 불퉁거리는 장비를 유비가 그렇게 달랬다. 그러잖아도 화가 날 대로 나 있던 장비는 유비가 또 마초를 추켜세우며 싸움을 말리자 대들듯 소리쳤다.

"싫소! 죽으면 죽었지 나는 아니 돌아갈 테요. 다시 나가 마초 놈과 끝장을 볼 테니 갈 테면 형님이나 가시오."

"오늘은 이미 날이 저물고 있지 않으냐? 어두운데 싸움은 무슨 싸움을 한단 말이냐?"

유비가 날 저문 걸 핑계로 장비를 달래 데려가려 했다. 그래도 장비는 꿈쩍도 안했다.

"어두우면 어떻소? 횃불만 많이 밝혀준다면 밤이라도 얼마든지

232

싸울 수 있소!"

그렇게 뻗대면서 어떻게든 싸울 궁리만 했다.

싸움을 하다 말고 돌아온 게 마음에 안 차기는 마초도 마찬가지였다. 자기 진채로 돌아가기는 했으나 그대로는 아무래도 견딜 수없어 곧 말을 갈아타고 진문을 나섰다.

"장비야, 네 나와 밤 싸움을 한번 벌여보겠느냐?"

장비의 진채 앞으로 달려온 마초가 큰 소리로 외쳤다. 장비로 보면 마초가 때맞추어 불러준 셈이었다. 아직도 어떻게든 싸움을 말리려 드는 유비를 끌어내리듯 말에서 내리게 한 뒤 그 말을 갈아타고달려 나가며 맞고함을 질렀다.

"오냐, 좋다! 내 오늘 너를 사로잡지 않고서는 맹세코 관으로 돌아가지 않겠다!"

"그건 내가 할 소리다. 나야말로 네놈을 사로잡지 못하면 결코 진채로 돌아가지 않으리라!"

마초가 그렇게 맞받으니 이제 남은 것은 불을 밝히는 일뿐이었다. 양쪽 군사가 모두 횃불을 하나씩 붙여 들자 곧 싸움터는 대낮처럼밝아졌다.

장비와 마초는 그 불빛 아래서 그날 들어 세 번째의 싸움을 시작했다. 그런데 이번에는 전과 달랐다. 뿌연 먼지를 일으키며 둘의 말과 말이 엇걸리기를 스무 번쯤이나 했을까, 문득 마초가 힘에 부친듯 말 머리를 돌려 달아나기 시작했다.

"이놈, 어디로 도망가려느냐?"

장비가 그런 마초를 뒤쫓으며 소리쳤다. 얼핏 보아서는 어김없이 마초가 져서 쫓기는 것 같았지만 실은 거기에 속임수가 있었다. 아무리 싸워도 장비가 조금도 피로한 기색을 보이지 않자 마초가 계략을 쓰는 중이었다.

싸움에 진 체 쫓기다가 갑자기 몸을 돌려 손안에 감춘 구리 철퇴로 방심한 장비를 단번에 박살낸다는 게 마초가 생각해낸 꾀였다. 그러나 싸움터에서의 속임수라면 장비도 그리 어두운 사람이 아니었다. 마초가 달아나니 쫓기는 해도 장비 또한 그게 거짓이라는 것쯤은 알아차리고 있었다. 마음속으로 단단히 채비를 하고 뒤쫓는데 마초가 갑자기 몸을 틀며 손에 감추고 있던 구리 철퇴를 내던졌다.

장비가 얼른 몸을 수그려 피했으나 워낙 가까이서 던진 것이라 구리 철퇴는 장비의 귓바퀴를 스치고 지나갔다. 장비는 놀란 가운데도 퍼뜩 마초의 계략을 거꾸로 이용할 생각이 났다. 가볍게 얻어맞기라도 한 듯 급히 말 머리를 돌려 달아나기 시작했다.

이번에는 마초가 말을 돌려 장비를 쫓았다. 그러나 그도 마음을 영 놓고 있지는 않았다. 아니나 다를까, 정신없이 달아나는 것 같은 장비가 돌연 활을 뽑더니 화살 하나를 쏘아 붙였다. 마초가 얼른 몸을 틀어 피하자 화살은 마초의 다리를 스치고 지나갔다.

겨우 화살을 피하기는 했지만 마초는 장비를 더 쫓을 마음이 없어졌다. 자신의 계략을 눈치챘을 뿐만 아니라 오히려 거꾸로 이용할 줄까지 아는 장비가 은근히 두려웠기 때문이었다.

마초가 뒤쫓기를 그만두자 싸움은 일단 거기서 끝이 났다. 장비역시 마초의 구리 철퇴에 어지간히 놀란 듯 진채로 돌아왔다. 그러나 어찌 됐건 군사들의 기세에 있어서는 장비 쪽이 높았다. 유비는 그 기세를 타고 마초를 한번 몰아붙일까 하다가, 문득 무슨 생각이 났던지 몸소 진채 앞으로 나가 마초를 보고 외쳤다.

"나는 오직 인의로 사람을 대할 뿐 거짓과 속임수는 쓰지 않았다. 마맹기(馬孟起) 그대는 어서 군사를 수습해서 물러가 쉬도록 하라. 지금 기세가 높은 곳은 분명 우리 쪽이지만, 그렇다고 그 기세를 타고 그대를 들이칠 뜻은 없다!"

그 말을 들은 마초는 뜨끔했다. 양쪽의 기세가 실인즉 유비의 말대로인 까닭이었다. 이에 마초는 스스로 뒤를 맡아 유비가 덮치는 것에 대비하면서 나머지 군사들을 모두 멀찌감치 물러나게 했다. 유비도 군사를 거두어 관 안으로 되돌아갔다.

다음 날이었다. 장비는 해가 뜨기 바쁘게 다시 관을 내려가 마초와 싸우려 들었다. 슬몃 딴생각이 나 마초와의 싸움을 되도록 미루고 싶어진 유비가 이런저런 핑계로 장비를 말리고 있는데 문득 사람이 들어와 알렸다.

"군사께서 오셨습니다."

면죽을 지키고 있어야 할 공명이 그리로 왔다는 게 뜻밖이라면 뜻밖일 수도 있었으나 유비는 우선 반갑기만 했다. 뛰듯이 달려 나가 공명을 맞아들이며 물었다.

"군사께서 어찌하여 이리로 오셨소?"

"제가 들으니 마초는 세상이 다 아는 범 같은 장수라고 합니다. 그런데 익덕이 그와 더불어 죽기로 싸운다면 둘 중의 하나는 반드시 상할 것이니 어찌 보고만 있을 수 있겠습니까? 이에 조자룡과 황한승(黃漢升, 황충)에게 면죽을 지키게 하고 저는 밤길을 달려 이리로 온 것입니다. 몇 가지 계책이면 마초를 주공의 사람으로 만들 수도 있을 듯합니다."

공명이 담담한 얼굴로 그렇게 대답했다. 그게 바로 진작부터 마음속으로 바라던바라 유비가 얼른 물었다.

"어떻게 하면 마초를 얻을 수 있겠소?"

"듣기로 동천의 장로는 자립하여 스스로 한녕왕(漢寧王)이 되려한다고 합니다. 그런데 그가 부리는 모사 양송(楊松)은 몹시 욕심이 많고 뇌물 받기를 좋아하니 그를 잘 주무르면 길이 있을 것입니다. 먼저 사람을 뽑아 남의 눈에 안 띄게 한중으로 보내고 금으로 양송을 구워삶게 하십시오. 그런 다음 장로에게 글을 보내 이렇게 말하시면 됩니다.

'내가 유장과 서천을 두고 싸우는 것은 그대의 원수 갚음을 위한 것도 되니 그대는 결코 우리 사이를 갈라놓으려는 무리들의 말을 듣지 마라. 이곳 일이 매듭지어지면 그대를 도와 한녕왕에 오르게 하겠노라.'

그리고 아울러 마초의 군사를 불러들이게 하면 일은 거지반 된 것입니다. 뇌물을 먹은 양송이 또한 우리를 위해 장로를 부추겨줄 것이니 마초가 어찌 돌아가지 않고 배기겠습니까?"

"마초가 한중으로 돌아간다고 해서 바로 내 사람이 되는 건 아니잖소?"

공명이 그때까지 한 말만으로는 아직 넉넉하지 않아 유비가 다시 물었다.

"그건 걱정하지 마십시오. 마초가 돌아가려 할 때 다시 알맞은 계책을 써서 우리에게 항복하도록 만들겠습니다."

공명은 그렇게만 대답하며 빙긋 웃었다. 남은 계책이 어떤 것인지는 모르지만 유비는 기쁨부터 앞섰다. 그때껏 공명이 꾀한 일 치고 어그러진 게 하나도 없었기 때문이었다. 곧 장로에게 보낼 글을 쓴 뒤 손건에게 주어 남몰래 한중으로 보냈다. 그 글과 함께 양송을 매수할 금은과 값진 구슬을 듬뿍 주었음도 말할 나위가 없었다.

지름길로 한중에 이른 손건은 공명이 말한 대로 먼저 양송을 찾아보았다. 가져간 금은과 값진 구슬들을 모두 바치고 유비가 장로에게 보낸 글과 같은 뜻의 말을 했다. 욕심 많은 양송은 입이 귀밑까지 찢어져 손건의 말마다 고개를 끄덕였다. 말이 옳아서가 아니라 굴러 들어 온 재물이 기꺼워서였다.

양송은 곧 손건을 데리고 장로 앞에 나가 갖은 말로 유비를 두둔하며 그 뜻을 들어줘야 한다고 우겼다. 양송의 말이라면 팥으로 메주를 쑨다 해도 믿어주는 장로였으나 이번만은 달랐다. 아무래도 얼른 마음이 내키지 않는지 유비의 글을 이리저리 뒤집어보다가 양송에게 불쑥 물었다.

"현덕은 겨우 좌장군에 지나지 않는데 어떻게 나를 도와 한녕왕에 오르게 할 수 있단 말인가?"

"반드시 그렇게만 보실 일이 아닙니다. 유비는 천자의 아재비[皇叔]가 되는 사람이니 그만 일쯤은 주청을 드릴 수 있습니다."

양송이 얼른 그렇게 대답했다. 장로가 들어보니 그도 그럴 법했다. 당장 왕호라도 받은 듯 기뻐하며, 유비가 바라는 대로 사람을 마초에게 보내어서 군사를 물리라는 명을 내렸다. 하지만 손건은 그래도 돌아가지 않고 양송의 집에 머물며 일이 확실하게 매듭지어지는 걸 보려고 기다렸다.

"마초는 공을 이루기 전에는 군사를 되돌릴 수 없다고 말했습니다. 쉬이 돌아올 사람 같지 않았습니다."

장로에게는 뜻밖의 소리였다. 왕이 된다는 데 급해진 장로는 다시 사람을 보내 마초를 불렀다. 그러나 마찬가지였다. 마초는 같은 말만 되풀이하며 잇달아 세 번이나 사람을 보내도 꿈쩍 않았다.

그걸 본 양송이 옳다구나 하며 장로를 속삭거렸다.

"그것 보십시오. 마초는 원래 믿지 못할 위인이었습니다. 이제 군사를 물리지 않는 것은 반드시 모반할 뜻이 있어서일 것입니다."

그러고는 한편으로 사람을 시켜 유언비어를 이리저리 퍼뜨렸다.

"마초는 서천을 빼앗아 스스로 촉왕(蜀王)이 되려 한다. 그렇게 하여 아비와 자식의 원수를 갚으려 들 뿐, 한중의 신하 노릇을 할 마음은 없다."

처음부터 장로에게 들어가라고 지어낸 말이라 그것은 곧 장로에게 전해졌다. 그 소리를 들은 장로는 놀랐다. 그래도 믿을 사람은 너밖에 없다는 듯 양송을 불러놓고 걱정스레 물었다.

"마초가 딴 뜻을 품고 있다니 어찌하면 좋겠는가?"

양송이 가장 꾀 많은 체 한 가지 계책을 내놓았다.

"먼저 사람을 마초에게 보내 이렇게 이르십시오. 네가 굳이 공을 이루려 한다면, 한 달 말미를 줄 것이니 이 세 가지 일을 모두 이루도록 하라. 첫째는 서천을 뺏는 것이오, 둘째는 유장의 목을 가져오는 것이며, 셋째는 유비의 형주 군사를 무찌르는 것이다. 만약 이 세

가지를 모두 해내면 크게 상을 내리겠으나 해내지 못할 때는 네 목을 바쳐야 할 것이다. 그리고 한편으로는 장위(張衛)에게 군사를 주어 가맹관에서 이곳으로 오는 길목들을 굳게 지키라 하십시오. 장위라면 마초가 변을 일으켜도 잘 막아낼 수 있을 것입니다."

전부터 틈만 나면 마초를 해치려고 마음 먹고 있던 양송의 계책이라 빈틈이 없었다. 왕이 될 욕심으로 마음이 급해질 대로 급해진 장로도 기꺼이 거기 따랐다. 곧 사람을 마초에게 보내 양송이 말한 세 가지를 전하게 했다.

한편 장로의 사자로부터 그 세 가지 조건을 전해 받은 마초는 크게 걱정이 되었다.

"어째서 일이 이렇게 되었단 말이냐? 내가 무슨 재주로 한 달 안에 그 세 가지 일을 모두 해낼 수 있겠는가!"

그렇게 탄식하고 마대를 불러 말했다.

"안 되겠다. 장로가 정히 이렇게 나온다면 군사를 물려 되돌아가는 수밖에 없겠다."

마대 또한 달리 뾰족한 수가 있을 리 없었다. 말없이 고개를 끄덕이고 마초를 도와 군사를 물릴 채비에 들어갔다.

마초가 돌아오려 한다는 소문을 듣자 양송은 다시 그다음 일을 시작했다. 사람을 풀어 새로운 유언비어를 퍼뜨리는 일이었다.

"마초가 군사를 되돌려오는 것은 반드시 딴 뜻이 있어서일 것이다. 마초가 돌아오면 한중에는 큰 난리가 난다."

그 말은 이번에도 어김없이 장로의 귀에 들어갔다. 놀란 장로가 장위에게 엄히 방비하란 영을 내리니 장위는 군사를 일곱 갈래로 나누어 험한 길목마다 굳게 지키며 마초를 받아들이지 않았다.

그러자 마초는 오도 가도 못하는 지경에 빠지고 말았다. 어떻게 해볼 도리가 없어 한숨만 푹푹 내쉬고 있었다. 풀어놓은 사람들을 통해 마초의 그 같은 처지를 전해 들은 공명이 유비를 찾아보고 말했다.

"이제 마초는 나아가지도 물러나지도 못하는 지경에 빠졌습니다. 제가 한번 마초의 진채를 찾아보고 세 치 썩지 않은 혀로 마초를 달래 주공께 항복하도록 권해보겠습니다."

그러자 유비가 걱정스레 대꾸했다.

"선생은 제게 팔다리같이 요긴하고 가슴이나 배처럼 중한 분이시오. 만약 마초를 찾아갔다가 일이 잘못되면 어떻게 하실 작정이오?"

"제가 다 헤아려둔 바가 있습니다. 걱정 말고 기다리시면 반드시 마초를 데려와 주공 앞에 무릎 꿇게 하겠습니다."

공명은 그렇게 장담하며 굳이 마초를 찾아가려 했다. 그러나 유비는 아무래도 마음이 놓이지 않는지 거듭 공명을 말리며 보내주지 않았다. 유비가 워낙 붙들며 놓아주지 않자 공명은 얼른 떠날 수 없었다. 그래저래 며칠이 지났을 때 문득 사람이 달려와 알렸다.

"조(趙)장군께서 추천하는 글과 함께 선비 한 사람을 보내셨습니다."

유비가 그 선비를 불러들여 보니 다름 아닌 이회(李恢)였다. 건녕 유원(兪元) 사람으로 자를 덕앙(德昻)으로 썼는데 그동안 유장 밑에서 일하다가 이번에 조자룡에게 투항한 사람이었다.

유비는 이회가 서천에서 벼슬살이 할 때 유장이 유비를 불러들이려 하자 그가 나서 말린 일을 알고 있었다. 그걸 꾸짖기 위해서라기보다는 그런 사람이 자기에게로 돌아선 까닭이 궁금해서 물었다.

"내가 듣기로 공은 전에 유장에게 나를 불러들이지 말라고 권했다 했소. 그런데 이제 무슨 까닭으로 나에게 돌아서시었소?"

이회가 조금도 움츠르드는 기색없이 대답했다.

"옛말에 이르기를, 좋은 새는 나무를 가려 깃들이고 밝은 신하는 주인을 골라 섬긴다 했습니다. 제가 전에 유장에게 그렇게 권한 것은 신하 된 사람으로서의 정성을 다하고자 함이었습니다. 하나 유장은 그걸 듣지 않았으니 그가 망할 것은 뻔한 이치가 아니겠습니까? 거기에 비해 이제 장군은 우리 촉 땅에 널리 어지심과 덕을 베풀고 계십니다. 따라서 반드시 뜻하신 바를 이루실 것이라 믿고 이렇게 찾아온 것입니다."

유비가 들어보니 세력을 따라 철새처럼 옮겨다니는 하찮은 무리와는 뜻이 달라 보였다. 이에 새삼 공경하는 몸가짐을 취하며 물었다.

"선생께서 이렇게 오신 것은 반드시 제게 도움을 주시려 함인 줄 알고 있소이다. 이제 어떻게 저를 도와주시겠소?"

"지금 마초는 오도 가도 못할 어려운 지경에 빠져 있습니다. 다행히 제가 농서에 있을 때 그와 한번 사귄 적이 있기에 그를 찾아가 장군께 항복하도록 달래보고 싶습니다. 장군의 뜻은 어떠십니까?"

이회가 별로 망설이는 기색 없이 그렇게 대답했다. 곁에 있던 공명이 그런 이회를 보고 말했다.

"그것 참 고마운 말씀입니다. 마침 저를 대신해 마초를 찾아갈 사람을 구하고 있던 참입니다. 그런데 선생께서는 마초를 만나 어떻게 달랠 작정이십니까?"

그러자 이회는 공명의 귀에 대고 한동안 무어라고 소리 죽여 말했다. 듣고 난 공명은 몹시 기뻐하며 그날로 이회를 마초에게 보냈다.

마초의 진채에 이른 이회는 먼저 자신의 이름부터 디밀게 했다. 이회란 사람이 찾아왔다는 소리를 듣자 마초는 대뜸 중얼거렸다.

"나는 이회가 매우 말 잘하는 사람임을 알고 있다. 이제 틀림없이 나를 달래러 왔을 것이다."

그러고는 군사 스무 명을 불러 영을 내렸다.

"너희들은 칼과 도끼를 들고 장막 뒤에 숨어 있거라. 내가 '베어라!' 하고 소리치거든 단숨에 달려 나와 그자를 다져진 고깃덩이로 만들어버려야 한다."

옛정 같은 것은 조금도 돌아보지 않은 매서운 영이었다. 오래잖아 부름을 받은 이회가 마초의 장막으로 들어왔다. 어찌 보면 호랑이 굴이라도 그보다 더한 호랑이 굴이 없는 셈이건만 조금도 두려워하는 기색이 없었다.

자리에 꼿꼿이 앉아 그런 이회를 맞아들인 마초는 첫마디부터 꾸짖듯 물었다.

"그대는 무슨 일로 왔는가?"

"오늘은 특히 세객이 되어 공의 마음을 돌리게 하려고 왔소이다."

이회가 서슴없이 자신의 목적을 밝혔다. 마초는 일순 아연했으나 곧 차갑게 내뱉었다.

"지금 내 칼집에는 금세 갈아둔 보검이 들어 있다. 그대가 세객으로 온 것은 좋지만, 만약 그대의 말이 조금이라도 이치에 어긋나면 그대의 목으로 내 칼날을 시험해볼 것이다!"

그러나 이회는 겁을 먹기는커녕 오히려 껄껄 소리내어 웃으며 말했다.

"장군은 화가 코앞에 미쳤는데도 큰소리만 치시는구려! 장군이 내 목에 그 칼을 시험하기 전에 자신의 목을 먼저 시험하게 될까 두렵소이다."

"화라니? 내게 무슨 화가 닥쳤단 말이냐?"

이회의 말이 너무 당돌해 마초는 화낼 것도 잊고 그렇게 묻기부터 먼저 했다. 이회는 그때를 놓치지 않고 흐르는 물처럼 변설을 쏟아놓았다.

"내가 듣기로, 남을 아무리 잘 헐뜯는 사람이라도 월(越)의 서자(西子, 미인 서시)가 아름답다는 것만은 가릴 수가 없고, 남을 아무리 잘 추켜세우는 사람이라도 제(齊)의 무염(無鹽, 무염녀. 제나라 무염현에 살았다는 몹시 못생긴 여자)이 못생겼다는 것은 감출 수 없다 하였소이다. 한낮이 되면 해는 기울기 시작하고 달도 가득 차면 다시 줄어드는 게 세상의 변함없는 이치가 아니겠소? 지금 장군은 천하를 호령하는 조조와는 아비 죽인 원수 사이가 되었고, 또 농서의 사람들에게도 이를 갈 만한 한을 품게 하였소. 앞으로는 형주의 군사를 물리쳐 유장을 구하지 못했으며, 뒤로는 장로의 얼굴조차 볼 수 없게 되었소이다. 이제는 사방을 둘러봐도 받아줄 사람이 아무도 없는 장군 한 몸뿐이니 참으로 딱한 일이오. 만약 다시 저 위교(渭橋)에서 조조에게 져 쫓길 때나 기성을 양부(楊阜)의 무리에게 잃을 때와 같은 꼴을 당하게 된다면 무슨 낯으로 세상 사람들을 대하시겠소?"

한마디 한마디가 그대로 마초의 가슴을 찔러오는 것 같은 말이었다. 그제서야 마초도 허세를 버리고 머리를 수그리며 이회에게 매달리듯 말했다.

"공의 말씀은 모두가 지극히 옳은 말씀이오. 그러나 이 마초는 지금 가려 해도 갈 길이 없소이다."

그러나 이회는 서두르지 않고 한 번 더 마초의 기를 꺾었다.

"공께서 참으로 내 말을 들으시려 한다면 무슨 까닭으로 장막 뒤에 도부수는 감춰두셨소?"

진작부터 짐작했던 일이지만 그 말의 효과는 매우 컸다. 이회가 아무것도 모르는 줄 알고 있던 마초는 몹시 부끄러워하며 죄 없는 도부수들만 꾸짖어 물리쳤다. 이회는 그제서야 문득 정색을 하며 마음속에 감추고 있던 말을 쏟아놓았다.

"유황숙께서는 예를 다해 선비를 공경하니 반드시 그 뜻하신 바를 이루실 것이오. 나는 그 때문에 일찍이 섬기던 유장을 버리고 그분께로 갔소이다. 더구나 공의 선친께서는 지난날 유황숙과 함께 역적을 쳐 없애기로 맹세한 적도 있는데 공은 어찌하여 어둠을 버리고 밝음을 찾아가지 않으시오? 유황숙께 의지하면 위로는 선친의 원수를 갚고 아래로는 공명을 이룰 수도 있지 않겠소?"

그 말을 듣자 마초는 캄캄하던 눈앞이 일시에 환해지는 것 같았다. 그 자리에서 이내 마음을 정하고 그걸 보여주기라도 하듯 양백을 불러들여 한칼에 목을 잘라버렸다. 전에 마초가 장로의 사위 되는 걸 훼방놓은 죄에다 또 그의 형 양송에 대한 미움까지 곁들여진 것이지만, 그보다는 양백을 죽임으로써 다시는 장로에게 돌아가지 않을 것임을 명백히 한다는 뜻이 컸다.

마초가 양백의 목을 받쳐들고 이회와 함께 관 앞으로 가서 항복을 청하자 유비가 몸소 나와 귀한 손님을 받는 예로 맞아들였다. 마초는 더욱 감격하여 스스로 유비에게 머리를 조아리며 말했다.

"이제 밝은 주인을 만났으니, 마치 두꺼운 구름을 헤치고 푸른 하늘을 우러르는 듯합니다."

서량의 야생마가 드디어 고삐를 잡힌 셈이었다.

그런데 유비가 마초를 얻게 된 경위에 대해서 정사의 기록은 좀 다르다. 조조에게 쫓긴 마초가 장로에게 간 것과 장로가 마초를 사위 삼으려 한 것까지는 옳으나 그다음은 순전히 공명의 지략을 추키기 위한 구성인 듯하다. 손건을 보내 양송을 뇌물로 구워삶은 일이며 장로를 부추겨 마초를 궁지에 몰아넣은 부분은 정사에 없을 뿐더러, 항복도 양백의 참소 때문에 갈 곳이 없어 저족(氐族)의 부중으로 도망간 마초가 스스로 밀서를 보내 청한 것으로 되어 있다.

어쨌든 마초를 얻게 된 유비는 힘이 전보다 곱절이나 솟았다. 곽준과 맹달에게 다시 가맹관을 맡기고 나머지 장졸은 모두 성도를 치는 데로 돌렸다. 양송의 집에 머물며 마초가 한중으로 돌아올 수 없도록 일을 꾸미던 손건도 이때는 이미 몸을 빼내 유비의 진중으로 돌아와 있었다.

면죽에 이르니 조운과 황충이 반갑게 유비를 맞아들였다. 유비가 여럿과 더불어 다시 성도를 뺏는 일을 의논하는데 문득 사람이 달려와 알렸다.

"촉의 장수 유준(劉晙)과 마한(馬漢)이 군사를 이끌고 왔습니다."

여럿 중에서 조운이 벌떡 몸을 일으키며 말했다.

"제가 가서 그 두 놈을 사로잡아 오겠습니다."

그러고는 유비가 무어라 말할 틈도 주지 않고 말 위에 뛰어올랐다. 유비는 그런 조운을 굳이 막지 않고 남은 장수들과 더불어 성 위로 올라가 마초를 대접하는 잔치를 열었다.

그런데 미처 그 잔치가 자리도 다 잡기 전에 조운이 되돌아와 목둘을 바쳤다. 바로 촉장 유준과 마한의 목이었다. 조운의 그같이 번개 같은 솜씨에 누구보다 놀란 것은 마초였다. 조운의 소문은 일찍부터 들어왔으나 그토록 놀라운 솜씨를 지녔을 줄은 모르고 있었다. 하지만 한편으로는 은근히 자신의 솜씨도 자랑하고 싶었다.

한편 조운에게 두 대장을 잃고 성도로 되쫓겨 들어간 촉의 군사들은 유장을 찾아가 그 끔찍한 소식을 전했다. 유비군의 힘과 기세를 전해 들은 유장은 크게 놀랐다. 굳게 성문을 걸어 잠그고 다시는 싸우러 나오지 않았다. 그런데 어느 날 사람이 와서 알렸다.

"성 북쪽에 마초의 구원병이 이르렀습니다."

아직 마초가 유비에게 항복한 걸 모르고 하는 소리였다. 그러나 유장은 왠지 선뜻 성문을 열고 마초를 맞아들이고 싶지 않아 우선 북쪽 성벽 위로 올라가 살펴보았다. 과연 마초가 아우 마대와 말 머리를 나란히 하고 서 있다가 성벽 위를 쳐다보며 크게 소리쳤다.

"유계옥(劉季玉)은 잠시 얼굴을 내미시오. 내가 꼭 드릴 말씀이 있소이다."

"나는 여기 있소! 마맹기는 내게 어떤 가르침을 내리려 하시오?"

유장이 얼른 대꾸하며 성벽 가로 몸을 옮겼다. 마초가 채찍을 들어 그런 유장을 가리키며 더욱 목소리를 높였다.

"나는 원래 장로의 군사를 빌려 이곳 익주를 구해주려고 왔소이다만, 어찌 생각이나 하였겠소? 장로는 양송이 참소하는 말만 믿고 오히려 나를 해치려 들기에 나는 그만 유황숙께 항복하고 말았소. 공께서도 항복하시어 성안의 뭇 생령들이 쓸데없는 고초를 겪지 않게 해주시오. 만일 어지러운 말에 홀려 고집을 부리신다면 내가 먼저 성을 공격하겠소이다!"

유장에게는 마른 하늘에 날벼락 같은 소리였다. 유비 하나만도 당해내기 어려운데 자기를 구하러 온 줄 알았던 마초까지도 유비와 한편이 되어 엄포를 놓고 있는 까닭이었다. 놀란 유장은 얼굴이 흙빛이 되어 성벽 위에 혼절해 쓰러졌다.

곁에 있던 여러 벼슬아치들이 얼른 그런 유장을 업어다 자리에 뉘었다. 잠시 후 다시 깨어난 유장은 길게 탄식하며 말했다.

"모두 내가 밝지 못해 생긴 일이니 이제 와서 뉘우친들 무엇하랴. 차라리 성문을 열고 항복하여 성안의 백성들이나 구하는 편이 옳으리라."

곁에 있던 동화(董和)가 문득 격한 말투로 마음 약한 주인을 말렸다.

"성안에는 아직 삼만의 군사가 있고, 돈과 베며 양식과 말먹이 풀도 일 년은 버텨낼 만합니다. 그런데 항복이라니요? 당치않은 말씀입니다."

그러나 유장은 이미 뜻을 굳힌 듯했다. 조용히 고개를 가로저으며 말했다.

"우리 부자가 촉을 다스린 지 스무 해가 넘었건만 백성들에게 이렇다 할 은덕을 베풀지 못했소. 거기다가 지금은 유비와 삼 년에 걸친 싸움으로 죽은 이의 뼈와 살이 들판을 덮고 있으니 이는 모두 내 죄라 할 것이외다. 그래놓고 내가 어찌 마음 편히 지낼 수 있겠소? 차라리 항복하여 백성들이나 괴로움을 면하게 해주는 편이 옳을 것 같소이다."

유장이 그렇게 말하며 눈물을 짓자 듣고 있던 벼슬아치들도 모두 솟는 눈물을 억누를 길이 없었다. 유장 못지않게 그들도 대세는 이미 기운 걸 잘 알고 있는 까닭이었다. 그때 그들 중에서 한 사람이 나오더니 눈물을 거두며 결연히 말했다.

"주공의 말씀이 바로 하늘의 뜻에 맞습니다. 부디 그대로 시행하시어 이 땅의 뭇 백성을 구하십시오."

모두 그 사람을 보니 그는 파서 서충국(西充國) 사람 초주(譙周)였다. 초주는 자를 윤남(允南)이라 썼는데 일찍부터 천문에 밝아 사람들 사이에 이름이 높았다.

"하늘의 뜻이라니 그건 또 무슨 말씀이오?"

유장이 슬픈 중에도 궁금함을 이기지 못해 물었다. 초주가 아는 대로 일러주었다.

"제가 밤에 하늘을 살펴보니 뭇 별들이 촉군으로 모이고 있었습니다. 그중에 한 큰 별이 있는데, 그 빛이 밝기가 마치 보름달 같은 게 틀림없이 제왕의 별이었습니다. 거기다 일 년 전부터 이곳 아이들이 부르는 노래에 이런 것이 있습니다.

'만약 새밥을 얻어 먹으려거든[若要吃新飯]

선주가 오기를 기다려 보세[須待先主來].'

바로 오늘 이 같은 일을 하늘이 미리 아이들의 입을 빌려 알리고 있었음에 분명합니다. 천도를 거슬러서는 결코 아니 됩니다."

이미 항복할 뜻을 굳힌 유장은 그 말을 듣고도 별다른 표정이 없었으나 전부터 유비와 싸우기만을 권해온 황권과 유파는 몹시 노했다. 둘이 한꺼번에 칼을 빼들며 초주를 목 베려 했다. 유장이 오히려 그런 두 사람을 말리고 있는데 갑자기 사람이 들어와 급한 소식을 알렸다.

"촉군 태수 허정(許靖)이 성을 빠져나가 유비에게 항복해버렸습니다."

그 소리를 듣자 유장은 더욱 가슴이 미어지는 것 같았다. 믿었던 사람들이 하나둘 떨어져 나가는 게 그 무엇보다 괴로웠다. 참지 못한 유장이 크게 소리내어 울며 부중으로 돌아가는 바람에 그날의 항복 논의는 흐지부지 끝나고 말았다.

다음 날이 되었다. 아침 일찍 유장에게 이런 전갈이 들어왔다.

"유황숙이 막빈 간옹을 보내왔습니다. 지금 성 아래 와서 문을 열라고 소리치고 있습니다."

그 소리를 들은 유장은 곧 성문을 열고 간옹을 맞아들이게 했다. 간옹은 수레에 앉아 성문을 들어오는데 대군의 위세를 등에 입어서 그런지 그 태도가 자못 거만했다.

문득 한 사람이 칼을 빼들고 소리 높여 간옹을 꾸짖었다.

"하찮은 무리가 제 뜻대로 일이 되니 눈앞에 사람이 안 보이는 모양이로구나. 네 어찌 감히 우리 촉 땅 사람들을 얕보려드느냐?"

그 소리에 놀란 간옹이 얼른 수레에서 내려 그 사람을 맞고 보니 다름 아닌 진복(秦宓)이었다. 광한 면죽 사람으로 자를 자칙(子勅)이라 쓰는데 간옹과는 전부터 아는 사이였다. 간옹이 진복을 보고 웃으며 말했다.

"내가 현형(賢兄)이 여기 계신 줄 몰랐구려. 부디 너무 허물하지 마시오."

목소리는 태연했으나 아무래도 간옹의 기가 한풀 꺾인 것만은 틀림없었다. 진복과 함께 성안에 들어가 유장을 만났을 때도 마찬가지였다. 거만한 기색은 조금도 없고 그저 좋은 말로 유비의 관대한 성품과 넓은 도량을 전하고 서로 해칠 뜻이 없음을 밝힐 뿐이었다.

유장도 더는 머뭇거리지 않고 이미 마음 먹은 대로 항복을 결정했다. 간옹을 후하게 대접하며 그 밤을 지낸 뒤, 이튿날 일찍 태수의 인수(印綬)며 거기 따른 여러 가지 문서와 장부를 싸가지고 간옹과 더불어 수레에 올랐다.

유장이 성을 나와 항복하러 오고 있다는 말을 들은 유비는 몸소 진채를 나와 유장을 맞아들였다.

"내가 인의를 잊은 것은 아니지만 어쩔 수가 없었네. 너무 섭섭하게 여기지 말게."

유비는 유장의 손을 움켜잡고 눈물까지 흘리며 간곡히 말했다. 구경하는 사람들은 물론, 당장 기업을 빼앗기게 된 유장까지도 가슴이 뭉클할 만큼 진정 어린 말이었다. 인수와 문서들을 거두어들인 뒤에도 유비의 그 같은 태도는 변함이 없었다. 유장과 말 머리를 나란히 하고 성안으로 들어가는데 조금도 오랜 싸움 끝에 항복받은 사람을 대하는 것 같지가 않았다.

유비가 성도 성안으로 들어가자 백성들이 성문까지 몰려나와 향을 사르고 꽃을 뿌리며 맞아들였다. 새로운 주인의 환심을 사두려는 난세의 계산이 없는 것은 아니었으나 유비에 대한 백성들의 기대가 큰 것도 어김없는 사실이었다.

유비가 공청(公廳)에 이르러 당에 오르자 촉의 벼슬아치들은 모두 몰려와 당 아래 엎드렸다. 그러나 황권과 유파만은 문을 닫아걸고 집에 들어앉아 끝내 유비를 찾아보려 아니했다. 두 사람의 그 같은 태도에 유비의 장수들은 모두 성이 났다. 둘다 죽여버려야 한다면서 칼을 빼들고 나섰다. 놀란 유비가 엄히 영을 내렸다.

"누구든지 황권과 유파를 해치면 그 삼족을 모두 죽여 없앨 것이다."

비록 방향은 다르지만 그 둘의 충성을 높이 산 까닭이었다.

뿐만이 아니었다. 유비는 몸소 황권과 유파의 집을 찾아가 자신과 함께 일하기를 권했다. 그렇게 되자 황권과 유파도 감격하지 않을 수 없었다. 유장의 충신으로 죽을 생각을 버리고 다시 나왔다.

어느 정도 성안이 가라앉자 공명이 유비에게 말했다.

"이제 서천은 평정되었습니다만 한 땅에 두 주인이 있을 수 없습니다. 유장을 형주로 보내는 것이 좋겠습니다."

"내가 이제 막 촉군을 얻었는데 어찌 유장을 멀리 보낼 수 있겠소?"

유비가 얼른 마음이 내키지 않는지 그렇게 대꾸했다. 공명이 굳은 표정으로 몰아붙이듯 말했다.

"유장이 자신의 기업을 잃어버린 것은 모두 그 마음이 너무 약했기 때문입니다. 이제 주공께서 또한 아낙네 같은 어지심으로 일을 맺고 끊지 못하시니 이 땅이 오래가지 못할까 두렵습니다."

그 말을 듣자 유비도 공명이 시키는 대로 따르지 않을 수 없었다. 크게 잔치를 열어 유장을 위로한 뒤 조용히 말했다.

"계옥(季玉)은 이제 재물과 가솔들을 수습해 남군 공안(公安)으로 옮겨가도록 하게. 진위장군의 인수를 내릴 터이니 거기서 잠시 쉬는 게 좋겠네."

말은 그럴듯해도 유장으로 보면 귀양살이나 다름없었다. 그러나 어찌하랴, 유장은 그날로 길을 떠나 공안으로 갔다.

유장이 떠나간 뒤 유비는 스스로 익주목(益州牧)이 되어 항복한 문무 벼슬아치들에게 모두 후한 상을 주고 벼슬을 높였다. 엄안을 전장군으로 삼고, 법정은 촉군 태수, 동화는 장군중랑장, 허정은 좌장군장사, 방의(龐義)는 영중사마, 유파는 좌장군, 황권은 우장군으로 삼았다. 그밖에 오의(吳懿), 비관(費觀), 이회, 팽양(彭羕), 탁응(卓膺), 이엄, 오란, 뇌동, 장익, 진복, 초주, 여의(呂義), 곽준, 등지(鄧芝), 양홍, 주군(周群), 비위(費褘), 비시(費詩), 맹달 등에게도 각기 공에 맞는 상과 벼슬을 내리니 이때 유비가 쓴 서촉 사람은 합쳐 예순 명이 넘었다.

유비는 또 원래부터 거느리고 있던 형주, 양양의 사람들에게도 벼슬과 상을 내리는 데 인색하지 않았다. 제갈량은 전과 다름없이 군사 한 자리만 지켰으나, 관우는 탕구장군 한수정후(漢壽亭侯)가 되고, 장비는 정로장군 신정후(新亭侯)가 되었다. 조운은 진원장군, 황충은 정서장군이 되었으며 위연은 양무장군, 마초는 평서장군이 되었다. 그밖에 손건, 미축, 간옹, 미방, 유봉, 관평, 주창, 요화, 마량, 마속, 장완, 이적 등도 한 사람 빠지지 않고 벼슬이 올랐다. 그리고 관우에게 황금 오백 근, 은 천 근에 오십만 전(錢)과 촉에서 난 좋은 비단 천 필을 보냈으며 다른 문무 관원들에게도 등급을 나누어 골고루 상을 내렸다.

유비는 군사와 백성들도 잊지 않았다. 소와 말을 잡고 술을 빚어 군사들을 배불리 먹이고 창고를 열어 주린 백성들에게도 골고루 나누어주니 군민 모두가 기뻐하였다. 서천의 새 주인으로서 흠뻑 인심을 쓴 것이었다.

그렇게 하여 익주가 대강 안정되자 유비는 다시 땅과 집으로 눈을 돌렸다. 성도의 이름난 저택이며 논밭을 자기가 거느린 벼슬아치들에게 골고루 나누어주려는 생각이었다. 원래의 임자가 따로 있으니 모두 힘으로 빼앗아야 하는 어긋난 일이었지만, 당시로서는 싸움에 이긴 편의 당연한 권리이기도 했다. 조운이 그런 유비를 말렸다.

"익주의 백성들이 오랜 싸움을 겪는 동안에 그 집과 땅은 모두 비다시피 되어 있습니다. 지금은 마땅히 흩어진 백성들을 되돌아오게 하여 마음 놓고 생업에 매달릴 수 있게 해야 할 때입니다. 그런데 그 땅과 집을 빼앗아 벼슬아치들에게 사사로이 상으로 내리는 것은 옳지 못합니다."

유비의 뜻대로 되면 자신에게도 집과 땅이 돌아올 것이건만 조운은 먼저 민심을 생각하고 있었다. 유비는 그런 조운이 기특했다. 기꺼이 그 말을 따라 성도의 땅과 집을 거둬들이려던 것을 중지했다.

그다음 유비가 손댄 것은 나라를 다스리는 데 바탕이 될 법령과 조규(條規)였다. 유비는 그 일을 제갈공명에게 맡기면서 특히 당부했다.

"나라의 여러 법령 가운데 으뜸은 죄벌을 다스리는 형률일 것이오. 착한 사람은 마음놓고 살 수 있고 악한 자는 두려움을 품게 모든 죄는 무거운 벌로 다스리도록 하시오."

그러자 곁에 있던 법정이 공명을 보고 말했다.

"반드시 그렇지는 않습니다. 고조(高祖)께서는 법을 줄여 단 세 구절만 남겼으나 백성들은 모두 그 덕에 감복했습니다. 바라건대 군사께서는 형벌을 너그럽게 하시어 백성들의 바람에 어그러짐이 없도록 하십시오."

그러나 공명은 법가에 기운 사람이었다. 가만히 고개를 저으며 말했다.

"그대는 하나만 알고 다른 둘은 모르시는구려. 지난날 진(秦)이 법을 거칠고 모질게 써서 백성들은 모두 그걸 원망하고 있었기에 고조께서는 너그러움과 덕으로 그 법을 줄이셨소. 그러나 지금은 사정이 그때와 같지 않소이다. 유장이 어둡고 약해 덕으로 다스리지도 못하면서 그 형벌마저 위엄이 없어 군신의 도리가 차차 어지러워졌던 것이오. 총애하는 자만 벼슬을 높이니 벼슬이 높아질수록 남을 해치고, 무턱대고 따르는 자에게만 은덕을 베푸니 은덕을 받는 자는 거만해졌소. 유장이 망한 것은 실로 그 때문이었던 것이외다."

그런 다음 문득 정색을 하며 말을 이었다.

254

장강을 뒤덮는 호기(豪氣)

"나는 이제 법령으로 위엄을 세워 그게 지켜지는 게 오히려 은덕이 됨을 알게 할 것이며, 또 벼슬에는 한도를 두어 벼슬이 오르면 그게 영화로운 것임을 알게 할 것이오. 은덕과 영화로움을 아는 게 되살려지면 아래위는 절로 절도가 있게 되게 마련이니 이로써 다스리는 도리는 뚜렷해질 수 있을 것이외다."

그러자 법정도 말문이 막혔다. 예와 이제를 아울러 꿰뚫는 공명의 말에 감복하여 머리를 숙이는 수밖에 없었다.

그럭저럭 성도의 군민이 모두 안정을 되찾자 유비는 다시 아직도 유비 밑에 들기를 마다하는 서천의 고을들을 평정하기 시작했다. 익주(益州) 마흔한 고을로 군사를 나누어 보내니 오래잖아 그 모두가 온전한 유비의 땅으로 변했다.

그 무렵 법정은 촉군 태수로 임지에 가 있었다. 원래 사람됨이 그리 좀스럽지는 않았으나 은원(恩怨)을 지나치게 가렸다. 지난날 그가 어려울 때에 밥 한 끼라도 먹여준 일이 있는 사람이면 모두 찾아 은혜를 갚는 것까지는 좋았지만, 남에게 눈흘김을 받은 정도의 작은 원한[睚眦之怨]까지도 모두 들춰 그 갚음을 하는 데는 어지간한 사람도 눈살을 찌푸리지 않을 수 없었다. 어떤 사람이 그걸 부풀리어 공명에게 일러바쳤다.

"법정의 하는 짓거리가 너무 지나칩니다. 좀 꾸짖는 게 옳겠습니다."

그러자 공명이 빙긋 웃으며 대답했다.

"지난날 우리 주공께서 형주를 지키고 계실 때의 어려움을 생각해보시오. 북쪽으로는 조조가 두렵고 동쪽으로는 손권이 겁나는 딱한 처지였소. 그때 만약 법정이 도와 이 땅을 얻을 수 있게 해주지 않았더라면 주공께선 그대로 엎드러져 다시는 일어서실 수 없게 되고 말았을 것이오. 그런데 이제 와서 어떻게 법정이 하는 일을 가로막고 그 마음 내키는 대로 하는 바를 꾸짖을 수 있겠소?"

언제나 상벌에 엄격한 공명이었지만, 때로는 이와 같이 융통을 부릴 줄도 알았다. 법정의 공훈을 높이 산다는 뜻도 있지만, 자칫하면 그를 꾸짖는 게 유장 밑에 있다가 항복한 모든 벼슬아치들을 불안하게 만들지도 모른다는 생각에서 불문에 부치는 쪽을 택한 것 같다.

그 소문은 곧 법정의 귀에도 들어갔다. 불우했던 시절에 응어리진 감정을 이기지 못해 좀 지나친 짓을 한 것은 사실이나 법정이 본시 그리 막힌 사람이 아니었다. 공명이 했다는 말을 듣자 스스로 깨달은 바 있어 그 뒤로는 다시 남의 원성을 살 일을 하지 않았다.

그러던 어느 날이었다. 어느 정도 마음의 여유를 얻은 유비가 공명과 더불어 한가한 얘기를 나누고 있을 때 사람이 와서 알렸다.

"운장께서 관평을 보내 주공께서 내리신 금과 비단에 고마움을 표하고자 하십니다."

그 말을 들은 유비가 얼른 관평을 불러들였다. 관평은 유비에게 엎드려 절한 뒤 관우가 써 보낸 글 한 통을 올리면서 말했다.

"아버님께서는 마초의 무예가 뛰어나단 말을 들으시고 서천으로 와서 한번 겨뤄보고자 하십니다. 어느 쪽 솜씨가 더 나은가를 재보고 싶을 뿐이니 허락해달라고 큰아버님께 말씀드리라는 분부셨습니다."

그 말에 유비는 크게 걱정이 되었다. 곁에 있는 공명을 보며 탄식하듯 물었다.

"만약 운장이 서천으로 와서 마초와 솜씨를 겨룬다면 둘 중 하나는 상하게 되고 말 것이오. 이를 어쨌으면 좋겠소?"

그러나 공명은 별로 걱정하는 눈치가 아니었다. 큰일 아니라는 듯 유비를 진정시켰다.

"괜찮습니다. 제가 운장에게 글 한 통을 써 보내면 될 것이니 주공께서는 너무 걱정하지 마십시오."

하지만 유비는 관우가 급한 성미를 이기지 못해 당장 달려올까 봐 겁이 났다. 불같이 공명을 재촉해 글 한 통을 쓰게 한 뒤 관평에게 내주며 말했다.

"너는 밤낮을 가리지 말고 달려가 운장에게 이걸 전하라."

이에 관평은 하룻밤 쉬지도 못하고 온 길을 되짚어 돌아갔다.

"내가 마맹기(馬孟起)와 겨루고 싶어한다는 말을 했느냐?"

관평이 형주로 돌아가자 관우는 그것부터 물었다. 관평이 품안에서 글 한 통을 꺼내 내밀며 말했다.

"거기 대해서 군사께서 써주신 답이 여기 있습니다."

관우가 얼른 그 편지를 받아 뜯어보니 대략 이런 내용이 적혀 있었다.

'이 양이 들으니 장군께서는 마맹기와 더불어 어느 편이 솜씨가 나은가를 가려보고자 하신다기에 몇 자 적습니다. 헤아려보건대 맹기가 비록 남달리 빼어난 용맹과 무예를 지녔다 하나 옛적 경포(黥布)와 팽월(彭越, 둘 다 한초의 명장)의 무리를 크게 넘지 못합니다. 익덕과 겨루면 서로 앞을 다툴 만큼은 되어도 미염공(美髥公)의 초절(超絶)함에는 어림도 없습니다. 거기다가 지금 장군께서는 형주를 맡고 계시니 그 책임 또한 무겁다 아니할 수 없습니다. 만약 가볍게 서천으로 오셨다가 형주라도 잃게 되는 날이면 그 일은 어찌하시겠습니까? 부디 스스로를 무겁게 여기시고 깊이 헤아려 움직이도록 하십시오.'

어찌 보면 너무도 어린애 다루듯 하는 글이었지만 읽기를 마친 관우는 흐뭇한 표정이었다. 보기 좋은 수염을 쓰다듬으며 껄껄 웃고 말했다.

"공명이야말로 참으로 내 마음을 알아주는 사람이로군."

그런데 여기서 한 번 더 짚고 넘어가고 싶은 것은 관우의 그같이

단순한 성격보다는 끝간 데를 모르는 그 자부심이다. 아마도 그는 누군가를 통해 처음 마초가 가맹관에 나타났다는 소식을 들었을 때 공명이 장비를 단속하기 위해 한 말을 전해 들었을 것이다.

그리고 거기서 공명이 마초를 감히 자신과 동격으로 놓은 게 천하에 무예라면 자기와 비할 자가 없다고 믿고 있던 관우에게는 참을 수가 없었다. 다행히 일은 공명의 재치로 우선은 잘 풀렸지만 결국 관우는 바로 그 지나친 자부심 때문에 패망하게 된다 해도 크게 지나친 말은 아닐 것이다.

한편 동오의 손권도 오래잖아 유비가 서천을 차지하고 원래의 주인인 유장을 공안으로 내쫓았다는 소식을 들었다. 그대로 보고만 있을 일이 아니라 여긴 손권은 곧 장소와 고옹을 불러놓고 의논했다.

"애초 유비가 내게서 형주를 빌 때는 서천을 손에 넣으면 형주는 바로 돌려주겠다 했소. 그런데 이제 그가 파촉 마흔한 고을을 얻었으니 한상의 여러 군은 도로 찾아야겠소. 만약 그가 돌려주지 않으면 나는 창칼을 써서라도 찾고 말 것이오."

그러자 장소가 가만히 고개를 저으며 말했다.

"지금 우리 오(吳) 땅은 모든 것이 한창 자리를 잡아가는 중이라 군사를 움직이는 것은 좋지 않습니다. 제게 유비로 하여금 형주를 두 손으로 주공께 받쳐올리도록 할 계책이 하나 있습니다."

"그게 무엇이오?"

손권도 싸움 없이 형주를 되찾을 수 있다면 굳이 마다할 까닭이 없어 얼른 물었다. 장소가 대단찮다는 듯 자신의 계책을 털어놓았다.

"유비가 믿고 의지하는 것은 오직 제갈량뿐입니다. 그런데 제갈량의 형 제갈근은 지금 우리 동오에서 벼슬을 살고 있으니 그를 한번 써보는 게 어떻겠습니까? 곧 제갈근의 가솔들을 모조리 옥에 가두고 제갈근만 서천으로 보내 그 아우에게 매달려보게 하는 것입니다. '네가 유황숙께 말해서 형주를 동오로 돌려주지 않으면, 그 화가 반드시 내 모든 가솔들에게 미칠 것이다.' 제갈근이 그렇게 말하며 사정하면 제갈량도 형제의 정은 어찌하지 못할 것 아니겠습니까? 반드시 형의 말을 들어 유비를 달랠 것이며, 유비도 제갈량이 나서면 형주를 아니 내놓고는 못 배길 것입니다."

"제갈근은 참되고 미더운 군자라 할 만한데 어찌 차마 그 가족을 가둘 수 있겠소?"

손권이 반 승낙을 하면서도 걱정스러운 듯 그렇게 물었다. 장소가 그런 손권을 안심시켰다.

"먼저 제갈근에게 이 계책을 밝게 일러두면 그도 마음을 놓을 것입니다."

이에 손권은 장소의 계책에 따라 그날로 제갈근의 가솔들은 늙고 젊고를 가리지 않고 모조리 옥에 가두게 했다. 그리고 한편으로는 가만히 제갈근에게 일의 내막을 일러준 뒤 유비에게 보낼 글을 주며 서천으로 가보게 했다.

며칠 안 돼 성도에 이른 제갈근은 먼저 유비에게 자신이 온 것을 알리게 했다. 기별을 받은 유비가 뜻밖이라는 얼굴로 공명에게 물었다.

"군사의 형님께서 어인 일로 여기를 오셨겠소?"

"아마 형주를 찾으러 오셨을 것입니다."

공명이 별로 깊이 생각하는 빛도 없이 그렇게 대답했다. 유비가 다시 물었다.

"나는 영형(令兄)께 무어라고 답하면 되겠소?"

"이렇게 하시면 됩니다."

공명은 그러면서 목소리를 낮추어 유비가 해야 할 바를 자세히 일러주었다.

대강 의논을 맞춘 뒤에야 공명은 성을 나가 형을 맞아들였다. 그러나 자기 집으로 데려가지는 않고 공무로 온 손님을 맞이하는 빈관으로 데려갔다. 제갈근은 공명이 절을 끝내기도 전에 목을 놓아 울기부터 먼저 했다. 공명이 아무것도 모르는 체하며 물었다.

"형님께서는 무슨 일로 그토록 슬퍼하십니까?"

"이제 내 식구는 늙고 젊고를 가릴 것 없이 모두 죽었다."

제갈근이 그렇게 대답하고 다시 더 이상 시치미를 떼지 않고 바로 털어놓았다.

"형주를 돌려달라는 일 때문이겠지요. 아우 하나 잘못 두신 탓에 형님의 가솔들이 모두 갇히었다니 이 아우의 마음인들 어찌 편안하겠습니까? 하지만 너무 걱정하지 마십시오. 제게 되도록이면 빨리 형주를 동오로 되돌려줄 계책이 이미 서 있습니다."

제갈근은 그 말을 듣자 비로소 얼굴이 환해졌다. 곧 아우와 더불어 유비를 찾아보고 손권이 보낸 글을 올렸다. 읽기를 마친 유비가 문득 성난 얼굴로 소리쳤다.

"손권은 이미 그 누이를 내게 시집보내 놓고도 내가 형주에 없는 틈을 타 결국은 남 몰래 도로 데려가버렸다. 사람의 정리로는 용납하기 어려운 일이다! 내 마땅히 크게 군사를 일으켜 강남으로 내려가 한을 풀어야 하는데, 오히려 형주를 찾아갈 생각을 하고 있다고?"

그때 공명이 울며 땅에 엎드렸다.

"오후가 제 형님의 가솔들을 모조리 잡아다 옥에 가두었습니다. 만약 주공께서 형주를 돌려주지 않으시면 형님의 집안 사람들은 모두 결딴나고 말 것이니 형이 죽고 어찌 이 양이 홀로 살아남을 수 있겠습니까? 바라건대 주공께서는 제 낯을 보아서라도 형주를 동오에 돌려주시어 우리 형님의 집안을 보전할 수 있게 해주십시오."

그러나 유비는 공명의 그처럼 간곡한 말조차 들은 체도 않았다. 공명이 두 번 세 번 엎드려 빌어도 다만 무겁게 고개를 가로젓다가 거듭거듭 울며 빌자 마침내 마지못한 듯 천천히 입을 열었다.

"일이 꼭 그렇다면 군사의 낯을 보아 우선 형주의 절반을 돌려드리겠소. 장사, 계양, 영릉 세 군을 줄 터이니 그리 아시오."

"이왕 허락을 하신 일이니 문서로 밝혀주십시오. 운장에게 글을 내리시어 그 세 군을 떼어주라 하십시오."

공명이 얼른 유비의 말을 받아 그렇게 쐐기를 박았다. 유비는 별로 탐탁잖은 얼굴로 붓을 들어 운장에게 보내는 글을 쓴 뒤 그걸 제갈근에게 내주며 말했다.

"자유(子瑜)는 거기 가서 좋은 말로 내 아우 운장에게 매달리시오. 내 아우의 성미가 불같아 나도 항상 두려워하는 바이니, 아무쪼록 상세히 사정을 일러주어야 할 것이오."

이에 제갈근은 우선 형주의 반이나마 찾게 된 걸 다행으로 여기며 유비가 주는 글을 받아 형주로 갔다.

제갈근이 관우를 만나러 가자 관우는 공명의 낯을 보아서인지 제갈근을 중당(中堂) 안으로 맞아들였다. 주인과 손님이 서로 예를 마친 뒤 제갈근이 소매에서 유비의 글을 꺼내놓으며 말했다.

"황숙께서는 형주의 세 군을 동오에 돌려주시는 걸 허락하셨습니다. 바라건대 장군께서 어서 그 땅을 떼주시어 이 제갈근이 좋은 낯으로 오주(吳主)를 뵈올 수 있게 해주십시오."

그러나 어찌 된 셈인지 관우는 유비가 보낸 글을 다 읽기도 전에 낯색부터 변해 소리쳤다.

"나와 우리 형님은 도원에서 의를 맺어 쓰러져 가는 한실을 함께 바로잡기로 맹세하였소. 형주는 원래 대한의 땅이거늘 어찌 한 뼘인들 함부로 남에게 내줄 수 있겠소이까? 또 옛말에 장수가 밖에 있을 때는 임금의 명도 받지 못할 때가 있다[將在外 君命有不受] 했소. 비록 형님께서 보낸 글이라 해도 나는 결코 그 땅을 내놓을 수 없소!"

"지금 오후는 제 가솔들을 모조리 잡아 가두었습니다. 만약 제가 형주를 돌려받지 못하면 그들은 모두 죽게 될 것이니 바라건대 장군께서는 저를 가엾게 보아주십시오."

급해진 제갈근이 이번에는 관우의 인정에 호소해보았다. 그러나 관우는 별로 놀라는 기색도 없이 대꾸했다.

"그게 다 오주의 속임수외다. 선생의 가솔은 아무런 일이 없을 것이오. 그따위 꾀로 어찌 나를 속일 수 있겠소!"

"장군은 어찌 그리 사람의 낯을 봐주지 않습니까? 황숙의 말씀은 말할 나위도 없거니와 제 아우의 낯을 보아서라도 이건 너무 지나치십니다."

참지 못한 제갈근이 마침내 원망조가 되어 그렇게 따졌다. 그러자 운장은 한술 더 떴다. 문득 칼을 손에 잡아 제갈근에게로 들어보이며 엄히 말했다.

"두 번 다시 이 일을 말하지 마시오. 이 칼이야말로 사람의 낯을 알아보지 못하오!"

그때 관평이 곁에 있다가 양부를 달랬다.

"군사의 낯을 보아서라도 노기를 거두십시오. 뒷날 그분과 좋은 낯으로 만나려면 이리 하셔서는 아니 됩니다."

그러나 관우는 조금도 흔들림이 없었다.

"군사의 낯을 보아주지 않았더라면 그대는 살아서 동오로 돌아갈 수조차 없었을 것이오!"

그렇게 제갈근을 보고 을러댔다. 제갈근은 부끄럽고도 두려웠다. 더 말해봤자 소용 없음을 알고 이내 관우와 작별한 뒤 다시 서천으로 돌아갔다.

제갈근은 먼저 아우 제갈공명부터 찾았다. 그러나 그때 공명은 지방을 순시하러 가고 없었다. 제갈근은 하는 수 없이 바로 유비를 만나보고 울며 관운장이 자기를 죽이려 하던 걸 일러바쳤다.

"내가 걱정하던 대로 되고 말았구려. 내 아우는 성미가 급해 함께 말하기가 매우 어렵소. 할 수 없소이다. 자유는 잠시 동오로 돌아가 기다려주시오. 내가 동천(東川)의 한중 여러 고을을 뺏으면 관우를 그리로 불러 지키도록 하겠소. 형주는 그때 돌려받도록 하시오."

안됐다는 표정으로 능청을 떤 유비가 그런 엉뚱한 소리를 했다. 그러나 제갈근으로서는 더 어찌 해볼 길이 없어 한숨을 폭폭 쉬며 돌아서는 수밖에 없었다.

제갈근이 동오로 돌아가 손권에게 그간에 있었던 일을 고해 올리니 듣고 난 손권은 성이 나서 어쩔 줄 몰랐다.

"이번에 자유께서는 이리저리 왔다 갔다 하며 오히려 쓸데없이 바쁘기만 하셨구려. 혹시 그게 모두 제갈량의 꾀는 아니었소?"

손권이 씨근덕거리며 그렇게 물었다. 제갈근이 펄쩍 뛰며 부인했다.

"아닙니다. 제 아우는 현덕에게 엎드려 울며 빌어 세 군을 돌려주라는 허락을 받아냈습니다. 이번에 형주를 되돌려받지 못하게 된 것은 순전히 운장의 건방진 고집 때문입니다."

"이왕에 유비가 먼저 세 군을 돌려주겠다는 말을 했다니 장사, 영릉, 계양 세 곳에 우리 관원을 보내도록 해야겠소. 이번에는 관우가 또 어떻게 하는지 두고 봅시다."

무슨 생각에서인지 손권은 일단 그렇게 일을 매듭짓고 제갈근의 가솔들을 풀어주게 하는 한편 관원들을 뽑아 유비가 돌려주겠다고 한 세 군으로 보냈다.

하루도 안 돼 손권이 뽑아보낸 관원들이 모조리 쫓겨 돌아와 말했다.

"운장은 전혀 우리를 받아들이지 않았습니다. 그날로 우리를 되쫓으면서 만약 조금이라도 머뭇거리는 자가 있으면 잡아 죽이겠다고 엄포를 놓았습니다."

그 말을 들은 손권은 더욱 성이 났다. 곧 사람을 보내 노숙을 불러들이고 꾸짖듯 말했다.

"자경은 지난날 스스로 보증을 서고 형주를 유비에게 빌려주었소. 이제 유비가 서천을 얻고도 형주를 돌려주지 않는데 보증 선 사람은 가만히 앉아 구경만 하실 작정이오?"

그러자 노숙이 얼른 대답했다.

"제가 이미 한 가지 계책을 생각해놓았습니다. 이제 막 주공을 찾아뵙고 말씀드리려는 참에 부르심을 받게 된 것입니다."

"그게 어떤 계책이오?"

손권이 노기를 억누르며 물었다.

"육구에 군사를 머무르게 하고 크게 잔치를 열어 운장을 부르는 것입니다. 운장이 만약 그 잔치에 온다면 먼저 좋은 말로 달래보도록 하지요. 정히 듣지 않을 때는 미리 감춰둔 도부수로 죽여버리면 됩니다. 또 군사를 형주로 내어 결판을 내고 형주를 다시 빼앗아보도록 하겠습니다."

노숙이 그렇게 말했다. 손권도 얼핏 생각하기에는 어떻게 될 법한 계책 같았다. 언제 성을 냈더냐는 듯, 기쁜 얼굴로 허락했다.

"그게 꼭 내 생각과 같소. 얼른 그대로 해보시오."

"아니 됩니다. 관운장은 세상이 다 아는 실로 범 같은 장수올시다. 그를 상대로 어설프게 일을 꾸몄다가는 일은 안 되고 오히려 그에게 해만 입게 될까 두렵습니다."

그 또한 귀담아 들을 만한 말이었지만 형주를 되찾는 일에만 급해진 손권은 화부터 먼저 냈다.

"그런저런 거 다 따지다가는 언제 형주를 얻는단 말인가!"

그렇게 감택을 꾸짖어 물리치고는 노숙을 재촉해 계책의 시행을 서두르게 했다.

손권과 작별한 노숙은 곧 육구로 가서 여몽과 감녕을 불러놓고
말했다.

"진채 밖 강가에 있는 정자에 술자리를 마련한 다음 말 잘하는 사
람 하나를 골라 관우를 부르도록 해야겠소. 그가 오든 안 오든 큰 차
이는 없으나 아무래도 이리로 오게 하는 편이 우리에게 손쉬울 것이
외다."

그리고 계책의 나머지를 자세히 일러준 뒤, 말 잘하는 사람을 사
자로 뽑아 관우에게로 보냈다. 노숙의 사자는 곧 배에 올라 강을 건
넜다. 강가를 지키던 관평이 그를 잡아 신분을 확인한 뒤 관우에게
로 보냈다. 사자는 관우 앞에 머리를 조아리며 잔치를 연 뜻을 밝힘
과 아울러 노숙의 글을 올렸다.

다 읽고 난 관우가 사자에게 말했다.

"이왕에 노숙이 잔치를 벌이고 나를 청했으니 아니 갈 수 없다.
내일 일찍 갈 테니 그대는 먼저 돌아가 그렇게 전하라."

그 말을 들은 사자는 됐다 싶었다. 애써 기쁜 웃음을 감추며 관우
에게 작별하고 돌아갔다. 하지만 누가 봐도 그 갑작스런 초대가 약
간은 이상한 일이었다. 관평이 걱정스런 얼굴로 물었다.

"일전 아버님께서 제갈근을 쫓아보내셔서 노숙이 꽤나 난처해졌
을 것입니다. 좋은 뜻으로 부르는 것이 아님에 분명한데 아버님은
어찌하여 가겠다고 하셨습니까?"

그러자 관우가 태연히 웃으며 대꾸했다.

"낸들 어찌 그걸 모르겠느냐? 이는 틀림없이 제갈근이 세 군을 돌

려받지 못한 게 나 때문이라고 일러바친 탓이다. 노숙이 육구에 둔병(屯兵)하며 잔치를 열어 나를 부른 것도 그 자리에서 어떻게 수를 부려 형주를 찾아보려는 것이겠지. 하지만 내가 가지 않으면 저들은 나를 겁쟁이로 몰아부칠 터이니 안 가고 어쩌겠느냐? 나는 내일 배 한 척에 가까이 데리고 있는 여남은 명만 데리고 떠나겠다. 칼 한 자루만 차고 그 잔치 자리에 나가 노숙이 나를 어찌하는가 보는 것도 재미있을 게다."

"하지만 아버님께서는 무슨 까닭으로 귀하신 몸을 돌아보시지 않고 스스로 호랑이나 늑대의 굴 같은 그곳에다 발을 디디려 하십니까? 아무래도 큰아버님께서 당부하신 바를 무겁게 여겨 하시는 일 같지 않아 두렵습니다."

그러나 운장은 조금도 꺼리는 빛이 없었다.

"나는 수천 수만의 창칼이 번득이고 화살과 돌이 비 오듯 하는 싸움터도 말 한 필에 의지해 아무도 없는 곳을 지나듯 휩쓸고 다녔다. 강동의 쥐새끼 같은 무리가 감히 나를 어쩔 수 있겠느냐?"

"그렇지 않습니다. 노숙이 비록 장자(長者)의 풍도가 있는 사람이나 지금은 그도 일이 매우 급하게 되었습니다. 딴마음을 아니 품을래야 아니 품을 수 없게 되었으니 장군께서 가벼이 생각하고 가셔서는 아니 됩니다."

곁에 있던 마량(馬良)도 관우를 말렸다. 평소에는 마량의 식견을 높이 보는 관우였으나 이번에는 그의 말도 듣지 않았다. 무겁게 고개를 가로저으며 말했다.

"옛적 전국 시절에 조(趙)나라 사람 인상여(藺相如)는 닭 한 마리

묶을 만한 힘도 없었지만, 민지(澠池)의 모임[會盟]에서 강한 진(秦) 나라의 군신을 보기를 마치 아무것도 없는 양했소. 하물며 일찍부터 한꺼번에 만인과 맞서 싸우는 법을 배워온 이 몸이겠소? 이미 저들 에게 승낙한 일이니 믿음을 저버려서는 아니 될 것이오."

"장군께서 가시더라도 마땅히 대비는 있어야 합니다. 이대로 그냥 가셔서는 아니 됩니다."

아무래도 마음이 놓이지 않는지 마량이 다시 그렇게 권했다. 관우 도 그것까지는 마다하지 않았다. 잠깐 생각하다 마량의 말을 따랐다.

"정히 그렇다면 내 아들 평(平)에게 빠른 배 열 척을 고르게 한 뒤 물질에 익숙한 수군 오백을 태우고 강물 위에 떠 있게 하시오. 그러 다가 내가 붉은 기를 세우거든 그리로 얼른 배를 보내면 별일은 없 을 것이오."

그 말을 들은 관평은 마량이 시키기도 전에 스스로 배와 군사를 뽑으러 나갔다.

한편 육구로 돌아간 사자는 노숙을 보고 관우가 선뜻 가리라고 말한 걸 그대로 전했다. 노숙은 곧 여몽을 불러놓고 의논했다.

"관우가 이리로 온다고 했다니 이제 어찌하면 좋겠소?"

"그가 군마를 데리고 온다면 저와 감녕이 각기 한 떼의 군사를 거 느리고 강언덕에 숨어 있다가 한꺼번에 뛰쳐나가 때려잡겠습니다. 그러나 만약 군사를 이끌고 오지 않는다면 다만 도부수 쉰 명을 뜰 에 숨겨두는 것으로 넉넉합니다. 잔치 도중에 때를 보아 관우를 죽 여버리도록 하십시오."

노숙도 생각해보니 그게 그럴듯했다. 곧 여몽의 말대로 계책을 정하고 관우가 오기만을 기다렸다.

다음 날이 되었다. 노숙은 일찍부터 사람을 강 언덕으로 보내 형주 쪽을 살펴보게 했다.

진시 무렵 해서 강물 위에 배 한 척이 떠오르는데 뱃길잡이나 사공은 몇 안 돼 보이고 붉은 깃발만 한자락 바람에 펄럭이고 있었다.

거기에 크게 쓴 '관(關)' 자로 미루어 관우의 배임에 틀림없었다. 가까이 오는 뱃전에는 정말로 푸른 머릿수건에 풀빛 옷을 입은 관우가 엄숙하게 앉아 있었다. 그 곁에는 주창이 큰 칼을 받쳐든 외에 여덟이나 아홉쯤의 몸집이 우람한 관서의 장골들이 각기 허리에 칼을 차고 따를 뿐이었다.

노숙은 그런 관우를 맞자 한편으로는 놀라면서도 한편으로는 의아스러움을 느끼지 않을 수가 없었다. 군사의 호위도 받지 않고 오는 것으로 보아서는 자기들의 계책에 속은 듯도 하지만, 풍기는 분위기로 봐서는 자기들의 계책을 잘 알면서도 무언가 믿는 데가 있는 것처럼 보인 까닭이었다.

노숙은 그런 속마음을 애써 감추고 관우를 정자 안으로 맞아들였다. 예를 끝낸 뒤 술자리에 앉아 서로 잔을 권하는데, 아무래도 자신이 꾸며둔 계책 탓인지 관우를 바로 쳐다볼 수가 없었다. 그런 노숙의 마음속을 아는지 모르는지 웃으며 얘기를 나누는 관우의 태도는 태연하기가 그지없었다.

술이 반쯤 올랐을 때 노숙이 드디어 용기를 내 벼르던 말을 꺼냈다.

"장군께 드릴 말씀이 있어 청했는데 다행히 물리치지 않아서 고맙기 그지없소이다. 지난날 장군의 형님 되시는 유황숙께서는 이 노

숙의 보증으로 형주를 빌려가시면서 서천을 차지하면 돌려보내겠다
고 언약을 하셨소. 그런데 이제 황숙께서는 이미 서천을 차지하셨으
나, 형주는 아직 우리 동오에게로 돌아오지 않았으니 이게 믿음을
저버린 게 아니고 무엇이겠소?"

"땅을 주고받는 것은 나라의 일이외다. 이런 술자리에는 어울리지
않으니 말하지 않는 게 좋을 것 같소."

관우가 슬쩍 받아넘겼다. 그러나 노숙은 그대로 흐지부지되도록
두지 않았다. 한층 정색을 하고 따지듯 말했다.

"우리 주공께서 구차하게 강동에 계시면서도 형주를 빌려주신 것
은 그때 황숙을 비롯한 여러분이 싸움에 져서 멀리서 쫓겨오신 까닭
에 마땅히 기댈 만한 땅이 없었기 때문이었소. 그런데 이제는 황숙
께서도 익주를 얻으셨으니 형주는 응당 돌려주셔야 하지 않겠소?
더구나 황숙께서 먼저 세 군을 돌려주라 하셨다는데 장군께서 따르
지 않는 까닭은 무엇이오? 아무래도 너무나 이치에 닿지 않는 처사
같소이다."

관우도 드디어 정색을 했다.

"오림(烏林)의 싸움은 우리 형님께서 친히 화살과 돌을 무릅쓰고
적을 쳐부수신 싸움인데 어찌 힘이 안 들었으며, 또 그 공으로 한 뙈
기 땅을 얻어 밑천 삼았다 한들 그게 어찌 이치에 어긋난단 말씀이
오? 그래 공은 이제 그 땅을 찾으러 다시 오시겠단 뜻이오?"

"그렇지는 않소이다만 한번 돌이켜보시오. 원래 장군께서는 황숙
과 더불어 장판(長坂)에서 패해, 계책은 궁하고 힘도 다한 까닭에 다
만 멀리 달아날 생각뿐이지 않았소? 그때 우리 주공께서 형주를 빌

려주신 것은 기댈 땅이 없는 황숙을 딱하게 여기셨기 때문이지 땅을 무겁게 여기지 않으셔서는 아니었소. 황숙께서 약간의 공이 있다 해도 그것은 그 뒤의 일이외다. 이제 황숙께서 스스로의 덕을 허물고 우리 동오와 좋은 사이를 어그러가면서 서촉을 얻고도 아직 형주를 차지하고 계신 것은 탐심에 가득 차 의를 저버리신 것이나 다름없소. 실로 천하 사람들의 비웃음을 살까 두려우니 장군께서는 부디 그 점을 살펴주시오."

노숙도 지지 않고 그렇게 맞섰다. 그러자 관우가 다시 말머리를 돌렸다.

"그 일은 모두 우리 형님께서 하신 일이외다. 내가 관여할 일은 아닌 듯싶소."

그런 관우의 말꼬리를 노숙이 잡고 늘어졌다.

"내가 듣기로 장군과 황숙은 도원에서 의를 맺고 죽음과 삶을 함께 하기로 맹세했다 하였소. 장군이 곧 황숙이라 할 수 있는데 어찌 그런 핑계를 대시오?"

그 말에 관우가 미처 무어라고 대꾸하기도 전에 저만치 떨어져 있던 주창이 돌연 소리 높여 끼어들었다.

"천하의 땅은 오직 덕 있는 이가 차지할 뿐이오. 어찌 당신네 동오만 차지할 수 있겠소?"

그대로 가다가는 심상치 않은 일이 벌어질 것 같아 먼저 일을 벌이고 나선 듯했다. 관우가 놀란 체 낯색까지 변하며 일어났다. 그리고 주창에게로 가서 그가 받쳐들고 있던 큰 칼을 뺏은 뒤 짐짓 눈을 부라리며 꾸짖었다.

"이것은 나라의 큰일인데 네 따위가 감히 끼어들어 여러 소리를 하느냐? 어서 없어져라!"

말은 그렇게 엄했지만 거기에는 다른 뜻도 숨겨져 있었다. 얼른 그 뜻을 알아들은 주창은 마지못해 쫓겨가는 듯 잔치 자리를 벗어나 강 언덕으로 갔다. 주창이 붉은 기를 크게 휘두르니 기다리던 관평의 배가 쏜살처럼 강을 건너 강동 쪽의 언덕에 닿았다.

이때 술자리에 남아 있던 관우는 오른손으로 큰 칼을 잡고 왼손으로는 노숙의 손을 움켜잡은 채 거짓으로 술이 취한 체했다.

"공은 나를 잔치에 청했지 형주의 일을 따지려고 부른 것은 아니지 않소? 그 이야기는 이제 그만합시다. 나는 이미 취했으니 공연히 그 일로 언성을 높이다가 옛정이나 상하지 않을까 걱정되어 하는 말이외다. 다른 날 공을 형주로 청할 테니 그 일은 그때 다시 의논하도록 합시다."

겉보기에는 술 취한 것 같아도 실은 하나하나가 다 계산된 행동이었다. 처음에는 주창을 꾸짖는 체하며 뜰 가운데로 나가 큰 칼을 받아줌으로써 손에 아무런 병기도 없이 술자리에서 적을 받게 되는 일을 피했다. 그리고 이제는 적의 우두머리 장수인 노숙을 술주정 부리듯 하며 인질로 잡아놓고 있다.

비록 힘은 관우에게 미치지 못했으나 머리를 쓰는 데는 남다른 노숙이 그런 관우의 속셈을 모를 리 없었다. 언제 관우의 오른손에 쥐어진 큰 칼이 자신을 동강낼지 몰라 넋 빠진 사람처럼 강변까지 끌려갔다.

여몽과 감녕은 속이 탔다. 생각 같아서는 군사를 휘몰아 관우를 덮치고 싶었으나, 관우가 한 손에는 칼을 들고 한 손에는 노숙을 잡고 있으니, 관우를 죽이기 전에 노숙이 먼저 죽을까 봐 겁이 났다. 함부로 움직일 수 없어 멍하니 노숙이 끌려가는 꼴만 구경했다.

관우는 강변에 이르러서야 노숙의 손을 놓아주고 이미 와서 기다리고 있는 관평의 배에 뛰어올랐다.

"안녕히 계시오. 오늘 술 잘 마셨소이다."

뱃전에 우뚝 선 관우가 그렇게 작별의 말을 던졌을 때에야 노숙은 겨우 정신이 들었다. 그러나 그때는 이미 순풍을 타고 멀어져가는 관우를 멀거니 바라보는 일밖에 달리 아무것도 할 일이 없었다.

일껏 자기편 진중으로 끌어들인 관우를 어이없이 돌려보내고 만 노숙이 다시 여몽과 머리를 맞대고 의논했다.

"이번 계략이 또 어그러졌으니 이제 어쨌으면 좋겠는가?"

노숙의 걱정스런 물음에 여몽이 결연히 말했다.

"되도록 빨리 주공께 알리도록 하십시오. 크게 군사를 일으켜 관우와 결판을 내도록 해야 합니다."

노숙도 달리는 형주를 되찾을 꾀가 생각나지 않았다. 곧 사람을 손권에게 보내 또 일이 어그러졌음을 알렸다.

그 소식을 들은 손권은 성이 머리끝까지 올랐다. 나라의 온 힘을 기울여 크게 군사를 일으키고 형주를 쳐서 뺏기로 마음을 정했다.

손권이 문무 벼슬아치를 모두 모아놓고 한창 형주를 칠 의논을 하고 있을 때 갑자기 급한 소식이 날아들었다.

"조조가 삼십만 대군을 일으켜 강남을 치려 하고 있습니다."

그 말을 들은 손권은 크게 놀랐다. 얼른 노숙에게 사람을 보내 관우를 건드리지 말라는 전갈을 보내고 조조를 막는 일에 힘을 모았다.

"모든 군사를 합비와 유수로 옮기도록 하라. 먼저 조조부터 막아야 한다."

이에 동오와 관우의 싸움은 일단 뒤로 미루어지고 말았다.

한편 조조는 이번에야말로 지난번에 당한 치욕을 씻으리라 벼르면서 크게 군사를 일으켜 남으로 내려오게 했다. 한창 그 준비를 하고 있는데 참군으로 있던 부간(傅幹)이란 사람이 글을 올려 말렸다.

'제가 듣기로 무(武)를 쓰려 함에는 먼저 위엄을 갖추고, 문(文)을 내세우려 할 때는 먼저 덕을 쌓아, 그 위엄과 덕이 함께 어우러진 뒤에야 왕업을 이룰 수 있다 했습니다. 지난날 천하가 크게 어지러울 때 명공께서는 무를 쓰시어 열 중에 아홉은 평정하셨으나 오직 오와 촉만이 왕명을 받들지 않고 있습니다. 오는 장강의 거친 물결을 두르고 촉은 숭산의 험한 길이 가로막혀 무의 위엄만으로는 이기기 어렵습니다. 어리석은 생각으로는 먼저 문덕(文德)을 닦은 뒤에 무위(武威)에 의지하심이 옳을 듯합니다. 갑옷은 걸어두고 병기는 뉘시며, 군사는 쉬게 하고 선비는 평안히 기르시다가 때를 기다려 움직이도록 하십시오. 이제 수십만의 대병을 일으켜 장강의 물가로 나갔다가 만약 적이 그 험함에 기대어 깊이 숨어 우리의 군마로 하여금 그 능함을 모두 떨쳐 보이지 못하게 만들어버린다면 그것은 또 어찌시겠습니까? 그 예측할 수 없는 변화 앞에서는 힘도 쓸모가 없어지니 자칫 하늘 같은 위엄이 꺾이게 될까 두렵습니다. 바라건대 명공께서는 이 모든 것을 자세히 살펴 결단하십시오.'

그 같은 글을 읽은 조조는 적지 않이 마음이 움직였다. 곧 군사를 일으키려 하던 걸 멈추고 문덕 쪽으로 힘을 돌렸다. 학교를 세우고 글 하는 이를 높이 추켜세우며 그 자신도 오래 주렸던 글 향기에 흠뻑 취했다.

흔히 이 부분이 무시되고 있지만, 사실 조조는 유비나 손권과는 비교도 안 될 만큼 학문적인 사람이었다. 지금 남은 것은 백여 편의 시와 문장뿐이나 조조의 문집인 『위무제집(魏武帝集)』은 모두 스무 권이나 되었다고 한다. 조조의 숭문호학(崇文好學)의 정신은 뒷날 그 아들 조비의 술회에서도 자주 보이거니와, 현대 중국 문학의 개척자인 노신(魯迅)도 조조의 문학에 대해 이렇게 평하고 있다.

'조조는 완고하고 한쪽으로 치우친 후한(後漢)의 문학적 기풍에 대해 통탈(通脫)을 주장했다. 통탈이란 얽매이지 않는다는 뜻이다. 이 주장이 당시의 문단에 영향을 끼쳐 하고 싶은 말을 거리낌없이 하는 문장들이 생겨났다. 사상이 통탈되어 완고함과 치우침에 벗어난 덕분에 이단과 외래 사상을 충분히 받아들일 수 있었으며, 공자의 가르침 이외의 것들도 속속 흡수되었다. ……애석하게 여기는 것은 다만 조조 자신의 문장이 조금밖에 전해지지 않는 일이다.'

따라서 조조의 문덕은 그의 일생에 걸친 것이었으며, 반드시 『연의』에서처럼 어떤 목적을 위한 방편만은 아니었다. 정사에 따르면 조조는 오히려 그해 칠월에 손권을 공격한 것으로 되어 있다.

위공(魏公)도 서쪽으로 눈을 돌리고

어쨌든 조조가 한창 문덕(文德)을 쌓기에 힘쓰고 있을 때 시중 벼슬에 왕찬(王粲), 두습(杜襲), 위개(衛凱), 화흡(和洽) 네 사람이 있었다. 이들은 조조의 위세가 날로 더해가는 걸 보고 조조를 높여 위왕(魏王)에 앉히려는 의논을 꺼냈다. 중서령으로 있던 순유(荀攸)가 그 소리를 듣고 말했다.

"아니 되오. 승상은 이미 위공(魏公)으로 오르신 데다 구석(九錫)까지 더해져 벼슬로는 더할 나위가 없는 자리에 이르셨소. 그런데 다시 승상을 왕으로 높이는 것은 이치에 맞는 일이 못 되오."

조조의 모사 중에는 원로 축에 드는 순유가 그렇게 말리자 조조를 위왕으로 받들자는 의논은 쑥 들어가버렸다. 하지만 발 없는 말이 천리를 간다고, 그 소문은 곧 조조의 귀에 들어갔다. 일부러 그런

공론을 꾸미기라도 할 판에 왕찬 등이 절로 만들어준 호기를 순유가 가운데서 가로막아버렸다는 소리에 조조는 크게 노했다.

"이 사람(순유)이 또 순욱을 흉내 내기라도 하겠단 말이냐!"

그렇게 소리치며 마음속으로 칼을 갈았다.

그 소문을 들은 순유는 걱정이 되지 않을 수 없었다. 순욱이 조조의 교묘한 강압에 눌려 스스로 목숨을 끊은 것은 이미 세상이 다 아는 일이었다.

'이 사람의 야심이 남다른 줄은 알았지만 이렇도록 엄청날 줄은 몰랐다. 이미 왕위를 넘본다면 천자의 자린들 넘보지 못할 게 무엇이랴. 이제 그런 그의 심기를 건드렸으니 제 명에 죽기는 글렀구나……'

그렇게 생각하니 걱정에 못지않게 울분이 차올랐다. 한평생 그를 위해 일한 것이 결국은 역적질을 도운 셈이었기 때문이었다. 그리하여 그 걱정과 울분은 병이 되고, 마침내 자리에 누운 순유는 채 보름이 안 돼 죽고 말았다.

나이 쉰여덟이라면 그때로 봐서는 그리 이른 죽음이라 할 수는 없었으나 조조가 첫손 꼽는 모사들 가운데 하나였던 이의 죽음 치고는 너무도 허망했다.

마음속으로 칼을 갈고 있던 조조도 막상 순유가 죽었다는 소식을 듣자 슬픔을 이기지 못했다. 어려운 고비마다 지혜와 정성을 다해 자신을 도와준 그를 새삼 아까워하며 후하게 장례를 치러주었다. 뿐만 아니라 그가 스스로의 목숨을 상해가며 말리고자 하던 일도 조용한 마음으로 돌이켜보았다.

'순유 같은 사람까지 이토록 안 된다고 나선다면 아직 왕위로 나

갈 때는 아닌 듯하다. 내가 너무 서둘렀다. 기다리자. 일생을 기다리
는 한이 있더라도 서두름 때문에 일을 망치지는 말자.'

이윽고 그렇게 마음을 정한 조조는 그후 누구도 자기를 위왕으로
떠받드는 의논을 다시 꺼내지 못하도록 했다. 그러나 그때 이미 조
조의 위세는 왕은커녕 천자도 미처 따르지 못할 정도였다.

하루는 이런 일이 있었다. 조조가 여느 때처럼 칼을 차고 들어가
니 마침 헌제와 마주앉아 있던 복후(伏后)가 놀란 기색으로 몸을 일
으켰다. 겨우 자리에 버티고 앉아 있기는 했지만 헌제도 조조를 두
려워하기는 황후나 크게 다름이 없었다. 조조를 마주하는 눈빛이 너
무도 겁에 질려 있어 보는 사람이 측은한 느낌이 들 지경이었다.

"손권과 유비가 각기 일방을 차지하고 앉아 조정의 명을 거스르
고 있습니다. 이들을 어떻게 했으면 좋겠습니까?"

조조가 짐짓 공손하게 머리를 조아리며 헌제에게 물었다. 헌제는
그럴수록 마음이 편하지 않았다. 이제는 몸까지 후들후들 떨며 대답
했다.

"모든 일은 그저 위공이 알아서 처리하시오."

그러자 문득 조조의 얼굴에 성난 기색이 떠올랐다.

"폐하께서 그런 말씀을 하시니 바깥 사람들은 모두 이 조조가 임
금을 속인다고 수군거립니다. 모든 걸 제가 멋대로 처리한다고 생각
하기 때문이지요."

어떻게 보면 조조의 방자함을 그대로 드러내 보이는 언행 같지만,
사실 이해하려고만 들면 그런 조조를 전혀 이해할 수 없는 것도 아
니다. 조조가 일생을 통해 높이 본 사람들의 공통된 특징은 굳센 정

신력과 자긍이었다.

그런데 헌제는 불행히 그 어느 편도 갖추지 못했다. 언제나 조조의 눈치만 살피며 하루하루를 무사히 넘기는 데만 급급하니 천자이기에 앞서 한 인간으로서도 헌제는 이미 조조에게 감출 수 없는 환멸을 느끼게 하고 있었다.

그날도 그랬다. 듣기에 따라서는 뼈아픈 소리일 수도 있었으나, 헌제는 반발은커녕 목소리까지 떨며 오히려 사정하듯 말했다.

"그게 무슨 말이오? 만약 승상께서 이 몸을 도와준다면 그보다 더 큰 다행이 없겠거니와 그렇지 못하다면 부디 은혜를 드리워 이 몸을 버려주시길 빌 뿐이외다."

모든 것은 그대에게 달렸으니 마음대로 하라는 말이나 다름없었다. 그 말을 들은 조조는 더욱 화가 났다. 문득 그런 태도야말로 헌제가 고를 수 있는 가장 나은 계책일지도 모른다는 생각이 든 까닭이었다.

'저 사람이 저렇게 나오면 내 생전에는 그의 자리를 차지할 수 없다. 이 천하의 조조가 어찌 작은 저항도 없는 적을 칠 수 있단 말인가.'

조조는 생각이 거기까지 미치자 더욱 헌제가 밉살스러웠다. 조심성을 잃었다기보다는, 그렇게라도 그 무력하고 나약한 적을 자극해볼 양으로, 전에 없이 험하게 헌제를 노려보다가 획 돌아서서 나가버렸다. 바로 곁에서 천자를 모시는 사람들의 눈에도 방자하기 이를 데 없는 짓거리였다. 그들 중 하나가 분함을 참지 못하고 헌제에게 일러바쳤다.

"요사이 듣자 하니 위공은 스스로 왕이 되려고 일을 꾸미고 있다 합니다. 머지않아 반드시 천자의 자리를 도둑질하려 들 것이니, 폐하께서는 부디 알아서 처결하십시오."

그 말을 듣자 아무리 뼈 없는 사람인 양 살고 있는 천자라도 기가 막히지 않을 수 없었다.

"오오, 이 일을 어찌하면 좋단 말이냐?"

헌제는 그렇게 탄식하며 복황후의 손을 부여잡고 소리 높여 울었다. 함께 울던 복황후가 문득 눈물을 거두며 말했다.

"저희 아비 복완(伏完)에게는 언제나 조조를 죽여 이 나라의 걱정 거리를 없애고자 하는 마음이 있음을 제가 알고 있습니다. 이제 글 한 통을 써서 저의 아비에게 내리고 조조를 없앨 계책을 짜보게 함이 어떻겠습니까?"

여자의 앙칼짐이 먼저 조조를 겨냥한 비수를 뽑은 것이었다. 헌제는 여전히 눈물을 쏟으며 걱정부터 먼저 늘어놓았다.

"지난날 동승(董承)이 같은 일을 꾸몄으나 그 실행이 치밀하지 못해 오히려 조조에게 큰 화를 당하였소. 이번에 또 일이 잘못되어 조조의 귀에 먼저 들어가게 된다면 이 몸과 황후는 모두 살아남지 못할 것이오!"

"아침저녁을 보내기가 마치 바늘방석에 앉은 듯하니 이렇게 살 바에야 차라리 일찍 죽는 편이 낫겠습니다. 제가 살피건대, 폐하를 가까이서 모시는 벼슬아치들 중에서 그 충의를 믿어 일을 시킬 만한 이로는 목순(穆順)만 한 사람도 없을 것 같습니다. 그에게 글을 주어 제 아비에게 전하게 한다면 결코 그릇됨이 없을 것입니다."

복황후가 그렇게 헌제를 격려했다. 헌제도 다시 생각해보니 목순이라면 그만 일은 해낼 듯도 싶었다. 이에 곧 사람을 보내 목순을 불러오게 했다.

그런데 여기서 한 가지 눈여겨볼 것은 두 번의 큰 반(反)조조 거사가 모두 황후의 인척에 의해 주도되고 있다는 점이다. 첫 번째는 동귀비의 아버지인 동승에 의해 주도되고 두 번째인 이번은 복황후의 아버지인 복완을 중심으로 이뤄지려 하고 있다.

헌제의 아픔을 가장 가까이서 함께 느낄 수 있는 자리가 황후의 자리라 얼핏 보아서는 그게 당연할 수도 있으나, 그 뒤에는 실로 후한 이백 년의 가장 큰 고질 중에 하나가 숨어 있었다. 곧 환관과 외척은 후한 황실을 안으로부터 병들고 썩게 한 고질 중의 고질이었는데, 환관 세력은 원소 형제에 의해 일소되었으나 외척만은 그렇지가 못했다. 황후가 있는 한 외척이 없을 수 없고, 또 그 외척은 이백 년 전통대로 무슨 기득권을 되찾듯 나라의 대권을 은연중에 노리고 있었다.

따라서 그런 외척들에게는 조조가 눈에 든 가시 같은 존재가 아닐 수 없었다. 그것은 동시에 조조 쪽에서도 언제나 그들 외척에 대한 경계를 게을리하지 않게 되는 원인이기도 했다. 거기서 외척의 주도에 의한 반조조 운동과 조조에 의한 사전 분쇄라는 형태의 참사가 거듭 반복되게 된다.

목순이 오자 헌제와 복황후는 좌우의 근시들을 물리치고 병풍 뒤로 그를 불러들였다. 대궐 안에 풀어둔 조조의 눈과 귀를 피하기 위함이었다.

"역적 조조는 스스로 위왕이 되려 하고 있다 하니 이는 오래잖아 반드시 천자의 자리까지 뺏을 속셈을 드러낸 것이나 다름없다. 짐은 황후의 아비 되는 복완에게 영을 내려 가만히 이 역적을 치게 하려는 바이다. 그러하되 좌우를 둘러봐도 모두 역적의 심복들뿐이라 믿고 그 명을 복완에게 전하도록 시킬 만한 사람이 없다. 이제 그대에게 한 통 황후의 밀서를 맡겨 복완에게 전하려 하니 부디 그대는 그대의 충의를 믿는 짐의 간곡한 청을 저버리지 않도록 하라."

헌제와 복황후는 목순을 보자 한바탕 다시 통곡한 뒤 그렇게 당부했다. 목순 또한 눈물을 쏟으며 대답했다.

"신은 폐하의 크신 은덕에 오직 감격할 따름입니다. 어찌 죽음으로 보답하지 않을 수 있겠습니까. 신에게 맡겨주신다면 지금이라도 당장 떠나겠습니다."

이에 복황후는 그 자리에서 한 통 밀서를 써서 목순에게 주었다. 목순은 그 글을 머리카락 속에 감추고 금궁(禁宮)을 빠져나가 복완의 집으로 달려갔다.

목순이 전해주는 편지를 받은 복완은 한눈에 딸의 친필을 알아보았다. 서둘러 읽기를 끝낸 뒤 목순에게 조용히 말했다.

"조조는 심복으로 부리는 무리가 매우 많아 급하게 도모하기는 어렵네. 강동의 손권과 서천 유비의 힘을 빌지 않고서는 아니 될 것이야. 그 둘이 밖에서 군사를 일으키면 조조는 틀림없이 스스로 앞장서 그곳으로 달려갈 것이니 그때 조정의 충의로운 신하들을 모아 일을 꾀해보도록 하세. 안팎에서 힘을 합치면 아니 될 일이 없을 것이네."

"그렇다면 어르신께서 다시 황후께 글을 올려 손권과 유비에게 내릴 밀조를 받아내도록 하십시오. 그걸 몰래 오(吳)와 촉(蜀)으로 보내 약조를 맺고 군사를 일으키게 한다면, 역적을 죽이고 폐하를 구하기는 어렵지 않을 것입니다."

목순이 그렇게 꾀를 보탰다. 그 말을 옳게 여긴 복완은 곧 붓을 들어 황후에게 올리는 글을 썼다. 그리고 그걸 목순에게 주며 황후에게 전하게 했다. 목순은 이번에도 글을 머리카락 속에 깊이 감추고 복완의 집을 나섰다.

하지만 이때 이미 목순의 모든 행동거지는 낱낱이 조조의 귀에 들어간 뒤였다. 그러지 않아도 황후의 피붙이들에 대한 경계를 게을리하지 않고 있던 조조는 목순이 무언가 헌제의 밀명을 받고 궁 밖으로 나갔다는 말을 듣자 담박 예사롭지 않은 일이 진행되고 있음을 짐작했다. 이에 조조는 모든 걸 제쳐놓고 몸소 궁문으로 나가 목순이 돌아오기를 기다렸다.

궁문 앞에서 뜻밖에도 조조와 마주친 목순은 가슴이 철렁했으나 애써 태연한 표정을 지으며 그대로 조조 앞을 지나려 했다. 조조가 그런 목순의 앞길을 가로막으며 물었다.

"어디를 그리 급하게 갔다 오는가?"

"황후마마께서 편찮으시어 의원을 찾아갔다 오는 길입니다."

목순이 얼른 둘러댔다. 그러나 조조는 쉽게 넘어가지 않았다. 잠시 목순의 표정을 살피다가 다시 물었다.

"그렇다면 부르러 갔던 의원은 어디 있나?"

"아직 이곳까지 이르지는 못했습니다."

목순은 여전히 그렇게 둘러댔으나 목소리는 이미 전 같지가 못했다. 조조가 무슨 낌새를 느꼈던지 문득 좌우를 돌아보며 명했다.

"저 사람의 몸을 뒤져보아라. 샅샅이 뒤져 조금이라도 이상한 게 있으면 내게 가져오도록 하라."

그 말에 군사들이 우르르 달려 나와 목순의 몸을 구석구석 뒤졌다. 그러나 옷솔기며 띠 속까지 주물러 보았지만 아무것도 이상스런 물건은 없었다. 미심쩍기는 해도 증거가 없는 이상 조조도 더는 어쩌는 수가 없었다.

"너무 괴이쩍게 생각하지 말게. 들은 말이 있어 그랬을 뿐이네."

겸연쩍은 얼굴로 그렇게 말하며 목순을 보내주었다.

그런데 한실의 불운일까, 조조의 행운일까. 겨우 시름을 놓은 목순이 막 발걸음을 옮겨놓은 때였다. 갑자기 불어온 바람이 목순의 사모를 날려버렸다. 놀라 사모를 집는 목순을 조조가 다시 불렀다.

"잠깐 이리 오게. 그 사모 속을 좀 봐야겠네."

몸은 샅샅이 뒤져도 사모 속은 살펴보지 않은 걸 문득 떠올린 조조가 그렇게 말했다. 조조의 눈길이 머리께로 쏠리자 목순은 다시 가슴이 철렁했다. 사모 속에는 아무것도 없건만 그걸 바치는 손끝이 절로 떨렸다.

조조는 날카로운 눈으로 목순의 사모 속을 살폈다. 그러나 역시 아무것도 찾을 수 없어 사모를 목순에게 돌려주었다.

사모를 돌려받은 목순은 급한 김에 두 손으로 받쳐들고 머리에 덮어씌웠다. 머리카락 속에 숨겨둔 복완의 편지가 걱정이 되어 그런 것이지만 거기서 다시 큰 실수를 하고 말았다. 서둘다가 사모를 거꾸로 써버린 것이었다.

그걸 보던 조조의 두 눈이 번쩍했다. 목순이 그토록 황망해하는 것으로 미루어 찾는 것은 틀림없이 머리께에 숨겨둔 것 같았다.

"저자의 머리카락 속을 뒤져보아라!"

잠깐 무언가를 생각하던 조조가 문득 알겠다는 듯 차갑게 웃으며 영을 내렸다. 군사들이 다시 목순을 잡아 목순의 머리를 뒤지자 과연 감추어져 있던 복완의 편지가 나왔다. 유비와 손권이 밖에서 호응하도록 밀조를 내려달라는 내용이었다.

읽기를 마친 조조는 크게 노했다. 곧 목순을 잡아 외진 방으로 옮기고 엄하게 문초를 해보았지만 목순은 얼른 입을 열지 않았다. 급해진 조조는 목순의 자백을 기다리지 않고 바로 행동에 들어갔다. 그날 밤으로 갑병(甲兵) 삼천을 뽑아 복완의 집을 에워싸게 한 뒤 늙고 젊고를 가리지 않고 복완의 가솔은 한 사람 남김없이 잡아들이는 한편 집 안을 이 잡듯이 뒤지게 했다.

그러자 거기서 다시 미처 감추지 못한 복황후의 친필이 나왔다. 그것마저 읽은 조조는 그대로 일의 전모가 환히 들여다보이는 듯했다. 이에 조조는 다시 군사를 풀어 복씨(伏氏) 삼족을 모조리 잡아 가둠으로써 만일에 대비했다.

그러는 사이에 날이 밝았다. 조조는 그제야 대궐로 눈을 돌렸다. 먼저 어림장군 극려(郤慮)를 보내 황후의 옥새부터 거두어오란 영을 내렸다.

이날 헌제는 외전(外殿)에 머물고 있었다. 아침 일찍 극려가 갑병 삼백을 거느리고 달려들자 놀란 얼굴로 물었다.

"무슨 일이 있기에 이러는가?"

"위공의 명을 받들어 황후의 옥새를 거두러 왔습니다."

극려가 거리낌 없이 그렇게 대꾸했다. 그 말을 들은 헌제는 금세 황후와 꾸민 일이 조조에 들켰음을 알아차렸다. 심장이 쪼개지고 간담이 부서지는 듯 눈앞이 아뜩해 극려의 무례함을 꾸짖는 것조차 잊어버렸다.

극려가 후궁에 이르렀을 때 복황후는 막 자리에서 일어난 참이었다. 극려는 황후를 거들떠보지도 않고, 옥새를 간수하는 궁녀를 호령해 황후의 옥새를 거두더니 바람처럼 돌아가버렸다. 그걸 본 복황후도 일이 이미 조조에게 들킨 걸 알았다. 두렵고 급한 김에 황후의 거실[椒房] 담벽 사이에 난 좁은 틈에 몸을 숨겼다.

오래잖아 이번에는 상서령 화흠(華歆)이 갑병 오백을 거느리고 후궁으로 들이닥쳤다. 화흠은 영문도 모르는 채 떨고 있는 궁녀들을 잡고 물었다.

"복황후는 어디 있느냐?"

궁녀들은 파랗게 질린 얼굴로 한결같이 모른다고 잡아뗐다. 그러자 화흠은 무엄하게도 군사들을 호령해 황비가 거처하는 방문을 때려부수게 하고 그 속을 뒤져보았다. 문이 잠긴 것으로 보아 틀림없이 안에 있을 줄 알았으나 복황후는 거기도 없었다.

잠시 방 안을 훑어보던 화흠이 문득 소리쳤다.

"벽을 허물어보아라. 어딘가 두 겹진 벽 틈에 숨었을 것이다."

오래 대궐을 들락거리다 보니 들은 게 있었던 모양이었다. 과연 한군데 벽을 허무니 사람이 숨을 만한 틈이 나오고, 거기에 한 여자가 웅크리고 있는 게 보였다. 화흠은 그게 복황후인 줄 알면서도 손으로 머리채를 휘감아 끌어냈다.

"부디 이 목숨만은 살려주시오."

겁에 질려 제정신이 아닌 복황후가 화흠에게 매달리며 애걸했다. 화흠이 그런 복황후를 뿌리치며 소리 높여 꾸짖었다.

"그럴 짓을 왜 했소? 당신이 스스로 위공에게 가서 빌어보시오!"

화흠이 그러하니 그를 따라온 군사들은 더 말할 것도 없었다. 풀어헤친 머리에 맨발인 복황후를 개 끌듯 끌고 조조에게로 데려갔다.

그런데 참으로 흥미로운 만큼이나 섬뜩한 느낌을 주는 것은 이 화흠이란 인물이다. 원래 화흠은 그 뛰어난 글로 일찍부터 이름을 얻은 사람이었다. 당시의 재사(才士)들인 병원(邴原), 관녕(管寧)과 매우 가까운 벗이었는데 세상 사람들은 그들 셋을 합쳐 한 마리 용이라 불렀다. 화흠은 그 용의 머리며 병원은 배며 관녕은 꼬리에 비긴 것으로 보아 셋 중에 재주가 가장 나았던 모양이었다.

하지만 불행히도 재주는 사람됨과 무관한 탓인지, 그의 삶은 그의 글이 얻은 이름을 끝내 지켜내지 못했다. 아직 화흠이 초야에 묻혀 있을 때의 일이었다. 화흠이 관녕과 함께 채소 씨앗을 묻으려고 호미질을 하고 있는데 땅에서 난데없이 금덩이가 하나 나왔다. 관녕은 학문과 수양에 전념하는 선비답게 그쪽을 돌아보지도 않고 호미질만 계속하며 그 금덩이를 지나쳤다. 그러나 화흠은 그 금덩이를 주워 한참을 들여다본 뒤에야 땅에 던져버렸다.

또 하루는 이런 일이 있었다. 역시 관녕과 함께 방 안에 앉아 책을 읽고 있는데, 문밖에 귀인(貴人)이 지나가는지 행차 소리가 요란했다. 이번에도 관녕은 그 소리가 귀에 들리지 않는 사람처럼 책에만 정신을 쏟고 있었으나 화흠은 책을 덮고 밖으로 나가 구경을 하고 돌아왔다.

오늘날의 지식인들이 보면 화흠이 훨씬 더 솔직하고 자연스럽게 느껴질 것이다. 오히려 관녕이야말로 지나친 엄숙주의자며 자신의 감정을 왜곡하고 과장하는 썩은 선비로 보일지도 모르겠다. 그런데 관녕은 그 두 가지 일이 있은 뒤로 화흠을 비루한 인간이라 보았다. 어쩌다 만나도 자리를 나누어 따로 앉고 다시는 그와 벗 되기를 마다하였다.

그러나 그게 한낱 가식이나 감정의 과장이 아님은 그 뒤 그가 보여준 삶에서 명백하다. 세상이 점차 어지러워지자 관녕은 멀리 요동으로 몸을 피해 숨어 살았는데 그 삶은 선비적 결벽의 극치라 할 만했다. 누각 하나를 빌려 그 위에 살며 다시는 조조의 땅을 밟지 않았고, 또 머리에는 항시 흰 관을 써 망해버린 한실을 조상했다. 죽는 날까지 불의한 위(魏)에 벼슬살이를 하지 않았음은 더 말할 나위도 없었다.

이에 비해 일찍부터 재물과 권세에 연연해하던 화흠은 벼슬을 구해 먼저 손권에게로 갔다가 나중에는 다시 조조에게로 돌아섰다. 그리고 그때에 이르러서는 조조의 총애를 얻는 데 눈이 멀어 글 읽은 선비로서는 차마 못할 끔찍한 일을 저지르고 있는 셈이었다. 얄팍한 합리나 대세 또는 실리를 앞세워 화흠을 변호해주고 싶은 이들을 위해 뒷사람이 화흠을 탄식한 시를 옮긴다.

그날의 화흠 끔찍도 하구나.	華歆當日逞兇謀
벽을 부수어 황후를 끌어냈네.	破壁生將母后收
악을 도와 범에 날개를 더하니	助虐一朝添虎翼
드높던 그 이름 천년의 웃음거리일 뿐이네.	罵名千載笑龍頭

아울러 화흠을 변호할 때와 마찬가지 이유로 관녕을 나무라거나 비웃고 싶은 이들을 위해서는 뒷사람이 관녕을 기린 시 한 편을 옮긴다.

요동에 있다는 관녕루,	遼東傳有管寧樓
사람 가고 누각 비어도 이름은 남았네.	人去樓空名獨留
부귀를 탐한 화흠이 우습구나.	笑殺子愉貪當貴
흰 관 쓴 풍류에 어찌 비하리.	豈如白帽自風流

그 화흠이 복황후를 끌고 외전 앞에 이르니 거기 있던 헌제가 달려내려와 복황후를 끌어안고 통곡했다. 화흠이 그런 헌제에게 거칠게 소리쳤다.

"위공께서 명하신 일입니다. 급히 가야 하니 어서 비키십시오."

이에 헌제가 움찔해 물러나니 복황후가 슬피 울며 작별했다.

"이제 살아서는 다시 폐하를 모실 수 없을 것입니다. 부디 옥체를 보중하시옵소서."

"내 목숨 또한 어느 때까지 붙어 있을지 알 수 없구려. 무력한 이 몸이 한탄스러울 뿐이오!"

헌제가 그렇게 탄식하는데 갑사(甲士)들은 거기에 아랑곳없이 복황후를 끌고가버렸다. 헌제가 가슴을 치며 통곡하다가 곁에 있던 극려에게 푸념했다.

"극공, 천하에 어찌 이런 일이 있을 수 있겠소!"

실로 피눈물 나는 정경이었으나 극려인들 무슨 수가 있겠는가. 땅을 치며 우는 황제를 말없이 바라보다가 좌우를 시켜 궁 안으로 부축해 들이게 했다.

이때 화흠은 복황후를 끌고 조조 앞에 이르렀다. 조조가 성난 얼굴로 꾸짖었다.

"나는 너희들을 정성스런 마음으로 대했건만 너희들은 오히려 나를 해치려 드는구나! 내가 너를 죽이지 않으면 네가 반드시 나를 죽이게 될 것이다."

이미 황후고 뭐고가 없었다. 오직 조조의 눈에 보이는 것은 자신에게 강력하게 도전해 오는 적대 세력의 핵심인 복(伏)아무개일 뿐이었다. '내가 천하 사람들을 모두 저버릴지언정 천하 사람들은 아무도 나를 저버리지 못한다.' 일찍이 죄 없는 여백사(呂伯奢)를 베면서 그렇게 외치던 조조가 아니었던가.

"여봐라, 저년을 때려죽여라!"

이윽고 조조의 매서운 영이 떨어지고 이어 복황후는 어지러이 떨어지는 몽둥이 아래 원통한 넋이 되고 말았다. 그러나 조조는 거기서 그치지 않았다. 복황후의 숨이 끊어지기 바쁘게 궁궐 안으로 달려가 그녀의 소생인 두 왕자마저 짐(酖)새의 독을 먹여 죽여버렸다.

뒤이어 남은 사람들에 대한 처형이 있었다. 목순은 말할 것도 없고 그 가족 이백여 명도 모조리 저잣거리로 끌어내어 목을 베니, 그걸 본 모든 사람들은 놀라고 두려워해 마지않았다. 뒷사람이 시를 지어 조조의 끔찍하고 모짊을 욕하고 복완의 충의를 노래했다.

그러나 조조가 한 일이 지나쳤다 해서 복완이 곧 충의의 사람이라 단정할 수 있을까. 악인에게 해를 입었다고 해서 그가 무조건 선인(善人)이라 믿는 것이야말로 선악의 지나친 양분법이 아닐까.

헌제는 복황후가 죽은 뒤로 연일 음식을 입에 대지 않고 슬퍼만 했다. 조조가 그런 헌제를 찾아보고 말했다.

"폐하께서는 조금도 걱정하지 마십시오. 신은 결코 딴마음을 품고 있지는 않습니다. 거기다가 신의 딸이 이미 귀인이 되어 폐하를 모시고 있는 바 매우 어질고 효심이 갸륵합니다. 정궁(正宮)으로 거두어주신다면 더 바랄 나위가 없겠습니다."

두 번이나 외척들의 도전을 받아서인지 조조는 아예 자신의 딸을 황후로 만들어 스스로 국구가 되겠다고 나섰다. 헌제는 기가 막혔으나 아니 따를 수가 없었다. 건안 이십년 정월 조조의 딸을 귀인에서 올려 황후로 책봉했다. 그 일에 대해 말이 없을 수 없었을 것이지만 조조는 어느 누구도 함부로 입을 열지 못하게 억눌렀다.

그렇게 되니 조조의 위세는 날이 갈수록 더 높아갔다. 조조는 다시 눈을 바깥으로 돌려 오와 촉을 쳐 없앨 궁리로 의논하는데 가후가 먼저 일어나 말했다.

"이 일은 하후돈과 조인을 불러들인 뒤에 의논함이 좋겠습니다."

하후돈과 조인은 그때 모두 서쪽 변경을 맡아 지키고 있었다. 가후가 그들을 불러들이라 한 것은 먼저 서쪽의 사정을 살핀 뒤에 계책을 결정하자는 뜻이었다. 그걸 알아들은 조조는 그날 밤으로 사람을 보내 하후돈과 조인을 불러오게 했다.

먼저 허도로 돌아온 것은 조인이었다. 조인은 밤을 꺼리지 않고 곧바로 승상부로 가 조조를 만나보려 했다. 그때 마침 조조는 술에 취해 잠들어 있었다. 허저가 칼을 짚고 방문 앞을 지키고 있다가 안으로 들어가려는 조인을 가로막았다.

조인이 벌컥 성을 내어 소리쳤다.

"나는 같은 조씨(曹氏)로 형님을 뵈러 가는 중이다. 그대가 어찌 감히 나를 가로막는가?"

그러자 허저가 정색을 하고 맞받았다.

"장군은 비록 승상의 친척이나 지금은 나라 밖을 지키는 관원이요, 나는 남이라도 안에서 승상을 돌보는 일을 맡고 있소. 주공께서 취해 누우신 방 안으로는 누구도 함부로 들여놓을 수 없소이다."

허저가 그렇게 나오니 조인도 더는 어거지를 부리지 못했다. 그대로 방문 밖에서 조조가 깨기를 기다리지 않을 수 없었다.

나중에 그 일을 들은 조조가 허저를 칭찬했다.

"참으로 충성스런 사람이로구나!"

조인이 온 지 며칠 뒤 하후돈도 허도에 이르렀다. 조조는 조인과 하후돈을 한자리에 불러놓고 오와 촉을 없앨 의논을 시작했다. 하후돈이 진작부터 생각해온 게 있는지 남 먼저 나서서 말했다.

"오와 촉은 갑작스레 쳐 없애기 어렵습니다. 마땅히 한중을 먼저 쳐서 장로를 이긴 뒤에 촉을 공격하도록 하십시오. 촉까지 얻은 뒤에 남으로 향하면 북소리 한번에 오를 쳐 없앨 수 있을 것입니다."

어쩌면 가후의 마음속에 있던 것도 그와 같은 계책이었는지 모를 일이었다. 그 말을 들은 조조도 흔쾌히 고개를 끄덕였다.

"그게 바로 내 뜻과 같네."

그러고는 곧 서쪽으로 낼 군사를 일으켰다.

조조는 서정군(西征軍)을 세 부대로 나누었다. 전부는 하후연과 장합을 선봉으로 삼고, 조조 스스로는 여러 장수와 함께 중군이 되었으며, 후부는 하후돈과 조인을 맡겨 대군이 쓸 군량과 말먹이 풀을 대게 했다.

세작들이 얼른 그 소식을 한중으로 전했다. 장로는 아우 장위(張衛)와 더불어 조조를 물리칠 의논을 했다. 장위가 제법 식견 있는 체 나섰다.

"우리 한중에서 험하기로는 양평관을 따를 만한 곳이 없습니다. 관 좌우의 산과 숲에 기대 여남은 데에 진채와 책(柵)을 세워 조조의 군사를 막는다면 이 땅을 지키는 일도 크게 어렵지는 않을 것입니다. 제가 그리로 가볼 것이니 형님은 한중에 남아 계시면서 군량과 말먹이 풀이나 넉넉히 대어주십시오."

장로가 들어보니 그럴듯한 방도였다. 그 말에 따라 대장 양앙(楊昂), 양임(楊任)과 아우 장위에게 군마를 주어 그날로 양평관을 향해 떠나게 했다.

장위가 양앙, 양임과 더불어 양평관에 이르러 진채를 막 세우고 낮을 무렵 조조의 선봉인 하후연과 장합의 군사들이 이르렀다. 하후연과 장합은 적이 미리 와서 기다리는 걸 보고 관에서 시오 리 떨어진 곳에다 진채를 세우게 했다.

그날 밤이었다. 먼 길을 막 도착해 피곤한 조조의 군사들은 진채가 세워지자 모두 그 안에서 쉬고 있었다. 그런데 홀연 진채 뒤에서 불이 일며, 양앙과 양임이 두 갈래로 군사를 몰고 짓쳐들었다. 하후연과 장합이 급히 말에 올라 막아보려 했지만 이미 대군이 덮친 뒤라 잘 되지 않았다. 사방에 들리느니 적의 함성이요, 보이느니 쫓기는 자기편 군사였다. 조조군의 대패였다.

하후연과 장합은 하는 수 없이 말 머리를 돌려 뒤따라오는 조조의 중군 쪽으로 달아났다. 조조가 성이 나 소리쳤다.

"너희 둘은 이미 여러 해째 싸움터를 오갔으면서 어찌 아직도 병사가 먼 길을 걸어 피곤할 때는 반드시 적의 진채 기습에 대비해야 한다는 것조차 모르느냐? 어째서 진작에 그걸 생각하지 못해 이런 꼴로 돌아왔느냐?"

그러고는 아는 정 보던 정 없이 둘 모두 목을 베어 군법을 밝히려 했다. 여러 장수들이 말려 하후연과 장합은 죽음을 면했으나 조조는 성이 풀리지 않았다. 다음 날 몸소 앞장을 서서 양평관으로 향했다.

양평관에 가까워질수록 산세는 험악해지고 수풀과 나무가 **빽빽**해졌다. 길도 잘 모르겠거니와 더욱 겁나는 것은 적의 복병이었다. 이에 조조도 하는 수 없이 군사를 돌려 본채로 돌아왔다.

"이 땅이 이토록 험악한 줄 알았더라면 나는 아마도 군사를 이끌고 오지 않았을 것이네."

돌아온 조조가 허저와 서황을 보고 푸념하듯 말했다. 허저가 그런 조조를 격려하듯 말했다.

"하지만 이미 군사는 이곳에 이르렀습니다. 주공께서는 수고로움을 아끼지 마시고 뜻을 이루도록 힘쓰셔야 합니다."

조조도 이미 뽑은 칼이라 그대로 물러설 생각은 없었다. 고개를 끄덕이며 새삼 결의를 다졌다.

다음 날 조조는 다시 서황과 허저만을 데리고 장위의 진채와 책을 살펴보러 나섰다. 그들이 탄 세 필의 말이 험한 산언덕을 하나 도니 저만큼 장위의 진채가 보였다. 조조가 채찍을 들어 그곳을 가리키며 말했다.

"진채가 저토록 튼튼하니 급작스레 쳐부수기는 어렵겠구나!"

그런데 미처 조조의 말이 끝나기도 전에 등 뒤에서 함성이 크게 일며 화살이 비 오듯 쏟아졌다. 양앙과 양임이 어느새 조조가 온 걸 알고 길을 나누어 몰려온 것이었다. 자기편은 단 셋뿐인데 적의 대군이 몰려오니 조조는 놀라지 않을 수 없었다. 새파랗게 질린 얼굴로 어쩔 줄 몰라 하고 있는데 문득 허저가 큰 칼을 꼬나 잡으며 서황에게 말했다.

"내가 적을 막아보겠소. 서공명(徐公明)은 주공을 잘 지켜주시오!"

그러고는 서황의 대답을 듣기도 전에 말을 박차 달려 나갔다. 실로 조조의 호위대장답게 두려움 없는 대응이었다.

허저는 적의 졸개들을 거들떠보지도 않고 대뜸 장수인 양앙과 양임에게 덤벼들었다. 양앙과 양임이 힘을 합쳐 허저와 맞섰으나 엄청난 허저의 용맹을 당해낼 길이 없었다. 힘이 부쳐 말 머리를 돌리니 나머지 졸개들은 말할 나위도 없었다. 감히 앞으로 달려 나올 생각도 못하고 모두 뿔뿔이 흩어져 달아났다.

그사이 서황은 조조를 보호해 급히 진채로 돌아갔다. 겨우 산 언덕을 일없이 돌았다 싶을 때 다시 한 무리의 군사가 앞을 가로막았다. 서황이 놀라 보니 다행히도 자기편인 장합과 하후연이 이끄는 군사들이었다. 조조가 간 쪽에서 함성이 들리자 급하게 군사를 이끌고 달려오는 길이었다.

이때 다시 기세를 회복한 양앙과 양임이 허저를 밀어붙이고 거기까지 왔다. 그러나 이미 때는 늦었다. 네 장수는 힘을 합쳐 양앙과 양임을 두들겨 쫓고 조조를 구해 본진으로 돌아갔다. 하마터면 크게 낭패를 볼 뻔했던 조조는 허저, 서황, 하후연, 장합 네 장수에게 모두 무거운 상을 내렸다.

다음 날부터 양군의 지루한 대치가 시작되었다. 어찌 된 셈인지 조조는 오십여 일이나 군사를 내지 않았고, 한중 쪽에서도 싸움을 걸어오지 않았다. 그러다가 어느 날 조조가 불쑥 영을 내렸다.

"돌아간다. 모두 군사를 물릴 채비를 하라!"

그러자 가후가 알 수 없다는 얼굴로 조조에게 물었다.

"아직은 적이 강한지 약한지도 알아보지 못했습니다. 그런데 주공께서는 무슨 까닭으로 스스로 물러나려 하십니까?"

"내가 보기에 적은 매일매일 채비를 새롭게 하고 있어 급하게 이기기는 어려울 듯하네. 나는 군사를 물리는 체하며 적의 마음이 풀어지기를 기다려 가벼운 기마병으로 적의 뒤를 칠 작정이네. 그러면 틀림없이 이길 수 있을 것이야."

조조가 빙긋 웃으며 그렇게 털어놓았다. 그제서야 가후가 감탄했다.

"승상의 귀신 같은 헤아림을 미처 알아보지 못했습니다."

조조도 스스로 흡족해하며 곧 하후연과 장합을 불렀다.

"그대들은 각기 경기(輕騎) 삼천을 이끌고 샛길을 골라 양평관 뒤로 가도록 하라. 적에게 들켜서는 결코 아니 된다."

그리고 남은 군사들에게는 모두 진채를 뽑고 돌아갈 채비를 하자니 절로 분주하고 떠들썩하지 않을 수가 없었다.

양앙은 그 소식을 듣기 바쁘게 양임을 불러놓고 의논했다.

"조조가 물러가려 한다니 그 틈을 타 들이치는 게 어떻겠소?"

"조조는 매우 속임수가 많은 자외다. 참인지 거짓인지 알 수 없으니 함부로 뒤쫓아서는 아니 되오."

조심성 많은 양임이 덤벙거리는 양앙을 말렸다. 그러나 양앙은 듣지 않았다.

"공이 가기 싫다면 나 혼자라도 조조의 뒷덜미를 후려보겠소."

그렇게 우겨대며 양임이 아무리 말려도 듣지 않았다. 다섯 진채의 군마를 모조리 이끌고 기어이 조조를 뒤쫓으러 나섰다.

그날은 몹시 짙은 안개가 끼어 가까이서 마주보아도 서로의 얼굴을 알아보기 힘들 정도였다. 양앙의 군사는 길을 반도 가기 전에 더 앞으로 나아갈 수 없어 잠시 행진을 멈추고 쉬었다.

양앙이 그렇게 쉬고 있을 무렵 조조의 밀명(密命)을 받은 하후연은 군사들과 더불어 그 산 뒤쪽을 돌고 있었다. 안개가 사람을 가리는 물건이 아니어서 그 또한 짙은 안개에 휩싸이게 되었는데 놀라운 것은 그 안개 속에서 사람의 지껄임과 말울음 소리가 들리는 일이었다. 하후연은 적의 복병이 있는 줄 알고 급히 군사를 몰아대다가 잘못하여 양앙의 진채 앞으로 나가고 말았다.

겨우 몇 백만 남아 진채를 지키고 있던 양앙의 졸개들은 갑자기 안개 속에서 말울음 소리가 들리자 양앙이 다시 돌아오는 줄 알고 진채의 문을 활짝 열어 맞아들였다. 그 바람에 쉽게 적의 진채로 몰려든 조조의 군사들은 진채가 텅 비다시피한 걸 알자 얼른 뺏은 뒤 여기저기 불을 질렀다. 진채를 지키던 양앙의 군사들은 놀라 진채를 버리고 뿔뿔이 흩어져 달아났다.

안개는 오래잖아 걷혔다. 쫓겨온 양앙의 졸개들로부터 진채를 뺏겼다는 소리를 들은 양임은 급히 군사를 몰아 양앙의 진채를 구하러 갔다. 거기 버티고 있던 하후연이 달려 나와 양임을 맞았다. 양임이 힘을 다해 하후연과 맞붙고 있을 때 홀연 등 뒤에서 함성이 일었다. 다른 길로 오던 장합이 다시 적의 진채를 보고 달려든 까닭이었다.

하후연만 해도 벅차던 판에 장합까지 덮쳐오자 양임은 겁이 더럭 났다. 얼른 하후연을 떨쳐버리고 한 줄기 길을 열어 남정(南鄭)을 바라고 달아났다.

한편 안개 속을 헤매던 양앙은 뒤늦게야 자신의 진채가 걱정이 되어 그리로 돌아갔다. 그러나 그때는 하후연과 장합이 진채를 차지하고 들어앉은 뒤였다. 양앙이 그걸 되찾으려고 덤비려 할 때 홀연 등 뒤에서 물러간 줄 알았던 조조의 대군이 몰려왔다.

양앙은 앞뒤로 적을 받아 꼼짝없이 에워싸이고 말았다. 어떻게든 벗어나보려고 이리 뛰고 저리 닫다가 장합과 정통으로 맞닥뜨리고 말았다. 양앙이 힘을 다해 맞서보려 했으나 원래가 장합의 적수는 못 되었다. 장합의 두 손이 퍼뜩 하는가 싶더니 어느새 양앙은 죽은 몸이 되어 말 아래로 굴러떨어졌다.

양앙의 졸개들은 꽁지에 불이라도 붙은 듯 달아나 양평관으로 몰려들었다. 그리고 그곳에 남아 있던 장위에게 양앙이 죽은 일이며 양임이 달아난 걸 알렸다.

장위는 양앙, 양임이 싸움에 져 죽거나 달아나고 모든 진채와 책을 조조에게 뺏겼다는 말을 듣자 이미 양평관을 지키기는 글렀다고 보았다. 밤이 깊기를 기다려 관을 버리고 달아나니 조조는 싸움 한 번 않고 그곳을 차지해버렸다.

한편 한중으로 돌아간 장위는 제 형 장로 앞에 나가 일러바쳤다.

"양앙과 양임에게 양평관으로 드는 험한 길목을 맡겼으나 둘은 함부로 움직이다 조조의 꾀에 빠져 어이없이 진채와 책을 모두 빼앗겨버렸습니다. 그곳을 잃고는 양평관을 지킬 수가 없기에 저는 하는 수 없이 밤을 틈타 이곳으로 돌아왔습니다."

그 말을 들은 장로는 몹시 성이 났다. 싸움에 진 허물을 모두 양임에게 씌워 그를 목 베려 했다. 다급한 양임은 다시 죄를 죽은 양앙에게로 돌렸다.

"제가 몇 번이나 양앙에게 조조를 뒤쫓지 말라고 했지만, 양앙이 기어이 듣지 않아 일이 이 지경에 이른 것입니다. 엎드려 빌건대 제게 다시 한 갈래 군사를 주신다면 먼저 달려 나가 반드시 조조의 목을 베어 오겠습니다. 만약 또다시 싸움에 진다면 그때는 어떤 군령이라도 달게 받을 것이니 한 번만 더 기회를 주십시오."

그러자 장로도 속이 풀리는지 군령장을 받고 양임에게 다시 군사 이만을 내주었다. 양임은 그날로 장로 곁을 떠나 남정 성 밖에 진채를 벌렸다.

한편 첫 싸움에 재미를 본 조조는 다시 하후연에게 군사 오천을 주며 영을 내렸다.

"너는 남정으로 가는 길목을 먼저 살펴보도록 하라."

이제 조조의 한중 정벌은 본격적이 되었다. 산세가 험하고 지형이 낯설어 은근히 자신 없어하던 조조였으나, 그 땅을 지키려는 인간들이 그리 대단찮음을 알자 손댄 김에 끝까지 밀어붙이기로 작정한 까닭이었다.

한중이 떨어지니 불길은 장강으로

　조조의 영을 받아 남정으로 가던 하후연은 오래잖아 양임의 군사와 마주쳤다. 양군이 서로 벌려선 가운데 양임의 진중에서는 창기(昌奇)란 부장이 말을 달려 나와 하후연과 맞섰다. 양임의 명에 따라 나온 것이지만 어림없는 짓이었다. 창칼이 부딪기 세 번을 넘기기 전에 창기는 하후연의 칼을 맞고 말 아래로 떨어졌다.

　이번에는 양임이 스스로 창을 들고 말을 박차 달려 나왔다. 제법 싸움다운 싸움이 이루어져 서른 합이 넘도록 승부가 가려지지 않았다. 하후연은 싸움을 질질 끄는 게 싫어 타도계(拖刀計)를 썼다. 거짓으로 싸움에 진 체 달아나다 양임이 좋아라 뒤쫓아오기를 기다려 몸을 뒤집으며 한칼을 후리니 양임은 외마디 소리와 함께 두 동강이 나 말 아래로 떨어졌다.

창기와 양임이 차례로 하후연의 칼 아래 죽자 한중의 군사들은 얼이 빠졌다. 한번 싸워볼 생각도 않고 뒤돌아서서 달아나기에 바빴다. 또 한 번의 대패였다.

하후연이 양임을 죽이고 그 군사를 흩어버렸다는 말을 듣자 조조는 군사를 똑바로 남정으로 몰아갔다. 그리고 거기다 진채를 내리게 한 뒤 잠시 장로의 움직임을 살폈다.

양임이 다시 싸움에 져서 죽음을 당했다는 소식은 곧 장로의 귀에도 들어갔다. 놀란 장로는 문무의 벼슬아치들을 불러 모으고 다시 조조 막을 일을 의논했다.

염포(閻圃)가 일어나 말했다.

"제가 한 사람 믿을 만한 장수를 천거하겠습니다. 그라면 조조 밑에 있는 여러 장수와 넉넉히 맞설 수 있을 것입니다."

"그게 누구요?"

장로가 반갑게 물었다. 염포가 자신 있게 밝혔다.

"남안의 방덕(龐德)입니다. 전에 마초를 따라 주공께 투항해왔으나, 마초가 서천으로 유비를 치러 갈 때 병이 나서 누워 있다가 따라가지 못했습니다. 그 뒤 마초는 유비에게 항복하고 그는 이곳에 남아 주공의 두터운 은혜를 받았으니 이제는 우리 사람이나 다름없습니다. 어째서 그에게 가서 조조를 막으라고 하지 않으십니까?"

그제서야 장로도 잊고 있던 방덕을 생각해냈다. 곧 방덕을 불러 두터운 상을 내리며 말했다.

"그대에게 군사 일만을 줄 테니 가서 조조를 막으라. 만약 이번에 조조를 쫓아준다면 앞으로는 더욱 그대를 높이 쓰리라."

이에 감격한 방덕은 곧 군사를 이끌고 성을 나갔다. 성 밖 십 리쯤 되는 곳에 이르니 조조의 대군이 진을 치고 있는 게 보였다. 방덕은 조금도 두려워하는 빛 없이 맞은편에 진채를 내리고 말을 달려 나가 싸움을 걸었다.

조조는 전에 위교에서 마초와 싸울 때 방덕의 용맹스러움을 잘 본 적이 있었다. 문득 그런 방덕을 아끼는 마음이 일어 여러 장수들을 돌아보며 당부했다.

"방덕은 서량의 용맹스런 장수이다. 전에는 마초를 섬기다가 지금은 장로에게 의지하고 있으나 그는 마음으로 따르고 있지는 않을 것이다. 나는 저 사람을 얻고 싶다. 그대들은 그와 싸우되 급하게 싸움을 몰아가지 마라. 천천히 싸우며 그의 힘이 다하기를 기다려 사로잡아야 한다."

"그럼 제가 먼저 나가보겠습니다."

장합이 먼저 방덕과 싸우기를 청하며 달려 나갔다. 그리고 조조의 당부대로 모질지 않게 서너 번 부딪친 뒤 거짓으로 쫓겨 돌아왔다. 다음은 하후연이었다. 역시 서너 번 창칼을 부딪다가 쫓겨 들어오니 서황이 그 뒤를 이어 달려 나갔다.

서황 역시 서너 합 부딪고는 방덕을 허저에게 넘겨주었다. 허저는 조조의 당부를 잊지는 않았지만 싸우다 보니 문득 마음이 달라졌다. 힘이 빠진 방덕을 사로잡을 욕심으로 싸움을 끌다 보니 어느새 쉰 합이 넘어섰다.

방덕은 그날 조조의 진중에서도 손꼽는 맹장 넷과 번갈아 싸우는 셈이었으나 조금도 두려워하는 기색이 없었다. 오히려 그들 네 장수

덕분에 조조 앞에서 자신의 무예를 마음껏 펴 보인 셈이었다. 방덕의 놀라운 무예를 보자 조조는 마음속으로 기쁨을 이기지 못했다. 곧 북을 쳐 허저를 불러들인 다음 여럿을 모아놓고 물었다.

"어떻게 하면 방덕을 내 사람으로 만들 수 있겠는가?"

가후가 일어나 한 꾀를 내놓았다.

"제가 알기로 장로의 모사 가운데 양송(楊松)이란 자가 있습니다. 사람됨이 탐욕이 많고 뇌물을 좋아하니 그에게 남 몰래 금은과 비단을 보내 장로에게 방덕을 헐뜯는 말을 하게 하십시오. 그렇게 되면 방덕을 얻기는 그리 어렵지 않을 것입니다."

"그렇지만 지금 어떻게 사람을 남정 성안으로 들여보낼 수 있겠는가?"

조조가 생각은 있지만 어렵다는 듯 가후를 보고 물었다. 가후는 그것도 이미 생각해둔 듯했다. 별로 머리를 쥐어짜는 기색도 없이 대답했다.

"내일 다시 방덕과 싸우다가 거짓으로 패한 체 진채를 버리고 달아나 방덕으로 하여금 우리 진채를 차지하게 하십시오. 그런 다음 밤이 깊기를 기다려 우리가 다시 그곳을 급습하면 쫓긴 방덕은 반드시 성안으로 들어가게 될 것입니다. 그때 말 잘하는 군사 하나를 뽑아 적군으로 꾸미게 하고 그들 속에 끼워넣으면 함께 성안으로 들어갈 수 있을 것입니다."

조조는 가후의 말이 그럴듯하다 보았다. 곧 똑똑한 군사 하나를 골라 후한 상을 내린 뒤 해야 할 일을 일러주었다. 그리고 금으로 된 엄심갑(掩心甲) 한 벌을 주어 속에 두르게 한 다음 겉에는 한중 군사들의 복색을 입혀 알맞은 곳에 숨어 있게 했다.

그다음은 방덕을 꾀어들이는 일이었다. 다음 날 조조는 먼저 하후연과 장합에게 각기 한 갈래 군사를 주며 멀리 가 숨어 있게 한 뒤, 하후돈을 시켜 싸움을 걸게 했다. 방덕이 기다렸다는 듯 뛰쳐나와 하후돈과 맞붙었다. 하후돈은 조조가 이른 대로 몇 합 싸우기도 전에 거짓으로 져서 쫓겼다.

방덕은 이긴 기세를 타고 군사를 휘몰아 조조의 진채를 덮쳤다. 조조의 군사들이 겁에 질린 듯 뿔뿔이 달아나니 오래잖아 진채는 방덕의 손에 들어갔다. 방덕은 진채 안에 군량과 말먹이 풀이 매우 많은 걸 보자 몹시 기뻤다. 한편으로는 장로에게 이긴 소식을 전하고, 다른 한편으로는 크게 잔치를 열어 군사들을 위로했다.

그런데 그날 밤이었다. 삼경 무렵 하여 갑자기 세 갈래 방향에서 횃불이 대낮처럼 타오르며 조조의 대군이 역습을 해왔다. 가운데는 서황과 허저요, 왼쪽에는 장합이며 오른쪽은 하후연이었다. 아무런 준비 없이 있는데 그들 세 갈래의 군마가 짓쳐들자 아무리 용맹한 방덕이라 해도 견뎌낼 재간이 없었다. 어떻게 싸워볼 엄두도 내지 못하고 길을 앗아 달아나기 바빴다. 그 뒤를 역시 반나마 얼이 빠진 한중의 군사들이 조조의 세 갈래 군마들에게 쫓기며 재주껏 뒤따르고 있었다.

그럭저럭 남정 성문 아래 이른 방덕이 성문 위를 보고 다급하게 소리쳤다.

"문을 열어라."

성안에서 보니 바로 그날 낮에 승전보를 올린 방덕이었다. 까닭을 물을 틈도 없이 성문을 열자 방덕을 비롯해 군사 수천이 한덩어리가 되어 성안으로 몰려들었다.

이때 조조가 미리 숨겨두었던 세작도 함께 성안으로 들어갔다. 그 세작은 성안으로 들어가기 바쁘게 양송의 집을 찾아갔다.

"위공(魏公) 조승상께서는 오래전부터 공의 덕이 깊음을 듣고 사모해오셨습니다. 오늘 특히 저를 보내 황금 갑옷 한 벌을 보내시며 믿음의 표시로 삼으려 하시니 받아주시기 바랍니다. 아울러 승상께서 보내신 밀서가 있으니 읽으시고 선처해주십시오."

세작은 양송을 만나자마자 옷 속에 입고 있던 황금 엄심갑을 벗어 바치며 그렇게 말했다. 탐욕스런 양송은 그 황금만으로도 이미 입이 귀밑까지 째졌다. 거기다가 조조가 밀서까지 보냈다고 하는 말을 듣자 더욱 기뻤다. 장로가 망하더라도 살길이 생겨날 것 같았기 때문이었다.

"시키신 일에 대해서는 마음놓고 기다리시라고 위공께 말씀 올리게. 내가 좋은 계책을 꾸며 처리하고 다시 아뢸 말씀이 있으면 따로 아뢰도록 하겠네."

조조의 밀서를 읽고 난 양송은 그렇게 말하여 세작을 돌려보내고 그날 밤으로 장로를 찾아갔다. 장로가 무엇인가 깊은 생각에 잠겨 있다가 들어오는 양송을 보고 불쑥 물었다.

"그 참 이상한 일이오. 공은 어찌해서 일이 그리 된 줄 짐작할 수 있겠소?"

"무슨 말씀입니까?"

양송이 간사한 웃음을 지으며 그렇게 되물었다.

장로가 천천히 대답했다.

"방덕 말이외다. 낮에는 싸움에 이겨 조조의 본진까지 빼앗았다더니, 하룻밤도 못 넘겨 이제는 데리고 간 군사까지 잃고 성안으로 쫓겨 들어왔소. 아무리 싸움에서 이기고 지는 것은 병가(兵家)에게 늘 상 있는 일이라고는 하지만, 너무 손바닥 뒤집히듯 해서 어찌 된 영문인지 통 알 수가 없구려."

일이 되려고 그런지 양송이 노리던 때가 절로 온 것이었다. 양송은 기다렸다는 듯이나 방덕을 헐뜯고 나섰다.

"그야 뻔하지요. 방덕은 틀림없이 조조의 뇌물을 받고 진채를 내주었을 것입니다. 싸움 한바탕[一陣]을 판 셈이지요."

그 말을 들은 장로는 몹시 성이 났다. 양송이 기대한 것 이상으로 펄쩍 뛰며 방덕을 불러들여 꾸짖은 뒤 좌우를 보고 소리쳤다.

"저자를 끌어내다 목을 베어라!"

방덕에게는 한마디 자신을 변호할 틈도 주지 않은 채였다. 방덕을 천거한 염포가 힘을 다해 말렸지만 소용없었다. 양송의 말만 철석같이 믿고 있던 장로는 끝내 방덕을 목 베려 하다가 마지막에야 겨우 무슨 큰 선심이나 쓰듯 말했다.

"좋다. 내일 다시 싸워 네 죄를 씻어라. 만약 또 이기지 못한다면 그때는 반드시 네 목을 베리라."

방덕으로서는 실로 어이없는 일이었다. 죄 없이 떨어졌을 뻔한 목을 어루만지며 한을 품고 장로 앞을 물러났다.

다음 날이 되었다. 조조의 군사들이 드디어 성을 공격하기 시작했다. 방덕은 장로의 으름장에 등이 떼밀리듯 군사를 이끌고 성을 나와 그런 조조의 군사들과 맞섰다.

조조는 방덕이 나오는 걸 보자 허저를 내보내 싸움을 걸게 했다. 명을 받은 허저가 달려 나가 곧 방덕과 어울렸다. 그러나 허저는 몇 합 싸워보지도 않고 거짓으로 패해 달아나기 시작했다. 방덕이 부쩍 힘이 나서 그런 허저를 뒤쫓았다.

얼마나 갔을까, 방덕이 허저를 쫓아 한군데 산굽이를 도는데 문득 말을 탄 조조가 언덕 위에 나타나 소리쳤다.

"방영명(令名, 방덕의 자)은 어찌하여 일찍 항복하지 않는가?"

하지만 그때껏 방덕에게는 항복할 마음이 조금도 없었다. 오히려 멀지 않은 곳에 조조가 있는 걸 보자 생각이 달라졌다.

'조조를 사로잡는다면 까짓 장수 천 명을 사로잡는 것보다 훨씬 낫지 않겠는가.'

방덕은 그렇게 중얼거리며 허저는 놓아두고 조조가 있는 산 언덕 위로 말을 몰았다. 방덕이 조조를 잡는 데만 마음이 급해 정신없이 말을 몰아댈 때였다. 문득 함성이 크게 일며, 하늘이 무너지고 땅이 꺼지는 듯한 느낌과 함께 방덕은 말을 탄 채 깊은 함정 속으로 떨어졌다.

방덕이 놀란 가운데도 자세를 가다듬어 함정을 벗어나보려 했으나 이미 때는 늦어 있었다. 사방에서 밧줄과 갈고리가 날아들어 눈 깜짝할 사이에 방덕을 멧돼지 옭듯 옭고 말았다.

군사들은 이어 방덕을 끌고 언덕 위로 올라갔다. 조조가 얼른 말에서 뛰어내려 군사들을 꾸짖어 물리치고 손수 방덕을 풀어주었다.

"영명을 기다린 지 오래외다. 이제 공은 나와 함께 일해보지 않으시겠소?"

방덕이 원래가 목숨을 아까워하는 위인이 아니었으나 조조가 그
같이 너그럽게 나오자 생각이 달라졌다. 문득 장로가 양송의 간사한
말만 믿고 자기를 죄 없이 죽이려 하던 일이 떠오르며 도대체 조조
의 권유를 마다해야 할 이유를 찾을 수가 없었다.

"항복하겠소. 이 몸을 거두어주신다면 개나 말의 수고로움이라도
마다하지 않겠소이다."

방덕이 넙죽 절을 하며 그렇게 말했다. 조조는 그런 방덕을 몸소
부축해 말에 오르게 한 뒤, 말 머리를 나란히 하여 대채(大寨)로 돌
아갔다.

그것도 성안의 사람들이 잘 볼 수 있게 일부러 골라둔 길을 지나
서였다.

그걸 본 성안의 군사들이 급히 장로에게 알렸다.

"방덕이 조조와 말 머리를 나란히 하고 성 아래로 지나갔습니다.
진작부터 조조와 내통해온 것임에 분명합니다."

바로 양송이 간밤에 말한 대로였다. 장로는 양송 때문에 자신이
방덕을 조조에게로 떼밀어 보낸 줄도 모르고 그때부터 한층 더 양송
의 말을 믿었다.

다음 날이었다. 조조는 삼면으로 구름 사다리를 세우고 비포(飛
砲)로 돌을 날리며 성을 공격하기 시작했다. 장로는 그 기세가 엄청
난 것을 보고 아우 장위를 불러 의논했다.

"아무래도 이곳 남정은 틀린 것 같다. 창고에 있는 곡식과 비단을
모두 태워버리고 남산으로 달아나 파중이나 지키도록 해야겠다."

그때 곁에 있던 양송이 속마음을 드러냈다.

"그보다는 성문을 열어 조조에게 항복하는 편이 낫겠습니다. 주공과 백성들을 아울러 구해주는 게 상책인 듯싶습니다."

다른 사람이라면 벌컥 성부터 냈을 장로였지만 믿고 믿는 양송의 말이라 무겁게 여기지 않을 수 없었다. 그러나 아무리 생각해도 삼대(三代)를 이어온 기업을 그토록 허무하게 넘길 수는 없어 얼른 결정을 내리지 못하고 있는데 장위가 양송과는 다른 소리를 했다.

"형님 말씀이 옳습니다. 빨리 모든 걸 불살라버리고 파중으로 가시지요."

그 역시 장로와 같은 핏줄이라 부조(父祖)의 기업을 넘기느니보다는 끝까지 싸우는 쪽을 권했다. 장로가 한참을 생각하다가 그 중간을 택했다.

"나는 원래 나라의 다스림을 받으려 했으나 미처 내 뜻이 전해지기도 전에 일이 이렇게 되고 말았다. 이제 이곳을 빠져나가되 창고며 곳간에 든 것은 모두 나라의 물건이니 함부로 없애서는 안 된다."

그러고는 부중의 창고와 곳간에 자물쇠를 채우고 엄히 봉하게 하는 한편 모든 벼슬아치들에게는 떠날 채비를 하게 했다.

그날 밤 이경 무렵이었다. 장로는 밤이 깊기를 기다려 모든 벼슬아치와 집안 노소를 거느리고 남문으로 빠져나갔다. 갑작스레 쏟아져 나간 덕분에 성은 그럭저럭 빠져나갈 수 있었다. 그러나 멍해 있던 것도 잠시 조조의 장졸들이 곧 장로를 뒤쫓아 나섰다.

"그냥 보내주어라. 서두를 것 없다."

무슨 생각을 했는지 조조가 그런 그들을 말렸다.

조조가 텅 빈 남정 성안으로 들어가 보니 모든 관가의 창고와 곳간은 엄히 봉해져 있었다. 그런 장로를 기특히 여긴 조조는 잠시 군사를 쉬게 하며 사람을 뽑아 파중으로 보냈다. 장로에게 항복을 권유하기 위함이었다.

조조의 사자가 찾아와 다시 항복을 권하자 장로도 슬몃 마음이 움직였다. 그러나 그의 아우 장위는 달랐다.

"형님, 아니 되오. 부조에게서 물려받은 땅을 어찌 이리 쉽게 내줄수 있단 말이오!"

그러면서 거듭 맞설 것을 우겨대자 장로도 마침내는 아우의 뜻을 따랐다. 일이 그렇게 돌아가는 것을 본 양송은 조조에게 남몰래 글을 보냈다.

'아무래도 장로는 권하는 술을 먹지 않고 벌주(罰酒)를 마실 작정인 것 같습니다. 승상께서는 얼른 군사를 내어 이 일을 매듭짓도록 하십시오. 이 양송은 때를 보아 안에서 호응하겠습니다……'

그 같은 편지를 받은 조조는 스스로 군사를 이끌고 파중으로 달려갔다.

조조가 대군을 이끌고 왔다는 말을 듣자 장로는 아우 장위에게 군사를 주어 성 밖으로 내보냈다. 장위가 뛰쳐나오는 걸 본 조조는 허저를 내보내 잡게 했다. 장위가 겁없이 허저와 맞섰으나 아무래도 무리였다. 몇 합 부딪기도 전에 허저의 칼에 찍혀 말 아래로 떨어졌다.

다시 쫓겨 성안으로 돌아간 장위의 졸개들이 장로에게 그 소식을 전했다. 그러나 장로는 조금도 흔들림없이 성을 굳게 지켰다. 이때 양송이 나섰다.

"이제 나가 싸우지 않고 성안에 앉았다가는 그대로 말라죽고 말 것입니다. 제가 성을 지킬 것이니 주공께서 친히 나가셔서 조조와 결판을 내십시오. 죽기로 싸운다면 아니 될 것도 없습니다."

다른 꿍꿍이속이 있어 그리 권한 것이지만 그를 믿는 장로는 그 말에 따랐다. 염포가 나서서 다시 말렸으나 아무 소용이 없었다.

장로가 군사를 이끌고 성을 나가자 조조의 군사들이 기다렸다는 듯 몰려왔다. 장로는 그래도 한 무리의 우두머리답게 죽을 각오로 적과 맞섰다. 그러나 나머지 군사들은 그렇지가 못했다. 거듭되는 패전에 겁을 먹을 대로 먹은 군사들은 조조의 군사들과 한번 맞붙어 보기도 전에 뒤돌아서 달아나기 바빴다.

일이 그쯤 되니 장로도 싸워볼래야 싸워볼 수가 없었다. 얼른 돌아서서 성으로 향하자 그 뒤를 조조의 군사들이 벌 떼처럼 쫓아왔다.

겨우 성문 앞에 이른 장로가 다급하게 소리쳤다.

"어서 문을 열어라! 내가 왔다."

그런데 이게 어찌 된 일인가. 아무리 소리쳐도 성문은 굳게 닫힌 채 열릴 줄 몰랐다. 양송이 안에서 일을 꾸민 탓이었다. 그걸 알 리 없는 장로는 드디어 성안으로 들기를 단념하고 달아나려 했으나 그 마저도 안 되었다. 어느새 등 뒤까지 뒤쫓아온 조조의 외침이 귓가를 울렸다.

"이놈 장로야, 어찌하여 빨리 항복하지 않느냐?"

마침내 장로도 달아날 생각을 버렸다. 얼른 말에서 뛰어내려 조조 앞에 엎드리니, 그 할아비 장릉에서 시작된 기업은 결국 조조의 손에 넘겨지고 말았다.

장로가 항복하자 조조는 기꺼이 그를 받아들였다. 남정에서 달아날 때 창고며 곳간을 온전히 봉해놓고 간 일을 갸륵히 여겨 그 누구의 항복을 받았을 때보다 후하게 대접하고 그를 진남장군에 봉했다. 또 장로를 따라 항복한 한중의 벼슬아치들도 버리지 않아, 염포를 비롯한 여러 사람을 모두 후에 봉하니 조조를 겁내던 한중 사람들이 비로소 마음을 놓았다.

그때까지 한중의 여러 지방은 오두미도(五斗米道)의 조직에 따라 다스려지고 있었는데 조조는 그것도 군현제로 고쳤다. 각 군에 태수(太守)를 세우고 도위(都尉)를 둔 게 그랬다. 태수며 도위도 되도록이면 한중 사람들 중에서 뽑아 보냈음은 말할 것도 없었다.

그런데 가장 공이 크다 할 수 있는 양송만은 상을 받기는커녕 가장 무거운 벌을 받았다.

"너는 주인을 팔아 영화로움을 사려 한 놈이다. 나의 사람들이 너를 본받을까 실로 두렵구나."

조조는 큰 벼슬이라도 내릴 줄 알고 찾아온 양송을 그렇게 꾸짖은 뒤 무사들을 향해 매섭게 소리쳤다.

"저놈을 저잣거리에 끌고 나가 목을 베어라! 그리고 그 목을 높이 매달아 주인을 팔아먹은 죄인이 어떻게 되었는가를 모든 사람이 알게 하라."

양송은 그제서야 후회했으나 이미 늦은 뒤였다. 개처럼 무사들에게 끌려나가 목 없는 귀신이 되고 말았다.

여기서 다시 한번 드러나는 것은 일생을 통해 거의 예외가 없었던 조조의 금기(禁忌) 가운데 하나이다. 조조는 아직 군웅(群雄)의 하나에 지나지 않았을 때부터도 사욕에 눈이 멀어 주인을 판 자는 자신에게 아무리 큰 이익을 갖다 주어도 용서하지 않았다. 어릴 적부터의 벗이며, 힘에 겨운 원소를 이겨내는 데 뺄 수 없는 공을 세운 허유(許攸)조차도 끝내는 제 명에 죽지 못했다. 그를 죽인 것은 허저이지만, 조조가 그를 높이 치고 있었다면 어찌 한낱 장수가 말 몇 마디 잘못한 걸로 그를 죽일 수 있었겠는가. 그리고 그 뒤로도 마찬가지였다. 조조는 거의 일관되게 사욕으로 주인을 팔아먹은 자는 죽였고, 아무리 자신에게는 매섭게 저항해도 그 주인을 위해 힘을 다한 이는 되도록 해치지 않으려고 했다.

간혹 끝내 항복하지 않아 죽인 적이 있지만, 그때조차도 상대의 깨끗한 이름을 지켜주기 위해서였고, 또 그 뒤에는 후한 장례를 잊지 않았다. 조조를 순전히 권모술수의 사람으로만 몰아붙일 수 없게 만드는 남다른 품성의 하나였다.

그럭저럭 한중이 평온을 되찾아가고 있을 무렵, 주부로 따라왔던 사마의(司馬懿)가 조조를 찾아보고 말했다.

"유비는 속임수와 힘으로 유장의 기업을 뺏어 촉 땅 사람들은 아직도 마음으로는 그를 받아들이지 않고 있습니다. 거기다가 이제 주공께서 한중을 차지하시니 그 위엄이 익주까지 떨쳐 울리고 있습니다. 빨리 그곳으로 군사를 내도록 하십시오. 그리하면 보잘것없는 유비의 세력은 기왓장 부스러지듯 무너져버릴 것입니다. 지혜로운 이는 때를 타는 걸 귀하게 여기는 법인 바, 지금이 바로 잃어서는 안 될 그 때입니다."

그러나 조조가 어이없다는 듯 말했다.

"사람이란 참으로 만족을 모르는 물건이로구나! 이미 농(隴) 땅을 얻어놓고 또 촉 땅을 바란단 말인가?[得隴望蜀]."

그때 유엽이 곁에서 사마의를 편들었다.

"반드시 그렇게만 말씀하실 일은 아닙니다. 제가 보기에도 사마중달(司馬仲達)의 말이 옳은 것 같습니다. 만약 이 일을 늦추시게 되면 나라를 다스리는 데 밝은 제갈량은 승상이 되고 삼군을 잘 이끄는 관우와 장비는 장수가 되어 촉의 백성들을 안정시킬 것입니다. 그런 다음 험한 관과 좁은 길목에 의지해 굳게 지킨다면 촉은 다시는 넘볼 수 없는 땅이 되고 맙니다."

그래도 조조는 선뜻 마음이 내키지 않아 했다. 사마의와 유엽을 번갈아 보며 달래듯 말했다.

"지금 우리 군사는 먼 길을 왔을 뿐만 아니라 오랜 싸움을 끝낸 뒤라 몹시 지쳐 있네. 우선은 좀 쉬게 하여 기운부터 돋워야겠네."

그러고는 군사를 움직이지 않았다.

한편 조조가 이미 한중을 뺏었다는 소문은 서천에도 들어갔다. 서천 백성들은 조조가 반드시 서천으로 올 것 같아 하루에도 몇 번씩 놀라고 두려워했다. 은근히 떨리기는 유비도 마찬가지였다. 그 소식을 듣기 바쁘게 공명을 불러 의논했다.

"조조가 동천(東川)을 이미 삼켰으니 다음은 틀림없이 우리 서천으로 밀고 들 것이오. 우리에게는 아직 조조를 막아낼 만한 힘이 없으니 실로 걱정이외다. 이 일을 어찌하면 좋겠소?"

"제게 한 가지 계책이 있습니다. 그걸 쓰면 조조는 싫어도 스스로

316

물러가지 않을 수 없을 것입니다."

제갈량이 별로 걱정할 것 없다는 투로 대답했다. 유비가 놀라움과 반가움을 감추지 못하며 물었다.

"그게 어떤 계책이오?"

"조조가 군사를 나누어 합비에 머물러 있게 한 것은 손권이 두려운 까닭입니다. 이제 우리는 강하, 장사, 계양 삼군(三郡)을 동오에게 돌려주도록 하지요. 아울러 말 잘하는 사람을 동오에 보내 이해로 달랜 다음, 그들로 하여금 합비를 치도록 하면 조조는 틀림없이 놀라 강남으로 달려갈 것입니다."

"누구를 사자로 보냈으면 좋겠소?"

그럴듯하기는 하지만 아직도 걱정은 남았다는 듯 유비가 다시 물었다. 곁에 있던 이적(伊籍)이 스스로 나섰다.

"그 일이라면 제가 한번 가보겠습니다."

그러자 유비도 마음이 놓이는 것 같았다. 이적이 스스로 나서준 걸 몹시 기뻐하며 손권에게 보낼 글 한 통을 써주었다. 전에 없이 예를 갖춘 글이었다.

이적은 곧 서천을 떠나 먼저 형주로 갔다. 관운장을 만나 세 군을 돌려주는 까닭을 일러주고 일이 어긋나지 않도록 미리 말을 맞춰두기 위함이었다. 형주에 이르러 관운장을 만난 이적은 다시 손권이 있는 말릉으로 가 자신이 온 것을 손권에게 알리게 했다.

유비가 형주를 돌려주지 않아 속으로 이를 갈면서도 손권은 사자인 이적을 불러들였다.

"그대는 무슨 일로 여길 왔는가?"

이적이 예를 마치기 바쁘게 손권이 통명스레 물었다. 이적이 천연스레 늘어놓았다.

"지난번에 제갈자유께서 장사를 비롯한 세 군을 돌려받으러 오셨으나 마침 우리 군사께서 자리에 아니 계셨던 까닭에 돌려드리지 못했습니다. 이제 그 땅을 돌려드린다는 것을 글로 써서 가져왔습니다. 원래는 형주에 속한 남군과 영릉까지 돌려드려야 하지만 조조가 이번에 동천을 차지해버린 까닭에 만약 그 두 군까지 돌려드리게 되면 우리 관장군은 몸둘 곳이 없어지게 됩니다. 지금 합비가 비어 있으니 바라건대 군후(君侯)께서는 군사를 일으켜 그곳을 쳐주십시오. 그러면 조조는 군사를 남으로 돌릴 것인즉 그때 우리 주공께서 동천을 빼앗아 관장군을 그리로 불러들이고 형주는 모두 동오로 돌려드리도록 하겠습니다."

비틀어진 기분으로 들으면 속이 뻔한 소리로 들릴 수 있었으나 손권은 신중한 사람이었다. 얼른 속마음을 드러내지 않고 먼저 시간부터 벌었다.

"그대는 잠시 역관으로 돌아가 계시오. 그 일은 여러 사람과 의논해 보아야겠소."

그렇게 좋은 말로 이적을 내보낸 뒤 여러 모사들을 불러놓고 물었다.

"유비가 이제 와서 장사, 강하, 계양 세 군을 돌려주며 우리더러 합비를 들이치라 하는데 여러분의 뜻은 어떠시오?"

그러자 장소가 일어나 말했다.

"이것은 틀림없이 유비가 조조를 두려워해서 급히 끼워맞춘 꾀입니다. 조조가 한중을 뺏은 기세를 타고 서천으로 밀고 들어올까 걱정이 되어 뒤늦게 세 군을 돌려주며 도움을 청하는 것입니다. 그러나 설령 그렇다 하더라도 조조가 멀리 한중에 있는 틈을 타 우리가 합비를 차지해두는 것도 나쁘지는 않습니다. 오히려 더할 나위 없이 좋은 계책이 될 수도 있으니 못 이긴 체 유비의 청을 들어주도록 하십시오."

손권도 그런 장소의 말을 옳게 들었다. 갖은 생색을 다 내며 이적을 촉으로 돌려보낸 뒤 크게 군사를 일으켜 조조의 뒷덜미를 후려칠 의논을 시작했다.

이때 손권의 장수들은 대개 밖에 나가 장강 곳곳의 물목을 지키고 있었다. 손권은 먼저 노숙을 보내 유비로부터 강하, 장사, 계양 세 군을 돌려받는 한편 육구에 둔병해 그곳에 있는 여몽과 감녕을 말릉으로 돌려보내게 했다. 또 여항에도 사람을 보내 평소 아끼는 능통도 불러들여 그 싸움에 끼게 했다.

하루도 되지 않아 여몽과 감녕이 먼저 말릉에 이르렀다. 여몽은 손권을 보는 자리에서 다시 한 계책을 올렸다.

"지금 조조는 여강 태수 주광(朱光)으로 하여금 환성에 둔병하면서 크게 논밭을 떠 거기서 난 곡식을 합비로 보내고 있습니다. 그 덕에 합비는 허도의 곡식을 따로 받지 않아도 넉넉히 그 군사들을 먹이고 있으니 이제 주공께서는 먼저 환성부터 빼앗도록 하십시오. 합비는 그 뒤에야 치도록 하는 게 좋겠습니다."

손권도 기꺼이 그 말을 따랐다.

"그 계책이 꼭 내 마음에 드오. 그렇게 합시다."

그렇게 말하면서 그날로 군사를 일으켰다. 여몽과 감녕은 선봉이 되고 장흠과 반장은 후군이 되었으며 손권 자신은 주태, 진무, 동습, 서성, 정봉과 더불어 중군이 되었다. 이때 손견 때부터의 오랜 장수들인 황개와 정보와 한당은 각기 멀리 있는 군진(軍鎭)을 맡아 지키고 있어 그 싸움에 따라가지 못했다. 어쩌면 적벽의 싸움을 끝으로 그들의 시대는 다 갔는지도 모를 일이었다.

장강을 건넌 오(吳)의 병마는 먼저 화주를 뺏은 다음 지름길로 환성에 이르렀다. 환성을 지키던 여강 태수 주광은 사람을 뽑아 합비에 구원을 청하는 한편 굳은 성에 의지해 지키기만 하고 나가 싸우지 않았다.

손권은 몸소 성 아래로 가서 성을 지키는 군세를 살펴보았다. 성 안에서 화살이 비 오듯 쏟아져 손권의 해가리개며 수레 덮개에까지 꽂혔다. 손권은 급히 진채로 되돌아와 모든 장수들을 불러놓고 물었다.

"어떻게 하면 환성을 쉬이 뺏을 수 있겠소?"

"군사를 뽑아 흙으로 산을 만들게 하고 그 위에서 공격하는 게 좋겠습니다."

동습이 그렇게 대답하자 곁에 있던 서성이 딴 의견을 내놓았다.

"구름 사다리와 무지개 다리[홍교, 공성전에 쓰이는 높은 다락 같은 것]를 세워 성안을 굽어보며 공격하면 될 것입니다."

그때 여몽이 동습과 서성 둘 모두에게 타이르듯 했다.

"두 분의 말씀이 모두 옳긴 하나 어느 쪽을 택하든 날짜가 오래 걸리는 흠이 있습니다. 그사이 합비에서 구원이라도 오면 모든 것은

320

헛일이 되고 맙니다. 차라리 바로 군사를 몰아 공격해보도록 하지요. 우리 군사들은 이제 막 싸움터에 나와 기세가 한창 날카로우니 그 기세를 타고 힘을 다해 공격한다면 아침에 싸움을 시작해도 점심 나절이면 성을 깨칠 수 있을 것입니다."

손권은 그중에서 여몽의 말을 가장 옳게 여겨 거기 따르기로 했다. 다음 날 새벽 오경 무렵 군사들을 밥 지어 먹인 뒤 그대로 삼군을 휘몰아 환성을 들이쳤다.

성벽 위에서는 화살과 돌이 비 오듯 쏟아졌다. 오의 군사들이 잠시 멈칫하는 걸 보자 감녕이 쇠로 된 연(鍊, 죄인을 묶는 차꼬 같은 무기)을 휘두르며 앞장서서 성 위로 뛰어올랐다.

주광은 궁노수들을 시켜 감녕에게 일제히 활과 쇠뇌를 쏘아 붙이게 했다. 그러나 감녕은 빽빽한 숲속을 지나듯 화살비를 헤치고 달려들어 단매에 주광을 쓰러뜨렸다. 여몽도 스스로 북채를 잡고 북을 울려 군사들의 기운을 돋우었다.

이렇듯 장수들이 앞장서서 싸우니 오의 군사들도 힘이 나지 않을 수 없었다.

모두 한덩어리가 되어 성벽을 타고 넘어 쓰러진 주광을 베어 죽이자 조조 편의 남은 군사들은 모두 무기를 버리고 항복했다.

손권이 환성을 온전히 손에 넣었을 때는 겨우 진시 무렵이었다. 장요가 급히 환성을 구하러 달려오다가 도중에 이미 성이 떨어졌다는 말을 들었다. 가봤자 소용없음을 알고 군사를 합비로 되돌렸다.

손권의 부름을 받은 능통이 본진에 합류하게 된 것은 손권이 이미 환성을 차지하고 들어앉은 뒤였다. 이때 손권은 삼군에게 술과 고기를 넉넉히 내려 그 수고로움을 위로한 뒤 장수들과 더불어 잔치를 벌이고 있었다. 여몽, 감녕에게 큰 상을 내림과 아울러 다른 장수들의 공을 치하하기도 잊지 않았다.

여몽은 윗자리를 감녕에게 내주고 그가 앞장서 성벽 위로 뛰어오른 공을 입에 침이 마르도록 추켰다. 손권도 그게 옳다는 듯 흐뭇한 얼굴로 감녕에게 술잔을 권하니 잔치는 온통 감녕만을 위한 것 같았다.

늦게 이른 바람에 그 싸움에 끼지 못한 능통은 술이 오를수록 속이 뒤틀렸다. 감녕은 아비를 죽인 원수인 데다 여몽이 지나치게 그의 공을 추켜세운 탓이었다. 아비 죽인 원수란 감녕이 아직 황조(黃祖)의 사람일 때 손책을 따라 황조를 치러 온 능통의 아비 능조(凌操)를 활로 쏘아 죽인 일을 말한다.

자리가 자리인 만큼 함부로 날뛸 수가 없어 부글부글 끓는 속을 억누르며 여몽과 감녕을 쏘아보고만 있던 능통이었으나 손권이 자리를 비우자 더 참고 있을 수가 없었다. 문득 허리에 차고 있던 칼을 뽑아들고 잔치상 앞으로 나가 말했다.

"잔치 자리에 풍악이 없으니 어찌 삭막하오이다. 제가 솜씨 없으나마 한바탕 칼춤을 출 터이니 곱게 보아주시오."

그러고는 칼을 휘두르며 춤을 시작했다. 감녕이 얼른 그 같은 능통의 속셈을 알아차렸다. 그 역시 양손으로 창 한 자루를 잡고 자리에서 일어나며 여럿에게 말했다.

"저는 이 창으로 여러분의 흥겨움을 보탤까 합니다. 서투르더라도 너그럽게 보아주십시오."

그러고는 자리에서 빠져나와 창을 휘두르는데 춤이라기보다는 싸움의 자세였다.

두 사람이 결코 좋은 뜻으로 나선 게 아니라는 것을 누구보다 먼저 알아차린 것은 여몽이었다. 그냥 두고 볼 수 없다 여겨 그 또한 나섰다. 한 손에는 방패를 들고 다른 손에는 칼을 잡은 채 능통과 감녕 사이에 끼어들어 능청을 떨었다.

"두 분의 솜씨가 좋다고 하지마는 어찌 내 솜씨는 알아주지 않으시오? 나는 이 방패와 칼로 한바탕 흥을 돋울 것이니 잘들 보아주시오."

그러고는 방패와 칼을 춤추듯 휘둘러 능통과 감녕을 양쪽으로 갈라놓았다. 일이 그쯤 되니 아무리 둔한 사람이라도 이상한 낌새를 아니 느낄 수가 없었다. 그중에 하나가 급히 손권에게 달려가 그 일을 알렸다.

손권이 놀라 급히 잔치 자리로 달려갔다. 손권이 들어오는 걸 보자 세 사람은 하는 수 없이 손에 들고 있던 병기를 거두었다. 손권이 엄한 눈으로 능통과 감녕을 번갈아 쏘아보며 꾸짖었다.

"내가 늘상 그대들 둘에게 묵은 원수는 잊어버리라고 당부하지 않았소? 그런데 이게 무슨 꼴들이오?"

그러나 능통이 복받치는 감정을 이기지 못하고 땅에 엎드려 통곡했다. 아비의 원수를 눈앞에 두고도 참아야 하는 원통함이 변한 눈물이었다. 손권은 그런 능통을 두 번 세 번 달래 겨우 진정시켰다.

다음 날이 되었다. 손권은 전날의 개운치 못한 기분을 씻어버리려는 듯 일찍부터 서둘러 군사를 움직였다. 합비로 삼군을 몰아가니 전날에 이긴 기세를 탄 그 위용이 자못 볼만했다.

한편 환성이 이미 손권에게 떨어졌다는 말을 듣고 합비로 되돌아온 장요는 적잖이 걱정스럽고 답답했다. 손권이 몸소 대군을 이끌고 나온 것으로 보아 혼자서는 당하기 어려우리란 짐작이 든 까닭이었다. 그런데 문득 한중에 있는 조조가 설제(薛悌)를 보내 나무로 된 상자 하나를 전해왔다. 장요가 받아보니 봉해진 상자 한 모퉁이에 조조의 친필이 조그맣게 붙어 있었다.

'적이 오거든 뜯어보라.'

그걸 본 장요는 좀 마음이 놓였다.

그런데 바로 그날이었다. 문득 군사 하나가 달려와 장요에게 급한 소식을 전했다.

"손권이 스스로 십만 대군을 이끌고 합비로 오고 있습니다."

이에 장요는 얼른 조조가 보낸 나무상자를 뜯어보았다. 거기에는 이런 글이 씌어져 있었다.

'만약 손권이 쳐들어오거든 장요와 이전은 나가 싸우고 악진은 안에서 성을 지키라.'

자세한 계책은 아니었지만 장요는 그것만으로도 막막한 느낌에서만은 벗어날 수 있었다. 곧 이전과 악진에게도 그 글을 보여주어 조조의 뜻을 전했다.

"장군의 생각은 어쩌시오?"

읽기를 마친 악진이 가만히 장요에게 물었다. 장요는 더 생각할 것도 없다는 듯 대답했다.

"지금 주공께서는 멀리 나가계시니 오는 이 틈에 반드시 우리를 깨뜨려버리려 할 것이오. 이제 우리가 할 일은 군사를 이끌고 성을 나서서 죽기로 싸워 적의 날카로운 기세를 꺾어놓는 것이외다. 그렇게 하여 장졸들의 두려워하는 마음을 가라앉힌 뒤에야 이 성을 지켜낼 수 있을 것이오."

이전은 평소부터 장요와 사이가 좋지 못했다. 조조가 시킨 대로라면 마땅히 장요와 함께 나가 싸워야 할 사람이었으나 그런 장요의 말을 듣고도 입을 다물고 아무런 대꾸를 않았다. 악진은 이전이 아무 말도 없는 걸 보자 장요와 생각이 달라서인 줄 알고 그를 대신해 다른 의견을 내보았다.

"적은 머릿수가 많고 우리는 적소이다. 성을 나가 맞기는 어려우니 차라리 안에서 힘을 합쳐 굳게 지키는 게 낫지 않겠소?"

그러자 장요가 결연히 말했다.

"공들은 사사로운 감정을 앞세워 공사(公事)를 돌아보지 않으시는구려. 그렇다면 나 혼자서라도 나가 한바탕 죽기로 싸워보겠소!"

그러면서 곁에 있던 군사들에게 어서 말을 끌어오라고 다그쳤다. 그때껏 말없이 있던 이전이 문득 깨달은 바 있어 개연(慨然)히 몸을 일으켰다.

"장군이 그리하시는데 내가 어찌 사사로운 감정을 앞세워 공사를 팽개칠 수 있겠소? 바라건대 제게도 할 일을 일러주시오."

그 말을 들은 장요는 기뻐 어쩔 줄 몰랐다. 원래 이전은 어릴 적부터 조조의 사람이었던 데 비해 장요는 훨씬 나중에 조조 편에 끼어든 항장(降將) 출신이었다. 말하자면 한편은 창업 공신인 반면 다른 한편은 뒷날 영입된 사람인 셈이었다.

그러나 장수로서의 자질은 장요가 앞서 능력을 위주로 사람을 쓰는 조조는 곧 장요를 이전보다 윗자리에 앉혔는데, 그게 두 사람 사이를 해친 원인이 되었다. 이전은 굴러들어온 돌에 밀려난 박힌 돌 신세가 된 느낌 때문에 장요가 까닭없이 마땅치 않았고, 장요는 장요대로 이전의 심술이 시골 개 텃세 같아 은근히 부아가 치밀었다. 그런데 중요한 대목에 이르러 둘의 해묵은 감정이 풀리게 되니 장요로서는 반갑지 않을 수 없었다.

　　"이왕 만성(曼成, 이전의 자)께서 도와주실 양이면 이렇게 해주시오. 내일 일군(一軍)을 이끌고 소요진(逍遙津) 북쪽에 매복해 기다리다 오병이 지나가거든 먼저 소사교(小師橋)를 끊어버리는 것이오. 그렇게만 해주신다면 나와 여기 이 악문겸(樂文謙)이 적을 흠씬 두들겨놓겠소이다."

　　장요가 그 어느 때보다 겸손하게 이전이 할 일을 일러주었다. 이전도 전에 장요에게서 영을 받을 때 느끼던 역겨움은 조금도 느낌이 없이 그대로 따랐다. 군사를 점고하여 소요진 북쪽으로 가 알맞은 곳에 소리 없이 숨었다.

　　한편 이때 손권은 여몽과 감녕을 선봉으로 삼고 자신은 능통과 함께 중군이 되어 합비로 달려오고 있었다.

　　남은 장수들도 모두 후대가 되어 뒤따라오게 하니 오군의 사기는 하늘을 찌를 듯 높았다.

　　양군이 모두 먹은 마음이 있어 이를 악물고 맞붙게 된 탓에 싸움은 전에 없이 격렬해질 수밖에 없었다. 제갈량이 서천에서 옮겨 붙인 불은 이제 이 장강 가에서 거세게 타오르게 되었다.

장하구나 장문원, 씩씩하다 감흥패

양군 중에서 처음으로 부딪친 것은 감녕과 여몽이 이끄는 오(吳)의 선봉과 악진의 부대였다. 감녕이 악진과 만나기 바쁘게 말을 달려 덮치자 악진 또한 물러서지 않아 곧 한바탕 거친 싸움이 벌어졌다. 하지만 악진에게는 처음부터 끝장을 보려고 시작한 싸움이 아니었다. 몇 합 부딪기도 전에 악진이 거짓으로 져서 쫓겨가니 감녕은 여몽을 불러 함께 악진을 뒤쫓았다.

감녕과 여몽의 전군이 첫 싸움에 이겼다는 소식은 중군으로 뒤에 있던 손권의 귀에도 들어갔다. 손권은 그 기세를 탈 양으로 군사를 재촉해 앞으로 나아갔다. 그런데 손권이 소요진 북쪽에 이르렀을 때였다. 홀연 연주포(連珠砲) 소리가 나면서 왼쪽에서는 장요가 오른쪽에서는 이전이 각기 일군을 거느리고 뛰쳐나왔다.

손권은 몹시 놀랐다. 곧 여몽에게 사람을 보내 구해주기를 청하려
하는데 벌써 장요의 군사가 코앞으로 다가오고 있었다. 이때 손권
곁에는 능통이 거느리는 삼백여 기뿐이었다. 그 군사로는 산을 뒤집
을 듯한 기세로 몰려오는 장요의 군사를 당할 수 없다 여긴 능통이
손권을 보고 크게 소리쳤다.

"주공께서는 무얼 하고 계십니까? 어서 소사교(小師橋)를 건너십
시오!"

그러는데 장요가 이천여 기를 이끌고 앞장서 덮쳐왔다. 능통은 몸
을 돌려 장요와 죽기로 맞섰다. 손권은 그 틈을 타 말을 몰고 소사교
쪽으로 달려갔다. 그러나 다리는 이미 이전이 끊어버린 뒤였다. 다
리 남쪽은 두어 길이나 무너져 내려앉아 나무판대기 하나 걸려 있지
않았다. 그걸 본 손권은 당황해 어쩔 줄 몰랐다. 아장(牙將) 곡리가
다시 큰 소리로 손권을 깨우쳐주었다.

"주공께서는 말을 뒤로 물렸다가 힘껏 채찍질해 앞으로 내달아
보십시오. 그러면 끊어진 곳을 뛰어넘으실 수 있을 것입니다."

그제서야 퍼뜩 정신이 든 손권은 그대로 따랐다. 말을 대여섯 길
뒤로 물렸다가 힘껏 고삐를 당기며 채찍을 휘두르니 말은 세차게 앞
으로 내달아 나는 듯 끊어진 다리를 건너뛰었다.

손권이 다리 남쪽으로 내려서자 서성과 동습이 배를 몰아와 손권
을 맞아들였다. 그러나 이때 능통과 곡리는 장요의 대군과 맞서 힘
겨운 싸움을 하고 있었다. 그 소식을 들은 여몽과 감녕이 그들을 구
하려고 돌아섰지만 뜻 같지 못했다. 쫓기던 악진이 되돌아서서 오히
려 뒤를 덮쳐온 데다 이전이 또 길을 막고 들이쳐 오군은 태반이 꺾

여버렸다.

능통이 이끌고 있던 삼백여 기는 끝내 장요의 이천여 기에 에워싸여 모조리 죽음을 당하고 말았다. 오직 능통과 곡리만이 살아 있었으나 그들도 몸 여기저기를 창에 찔려 목숨이 위태로운 지경이었다. 겨우 에워싼 적병을 뚫고 소사교까지 달려갔다가 다리가 끊긴 걸 보고 물가를 따라 정신없이 달아났다.

배를 타고 있었던 손권은 능통이 피투성이가 되어 쫓기는 걸 보자 급히 동습에게 명했다.

"어서 배를 저편 물가에 대어라. 능통을 구해야 한다."

이에 동습은 위험을 무릅쓰고 배를 북쪽 물가에 대 능통과 곡리를 구했다. 그때쯤 하여 여몽과 감녕도 겨우 목숨만 건져 남쪽 언덕으로 돌아왔다.

조조 쪽의 대승리였다. 그 한판 싸움으로 강남 사람들은 모두 장요를 두려워하게 되었으며, 밤에 울던 아이도 장요의 이름만 들으면 울음을 뚝 그쳤다.

하지만 손권은 그만 일로 기가 꺾이지 않았다. 여러 장수들이 지켜 무사히 영채로 돌아간 손권은 능통과 곡리에게 큰 상을 내림과 아울러 군사를 유수로 물리고 새로운 싸움 준비로 들어갔다.

싸움배를 정돈하여 물과 뭍으로 다시 나가기로 의논을 정하는 한편, 사람을 강남으로 보내 다시 인마를 뽑아 그 싸움을 돕도록 했다.

손권이 유수에 자리 잡고 다시 크게 군사를 일으켜 쳐올라 오려 한다는 소문은 곧 장요에게도 전해졌다.

방금 싸움에 이긴 다음이긴 하나 장요는 은근히 겁이 났다. 아무래도 합비에 있는 적은 군사만으로는 손권이 마음 먹고 일으킨 대군을 막아낼 수 있을 성싶지 않았다. 이에 급히 조조에게 사람을 보내 합비의 위태로움을 알리고 구원을 청했다.

장요의 전갈을 받은 조조는 크게 놀랐다. 그러나 장졸들을 놀라게 하지 않으려고 시치미를 뗀 채 여럿을 불러놓고 물었다.

"이제 서천을 쳐서 빼앗아보는 게 어떻겠는가?"

마음은 이미 합비에 가 있으면서도 짐짓 해보는 소리였다. 유엽이 나서서 조조가 하고 싶은 말을 대신 해주었다.

"지금 촉 땅은 안정이 된 데다 이미 우리가 온 데 대한 준비도 갖추었을 것입니다. 서천을 쳐서는 아니 됩니다. 차라리 군사를 물려 합비를 구하고 강남을 노려보는 쪽이 낫겠습니다."

그러자 조조는 못 이긴 체 그 말을 따랐다. 하후연을 남겨 한중과 정군산(定軍山)의 좁은 길목을 지키게 하고, 장합은 몽두암(蒙頭岩)을 비롯한 다른 몇몇 길목을 맡게 한 뒤, 남은 장졸들은 모조리 남쪽으로 돌렸다.

이때 손권은 유수에서 합비를 칠 군마를 수습하느라 여념이 없었다. 새로 장정을 뽑고 말을 모아들이는데 문득 급한 전갈이 들어왔다.

"조조가 한중에서 사십만 대군을 이끌고 합비를 구하러 달려오고 있습니다."

손권은 모사들과 의논한 끝에 먼저 동습과 서성에게 큰 배 쉰 척을 끌고 유수로 드는 강 입구에 매복해 있게 하고 다시 진무는 군사를 이끌고 이편 강 언덕을 오락가락하며 순시를 보게 하도록 했다.

합비로 쳐나가려던 처음의 계획에 비해 많이 움츠러든 기세였다. 그게 못마땅했던지 장소가 일어나 말했다.

"이제 조조는 먼 길을 왔으니 반드시 그 날카로운 기세부터 먼저 꺾어놓아야 합니다."

손권이 그 말을 못 알아들을 리 없었다. 장소의 말을 받아들여 그 자리에서 바로 여럿을 돌아보며 물었다.

"방금 장자포(張子布)가 말한 대로 조조는 멀리서 왔소. 누가 앞장서 적을 깨뜨려 그 날카로운 기세를 꺾어놓겠소?"

"제가 나가보겠습니다."

능통이 얼른 일어나며 소리쳤다. 손권이 기뻐하며 물었다.

"군마는 어느 정도나 데려가겠는가?"

"삼천이면 넉넉할 것입니다."

그때 감녕이 나서서 능통을 비웃듯 말했다.

"백 기만 있으면 얼마든지 적을 깨뜨릴 수 있습니다. 뭣 때문에 삼천씩이나 데려간단 말입니까?"

드러내 놓고 능통을 업신여기는 소리였다. 그러지 않아도 감녕을 아비 죽인 원수로 여겨 속으로 이를 갈고 있던 능통이 그 소리를 듣고 참을 리가 없었다.

"싸움 마당에는 농지거리가 없는 법이다. 네 무엇을 믿고 그따위 큰소리냐?"

감녕도 지지 않고 마주 일어나며 소리쳤다.

"너같이 어린것이 어찌 싸움을 알겠느냐? 주공께서 백 기만 내려주신다면 네게 싸움은 어떻게 하는가를 보여주마."

저번에 능통이 칼을 빼들고 달려든 일로 틀어질 대로 틀어진 둘 사이였다. 손권의 눈앞이건만 금세라도 맞붙어 뒹굴 기세였다. 손권이 우선 능통을 편들어 둘의 싸움을 말렸다.

"조조의 군사가 세력이 크다 하니 가볍게 맞서서는 아니 될 것이오."

그러고는 능통에게 삼천 군마를 내려주며 말했다.

"그대는 지금 유수구를 나가 망을 보다가 조조의 군사들과 만나거든 바로 덮쳐 그 기세를 꺾어놓도록 하라."

손권이 제편을 들어주는 데 신이 난 능통은 곧 삼천 병마를 이끌고 유수의 진채로 떠났다. 얼마 가지 않아 자욱이 먼지가 일며 조조의 군사들이 몰려오는 게 보였다. 조조군의 선봉은 장요였다.

능통은 앞장서 말을 달려 장요와 어울렸다. 창칼이 부딪고 말과 말이 엇갈리기를 오십여 차례가 넘어도 승부가 가려지지 않자 그 소식을 들은 손권은 혹 나이 젊은 능통이 실수라도 할까 걱정이 되었다. 여몽을 불러 싸움터로 보내 능통을 영채로 데리고 오게 했다.

감녕은 능통이 이렇다 할 성과 없이 돌아온 것을 보고 곧 손권에게 나아가 말했다.

"오늘 밤 제가 백 명만 데리고 조조의 영채를 짓밟아보겠습니다. 만약 그 백 명 중에 한 사람만 잃는 일이 있어도 공으로 치지 않을 것이니 허락해주십시오."

앞서는 능통을 편들었지만, 감녕이 다시 그렇게 나오자 손권은 그 기세를 장하게 여겼다. 군사들 중에서 날래고 사나운 자들로만 백여 명을 뽑아 감녕에게 주고, 아울러 술 쉰 동이와 양고기 쉰 근을 내렸다.

자기 진채로 돌아온 감녕은 뽑혀 온 백 명의 용사를 줄지어 앉히고, 은으로 만든 그릇 가득 술을 따라 먼저 곱배기로 마신 뒤에 말했다.

"오늘 밤 우리는 주공의 명을 받들어 조조의 영채를 휩쓸어버릴 것이다. 모두 한 잔씩 가득 부어 마시고 힘을 다해 나아가자!"

그러나 군사들에게는 너무도 엄청난 소리였다. 겨우 백 명으로 조조의 수십만 대군이 진 치고 있는 데를 뛰어들겠다니 그것도 무리는 아니었다. 아무 대답도 없이 서로 서로 얼굴만 마주볼 뿐이었다.

감녕은 모든 군사들의 얼굴에서 그 일을 어렵다고 여기는 기색을 보자 칼을 뽑아들고 성난 소리로 꾸짖었다.

"나는 상장으로서도 목숨을 아끼지 않고 명을 받들려 하거늘, 너희가 어찌 감히 머뭇거리고 걱정하느냐!"

그러자 군사들도 마음을 다잡아 먹고 모두 자리에서 일어나 절하며 말했다.

"저희들도 죽을힘을 다하겠습니다. 부디 노여움을 풀어주십시오."

이에 감녕은 손권에게서 받은 술과 고기를 내어 그들 백 명의 용사와 더불어 먹고 마셨다. 술이 동이 나고 고기가 떨어졌을 때는 어느덧 어둠이 짙어 있었다. 감녕은 이경이 되기를 기다려 흰 거위털 백 개를 나누어주고 모든 군사들의 투구에 꽂아 서로를 알아보는 표지로 삼게 했다. 그리고 갑옷끈을 단단히 매게 한 뒤 말에 올라 조조의 진채로 짓쳐들었다.

감녕을 비롯한 백 명의 용사는 녹각을 뽑아젖히고 큰 고함 소리와 함께 진채로 뛰어들자마자 똑바로 조조가 있는 중군으로 몰려갔다. 하지만 중군이란 원래가 허술한 곳이 아니었다. 수레를 빙 둘러 세우고 그 틈틈에 인마가 들어앉아 지키니 마치 철통 같았다. 감녕을 비롯한 백 기는 그곳을 뚫지 못하고 닥치는 대로 좌충우돌할 뿐이었다.

그러나 한밤중에 갑작스레 밀어닥친 적이라 조조의 군사들은 놀라고 당황하지 않을 수 없었다. 적병의 수효가 적은지 많은지도 모르고 저희끼리 밟고 밟히며 어찌할 줄 몰랐다. 그 틈을 탄 감녕의 백 기는 진채 안을 가로세로 치달으며 조조의 군사들을 마음껏 찌르고 베었다.

조조의 진채는 그대로 수라장이 되었다. 영채마다 북소리가 요란하고 횃불은 별처럼 총총한데 이쪽 저쪽에서 지르는 함성은 천지를 뒤흔드는 것 같았다. 감녕은 한바탕 조조의 진채를 휩쓴 뒤에 남쪽 진문으로 빠져나갔다. 그 기세가 얼마나 거센지 아무도 그를 가로막지 못했다.

손권은 감녕이 걱정이 되어 주태로 하여금 한 갈래 군마를 이끌고 감녕이 돌아오는 것을 돕도록 했다. 이에 감녕을 비롯한 백 기는 유수로 유유히 빠져나갔으나 조조의 군사들은 매복이 있을까 봐 두려워 감히 뒤쫓지를 못했다.

감녕이 오병의 진채로 돌아와 헤어보니 과연 데리고 간 백 명은 한 사람도 줄어들지 않았다. 영문 근처에 이르러 감녕은 백 명의 용사들에게 말했다.

"지금도 북을 치고 피리를 불며 크게 함성을 질러라. 주공을 위해 만세를 불러라!"

백 명의 용사들이 이긴 기세를 더해 그 말을 따르니, 오군의 영채는 갑자기 승리의 함성으로 뒤흔들리는 듯했다. 손권이 몸소 영문까지 나와 그런 감녕을 맞아들였다. 감녕은 손권을 보자 말에서 내려 땅바닥에 엎드렸다. 손권은 감녕을 일으켜 두 손을 쓸어주며 말했다.

"장군의 이번 걸음은 늙은 역적의 간담을 서늘하게 만들기에 넉넉했소. 내가 장군을 말리지 않은 것은 바로 장군의 이 같은 배포를 보고자 함이었소!"

그러고는 비단 천 필과 좋은 쇠로 만든 칼 백 자루를 상으로 내렸다. 감녕은 그 상을 백 명의 용사들에게 골고루 나누어주고 자신은 아무것도 가지지 않았다. 손권은 그런 감녕을 보며 여러 장수들에게 말했다.

"조조에게는 장요가 있고 내게는 감흥패가 있다. 한번 맞붙어볼 만하지 아니한가!"

하지만 조조라고 가만히 당하고만 있지는 않았다. 다음 날 날이 새기 바쁘게 장요를 앞세워 손권에게 싸움을 걸어왔다.

지난밤 감녕이 공을 세우고 돌아온 걸 보고 심사가 틀어질 대로 틀어진 능통이 분연히 나섰다.

"이번에는 제가 나가 장요와 한번 싸워보겠습니다."

손권이 선뜻 허락하니 능통은 오천 군마를 이끌고 유수를 나섰다. 손권도 감녕과 더불어 멀찍이 따라가 능통이 싸우는 모습을 구경했다.

양군이 마주보며 둥글게 진을 치자 조조 쪽에서 장요가 말을 몰아 나왔다. 오른쪽에는 이전이, 왼쪽에는 악진이 따르고 있었다. 능통이 그런 장요를 향해 칼을 휘두르며 말을 달려 나갔다.

장요는 곁에 있던 악진을 내보내 자기 대신 능통을 맞게 했다. 이에 맞붙게 된 능통과 악진은 잠깐 사이에 쉰 합을 넘겼으나 얼른 승부가 나지 않았다.

능통과 악진이 싸운다는 말을 들은 조조도 몸소 말을 몰아 문기 아래로 나갔다. 조조가 보니 두 장수의 싸움은 이미 쉰 합이 넘었건만 아직 한창이었다. 쉽사리 승부가 나지 않을 것을 안 조조는 가만히 조휴를 불렀다.

"너는 몰래 능통을 쏘아 악진을 도와라. 이 싸움은 반드시 우리가 이겨야 한다."

전날 감녕이 이끈 백 기에 놀림을 당한 뒤라 그날은 어떻게든 이겨 보려고 짜낸 편법이었다.

조조의 명을 받은 조휴는 가만히 장요의 등 뒤로 가서 능통이 탄 말을 향해 활시위를 당겼다. 화살을 맞은 아픔을 이기지 못해 몸을 곧추세우자 능통은 그대로 땅바닥에 내동댕이쳐졌다.

악진은 그 좋은 때를 놓치지 않으려고 창을 꼬나들고 말에서 떨어진 능통을 덮쳐갔다. 그러나 악진의 창이 미처 능통을 찌르기 전에 갑자기 시위 소리가 나며 화살 한 대가 날아왔다. 화살은 그대로 악진의 얼굴에 꽂혀 악진은 외마디 소리와 함께 말에서 굴러떨어졌다.

그 광경을 본 양편의 군사들이 일제히 달려 나가 각기 저희 장수를 구해 돌아갔다. 그렇게 되니 어느 쪽도 더 싸울 마음이 없었다. 곧 징을 울려 군사를 거둬들였다.

위급한 지경에 빠졌다가 겨우 구함을 받아 본채로 돌아간 능통은 손권 앞에 엎드려 고마움을 나타냈다. 손권이 가만히 손을 저으며 말했다.

"내게 고마워할 건 없네. 활을 쏘아 그대를 구해준 것은 바로 감녕일세."

그제서야 능통도 자기를 구해준 것이 누군 줄 알았다. 사내답게 감녕 앞에 가서 머리를 숙이며 감사했다.

"공이 이 같은 은혜를 드리워주실 줄은 몰랐소이다. 길이 잊지 않겠소."

그리고는 그날부터 감녕과 더불어 생사를 함께하는 벗이 되어 다시는 변하지 않았다. 손권의 오랜 골칫거리 하나가 절로 해결된 셈이었다.

한편 조조는 악진이 화살에 맞는 것을 보고 크게 걱정이 되었다. 몸소 악진이 누운 장막을 찾아가 그 치료를 돌아보고 악진을 위로했다. 그리고 마치 그의 원수를 갚아주려는 듯이나 다음 날로 대군을 움직여 유수로 밀고 나갔다.

조조는 대군을 다섯 길로 나누고 스스로는 가운데 길을 맡았다. 왼쪽 한 길은 장요에게 맡기고 그 다른 길은 이전에게 맡겼으며, 오른쪽 한 길은 서황을 앞세우고 그 다른 길은 방덕을 세웠다. 그리고 각 길마다 일만의 군사를 주어 강변을 따라 유수로 짓쳐가도록 했다.

이때 오(吳)의 서성과 동습은 배 위에서 조조군의 움직임을 살피고 있었다. 조조가 대군을 다섯 길로 나누어 밀고 내려오는데 기세가 여간 드세지 않았다. 그걸 보는 군사들의 얼굴에 한결같이 두려운 빛이 떠오르자 서성이 말했다.

"주군의 녹을 먹었으니 주군을 충성으로 섬길 뿐이다. 두려워할 게 무엇이란 말이냐?"

그러고는 용맹스런 군사 수백 명을 데리고 작은 배를 내어 강을 건넌 뒤 이전이 이끄는 군사들을 덮쳤다.

배에 남은 동습은 군사들에게 영을 내려 북을 치고 함성을 지르게 하며 멀리서나마 서성의 기세를 돋우어주었다. 그런데 그때 홀연 바람이 크게 일기 시작했다. 물결은 희게 부서지고 파도는 거세기 짝이 없어 동습이 타고 있던 큰 배도 뒤집힐 것만 같았다.

그걸 본 군사들이 다투어 배에서 내려 목숨을 건지려 했다. 동습이 칼을 빼들고 크게 소리쳤다.

"너희들은 주군의 명을 받들어 여기서 역적들을 막고 있다. 어찌 감히 배를 버리고 갈 수 있느냐?"

그러고는 배에서 내리려는 군사 여남은 명을 선 채로 목 베 죽였다. 그 충성은 갸륵했으나 동습도 자연의 위세 앞에는 어찌하는 수가 없었다. 더욱 거세진 바람은 눈깜짝할 사이에 큰 배를 뒤집어, 마침내 동습은 강 어귀의 깊은 물속에 빠져 죽고 말았다.

그때까지도 서성은 이전의 군사들 사이를 이리저리 내달으며 싸우고 있었다. 그 싸움 소리를 들은 오의 진무는 드디어 조조의 대군이 이른 줄 알았다. 급히 한 갈래 군사를 내어 그쪽으로 달려가다 조조의 장수 방덕과 맞닥뜨렸다. 거기서 양군 사이에 다시 한바탕 싸움이 벌어졌다.

한편 손권은 아직도 유수의 둑에 있는 진채에 머물러 있었다. 멀리서 싸우는 것 같은 소리가 들려 궁금히 여기고 있는데 문득 군사 하나가 달려와 알렸다.

"조조가 대군을 몰아 이리로 밀고 들어오고 있습니다."

그 말을 들은 손권은 주태와 더불어 몸소 군사를 이끌고 싸움을 도우려 달려 나왔다. 얼마 가지 않아 서성이 이전의 군사들에게 둘러싸여 이리 치고 저리 베며 싸우는 게 보였다.

"모두 서성을 구하라!"

손권이 그렇게 소리치며 앞장서서 그 싸움판으로 뛰어들었다. 젊은 혈기에 휩쓸려 앞뒤 살피지도 않고 움직인 게 탈이었다. 갑자기 장요와 서황이 각기 한 갈래 군사를 이끌고 달려와 그런 손권을 에워쌌다. 원래 있던 이전의 군사에다 다시 장요와 서황의 군사가 덮치니 손권은 어느덧 적진 한가운데에 갇히고 말았다.

이때 조조는 높은 강언덕에서 싸움터를 내려보고 있었다. 손권이 자기편 군사 한가운데 갇혀 있는 걸 보자 얼른 허저를 불렀다.

"그대는 어서 저쪽으로 가 손권의 군사들을 두 토막으로 갈라놓도록 하라. 서로서로 구할 수 없도록 완전히 갈라놓아야 한다!"

명을 받은 허저는 큰 칼을 휘두르며 싸움판 가운데로 뛰어들었다. 그리고 무쪽 가르듯 손권의 군사를 두 토막으로 갈라놓으니 손권은 더욱 어려운 지경에 빠졌다.

한편 손권과 함께 적진에 갇혔다가 간신히 몸을 빼낸 주태는 강변으로 달려갔으나 정신을 차려보니 주군인 손권이 없었다. 다시 말머리를 돌려 겨우 빠져나온 적진 속으로 뛰어들었다.

"주공은 어디 계시냐?"

이리저리 손권을 찾아 헤매던 주태가 낯익은 졸개 하나를 붙들고
물었다. 조조의 군사들에 쫓기던 그 군사가 겨우 정신을 차려 손가
락으로 한쪽을 가리켰다. 유난히 적병이 두텁게 에워싸고 있는 곳이
었다.

　"주공께서는 저기 계십니다만 지금 몹시 위급하십니다!"

　그러자 주태는 온몸을 내던지듯 그쪽으로 뛰어들었다. 오래 찾아
헤맬 것도 없이 손권을 찾아낸 주태가 소리쳤다.

　"주공께서는 저를 따라 나오십시오. 제가 길을 열겠습니다."

　허둥지둥 몰리고 있던 손권은 그런 주태가 지옥에서 부처를 만난
것만큼이나 반가웠다. 얼른 앞을 가로막는 적병을 베고 주태를 뒤따
랐다. 주태는 앞서 길을 열고 손권은 뒤를 막으면서 둘은 있는 힘을
다해 에움을 뚫고 나갔다.

　워낙 빽빽한 적병 사이라 둘 다 옆도 뒤도 살필 틈이 없었다. 그럭
저럭 강변에 이른 주태가 그제서야 겨우 한숨을 돌리고 뒤를 돌아보
았다. 그러나 뒤따라오는 줄 알았던 손권이 보이지 아니했다. 놀란
주태는 다시 몸을 뒤집듯 되돌아서서 적진 속으로 뛰어들었다. 겨우
손권을 찾아 그리로 달려가니 손권이 죽는 소리를 했다.

　"에움에서 벗어나면 활과 쇠뇌를 한꺼번에 쏘아대니 도무지 빠져
나갈 수가 없소. 어찌하면 좋겠소?"

　"그럼 이번에는 주공께서 앞장을 서십시오. 제가 뒤에서 따라가면
서 막으면 적진을 벗어날 수 있을 것입니다."

　주태가 그렇게 권했다. 자신이 방패가 되어 손권의 등 뒤를 막아
서겠다는 것이었으나, 다급한 손권은 사양할 틈도 없이 그 말에 따

랐다. 손권이 말을 박차 앞서고 주태는 뒤를 따르며 다시 적병을 헤치고 나가기 시작했다.

손권은 앞만 바라보며 나가면 됐지만 주태는 뒤와 옆을 함께 막아야 했다. 거기다가 적병들도 손권을 놓치지 않으려고 악착같이 덤벼들었다.

주태의 몸은 서너 군데나 창에 찔리고 두꺼운 갑옷을 뚫고 들어온 화살에 이곳 저곳을 상했다. 그러나 워낙 성난 범같이 날뛰며 뒤를 막아 손권을 그럭저럭 구해낼 수 있었다.

주태가 손권을 데리고 강가로 갔을 때 마침 여몽이 한 갈래 수군을 이끌고 그곳에 이르러 그들을 배 위로 맞아들였다. 손권이 허탈한 목소리로 푸념하듯 말했다.

"나는 주태가 세 번이나 적진에 뛰어들어 구해준 덕분에 겨우 빠져나올 수 있었으나, 서성이 아직 적 한가운데 갇혀 있으니 어떻게 한단 말인가!"

그 말을 들은 주태가 피투성이가 된 몸을 일으키며 소리쳤다.

"제가 다시 한번 가서 서성을 구해오겠습니다!"

그러고는 손권이 말릴 틈도 없이 바람개비 돌리듯 창을 휘두르며 다시 적진 속으로 뛰어들었다. 잠시 후에 주태는 정말로 서성을 구해 가지고 강가로 나왔다. 그러나 그때는 두 장수가 모두 몸에 무거운 상처를 입고 있었다.

"활을 쏘아라!"

여몽이 배 위의 군사들에게 그렇게 영을 내려 뒤쫓는 적병들을 물리치고 두 장수를 배로 맞아들였다.

하지만 그날 싸움에 나섰던 손권의 또 다른 장수 진무(陳武)는 끝내 무사하지 못했다. 서성이 싸우는 소리를 듣고 달려 나갔다가 방덕과 마주친 진무는 방덕과 한바탕 볼만한 싸움을 벌였으나, 뒤를 받쳐주는 우군이 없어 차차 밀리게 되었다.

방덕에게 쫓긴 진무가 어느 작은 골짜기 어귀에 이르렀을 때였다. 나무와 숲이 빽빽한 걸 보고 진무는 다시 한번 싸울 양으로 몸을 돌렸다. 그러나 진무의 명이 다했는지, 갑자기 전포의 소매가 나뭇가지에 걸려 덮쳐오는 방덕의 칼을 막아내지 못하고 죽음을 당하고 말았다.

한편 손권이 에움을 뚫고 나가는 것을 본 조조는 몸소 앞장서서 군사를 몰고 그 뒤를 쫓았다. 조조가 강가에 이르니 손권은 물론 주태와 서성도 배에 오른 뒤였다. 다 잡은 손권을 눈앞에서 놓치게 된 조조가 발을 구르며 소리쳤다.

"활을 쏘아라. 결코 손권을 저대로 살려 보내서는 아니 된다!"

그러자 조조의 군사들은 여몽의 배를 향해 일제히 화살을 날렸다. 워낙 많은 군사가 쏘는 활이라 화살이 비 오듯 손권의 머리 위로 쏟아졌다. 그러나 이때 여몽 쪽은 이미 화살이 다한 뒤였다. 조금 전 주태와 서성을 구하느라 모두 써버린 까닭이었다.

여몽이 당황해 어찌할 줄 몰라하고 있는데 그때 갑자기 강물 위로 수십 척의 배가 몰려오는 게 보였다. 앞선 뱃머리에 서 있는 장수를 보니 다름 아닌 육손(陸遜)이었다.

육손은 오군 오 땅 사람으로 자는 백언(伯言)이라 썼다. 그 집안은 대대로 강동의 대족(大族)이었으나 육손은 어려서 고아가 되어 종조

부인 육강(陸康) 손에서 자랐다.

나이 스물하나에 손권 밑에서 벼슬살이를 시작하여, 이곳저곳을 돌아다니며 여러 가지로 공을 세웠다. 치민(治民)에 능하여 피폐한 고을을 다시 일으키는가 하면, 회계산의 도둑 반림(潘臨)이며 파양호의 수적 우돌(尤突) 등을 무찔러 싸움에도 능함을 보여주었다.

이에 손권은 육손에게 형 손책의 딸을 시집 보내 인척으로 받아들이고, 아직도 도적들이 들끓는 고을로 내려보내 민심을 안정시키게 했다. 이번에도 육손이 늦게 이른 것은 그가 맡은 고을이 육구에서 멀리 떨어진 땅이었기 때문이었다. 하지만 매사에 침착하고 준비성 있는 그답게 이끌고 온 군사는 손권이 거느리고 있는 것보다 훨씬 많은 십만이었다.

육손이 데리고 온 대군이 일제히 조조의 군사들에게 화살을 퍼부어대니 조조는 우선 그 기세에 눌렸다. 조조가 급히 군사를 물리치자 육손은 승세를 타고 강 언덕에 배를 대 조조군을 뒤쫓았다.

그렇게 되자 싸움의 형국은 완전히 뒤바뀌고 말았다. 그때까지 쫓기던 오병은 조조군을 뒤쫓으며 마음껏 죽이고 싸움말 수천 필을 다시 빼앗았다. 조조는 헤아릴 수 없을 만큼 많은 군사를 잃고 본채로 쫓겨가니 실로 뜻밖의 대패였다.

하지만 진 싸움을 뒤집기는 했어도 손권은 기뻐할 수만은 없었다. 어지럽게 싸우는 중에 방덕에게 죽은 진무의 시체를 찾아냈을 뿐만 아니라 동습이 또 물에 빠져 죽은 걸 알게 되었다.

손권은 슬퍼해 마지않으며 사람을 물속에 풀어 동습의 시신을 찾게 했다. 그리고 진무의 시신과 함께 정성들여 염한 뒤 후하게 장사 지내주었다.

죽은 자를 장사 지낸 다음은 산 자의 위로와 포상이었다. 손권은 크게 잔치를 열어 주태가 목숨을 돌보지 않고 자기를 구해준 공을 기렸다. 손수 잔을 쳐 주태에게 권하고 그 등을 쓸어주며 눈물 가득한 얼굴로 말했다.

"경은 두 번씩이나 목숨을 아끼지 않고 나를 구하느라 창에 찔리기 수십 번, 살껍질이 마치 창날로 그림을 새긴 듯하구려. 내 또한 경을 어찌 부모형제의 정으로 대하지 않을 수 있겠소? 이제 경에게 병마의 무거운 일을 맡기고자 하니 부디 물리치지 마시오. 경은 나의 공신이라 마땅히 이 몸과 더불어 영화와 욕됨을 같이하고 기쁨과 슬픔을 함께 나눠야 할 것이오."

그런 다음 주태에게 옷을 벗게 하고 그 몸을 모든 장수에게 보이게 했다. 안팎 가죽과 살이 칼로 도린 듯, 몸 한 구석도 성한 곳이 없었다. 손권은 그 상처를 하나하나 짚어가며 물었다.

"이곳은 어쩌다 이리 되었소? 또 이곳은 어디서 상했소?"

주태는 그 물음에 싸움터에서 있었던 일들을 아는 대로 모두 말해주었다. 손권이 그때마다 술을 권하니 주태는 결국 상처 하나마다 한 잔씩 마신 셈이라 몹시 취했다. 손권은 그래도 마음이 차지 않았다. 자신이 받고 다니던 푸른 비단으로 지은 일산을 주태에게 주며 말했다.

"경은 이제부터 어디를 가든지 일산을 받쳐 쓰도록 하시오. 경의 공을 돋보이고 빛나게 하고자 함이니 결코 내 작은 정성을 저버려서는 아니 되오."

한편으로는 자신의 깊은 고마움의 뜻을 드러내면서도 다른 한편으로는 다스리는 자의 책략을 곁들인 별난 상이었다. 주태가 손권이나 쓸 수 있는 일산을 받쳐 쓰고 거리를 다니는 것을 보고 다른 장수들도 분발해주기를 은근히 노린 것으로 볼 수도 있기 때문이다.

손권이 유수에서 인마를 정돈하며 움직이지 않으니 조조도 쉽게 다루기가 어려웠다. 원래 유수는 오직 조조를 막기 위해 여러 가지 설비를 한 곳이라 지키기는 쉬워도 빼앗기는 쉽지가 않은 탓이었다. 하지만 손권 또한 조조의 대군을 이길 수는 없어 양군이 맞선 지 한 달이 넘어도 얼른 결판이 나지 않았다.

일이 돌아가는 형편을 가만히 지켜보고 있던 장소와 고옹이 손권에게 권했다.

"조조는 이끌고 온 세력이 커서 힘으로는 당장 이겨내기 어려울 듯합니다. 그렇다고 싸움을 끌어봤자 군사들만 더 많이 상하게 될 뿐이니 차라리 화친을 하시지요. 싸움을 그치고 돌아가 백성들이나 돌보는 게 가장 나을 듯싶습니다."

손권도 가만히 헤아려보니 그 수밖에 없을 것 같았다. 곧 그들의 말을 따라 보질(步騭)을 조조에게로 보냈다. 해마다 조공을 드릴 것이니 이만 싸움을 그치자는 자신의 뜻을 전하게 하기 위함이었다. 얼핏 보면 항복에 가까운 것으로 보일 수도 있으나 조공은 천자에게 바치는 것이라 아직 왕호조차 쓰지 않는 손권에게는 그리 욕될 것도 없었다.

약간 세력이 낮다고는 해도 조조 또한 그 싸움을 군이 고집해야 할 까닭이 없었다. 아직 자기의 힘으로는 강남을 통째로 삼켜버리기는 어렵다는 걸 알고 있었기 때문이었다. 거기다가 손권 쪽에서 조공이라는 명분까지 세워주자 못 이긴 체 받아들였다.

"동오에서 먼저 인마를 물리도록 하라 이르라. 나는 그런 다음에야 군사를 물려 허도로 돌아가리라."

그렇게 보질에게 말해 보냈다. 보질이 돌아와 그 같은 조조의 말을 전하자 손권은 곧 거기에 따랐다. 장흠과 주태를 남겨 유수구를 지키게 하고 자신은 나머지 군사들과 더불어 배에 올라 말릉으로 돌아갔다.

손권이 돌아갔다는 말을 들은 조조도 군사를 돌렸다. 장요와 조인을 합비에 남겨 손권이 다시 오는 것에 대비케 하고 자신은 나머지 장졸들과 더불어 허도로 돌아갔다.

그런데 이 화려하면서도 처절하기 짝이 없는 싸움은 정사를 더듬어보면 대개 세 번의 싸움을 뒤섞어 얽은 것 같다. 곧 건안 십팔년에서 이십일년까지 유수구를 중심으로 벌어진 손권과 조조 간의 세 번에 걸친 격돌이 그것이다.

따라서 사실과 다른 구성도 그 어느 때보다 잦다. 이를테면 주태의 활약은 손책이 살아 있을 때의 일을 끌어다 쓴 것 같고, 진무는 방덕에게 죽은 것이 아니라 장요에게 죽었다. 능통과 감녕의 화해도 『연의』를 지은 이가 끼워넣은 허구이며, 보질이 강화를 청하러 간 적도 없다. 읽는 이의 흥을 깨는 일이 될지도 모르지만, 그래도 혹 혼동될까 두려워 참고로 덧붙인다.

왕자와 술사들

조조가 허창으로 돌아가자 다시 그를 위왕(魏王)으로 받들어야 한 다는 의논이 조정의 벼슬아치들 사이에 일었다. 넓은 한중 땅을 새 로 얻은 데다 싸움은 이기지 못해도 강동 손권에게서 조공까지 받게 되어 그의 위세가 더욱 높아진 까닭에 높고 낮고를 가리지 않고 거 의 모든 벼슬아치가 다 나선 의논이었다.

그러나 이번에도 반대하는 사람은 있었다. 상서 최염이 힘을 다해 그 일이 옳지 않음을 외치고 나섰다. 그를 달래다 안 된 벼슬아치들 이 지난 일을 들어 슬며시 겁을 줘보았다.

"그대는 순문약(荀文若)의 일을 모르시오?"

그러자 최염이 벌컥 성을 내며 소리쳤다.

"모든 일은 다 때가 있는 법이다! 그대들이 굳이 그 일을 하겠다면 마음대로 하라. 반드시 좋지 못한 일이 생길 것이다."

워낙 인품이 곧고 학문이 깊은 그가 그렇게 뻗대니 다른 사람들도 당장은 어쩌는 수가 없었다. 잠시 의논을 멈추고 세상 돌아가는 형편만 살폈다.

그런데 그날 그 자리에 최염과 사이가 나쁜 벼슬아치 하나가 끼여 있어 그 일을 조조에게 일러바쳤다. 첫 번째는 순욱이 방해하더니 이번에는 또 최염이 나서서 반대한다는 말을 듣자 조조는 크게 노했다. 곧 영을 내려 최염을 잡아 가두고 그 까닭을 따져보게 했다.

최염은 이미 한나라 충신으로 죽기를 결심한 것 같았다. 호랑이 같은 눈을 부릅뜨고 용틀임같이 구불구불한 수염을 떨며 따져 묻는 정위를 꾸짖었다.

"네놈은 조조가 임금을 속이는 간적임을 몰라서 묻느냐?"

그 말을 전해 들은 조조는 더 참지 못했다. 원소를 멸망시키고 기주에서 처음 그를 얻을 때부터 두텁게 대접해온 사람이라 더욱 그랬는지도 모를 일이었다. 사람을 보내 옥중에서 최염을 때려 죽여버렸다.

최염까지 그렇게 끔찍한 죽음을 당하자 이제는 아무도 말릴 사람이 없었다.

건안 이십이년 여름 오월, 조정의 모든 벼슬아치들은 천자께 표문을 올렸다. 위공(魏公) 조조는 그 공덕이 옛적의 이윤이나 주공도 따르지 못할 만큼 크니 마땅히 위왕으로 올려 세워야 한다는 내용이었다.

허수아비 천자가 무슨 수로 그걸 마다하겠는가. 곧 글 잘 쓰는 종요(鍾繇)에게 명을 내려 조서를 짓게 하고 조조를 위왕으로 세우도록 했다. 조조는 짐짓 세 번이나 사양하다가 그 세 번 모두 허락되지 않고 다시 조서가 내리기를 기다려 마침내 위왕의 작위를 받았다.

열두 줄 면류관에 여섯 마리 말이 끄는 황금 수레를 타고 천자가 쓰는 의장(儀仗)을 그대로 쓰는 조조의 행차는 참으로 볼만했다. 나가면 모두가 그 화려함에 놀라고 돌아오면 그 위엄에 급히 길을 치웠다.

조조는 업군에 위왕의 궁궐을 짓고 세자를 세울 일을 의논했다. 조조의 본처 정부인(丁夫人)은 자식이 없었고, 첩 유씨(劉氏)에게서 맏아들 앙(昻)을 보아 정부인에게 아들 삼게 하였으나 장수(張繡)와 싸울 때 죽어, 그때 남은 것은 첩 변씨(卞氏)가 낳은 아들 넷뿐이었다. 맏이가 비(丕)요, 둘째는 창(彰)이며, 셋째는 식(植)이요, 넷째는 웅(熊)이었다.

이에 조조는 자식 없는 정부인을 내쫓고 변씨를 높여 왕비로 세웠다. 그러나 세자를 세우는 일은 곧 쉽지가 않았다. 조조는 셋째 아들 식을 매우 사랑하여 그를 세자로 세우고 싶었다. 조식은 자를 자건(子建)이라 하며 매우 총명했고 글을 잘했다. 붓만 들면 바로 문장이 된다 할 정도로, 뒷날에는 '건안칠자(建安七子)'의 하나로 기림을 받았다.

맏아들 조비는 아우에게 세자 자리를 뺏길까 겁이 났다. 어느 날 가만히 중대부 가후(賈詡)를 찾아가 계책을 물었다. 몇 번이나 주인을 바꾸어가면서도 품위를 잃지 않고 영달을 누리는 난세의 모사답게 가후는 이내 조비가 해야 할 일들을 자세히 일러주었다. 가후로 보면 다음 시대의 주인 될 사람에게까지 미리 질긴 줄을 댄 셈이었다.

조비는 가후의 가르침에 충실했다. 조조가 멀리 싸움을 나가게 되면 여러 아들이 모두 배웅을 했는데, 그때 조식은 언제나 말과 글로 아비의 공덕을 추키고 자식의 정을 드러냈다.

조비도 결코 글에 어두운 사람은 아니었다. 그러나 가후를 만난 뒤로부터 말과 글로 조식과 다투는 대신 행동으로 정성과 진정을 나타내려 애썼다. 조조가 어려운 싸움을 떠날 때마다 눈물을 흘리며 절하고 배웅하니 보는 이가 다 그 효성이 지극함에 감동할 정도였다.

조조도 마침내는 식이 글재주만 있을 뿐 정성된 마음은 비에 미치지 못하는 게 아닌가 의심하게 되었다.

거기다가 조비는 또 아버지를 가까이서 모시는 사람들을 몰래 매수했다. 금은을 아끼지 않고 그들을 구워삶으니 소금 먹은 놈이 물 켠다고 그 효과는 어김없었다. 그들은 기회 있을 때마다 조조에게 조비의 깊은 덕을 칭송했다.

그렇게 되자 조조도 차차 마음이 흔들리기 시작했다. 마음은 아직도 식에게 기울어져 있지만 한편으로는 비도 버리기에는 아까웠다. 이에 망설이던 조조는 가후를 불러 조용히 물었다.

"나도 이제 뒤를 이을 사람을 정해야 되겠는데 누구를 세웠으면 좋겠나?"

그러나 능구렁이 같은 가후는 얼른 대답을 하지 않았다. 혼자 급해진 조조가 다그쳤다.

"그대는 왜 대답을 않는가?"

"방금 무얼 좀 생각하느라 미처 대답을 못했습니다."

가후가 이제 막 정신이 들었다는 듯이 능청스레 대답했다.

"무슨 생각을 그토록 골똘히 했는가?"

조조가 다시 물었다. 그래도 가후는 여전히 지나가는 말처럼 대꾸했다.

"아, 그저 원소와 유표가 제 자리를 이을 자식을 고르던 일을 잠깐 생각해봤을 뿐입니다."

하지만 그거야말로 조비에게는 자신을 세자로 세우라는 천 마디 권유보다 더 큰 힘이 되었다. 원소나 유표가 그토록 어이없이 무너진 것은 바로 후사로 맏아들을 세우지 않아 생긴 골육 간의 싸움 때문이 아니었던가.

"그대도 어지간하구나. 다음부터는 말을 바로 하라."

조조는 그렇게 말하며 껄껄 웃은 뒤 마침내 맏아들 비를 왕세자로 세웠다.

그해 시월이 되자 조조가 살 왕궁이 다 세워졌다. 조조는 사람을 뽑아 여기저기로 보내 진기한 꽃과 낯선 과일나무들을 구해오게 했다. 궁성 뒤뜰에 심기 위함이었다.

그들 가운데는 동오로 간 사람도 있었다. 손권을 찾아보고 위왕 조조의 뜻을 전하고, 다시 온주로 가서 조조가 즐기는 그곳의 귤을 가져가려 했다.

이때 손권은 조조의 눈치를 보며 비위를 맞추려고 애쓰고 있었다. 조조가 보낸 사람이 온주의 귤을 가져가려 한다는 소문을 듣고 그곳에 영을 내려 큰 귤만 마흔 짐을 고르게 했다. 그리고 일꾼을 시켜 밤낮을 가리지 않고 업군으로 져 나르도록 했다.

그런데 그 도중 지친 일꾼들이 어떤 산자락에 짐을 벗어놓고 쉬고 있을 때였다. 애꾸눈에 한 다리를 저는 어떤 늙은이가 등나무를 찢어 만든 흰 관에 푸른 옷을 입고 나타나 말했다.

"보아하니 그대들은 모두 짐 지기가 힘드는 모양이구나. 이 시원찮은 도인(道人)이 모두 대신 져줄까 하는데 그대들 생각은 어떤가?"

그러자 일꾼들은 모두 기뻐하며 짐을 벗어주었다. 그 늙은이는 한 사람마다 오 리씩 짐을 대신해 져주었다. 그렇게도 무겁던 짐이 늙은이에게는 가볍기 그지없어 보였다. 참으로 이상한 일이 아닐 수 없었다.

"빈도는 위왕의 고향 친구로 이름은 좌자(左慈)에 자는 원방(元放)이요 도호는 오각선생(烏角先生)이라 하오. 업군에 이르거든 위왕에게 좌자를 만났더란 얘기를 해주시오."

떠날 무렵 하여 그 늙은이는 일꾼들을 거느리고 벼슬아치에게 그렇게 자신의 이름을 밝히고는 소매를 떨치며 가버렸다.

그 벼슬아치는 그런 좌자의 갑작스런 나타남과 사라짐이 까닭없이 마음에 걸렸지만 달리 이렇다 할 변고가 없어 고개만 기웃하며 좌자를 보냈다.

그럭저럭 업군에 이른 일꾼들은 지고 온 귤을 조조에게 바쳤다. 조조는 그게 멀리 강남에서 손권이 구해 바친 것이라는 데 더욱 흡족해 몸소 상자를 열고 귤을 집어 껍질을 벗겼다. 그런데 이게 어찌된 일인가. 귤은 껍질뿐이고 속살이 하나도 없었다. 조조는 급히 다른 귤을 벗겨 보았다. 역시 마찬가지였다.

깜짝 놀란 조조는 귤을 가져온 벼슬아치를 불러 까닭을 물어보았다. 한참을 어리둥절해하던 그 벼슬아치가 이윽고 머뭇머뭇 대답했다.

"달리 이상한 일은 없고 다만 도중에 만난 좌자라는 늙은이가 마음에 걸립니다."

그리고 좌자의 일을 모두 얘기했다. 그 좌자가 무슨 재간을 부린 것 같다는 얘기였지만 조조는 아무래도 믿을 수가 없었다. 그 벼슬아치가 급한 김에 둘러대는 말이 아닌가 싶어 이것저것 캐묻고 있는데 갑자기 사람이 와서 알렸다.

"좌자선생이라는 사람이 대왕(大王)을 뵙기를 청합니다."

마침 그의 얘기를 하던 중이라 조조는 얼른 좌자를 불러들이게 했다. 좌자가 들어오는 걸 보고 그 벼슬아치가 말했다.

"바로 저 사람이 도중에 본 그 늙은이입니다."

그 말에 조조가 언짢은 얼굴로 좌자를 꾸짖었다.

"너는 어떤 요망스런 술수를 부렸기에 이 좋은 과일에 속이 하나도 없어졌느냐."

"그게 무슨 말씀입니까? 제가 한번 보지요."

좌자가 빙긋 웃으며 귤 하나를 집어 껍질을 벗겼다. 안에는 탐스런 속살이 들어차 있는데 보기만 해도 달고 시원했다. 놀란 조조가 다시 손수 귤을 집어서 까보았다. 그러나 역시 빈 껍질뿐이었다. 몇 개를 번갈아가며 귤 껍질을 벗겼으나 좌자의 귤에는 먹음직한 과육이 들어 있어도 조조가 깐 것은 빈 껍질뿐이었다.

그제서야 조조는 좌자가 예사 인물이 아니란 걸 알아차렸다. 좌자

왕자와 술사들

에게 자리를 내어주고 찾아온 까닭을 물었다. 그러나 좌자는 거기에
는 대답을 않고 술과 고기만 청했다.

"술과 고기를 내오너라."

조조는 그 방자한 태도가 별로 달갑지 않으면서도 마지못해 그렇
게 영을 내렸다.

좌자는 걸신들린 사람처럼 먹고 마시는데 잠깐 사이에 술 닷 말
과 양 한 마리를 먹어치웠다. 실로 엄청난 양이었다. 조조가 다시 놀
라 물었다.

"그대는 어떤 술법을 배웠기에 이토록 놀라운 재간을 부리게 되
었는가?"

그제서야 좌자가 입을 열었다.

"빈도는 서천 가릉 아미산(峨嵋山) 속에서 삼십 년이나 도를 닦았
소이다. 그런데 어느 날 문득 바위벽 속에서 내 이름을 부르는 소리
가 들렸소. 놀라 그쪽을 보았으나 아무것도 보이지 않았는데, 그런
일은 그로부터 며칠이나 거듭되었소이다. 그러다가 어느 날 갑자기
하늘에서 벼락이 떨어져 바위를 쪼개자 천서 세 권이 나왔소.『둔갑
천서(遁甲天書)』라는 책으로 상권은「천둔(天遁)」이라 이름했고, 중
권은「지둔(地遁)」, 하권은「인둔(人遁)」이라 했소. 천둔이란 구름을
딛고 바람을 타 태허(太虛)로 날아오를 수 있게 하는 술법이요, 지둔
은 산을 뚫고 돌을 쪼개며 거칠 것 없이 몸을 옮기는 술법이며, 인둔
은 세상을 구름처럼 떠돌며 마음대로 몸의 형상을 바꿀 뿐만 아니라
검을 날리며 사람의 목을 주머니의 물건 꺼내듯 잘라올 수 있는 술
법이오. 이제 대왕께서는 사람으로서는 더 높아질 수 없을 만큼 높

354

아졌으니 이만 물러나 나와 함께 아미산으로 드시는 게 어떻겠소? 가서 도를 닦으시겠다면 내 반드시 그 세 권의 천서를 모두 대왕께 전해드리겠소이다."

말하자면 왕노릇 그만하고 자기 제자나 되라는 뜻이었다. 조조는 고까운 마음이 들었으나 억지로 참고 좋은 말로 받았다.

"나 역시도 오래전부터 물러날 생각을 해왔지만 쉽지 않았다. 조정이 아직 나를 대신할 만한 사람을 얻지 못했는데 어떻게 버려두고 떠나겠는가?"

그러자 좌자가 껄껄 웃으며 빈정거렸다.

"익주의 유현덕은 제실의 종친일 뿐 아니라 덕망 높은 이라 들었소. 왜 그분에게 대왕의 자리를 내주지 않으시오? 만약 그렇게 하지 않으면 빈도가 칼을 날려 그대의 머리를 베어버리고 말겠소."

어지간히 참아내던 조조도 좌자가 그렇게까지 나오자 가만있지 못했다. 벌떡 몸을 일으키며 성난 소리로 꾸짖었다.

"이제 보니 네놈은 바로 유비가 보낸 세작이로구나!"

그러고는 곁에 있는 무사들을 시켜 좌자를 묶게 했다. 좌자는 껄껄 웃기만 할 뿐 그대로 무사들에게 몸을 맡겨두었다. 조조는 옥졸들을 시켜 그런 좌자를 고문하게 했다. 수십 명의 옥졸들이 좌자를 묶어 놓고 모진 매질을 하기 시작했다. 그러나 한창 매질을 하다 보니 좌자는 코를 골며 자고 있었다. 그 모진 매질이 조금도 아프지 않은 것 같았다.

그걸 본 조조는 더욱 성이 났다. 다른 날 방도를 내어 좌자를 다스릴 작정으로 목에는 큰 칼을 씌우고 온몸은 쇠사슬로 동여 옥에 내렸다. 하지만 그것도 소용이 없었다. 얼마 뒤 조조가 옥에 가서 보니 목에 씌웠던 칼이며 차꼬와 사슬은 모두 풀어져 흩어져 있고 좌자는 땅에 누워 자고 있는데 역시 조금도 상한 곳이 없었다.

이에 조조는 다시 먹을 것을 끊어보았다. 일곱 날이나 가두어놓고 물 한 방울 주지 않았으나 이번에도 아무런 효과가 없었다. 땅바닥에 단정히 앉아 있는 좌자의 뺨에는 오히려 전보다 더 윤기와 홍조가 흘렀다.

감옥을 지키던 군사로부터 그 말을 전해 들은 조조는 좌자를 끌어내 물었다.

"네놈은 무슨 요망한 술법을 부려 먹지 않고도 배겨날 수 있느냐?"

"나는 수십 년을 먹지 않아도 견뎌내고, 하루에 천 마리 양을 잡아온다 해도 다 먹을 수 있소."

좌자가 빙긋 웃으며 그렇게 대꾸했다. 조조도 더는 어찌할 수 없어 좌자를 그냥 풀어주게 했다.

그런데 바로 그날 낮이었다. 조조가 왕궁에서 크게 잔치를 벌이고 여러 벼슬아치들과 술을 마시는데 좌자가 나막신을 끌고 뜰로 들어섰다. 모든 벼슬아치들은 조조가 청한 것 같지도 않은데 볼품없는 차림으로 찾아든 좌자를 보고 놀라면서도 괴이쩍게 여겼다.

좌자는 그런 벼슬아치들을 거들떠보지도 않고 조조에게 말했다.

"대왕의 오늘 잔치에는 물과 뭍에서 난 모든 것들이 갖춰져 있구려. 여러 신하들과 함께 앉은 큰 잔치라 사방에서 구한 진기한 음식들이 많을 것이나 그래도 빠진 게 있을 것이외다. 그게 무엇인지 말씀해주시오. 빈도가 비록 재주 없으나 한번 채워보겠소."

"나는 용의 간으로 국을 끓여 먹고 싶다. 그대가 좀 내놓을 수 있겠는가?"

조조가 이제야 하는 기분으로 그렇게 물었다. 어떻게든 좌자를 골려주려 한 소리였으나 좌자의 대답은 뜻밖이었다.

"그게 무어 어려울 게 있겠습니까?"

좌자는 그 말과 함께 붓과 먹을 청하더니 회칠한 벽에 용을 그리기 시작했다. 이내 한 마리 용이 회벽 위에 그려졌다. 그러나 놀라운 것은 그다음이었다. 좌자가 그 용을 보고 소매를 한번 떨치자 용의 배가 갈라지는 게 아닌가! 좌자는 그런 용의 배에 손을 넣어 피가 뚝뚝 흐르는 간 한 덩이를 꺼냈다. 조조가 갑자기 그런 좌자를 꾸짖었다.

"그건 속임수다. 그대는 소매 속에 미리 감춰두었던 걸 꺼내지 않았는가?"

아무래도 믿을 수가 없어 해본 소리였다. 그러나 좌자는 별로 탄하는 기색도 없이 조조의 말을 받았다.

"대왕께서 믿지 못하시는 듯하니 달리 길을 내야겠구려. 지금은 매우 추운 겨울이라 풀과 나무가 다 말라버렸소. 그런데 대왕께서는 꽃을 매우 좋아하시니 나는 그 꽃을 보여드릴까 하오. 어떤 꽃을 특히 보고 싶어 하시는지 일러주시오."

"나는 모란꽃을 보고 싶다."

조조가 이번에는 은근히 호기심이 일어 그렇게 대답했다.

"그야 쉽지요."

좌자는 그 말과 함께 큰 화분 하나를 뜰로 가져오게 했다. 좌자는 물 한 모금을 청해 그 화분 위에 뿜었다. 그러자 문득 화분 속에서 모란 한 줄기가 돋더니 커다란 꽃 두 송이를 피웠다.

조금 전 용의 간을 꺼낼 때만 해도 조조처럼 한 가닥 의심을 품었던 벼슬아치들이었으나 그걸 보자 더는 좌자를 의심할 수 없었다. 한결같이 그 신통한 술법에 놀라 좌자를 술자리로 모셔 앉혔다. 조조도 마지못해 좌자가 함께 자리하는 걸 눈감아주었다.

얼마 뒤에 요리사가 회를 내왔다. 좌자가 회를 보더니 한마디 했다.

"회라면 송강(松江)의 농어회가 으뜸이지요. 지금이 한창 맛날 때외다."

"아무리 맛난들 여기서 천리나 떨어진 송강의 농어를 무슨 수로 먹어보겠나?"

조조가 그렇게 받자 좌자가 다시 재주를 보였다.

"까짓게 무어 어렵겠소이까? 낚싯대나 하나 빌려주시면 당장 맛보게 해드리겠소."

그렇게 말하고 낚싯대 하나를 빌려 뜰 아래 있는 연못에 드리웠다. 얼마 안 돼 커다란 농어들이 물리기 시작해 좌자는 잠깐 동안에 수십 마리를 낚아 올렸다. 조조가 그 농어들을 보고 또 억지를 부렸다.

"이 농어들은 원래부터 새못에 있던 것들이다. 송강의 것이 아니다!"

그러자 좌자가 빈정거렸다.

"대왕께서는 어찌하여 거짓말을 하시오? 천하의 다른 농어는 모두 아가미가 둘뿐이지만 송강의 농어만은 아가미가 넷이외다. 한번 살펴보시지요."

그 말에 사람들이 모두 좌자가 잡아올린 농어를 살펴보니 정말로 아가미가 넷이었다. 그러나 좌자는 거기서 그치지 않았다.

"송강의 농어를 요리해 먹자면 반드시 촉에서 난 생강[紫牙薑]이 있어야 하는데……."

그렇게 중얼거리자 조조가 다시 그를 떠보았다.

"그대는 그 생강도 가져올 작정인가?"

"어려울 것도 없지요."

좌자는 선선히 대답하고 이번에는 쇠로 만든 화분 하나를 가져오게 했다. 좌자가 옷을 벗어 그 화분에 덮고 무어라 중얼거리자 금세 화분 가득 그 생강이 피어났다.

좌자는 그 생강을 화분째 조조에게 갖다 바쳤다. 조조가 두 손으로 받아 보니 그 화분 안에 책 한 권이 들어 있는데 겉장에 '맹덕신서(孟德新書)'라 씌어 있었다. 조조는 그 책을 넘겨보았다. 한 글자도 다르지 않은 게 틀림없이 자기가 쓴 『맹덕신서』였다. 그 책이 왜 화분 안에 들어가 있는지 몹시 이상해서 물으려 하는데 좌자가 문득 술상 위의 옥잔에다 술을 가득 부어 올리며 말했다.

"한잔 드시지요. 대왕께서 이 술을 마시면 천 년을 사실 것이외다."

하지만 가뜩이나 좌자를 밉게 보고 있는 조조에게 선뜻 받아마실 마음이 날 리 없었다. 좌자의 솜씨라면 남 몰래 술에 독을 풀 수도 있다고 본 것이었다.

"그대부터 먼저 마시도록 하라."

조조가 자신의 의심을 감추지 않고 그런 말로 좌자의 잔을 물리쳤다. 조조의 마음속을 읽었는지 좌자가 껄껄 웃으며 관에 꽂혔던

옥비녀를 뽑았다. 그리고 그걸로 잔 가운데를 한번 주욱 긋자 신기하게도 잔은 술이 담긴 채 두 쪽으로 갈라졌다.

"자, 이렇게 나눠 마시면 대왕께서도 안심하고 잔을 비우실 수 있을 것이오."

술잔의 반쪽을 자신이 마신 좌자가 남은 반쪽을 조조에게 내밀며 껄껄거렸다. 조조도 마침내 노하고 말았다.

"이놈, 네가 너무 무례하구나! 이게 무슨 짓이냐?"

조조가 그렇게 소리 높여 꾸짖었다. 그러자 좌자는 그 잔을 공중으로 던졌다. 잔은 이내 흰 비둘기가 되어 궁궐 처마를 빙빙 돌며 놀았다. 거기 있던 사람들은 좌자의 그 놀라운 술법에 넋을 잃고 이리저리 나는 비둘기를 바라보았다. 그러다가 얼마 뒤에 퍼뜩 정신을 차려보니 좌자는 이미 온데간데없었다.

조조가 놀라 좌자를 찾고 있는데 문득 사람이 와서 알렸다.

"좌자가 궁문을 나갔습니다."

그 말을 들은 조조는 차갑게 내뱉었다.

"저런 요사스런 인간은 반드시 없애야 한다. 살려두면 뒷날 틀림없이 세상을 해칠 것이다!"

그러고는 허저를 불러 영을 내렸다.

"장군은 철갑(鐵甲) 삼백 기를 이끌고 좌자를 뒤쫓으라. 반드시 사로잡아 와야 한다!"

허저는 급히 군사들과 말에 올라 성문을 나섰다. 얼마 안 가 좌자가 나막신을 신고 절름거리며 천천히 걸어가고 있는 게 저만치 보였다. 허저는 얼른 그를 사로잡아 가려고 말에 박차를 가했다. 그런데 참으로 이상한 일이었다. 아무리 말에 박차를 가하고 채찍질을 더해도 나막신을 신고 절름거리며 느릿느릿 걸어가는 좌자를 따라잡을 수가 없었다.

그렇게 쫓고 쫓기다가 어느 산모퉁이에 이르렀을 때였다. 좌자 앞길에 어떤 양치기 소년이 양 떼를 몰고 나타났다. 그러자 좌자가 갑자기 양 떼 속으로 뛰어들어 숨어버렸다. 허저가 활을 들어 쏘려 했으나 어떻게 숨었는지 보이는 것은 양 떼뿐 좌자는 간 곳이 없었다.

'옳지, 이 늙은이가 요술을 잘 부리니 틀림없이 양으로 둔갑을 했을 것이다. 하지만 애꾸눈과 절름발이야 어쩌겠는가. 애꾸눈에 뒷다리 하나를 저는 양을 찾아 죽이면 될 것이다.'

허저는 속으로 그렇게 생각하고 가만히 양 떼를 살펴보았다. 그런데 이게 어찌 된 셈인가. 수백 마리의 양이 한결같이 애꾸눈에 뒷다리 하나를 절고 있었다. 이에 허저는 하는 수 없이 양 떼를 모조리 죽여버리고 돌아갔다.

졸지에 기르던 양을 모두 잃게 된 소년은 목을 놓아 울었다.

"얘야, 얘야."

갑자기 죽어 자빠진 양 틈에서 사람의 소리가 울고 있는 소년을 불렀다. 소년이 그쪽을 보니 땅에 떨어진 양의 머리에서 나는 소리였다.

"얘야, 잘린 양의 머리를 모두 몸통에 붙여라. 그러면 양이 되살아날 것이다."

그 목소리는 이어 그렇게 일러주었으나 어린 양치기는 겁부터 먼저 났다. 놀라 얼굴을 싸매고 달아나기가 바빴다. 얼마쯤 갔을까, 다시 등 뒤에서 문득 사람의 소리가 났다.

"얘야, 놀라 달아날 것 없다. 여기 네 양을 돌려주마. 모두 살아 있으니 몰고 가거라."

소년이 돌아보니 좌자가 어느새 모든 양들을 되살려 몰고 뒤따라오는 중이었다. 소년은 반가우면서도 궁금함을 이기지 못해 좌자에게 달려갔다. 그리고 급히 궁금한 걸 물으려는데 좌자는 어느새 소매를 떨치며 저만치 가고 있었다. 그 빠르기가 걷는다기보다는 나는 것 같았다. 그 뒷모습이 점점 작아지더니 금세 보이지 않았다.

집으로 돌아간 소년은 주인에게 그 놀라운 일을 알렸다. 그때는 이미 좌자의 소문이 성안에 퍼진 뒤였다. 주인은 그 일을 숨겨둘 수 없다 여겨 조조에게 알렸다.

허저의 말을 듣고 좌자가 죽었으려니 믿고 있던 조조는 그 말을 듣자 몹시 노했다. 곧 좌자의 생김을 그리도록 해서 사방에 나눠주며 좌자를 잡아들이라 명했다.

사흘도 안 돼 성 안팎에서 좌자로 지목되어 잡혀 온 사람이 삼사백 명이나 됐다. 한결같이 애꾸눈에 절름발이요 흰 등나무 관에 푸른 옷을 입고 나막신을 꿴 게 틀림없는 좌자였다.

"저것들에게 돼지와 양의 피를 뿌려라!"

조조는 그렇게 명을 내려 붙들려 온 좌자들이 더는 요사스런 술법을 부리지 못하게 한 뒤, 그들을 모두 군사들을 조련하는 마당으로 끌어내게 했다. 그리고 몸소 갑병(甲兵) 오백을 끌고 가서 그들을 남김없이 목 베었다.

수백의 좌자는 목이 잘릴 때마다 목구멍에서 맑은 기운을 한 가닥씩 내뿜었다. 그 기운들은 흩어지지 않고 공중을 떠돌다가 하나로 뭉치더니 곧 한 사람의 좌자로 변했다. 그 좌자가 하늘을 보고 손짓을 하자 어디서 왔는지 커다란 백학 한 쌍이 날아와 그를 태웠다.

"흙쥐[土鼠]가 쇠범[金虎]을 따라가니 간웅(奸雄)이 하루아침에 죽는구나!"

학을 탄 좌자가 사라지기 전에 손뼉을 치고 껄껄거리며 조조에게 마지막으로 남긴 말은 그러했다. 흙쥐니 쇠범이니 하는 말이 아리송한 대로 자신의 죽음이 머지않음을 말한 것임을 알아차린 조조가 머리칼과 수염을 곤두세우고 소리쳤다.

"모두 활을 쏘아라! 저 요망한 놈을 쏘아 죽여라!"

이에 홀린 듯 좌자가 사라져가는 하늘만 올려보고 있던 장수들이 활과 화살을 꺼내들었다. 그런데 그때였다. 갑자기 미친 듯한 바람이 일며 돌을 굴리고 모래를 날렸다. 그러자 목이 잘려 죽어 자빠진 좌자의 시체들이 모두 일어나 각기 자기 목을 찾아들고 조조에게로 몰려들었다. 그 무시무시한 광경에 마음 약한 문신들은 물론 간 큰 무장들까지도 놀라 나자빠졌다.

어지간한 조조도 마침내는 견뎌내지 못했다. 자기 목을 주워든 목 없는 시체들이 떼를 지어 에워싸자 그 또한 놀라 쓰러지고 말았다.

좌자의 시체들은 한참 뒤 바람이 가라앉고 나서야 없어졌다. 겨우 정신을 차린 사람들은 쓰러진 조조를 들쳐업고 궁궐로 돌아갔다. 그러나 그날 조조는 너무도 놀란 나머지 깨어나서도 그로 인해 병을 얻었다.

그런데 여기서 한 가지 밝혀두고 싶은 것은 정사가 말하는 좌자이다. 좌자는 『후한서(後漢書)』 「방술열전(方術列傳)」과 『삼국지 위지(魏志)』 「무제기(武帝記)」 '화타전(華佗傳)' 등에 나오는 실제 인물이며, 어디까지 믿어야 할지 모르지만 그의 놀라운 신통력도 몇 가지는 기록되어 있다. 곧 그가 조조의 궁궐에 앉아서 송강의 농어를 잡은 것과 촉에서 나는 생강을 때맞춰 내놓은 것, 양으로 변해 양 떼사이에 숨은 것 등이 그러하다.

하지만 그가 조조의 노여움을 산 것은 정사와 『연의』가 너무 다르다. 『후한서』에 따르면 좌자가 조조의 미움을 받게 된 것은 방술에 곁들여 쓴 것으로 보이는 속임수가 탄로 난 까닭이며, 또 조조도 구태여 그를 잡아 죽이려고 애쓴 흔적은 없다. 다시 말해 좌자는 지레겁을 먹고 달아나 숨었을 뿐이다. 그가 조조에게 유비를 추켜 올렸다거나 조조가 그를 죽인 뒤에 놀라 병을 얻었다는 것은 순전히 『연의』를 지은 이가 꾸며낸 얘기에 지나지 않는다. 좌자는 처음부터 조조 주위에 있었던 일종의 식객이었고 끝까지 유비와는 무관했다.

그건 그렇고, 다시 『연의』로 돌아가면 좌자 때문에 병을 얻은 조조는 아무리 약을 써도 듣지 않았다. 그때 마침 태사승 허지(許芝)란 사람이 조조를 보러 왔다. 허지는 점을 잘 친다고 알려진 사람이라 조조는 그에게 점을 쳐달라고 청했다. 허지가 사양하며 말했다.

"대왕께서는 관로(管輅)를 모르십니까? 점에는 귀신 같다는 사람인 바 저 같은 것은 견주지도 못합니다. 그를 불러 물어보십시오."

"그 이름은 자주 들었네만 아직 그 술법이 어느 정도인지는 모르네. 아는 게 있으면 자세히 들려주게나.”

나이 탓일까, 조조가 담박 마음이 끌려 그렇게 명했다. 허지가 들은 대로 모두 털어놓았다.

“관로는 자를 공명(公明)이라 하며 평원 땅 사람인데, 생김이 보잘 것없고 술을 좋아하나 광기는 그리 많지 않습니다. 일찍이 그 아비가 낭야군의 구장(丘長)이 되어 거기서 자랐고, 어렸을 적부터 하늘의 별을 쳐다보기 좋아해 밤에는 잠을 잘 생각을 안했다고 합니다. 부모가 말려도 듣지 않았을 뿐만 아니라, 오히려 늘 말하기를 ‘집에서 기르는 닭이며 들판의 따오기도 때를 아는데 하물며 사람이랴’고 했습니다. 이웃 아이들과 놀아도 땅바닥에 천문을 펼쳐놓고 해와 달과 별을 그려넣을 정도였다 합니다. 자라서는 『주역』을 깊이 공부했으며, 풍각(風角, 옛날 점술의 하나로 바람과 소리로 길흉을 안다고 함)을 볼 줄 알고, 수(數)의 이치에도 귀신과 통했다 할 만큼 밝아졌습니다. 그러나 그 모든 것에 못지않은 것이 남의 상을 보는 재주였습니다.

낭야 태수 선자춘(單子春)이 일찍이 그의 놀라운 이름을 듣고 관로를 불러들여 만난 적이 있습니다. 그때 자리에는 백여 명의 손님이 있었는데 모두가 말 잘하는 선비들이었지요. 관로가 그들을 둘러본 뒤에 선자춘에게 말했습니다. ‘제가 나이 어려 아직 담력이 군세지 못합니다. 먼저 좋은 술 석 되만 내려주시면 그걸 마신 뒤에 얘기를 시작하겠습니다.’ 그리고 자춘이 그 말을 남다르게 여겨 술 석 되를 내오게 하자 관로는 그 술을 단숨에 들이켠 뒤 다시 물었다고 합니다. ‘오늘 저와 마주 말씀 나누려는 분은 여기 계신 모든 선비님들입니까?’ 그 말에 자춘이 대답하기를 ‘아닐세, 내 자신이 그대와 맞서 겨뤄보려 하네'라고 했습니다. 이에 두 사람이 얼려『주역』의 이치를 따져보게 되었는데, 관로는 물 흐르듯 말하는 중에도 한마디 한마디가 모두 정밀하고 심오했습니다. 자춘이 또한 만만치 않아서 이것저것을 따져 물었으나 관로는 조금도 막힘이 없이 받아넘겼습니다. 새벽부터 저물 때까지 밥 한술 뜨지 않고 얘기하면서도 조금도 몰리는 기색이 없자 자춘은 물론 거기 모인 손님들도 모두 탄복하지 않는 이가 없었다 합니다. 그 뒤로 관로는 천하에 널리 신동(神童)으로 알려지게 되었습니다……."

그렇게 시작된 허지의 얘기는 곧 관로의 기막힌 점술로 옮아갔다.

한번은 이런 일이 있었다. 관로가 사는 고을에 곽은(郭恩)이라는 사람이 있었는데, 형제 셋이 모두 다리를 저는 병에 걸려 관로를 찾아왔다. 관로가 점을 쳐본 뒤에 말했다.

"점괘에 보니 그대들 집안 묘소에 여자 귀신이 하나 있는데 백모가 아니면 숙모쯤 되는 것 같네. 여러 해 전 흉년이 들었을 때 몇 되쌀을 다투다가 그대들이 우물에 밀어 떨어뜨리고 큰 돌로 머리를 부수었군. 그 혼이 원통함을 이기지 못해 하늘에 호소한 결과 그대들이 이처럼 끔찍한 병을 얻게 된 것이니 어떻게 면할 도리가 없겠네."

그러자 그 삼형제는 일제히 관로 앞에 엎드려 울며 그 죄를 털어놓았다.

또 한번은 이런 일이 있었다. 안평 태수 왕기(王基)가 관로의 점이 용한 걸 알고 집으로 청했다. 신도 현령의 아내는 바람머리를 앓고 그 아들은 가슴앓이를 해 약을 써도 듣지 않으므로 관로에게 그 까닭을 알아보려 한 것이었다. 관로가 점을 쳐보더니 말했다.

"그 집 서쪽에 두 사람의 시체가 묻혀 있구려. 한 사람은 창을 들고 있고 또 한 사람은 활과 화살을 들고 있는데 머리는 벽 안쪽에 있고 다리는 벽 바깥으로 나가 있소이다. 창을 든 자가 머리를 찔러대니 부인의 머리가 아프고, 활과 화살을 든 자는 가슴을 찔러대니 자제분의 가슴이 아픈 것이오."

그 말을 들은 현령은 곧 자기집 서쪽 벽 밑을 파 보았다. 과연 땅속 여덟 자 되는 곳에서 관(棺) 두 개가 나왔는데 한 관에는 창이 들어 있고, 다른 한 관에는 활과 화살이 들어 있었다. 나무로 된 곳은 썩어 없어졌으나 틀림없이 관로가 말한 대로였다. 그 관 속에 들어 있는 뼈를 정성들여 맞추어 성 밖 십 리 되는 곳에 묻어주자, 정말로 현령의 아내가 앓던 바람머리와 아들의 가슴앓이가 씻은 듯이 나았다.

관도 현령 제갈원(諸葛原)이 신흥 태수로 가면서 관로를 시험했던 것도 널리 알려진 일 가운데 하나였다. 관로가 점을 잘 쳐 감춰진 물건을 쉽게 알아낸다는 말을 들은 제갈원은 배웅을 나온 사람들 중에 끼인 관로에게 나무합 세 개를 내놓고 안에 든 것을 맞혀보라 했다. 그 안에는 각기 제비알과 벌집과 거미가 들어 있었다.

점괘를 뽑아 본 관로는 첫 번째 나무합을 보고 말했다.

"생명의 기운을 머금고 있으니 반드시 모양이 바뀔 것이며[含氣須變], 집 처마에 의지하고[依於堂宇], 암수가 짝을 지어 살고[雌雄以形], 깃털과 나래가 펼쳐질 것[羽翼舒張]이라 하니, 이는 틀림없이 제비알입니다."

그런 다음 두 번째 나무합을 보고 말했다.

"집과 방이 거꾸로 매달렸고[家室倒懸] 한 집안에 여럿이 모여 살며[門戶多衆] 꽃의 정기를 모으며 독을 길러[藏精育毒] 가을이 되면 변하니[得秋乃化] 이는 틀림없이 벌집입니다."

그리고 마지막 것을 보고 말했다.

"긴 다리를 두려운 듯 곱송그리고[觳觫長足] 입으로 실을 토해 그물을 짜며[吐絲成羅], 그물을 더듬어 먹이를 찾으나[尋網求食], 날 저물고 어두워야 이득을 보니[利在昏夜], 이는 거미임에 틀림없습니다."

관로가 그렇게 알아맞히자 제갈원은 말할 것도 없고 거기 있던 사람이 모두 놀라 마지않았다.

관로의 점은 잃은 물건을 찾는 데도 신통했다. 한번은 어떤 늙은 시골 아낙이 소를 잃어버리고 찾아왔다. 관로는 한동안 점괘를 살피다가 말했다.

"북쪽 계곡 물가에서 일곱 사람이 한창 요리를 하고 있소. 빨리 가서 찾으면 고기와 가죽은 돌려받을 수 있을 것이오."

노파가 그 말대로 찾아가 보니, 어떤 초가 뒤에서 일곱 사람이 한창 고기를 삶고 있는데, 정말로 가죽과 고기는 아직 하나도 축나지 않은 채였다. 늙은 아낙의 고발로 그 일곱을 잡아들여 벌을 준 태수 유빈(劉邠)이 이상히 여겨 물었다.

"그대는 어떻게 저 소도둑들이 거기 있는 걸 알았는가?"

"관로가 점을 쳐서 알려주었습니다."

아낙이 그렇게 대답했으나 유빈은 아무래도 믿을 수가 없었다. 곧 관로를 불러들여 태수의 인수(印綬, 인뚱이)와 산 닭[山鷄] 깃털을 감춰둔 나무합을 내놓으며 물었다.

"그대는 이 안에 무엇이 들어 있는지 알겠는가?"

관로가 점을 쳐보고 말했다.

"첫째 상자는 안이 모나고 겉이 둥글며[內方外圓], 다섯 가지 빛깔로 글이 씌었고[五色成文], 보배로움을 감추고 있을 뿐만 아니라 믿음을 지니기도 했으며[含寶守信], 밖으로 나오면 도장이 되는[生則有章] 것이 들어 있으니 그것은 틀림없이 태수의 인수일 것입니다. 또 둘째 합은 높은 산 바위 틈에[高岳嵒嵒] 붉은 몸을 한 새인데[有鳥朱身], 날개와 깃털은 검고 누르며[羽翼玄黃], 새벽이면 반드시 우는 것[鳴不失晨]의 깃털이니 이는 틀림없이 산닭의 깃털일 것입니다."

그 말을 들은 유빈은 깜짝 놀랐다. 나무합 속을 들여다본 사람처럼 맞히는 걸 보고 그 재주에 크게 감탄하여 그 뒤로는 관로를 귀한 손님으로 대접했다.

관로의 귀신 같은 점술을 말해주는 것은 그밖에도 더 있었다. 하루는 관로가 성 밖에 나가 한가로이 거닐다가 밭을 갈고 있는 젊은이 하나를 만났다. 무심코 그의 상을 본 관로가 무엇 때문인지 길가에 멈춰 서더니 한동안이나 그 젊은이를 꼼꼼하게 살폈다.

"젊은이는 이름이 어떻게 되며 나이는 몇 살인가?"

이윽고 그 젊은이에게 다가간 관로가 그렇게 물었다.

"제 이름은 조안(趙顏)이며 나이는 이제 열아홉이 됩니다. 그런데 선생님은 뉘십니까?"

젊은이가 수긋하게 이름과 나이를 밝힌 뒤 그렇게 되물었다. 관로가 잠시 망설이다 말했다.

"나는 관로라는 사람이다. 내가 보니 자네 미간에 죽음의 기운이 깃들여 있어 반드시 사흘 안으로 죽을 것 같다. 자네 생김은 훤하나 아깝게도 목숨을 길게 타고 나지 못했구나."

그 젊은이 조안으로서는 엉뚱하기 그지없는 소리였다. 그러나 다른 일도 아니고 바로 목숨에 관한 것이라 그냥 들어 넘길 수가 없었다. 곧 집으로 돌아가 그 아비에게 관로에게서 들은 말을 전했다. 관로의 소문을 들어 알고 있는 그 아비는 깜짝 놀라 관로를 뒤쫓아 갔다.

"선생님, 부디 제 아들을 살려주십시오."

이윽고 관로를 따라잡은 그 아비가 땅에 엎드려 울며 그렇게 빌었다. 관로가 무겁게 고개를 가로저으며 말했다.

"그것은 하늘이 정해둔 명이외다. 어찌 피할 길이 있겠소?"

그러나 조안의 아비는 물러서지 않았다. 더욱 슬피 울며 관로에게 매달렸다.

"이 늙은것에게는 자식이라고는 이 아이 하나뿐입니다. 엎드려 빌건대 부디 은혜를 드리워 이 아이를 구해주십시오!"

아비 곁에 있던 조안 역시 울며 살려달라고 빌었다. 그런 부자의 모습이 애처로웠던지 한동안을 가만히 내려다보고 있던 관로가 마지못한 듯 조안을 보고 말했다.

"자네는 깨끗한 술 한 병과 사슴고기 포 뜬 것 한뭉치를 마련해 내일 아침 일찍 남산(南山)으로 가보게. 가면 큰 소나무 아래 한 사람은 흰 옷을 입고 남쪽을 향해 앉아 있을 것인데 그 생김이 몹시 험상궂으며, 다른 한 사람은 붉은 옷을 입고 북쪽을 향해 앉아 있을 것인데 그 생김은 매우 잘났지. 자네는 그들이 한창 바둑에 빠져들

때까지 기다렸다가 가만히 다가가 술과 안주를 바치게. 너무 요란스러워 그 두 사람의 눈길이 먼저 자네에게 쏠리게 해서는 결코 아니 되네. 그러다가 그들이 술과 안주를 다 받아먹은 뒤에야 그들 앞에 엎드려 울며 목숨을 빌어보게. 반드시 목숨을 더 보태줄 것이네. 하지만 단 하나, 이 일을 내가 가르쳐주더란 말을 그들에게 해서는 절대 아니 되네."

그러나 조안의 아비는 고마움을 이기지 못해 끌다시피 관로를 자기 집으로 모셔갔다. 크게 잔치를 열어 관로를 대접하는 한편, 사람을 풀어 깨끗한 술 한 병과 잘 말린 사슴고기 포를 구해오게 했다.

다음 날이었다. 조안은 술과 안주는 물론 잔과 접시까지 싸들고 남산으로 올라갔다. 한 오륙 리나 갔을까. 과연 큰 소나무 한 그루가 나오고 그 아래 널찍한 바위 위에는 두 사람이 바둑을 두고 있는 게 보였다. 조안이 따로 기다릴 것도 없이 두 사람은 이미 바둑에 온통 넋을 잃고 있었다. 조안이 다가가도 전혀 알지 못하고 바둑돌만 놓아 나갈 뿐이었다.

조안은 살며시 그들 곁에 무릎을 꿇고 술과 안주를 바쳐올렸다. 두 사람은 바둑에 정신이 팔려 누가 주는지도 알아보려 하지 않고 조안이 주는 대로 받아 마시고 뜯어 먹었다. 이윽고 술과 안주가 바닥나자 조안은 드디어 땅에 엎드려 울며 큰 소리로 빌었다.

"저를 살려주십시오. 두 분께서 구해주지 않으면 이틀 안으로 죽어야 됩니다."

그제서야 두 사람이 펄쩍 놀라며 조안을 돌아보았다. 한참을 어리둥절해하다가 겨우 경위를 짐작한 붉은 옷을 입은 노인이 쓴웃음을 지으며 말했다.

"이건 틀림없이 관로가 시킨 일일게요. 하지만 우리 두 사람은 이미 이 젊은이한테서 받아먹을 걸 다 받아 먹어버렸으니 어쩌겠소? 불쌍히 여겨 한번 청을 들어줍시다."

그 말에 흰 옷을 입은 늙은이가 쓴 입맛을 다시며 소매에서 장부 하나를 꺼냈다. 그리고 한참을 뒤적뒤적하며 찾아보더니 문득 조안을 보고 말했다.

"네가 이제 열아홉이니 마땅히 죽어야 할 때다마는 네 정성이 애처로워 목숨을 늘여준다. 십구(十九)의 십(十)자 앞에 구(九)자를 더 써 넣어줄 것이니 이제 네 목숨은 아흔아홉을 채워야 다한다. 그러하되 돌아가거든 꼭 관로에게 전해라. 앞으로는 두 번 다시 천기를 누설하지 말라고. 앞으로 또다시 천기를 누설하면 반드시 천벌이 그에게 이를 것이니라."

그런 다음 붓을 꺼내 장부에 원래 적힌 숫자에 아홉 구자를 하나 더 적어넣었다. 조안은 기쁨을 이기지 못해 그들 앞에 수없이 절을 했다. 갑자기 한 줄기 향기로운 바람이 이는가 싶더니 그들은 두 마리의 흰 학이 되어 하늘 높이 솟아올랐다.

조안은 집으로 달려가 아직도 거기 머물고 있는 관로에게 남산에서 있었던 일을 모두 얘기하고 물었다.

"그 두 사람은 누구입니까?"

"붉은 옷을 입은 분은 남두성(南斗星)이고 흰 옷을 입은 분은 북두성(北斗星)이네."

관로가 희미하게 웃으며 그렇게 알려주었다. 조안이 알 수 없다는 얼굴로 다시 물었다.

"제가 듣기로 북두성은 아홉 분이라 했습니다. 그런데 어찌 그 한 분뿐이었습니까?"

"흩어져 있으면 아홉이 되고 합쳐져 있으면 하나가 되네. 북두성은 죽음을 맡고 남두성은 태어남을 맡았는데 이번에 그 북두성이 목숨을 더해주었으니 이제 자네는 아무것도 걱정할 게 없네."

그러자 조안과 그 아비는 넙죽 엎드려 절을 했다.

"모두가 선생님의 신통한 가르침 덕분입니다. 이 은혜를 어떻게 갚아야 할지 모르겠습니다."

하지만 관로는 그때부터 또다시 천기를 누설하게 될까 두려워 사람들에게 점을 쳐 주지 않았다.

관로의 점술에 관한 얘기는 정사의 기록만으로도 수십 종이 된다. 「위지(魏志)」에서 무제(武帝, 조조), 문제(文帝, 조비)와 몇몇 군웅을 빼면 가장 기록이 많은 사람이 이 관로가 아닌가 한다.

허지는 그런 관로의 얘기를 마친 뒤에 조조에게 권했다.

"그 사람은 지금 평원에 있습니다. 대왕께서 걱정거리를 없애고자 하신다면 어찌하여 그를 불러 물어보지 않으십니까?"

이에 조조는 귀가 솔깃했다. 곧 사람을 뽑아 평원으로 보내 관로를 불러오게 했다. 관로가 불려 오자 조조가 물었다.

"얼마 전에 좌자란 늙은이가 요망한 짓을 일삼기로 목을 베어 죽였더니 내게 병이 생겼소. 어떻게 된 일인지 점을 쳐서 알아보시오."

그러자 관로는 점괘도 뽑아보지 않고 조조를 안심시켰다.

"그것은 모두가 사람의 눈을 홀리는 술법입니다. 조금도 걱정하지 마십시오."

조조로서는 듣던 중 반가운 소리였다. 거기서 힘을 얻은 덕분인지 정말로 조조의 병은 그날부터 조금씩 나아져 갔다.

병줄이 어느 정도 놓이자 다시 조조는 천하의 일이 걱정되기 시작했다. 관로를 불러 이번에는 그쪽을 점쳐보게 했다.

허창을 태우는 한신(漢臣)들의 충의

점을 친 관로가 네 글자로 된 글귀 넷을 내놓았다.

"삼과 팔이 가로세로 엇갈리고[三八縱橫] 누런 돼지가 호랑이를 만나면[黃猪遇虎] 정군 남쪽에서[定軍之南] 한 팔을 꺾여 잃게 된다[傷折一股]."

조조는 다시 자신의 복록이 길고 짧음을 점쳐보게 했다. 이번에도 관로는 네 글자로 된 글귀 넷을 뽑아냈다.

"사자궁 안에[獅子宮中] 신위가 평안하구나[以安神位]. 왕도가 새로이 일어나니[王道鼎新] 자손이 매우 높고 귀하게 되리라[子孫極貴]."

그러나 조조는 앞뒤의 글귀가 모두 뜻이 뚜렷하지 않아 관로에게 그 자세한 풀이를 물었다. 관로가 조용히 고개를 가로저으며 대답했다.

"멀고 아득한 하늘의 운수를 미리 다 알기는 어렵습니다. 뒷날을 기다려보시면 절로 겪게 될 것이니 너무 일찍 알려 하지 마십시오."

이에 조조는 더 캐묻지 않았으나, 관로가 마음에 들어 그냥 돌려보내고 싶지 않았다.

"그대를 태사(太史)로 삼아 이 몸 곁에 있게 하고 싶다. 어떤가? 여기서 벼슬살이 한번 해보지 않겠는가?"

조조가 그렇게 묻자, 관로가 한마디로 잘라 마다했다.

"명은 엷고 상(相)은 궁해서 그같이 높은 벼슬에는 어울리지 않습니다. 어찌 준다고 감히 받을 수 있겠습니까?"

"명이 엷고 상이 궁하다니 그게 무슨 소린가?"

"제 이마에는 주골(主骨)이 없고, 눈에는 안정(眼睛)이 또렷하지 못하며, 코에는 양주(梁主)가 없습니다. 또 다리에는 천근(天根)이 없고, 등에는 삼갑(三甲)이 없으며, 배에는 삼임(三壬)이 없으니, 태산의 귀신들을 다스릴 수 있을 뿐 살아 있는 사람은 다스리지 못합니다."

삼갑이니 삼임이니 하는 관상에 쓰이는 말들을 알아듣지는 못했으나 관로의 대답이 너무 분명해 조조는 더 권하지 못했다. 한참 있다가 또 물었다.

"그대가 보기에 나의 상은 어떠한가?"

"이미 사람으로서는 더 오를 수 없을 만큼 높은 자리에 올랐는데 상을 보실 까닭이 무에 있습니까?"

그 같은 대꾸에 조조가 더욱 궁금해져 두 번 세 번 거듭 물었으나 관로는 다만 빙긋이 웃을 뿐 끝내 말해주지 않았다.

할 수 없어진 조조가 그다음에는 자신이 거느린 문무 관원들을 불러들여 놓고 물었다.

"이 사람들은 상이 어떠한가?"

"모두가 세상을 다스릴 만한 분들입니다."

관로는 그렇게만 말하고 더 깊은 것은 밝히지 않았다. 조조가 이번에도 거리낌 없이 말하라고 두 번 세 번 졸랐으나 관로는 끝내 입을 열지 않았다. 조안(趙顔)의 일 뒤로는 가볍게 남의 상을 말했다가 천명을 거스르게 되는 걸 꺼려해온 탓이었다.

"그럼 동오와 서촉의 앞날은 어떠한가?"

관로가 사람의 상에 대해서는 자세히 밝히는 걸 꺼리자 조조는 나라로 바꾸어 물었다. 그것까지 마다할 수가 없었던지 가만히 점괘를 뽑아보던 관로가 대답했다.

"동오는 한 사람의 대장을 잃을 것이요, 서촉은 지금 군사를 내어 천자의 경계를 침범해오고 있습니다."

하지만 조조는 얼른 믿을 수가 없었다. 들은 것은 관로가 용하다는 소문뿐 그 스스로는 아직 이렇다 할 신통함을 구경하지 못한 까닭이었다. 그런데 홀연 합비에서 사람이 와 알렸다.

"동오의 육구(陸口)를 지키던 장수 노숙이 죽은 것 같습니다."

그 말을 들은 조조는 깜짝 놀랐다. 관로의 말이 반쪽은 어김없이 맞아떨어진 것이었다. 조조는 남은 반쪽을 알아보려고 얼른 사람을 뽑아 한중으로 보냈다. 며칠 안 돼 급한 소식이 날아들었다.

"유비가 장비와 마초를 보내 하판(下辦)에 군사를 내게 하였습니다. 관을 뺏으려 드는 것 같습니다."

과연 관로의 점이 모두 맞아떨어진 셈이었다. 그러나 조조는 관로
의 용함에 놀라기보다는 유비에게 화부터 먼저 냈다. 지난번 한중을
차지한 기세로 서촉까지 휩쓸어버리려다 두었더니 그새 힘을 길러
거꾸로 한중을 넘보지 않는가.

　　"크게 군사를 일으킬 채비를 하라. 내 몸소 한중으로 가 유비를
사로잡으리라!"

　　조조가 그렇게 소리치며 주먹을 부르쥐고 일어났다. 그때 관로가
나서서 가만히 말렸다.

　　"대왕께서 함부로 움직여서는 아니 되십니다. 내년 봄에는 허도에
큰 불이 날 것인즉, 대왕께서 여기 계셔야 탈없이 그 불길을 잡을 수
있습니다."

　　조조는 성난 중에도 그 말을 아니 들을 수가 없었다. 겪어 알게 된
까닭이었다. 곧 스스로 가겠다는 생각을 버리고 먼저 조홍을 불러
말했다.

　　"너는 군사 오만을 이끌고 가서 동천을 지키고 있는 하후연과 장
합을 도우라."

　　그리고 또 하후돈을 불러서 말했다.

　　"그대는 군사 삼만을 이끌고 허도로 가 수시로 순찰을 돌며 뜻밖
의 변고에 대비하라. 소홀함이 있어서는 아니 된다."

　　거기다가 장사 왕필(王必)을 따로 불러 허도의 어림군을 도맡아
다스리게 하고 자신은 업군에서 움직이지 않으니, 이로써 허도의 불
에 대한 대비는 빈틈없이 갖춰진 셈이었다.

　　주부 사마의(司馬懿)가 왕필을 어림군 총독으로 삼은 일에 걱정을

나타냈다.

"왕필은 술을 좋아하는 데다 성품이 너그러워 이번 일을 맡아 하기 어렵습니다. 앞일에 미리 대비하는 데는 성품이 차고 꼼꼼해야 됩니다."

"왕필은 내가 가시밭길 같은 어려움을 겪을 때부터 나를 따라다니며 애쓴 사람이다. 사람이 충성스럽고 부지런하며, 마음이 굳기가 돌이나 쇠와 같으니 오히려 이번 일에는 꼭 맞는 사람이야."

조조는 그렇게 사마의를 타박 준 뒤 왕필로 하여금 어림 군마를 이끌고 허도의 동화문(東華門) 밖에 진치고 있게 했다.

이때 허도에는 경기(耿紀)란 사람이 있었다. 낙양 사람으로 자를 계행(季行)이라 하며 전에 승상부연을 지낸 적이 있었다. 뒤에 시중소부가 되었는데 사마직(司馬直), 위황(韋晃) 등과 매우 가깝게 지냈다.

위황은 조조가 왕으로 높여 봉해지고 출입할 때 천자의 수레와 의장(儀仗)을 쓰는 걸 보고 마음에 불평이 가득 일었다. 제위를 넘보는 조조의 야심이 노골적으로 드러난 것이라 여겨 조조를 미워해오다가 마침내 일을 일으켰다.

건안 이십삼년 정월이었다. 경기는 위황과 더불어 남몰래 의논했다.

"역적 조조의 간악함이 날로 심해가고 있네. 머지않아 반드시 천자의 자리를 빼앗고 말 것이네. 우리는 모두 한나라 신하인데 어찌 조조의 역적질을 돕고 거들 수 있겠는가? 마땅히 조조를 없앨 방도를 짜보아야겠네."

그러자 위황이 또 한 사람을 끌어들였다.

"내가 한 몸처럼 여기는 벗 가운데 김위(金褘)란 사람이 있네. 옛적에 승상을 지낸 김일제(金日磾)의 자손으로, 일찍부터 조조를 쳐없앨 마음을 지니고 있음을 내가 알고 있네. 거기다가 이번에 어림군을 맡은 왕필과도 매우 가깝게 지내니, 만약 이 사람만 끌어넣는다면 우리 일은 다 된 것이나 다름없을 것이네."

"그가 이미 왕필과 친하다면 어찌 우리가 꾸미려는 일에 끼어들겠나?"

경기가 문득 걱정스레 물었다. 위황도 그게 마음에 걸리는지 김위를 끌어들이는 데 신중해졌다.

"가서 한번 말해보세. 속마음을 드러내지 말고 그를 떠볼 수도 있을 것이네. 그가 어떻게 나오는지에 따라 우리 일에 끼워넣든지 말든지 하세."

이에 두 사람은 그 길로 나서 김위의 집으로 갔다. 김위가 반갑게 그들을 맞아들여 후당으로 데려갔다. 주인과 손님의 예를 끝내고 자리를 잡아 앉기 바쁘게 위황이 말했다.

"자네가 왕장사(王長史)와 특히 친하다기에 우리 두 사람이 부탁할 게 있어 이렇게 왔네."

"부탁이라니 무엇인가?"

"듣자 하니 위왕은 머지않아 대위를 물려받아 천자가 될 것이라 하네. 그리되면 자네나 왕장사도 틀림없이 높은 벼슬에 오르지 않겠나? 바라는 바는 그때 우리를 못 본 체하지 말라는 것일세. 은근히 손잡고 도와주면 그 은혜는 꼭 잊지 않겠네."

속은 감추어놓고 김위를 떠보려고 하는 소리였다. 그 말을 들은 김위의 낯빛이 싹 변하더니 이내 소매를 떨치고 자리에서 일어났다. 그때 마침 시중드는 사람이 차를 끓여가지고 들어왔다.

"차는 무슨 놈의 차야?"

김위는 그렇게 내뱉으며 차를 땅바닥에 쏟아버렸다. 심기가 상해도 이만저만 상한 게 아닌 모양이었다.

"이 사람아, 오래된 친구를 어찌 이리 야박하게 대하나."

위황이 짐짓 놀란 체하며 한 번 더 김위의 속을 떠보았다. 그러자 김위가 더 참을 수 없다는 듯 쏘아붙였다.

"내가 자네들과 가깝게 벗한 것은 자네들이 한조(漢朝)의 훌륭한 신하들을 조상으로 모시고 있었기 때문이네. 그런데 이제 자네들은 한조의 은혜에 보답할 생각은 않고 오히려 조조에게 빌붙어 역적질이나 도울 작정인가? 그리하고도 무슨 낯으로 나와 벗삼고자 하는가!"

"하늘이 정한 운수가 이러한데 그러지 않고 어찌하겠나?"

경기가 곁에 있다가 위황을 거들어 마음에 없는 소리를 보탰다. 그 말에 김위는 더욱 화를 내었다.

"하늘이 정했다니 그 무슨 돼먹잖은 소리들인가! 정말 상종 못할 사람들이로군."

그렇게 소리치고는 돌아앉아버렸다. 그제서야 경기와 위황은 정말로 김위가 충성되고 의로운 마음을 지녔음을 믿고 드디어 찾아간 까닭을 사실대로 밝혔다.

"우리는 기실 역적을 쳐 없애려고 자네를 찾아왔네. 이제 한 말은 자네의 속마음을 알 수 없어 한번 떠본 것뿐이네."

"나는 여러 대에 걸쳐 한조의 신하로 산 집의 자손인데 어찌 역적을 따를 리 있겠나? 나를 너무 작게 보았네그려."

김위가 그렇게 반가워하며 다시 물었다.

"그래 자네들은 한실을 바로잡기 위해 무슨 좋은 계책이 있는가?"

그 말에 위황이 한숨을 내쉬며 말했다.

"비록 이 한 몸을 던져 나라의 은혜에 보답하고자 하는 마음은 있으나 아직 역적을 죽일 계책은 정하지 못했네."

김위가 자청하여 어려운 일을 떠맡고 나섰다.

"내가 때를 보아 바깥에서 호응하여 왕필을 죽이고 그 병권을 뺏어보겠네. 그런 다음 천자를 받들어 모시고 한편으로는 유황숙과 연결하여 밖에서 우리를 돕도록 한다면 조조를 없애는 것도 어렵지 않을 것이네."

두 사람이 들어보니 자기들이 속으로 바란 것 이상이었다. 두 사람은 김위의 손을 덥석 잡으며, 입을 모아 그의 충의와 지모를 추켜세웠다.

"이제 한실은 다시 일어나게 되었네. 덕위(德偉, 김위의 자)가 아니었다면 어찌 그런 일을 꿈이라도 꿔보겠나?"

그러자 김위가 다시 두 사람을 더 끌어들였다.

"내게 마음으로 벗하는 두 사람이 있는데 조조와는 아비 죽인 원수 사이일세. 지금은 성 밖에 살지만 우리 편으로 끌어들여 날개로 쓰는 게 어떻겠나?"

"그게 누군가?"

경기와 위황이 반가운 얼굴로 물었다.

"태의 길평의 아들들일세. 맏이는 이름이 길막이요, 자를 문연(文然)이라 하며 둘째는 이름이 길목이요, 자는 사연(思然)이라 쓰네. 지난날 조조가 동승의 의대조(衣帶詔) 사건으로 그 아버지 길평을 죽였을 때 그들 둘은 멀리 시골로 달아나 겨우 죽음을 면했네. 이제 몰래 허도로 돌아와 있는데 그들에게 조조를 치는 일을 도와달라면 아니 들을 리가 없을 걸세."

그 말을 들은 경기와 위황은 크게 기뻐했다. 그런 사람들이라면 믿을 만하다 싶어 어서 보자고 재촉했다. 김위가 곧 사람을 보내 길막과 길목 형제를 불러오게 했다.

오래잖아 길씨(吉氏) 형제가 오자 김위는 모든 걸 털어놓고 도움을 청했다. 그 말을 듣기 바쁘게 둘은 눈물을 쏟으며 원한에 찬 맹세의 말을 내뱉었다.

"돕다 뿐이겠소? 이몸이 부서져 가루가 되더라도 맹세코 조조 그 역적 놈을 죽이겠소!"

그렇게 뜻을 같이하는 사람들이 다 모이자 일은 좀더 구체적으로 짜여져 갔다. 김위가 그 대략을 말했다.

"정월 보름 밤이면 성안은 집집마다 큰 등을 내걸어 대보름을 경축할 것이네. 그때 경소부(耿少府, 경기)와 위사직(韋司直, 위황) 두 사람은 각기 집안의 장정들을 끌어모아 왕필의 병영 앞으로 나오게. 그리고 왕필의 병영에서 불이 일어나거든 길을 나누어 밀고 들어와 왕필을 죽여버리도록 하게."

"왕필을 죽인 다음에는?"

경기와 위황이 궁금함을 이기지 못해 다음 말을 기다리지 않고 물었다.

"나와 함께 대궐 안으로 들어가 천자를 오봉루(五鳳樓)로 모시고 백관을 불러모아 역적을 치라는 분부를 내리시게 하면 될 것이네. 그때 문연(文然, 길막) 형제분은 성 밖에서 짓쳐들어와 불길을 신호로 백성들을 부추겨주게. 나라의 역적을 죽이자고 소리치며 백성들과 더불어 길을 막아 바깥의 구원군이 성안으로 들어오지 못하게 해야 되네. 그러면 오래잖아 천자께서 조서를 내려 그들 구원군을 항복하게 만드실 것이네. 대강 허도 성안이 안정이 되면 얼른 군사를 휘몰아 업군으로 가세. 조조를 사로잡고 곧 사신을 보내 유황숙을 모셔들이면 일은 끝나는 것일세. 보름날의 거사는 이경 무렵으로 하는 게 좋겠네. 부디 조심하여 전의 동승처럼 화를 입는 일이 없도록 해야 하네."

듣기에는 조금도 빈틈없는 계책이었다. 이에 다섯 사람은 피를 섞어 하늘에 맹세하고 각기 집으로 돌아갔다. 얼마 남지 않은 대보름이라 거사에 동원할 장정이며 병기들을 채비해두려 함이었다.

그럭저럭 정월 대보름이 가까웠다. 경기와 위황은 각기 삼사백 명쯤 되는 집안 장정들을 모아 마련해둔 창칼을 나눠주고 때가 오기만을 기다렸다. 길막과 길목 형제도 채비를 갖추고 기다리기는 마찬가지였다. 역시 삼사백 명의 이웃 백성들을 모아 사냥을 간다는 핑계로 떼를 지어 성문 부근에서 서성거렸다.

자기편의 준비가 대략 갖춰진 걸 본 김위가 왕필을 찾아가 말했다.

"이제 천하는 안정이 되고 위왕의 위엄은 사방에 두루 떨쳐 울리고 있습니다. 거기다가 지금은 원소절(元宵節)을 맞았으니 그냥 보낼 수 없습니다. 크게 등불을 밝혀 천하가 태평함을 널리 보이게 해야 합니다."

왕필은 그 말을 옳게 여겨 성안 백성들에게 영을 내렸다.

"집집마다 등불을 달고 색실을 꼬아 치장하여 이처럼 좋은 명절을 경축하도록 하라."

드디어 정월 대보름 밤이 되었다. 그날 밤 하늘은 맑고 달과 별도 함께 밝았다. 온 성안의 거리는 다투어 내건 울긋불긋한 등불로 눈이 어지러울 지경이었다. 백성들은 백성들대로 어찌나 흥겹게 노는지 어림군도 그걸 막지 못하고 궁궐 안의 물시계[玉漏]도 시각을 대어 그치게 할 수 없었다.

왕필도 어림군의 여러 장수들과 더불어 병영 안에서 술판을 벌였다. 서로 권커니 작커니 하는 가운데 이경이 되어갈 무렵이었다. 갑자기 병영 안에서 함성이 들리며 사람이 달려와 알렸다.

"병영 뒤편에 불이 났습니다."

왕필이 놀라 장막을 나가 보니 이미 불길이 어지러이 하늘로 치솟고 있는 데다 함성이 잇달아 터져나왔다. 왕필은 그제서야 군사들이 잘못하여 불을 낸 것이 아니라 누군가 일부러 꾸민 일인 것을 눈치챘다. 얼른 말에 올라 남문으로 달려 나갔다.

하지만 그때는 이미 경기와 위황이 움직인 뒤였다. 왕필의 병영에서 불이 나는 걸 보고 집안 장정들을 몰아 짓쳐들던 경기는 황급히 남문으로 달려 나가는 왕필을 만났다. 경기가 시위에 화살 한 대를 먹여 날리자 화살은 보기 좋게 왕필의 어깨에 꽂혔다.

왕필은 하마터면 말에서 떨어질 뻔했으나 겨우 말 고삐에 매달려 이번에는 서문 쪽으로 달아났다. 등 뒤에서는 뒤쫓는 군사들의 함성 소리가 시끄러웠다.

다급해진 왕필은 얼른 말에서 뛰어내려 오가는 사람들 사이에 섞였다. 그리고 간신히 김위의 집을 찾아가 대문을 두드렸다. 평소 가까이 지내는 사람이라 그 집에 몸을 숨기려는 생각에서였다.

이때 김위는 몰래 사람을 놓아 왕필의 병영에 불을 지르게 해놓고 자신은 집안의 장정들을 끌어모아 경기와 위황을 도우러 가고 없었다. 아낙네들만 남아 집을 지키다가 왕필이 문을 두드리는 소리를 듣자 벌써 김위가 일을 마치고 돌아온 줄 알았다. 김위의 아내가 대문께로 달려 나와 빗장도 열지 않고 물었다.

"벌써 왕필을 죽이고 돌아오시는 길입니까?"

그 말을 들은 왕필은 깜짝 놀랐다. 비로소 김위가 경기, 위황 등과 함께 일을 꾸민 줄 알고 황급히 조휴(曹休)의 집으로 달려갔다.

"김위가 경기, 위황 등과 더불어 일을 꾸미며 난리를 일으켰소!"

왕필이 어깨로 피를 쏟으며 달려와 그렇게 알리자 조휴는 크게 놀랐다. 곧 갑옷 입고 말에 오르더니 천여 명 군사를 모아 성안을 지키려고 달려 나갔다.

성안은 이미 사방이 불길에 휩싸여 있었다. 그 불길은 오봉루까지 옮아 붙어 헌제는 궁궐 깊이 몸을 피하고, 조조의 심복 장수들만이 죽기로 궁문을 지키고 있었다. 경기와 위황 편에서 보면 최초의 차질이었다. 군사가 넉넉하지 못하면 천자라도 먼저 차지하여 그 힘을 빌려야 되는데 그게 안 되게 되어버린 것이었다.

그러나 난리를 일으킨 상대방의 세력과 규모를 알 길 없는 조휴로서는 허도가 온통 반란군으로 가득 찬 것 같았다. 들리느니 그들의 성난 외침뿐이었다.

"역적 조조를 죽여라!"

"조조와 그의 개들을 모두 때려잡고 한실을 다시 일으키자!"

만약 조조가 관로의 말을 들어 미리 하후돈을 보내놓지 않았더라면 자칫 일은 경기와 위황이 꾸민 대로 될 뻔도 했다.

이때 조조의 명을 받아 삼만군을 이끌고 불의의 재변으로부터 허창을 지키러 온 하후돈은 성 밖 오 리쯤 되는 곳에 진을 치고 있었다. 그날 밤 성안에서 불길이 오르는 걸 보자마자 대군을 몰아 성을 에워싸게 한 뒤 자신은 한 갈래 군사를 이끌고 성안으로 짓쳐들어갔다.

하지만 그때 경기와 위황은 이미 조휴와 싸우기에도 힘에 부치는 상태였다. 원래 몇 백 안 되는 집안 장정들만 데리고 시작한 일인 데다 아무도 도와주는 사람이 없어 시간이 흐를수록 조휴의 일천 군사에게 밀리기 시작했다. 그만큼이나마 버틴 것도 순전히 어둠 속의 혼전이었던 덕분이라 할 수 있었다. 그런데 날 샐 무렵 하여 더욱 기막힌 소식이 들어왔다.

"김위 어른과 길막, 길목 형제분이 모두 적에게 죽음을 당했습니다."

그 소리를 들은 경기와 위황은 마침내 일이 어그러진 것을 알았다. 몸을 빼내 뒷날을 기약하기로 하고 한 가닥 길을 앗아 성문을 빠져나갔다. 하지만 그때는 이미 하후돈의 대군이 철통같이 성을 에워싼 뒤였다. 두 사람은 끝내 산 채로 붙들리고, 그 둘을 따르던 백여 명은 모조리 죽음을 당하고 말았다.

하후돈은 성안의 불을 끄고 일을 꾸민 다섯 사람의 집안 사람들을 모조리 잡아들인 뒤 조조에게 그 소식을 전했다. 성난 조조가 사람을 보내 하후돈에게 영을 전하게 했다.

"경기와 위황 및 모반을 꾀한 다섯 사람의 가족은 늙고 젊고를 가리지 말고 모조리 저잣거리로 끌어내 목을 베라! 그리고 그날 밤 허도에 있었던 벼슬아치들은 모두 업군으로 끌고 오도록 하라!"

이에 하후돈은 먼저 경기와 위황을 저잣거리로 끌어냈다. 둘은 사로잡혀 죽으러 끌려가면서도 조금도 두려운 기색이 없었다. 경기가 소리 높여 멀리 있는 조조를 꾸짖었다.

"이놈 조조야. 내가 살아서는 너를 죽이지 못했다만, 죽어서는 반드시 너를 가만두지 않겠다. 귀신이 되어서라도 반드시 네 간악한 머리를 부수리라!"

듣다 못한 망나니가 칼로 그런 경기의 입을 찔렀다. 그러나 경기는 흐르는 피로 땅을 적시면서도 조조를 욕하여 마지않다가 목이 떨어지고 나서야 입을 다물었다.

죽음 앞에서 씩씩하기는 위황도 경기에 못지않았다. 경기가 죽어가는 동안도 위황은 얼굴과 이마를 땅에 짓찧으며 소리소리 외쳤다.

"한스럽구나! 조조를 죽이지 못하고 내가 먼저 죽는 게 참으로 한스럽구나!"

그렇게 거듭거듭 소리치며 이빨이 다 부서질 때까지 이를 갈다가 마침내 숨이 끊어졌다. 뒷사람이 그런 두 사람을 시를 지어 찬양했다.

충성스런 경기, 어진 위황,   耿紀精忠韋晃賢

맨손으로 무너지는 하늘을 떠받들려 했네.　　各持空手欲扶天
누가 한실의 운수 다했음을 알았으랴.　　誰知漢祚相將盡
가슴 가득 한을 품고 죽음길을 갔네.　　恨滿心胸喪九泉

하후돈은 그들 다섯의 가솔들까지 모조리 죽인 뒤에야 그날 밤 허도에 있었던 벼슬아치들을 모두 잡아끌고 허도로 갔다. 조조는 그들을 군사들을 조련하는 교장(敎場)으로 끌고 간 뒤, 오른편에는 붉은 기를 세우고 왼편에는 흰 기를 세워놓고 말했다.

"경기와 위황이 모반을 꾸며 허도에 불을 질렀다. 그때 그대들 중에는 불을 끄려고 밖에 나온 사람도 있을 것이고 문을 닫아 걸고 나오지 않은 사람도 있을 것이다. 불을 끄려고 나온 자는 붉은 기 아래 서고, 불을 못 본 체 들어앉아 있었던 자는 흰 기 아래로 가서 서도록 하라!"

그러자 끌려온 벼슬아치들은 거의가 붉은 기 쪽으로 우르르 몰려갔다. 속으로 생각해보니 불을 끄려고 나왔다면 조조가 벌을 주지 않을 것 같아서였다.

정직하게 흰 기 아래로 가서 선 것은 셋 중에 하나도 되지 않았다.

"저놈들을 모조리 잡아 내려라!"

조조가 문득 붉은 기 아래 모여선 벼슬아치들을 가리켜 소리쳤다. 벌을 면하려고 붉은 기 아래로 몰려갔던 사람들이 저마다 놀라 애처로운 소리를 냈다.

"위왕 전하, 저희들에게 무슨 죄가 있다고 이러십니까?"

"저희들은 불을 끄러 나갔는데, 어찌하여 도리어 벌을 주려 하십니까?"

"억울합니다. 불을 끄려 한 것도 죄가 됩니까?"

그러자 조조가 그런 그들을 차갑게 흘겨보며 말했다.

"그때 너희들의 마음은 불을 끄는 데 있지 않고 역적들을 돕는 데
있었다. 어찌 나를 속이려 드느냐?"

그러고는 그들 모두를 장하(漳河) 가로 끌어내 목 베게 하니 이때
죽은 자가 삼백 명이 넘었다. 실로 참혹한 일이 아닐 수 없었다. 그
러나 흰 기 아래선 자들에게는 상을 주어 허도로 돌려보냈는데 이유
인즉 이러했다.

"너희들은 겁은 많았는지는 모르지만 적어도 역적 편에 빌붙으려
하지 않은 것만은 분명하다. 그걸 내게 대한 충성으로 여겨 상을 내
린다."

그런데 여기서 다시 한번 음미해보고 싶은 것은 조조의 잔인함과
포악함을 증명해 보이는 듯싶은 이 사건의 이면에 숨은 뜻이다. 조
조가 관로의 말을 들어 보냈다고 하나, 특별한 실력자도 없는 허도
에 삼만의 대군과 일급의 장수인 하후돈을 보낸 것은 그만큼 그곳에
서 자라고 있는 병란의 조짐을 조조가 느꼈다는 뜻이다.

원래 허창은 천자가 계신 곳일 뿐만 아니라 조조의 승상부가 있
어서 당시의 정치 중심지였다. 그런데 조조가 위왕이 되어 따로 업
군에 자리 잡고 앉자 일은 묘하게 되었다. 조조가 신임하여 허창을
지키도록 남긴 몇몇을 빼면 허창에 남은 벼슬아치들이란 이름뿐인
천자인 헌제와 마찬가지로 현실 세력에서 소외된 이들이었다. 실권
을 잡고 있는 조조의 측근들은 조조를 따라 모두 업군으로 옮아갔기

때문이었다.

따라서 허도에 남은 벼슬아치들이 업군에 있는 조조와 그 심복들에게 좋지 않은 감정을 품으리라고는 보지 않아도 넉넉히 알 수 있고, 또 그들이 천자를 끼고 무슨 일을 벌이려 들 수도 있다는 것 역시 얼마든지 짐작이 가는 일이었다. 그런데도 조조가 구태여 업군에 머물러 있으면서 사람이 무른 왕필을 치안의 최고 책임자로 앉힌 것은 일종의 함정 수사라고 볼 수 있을 것이다.

아직도 남은 반대 세력을 이 기회에 한꺼번에 쓸어버리려고 일부러 경비를 느슨하게 해주었다가 반대 세력이 멋모르고 걸려들자 그들을 뿌리 뽑은 것은 물론 내심으로 은근히 그들에게 동조하던 이들까지 모두 없애버린 셈이었다. 그렇게 본다면 가혹하기 그지없는 조조의 뒷마무리도 끔찍한 대로 어느 정도 이해는 될 수 있다.

그걸 뒷받침해주는 게 뒤이은 조조의 관제(官制) 정비였다. 그 난리통에 화살을 맞은 왕필이 끝내 죽고 말자 조조는 그를 후하게 장사 지내주고 곧 허창의 관직부터 정비했다. 조휴로 하여금 어림 군마를 도맡아 다스리게 하고, 종요(鍾繇)를 상국으로 삼는가 하면 화흠을 어사대부로 세워 다시는 허도가 그런 일로 동요함이 없게 했다. 그다음 한 일은 제후의 등급을 새로 정한 것이었다.

후(侯)의 작위는 육등 십팔급으로 하여 관서의 제후 십칠급은 모두 금도장에 자줏빛 인끈[金印紫綬]을 쓰게 하고 또 관내외(關內外)에도 후(侯) 십육급을 세워 은 도장에 검은 인끈[銀印黑綬]을 쓰게 했으며, 다시 오대부(大夫) 십오급을 두어 구리 도장에 고리 모양으로 꼰 인끈[銅印鐶組]을 쓰게 했다.

삼국지 7
가자 서촉西蜀으로

개정 신판 1쇄 발행 2020년 3월 25일
개정 신판 3쇄 발행 2024년 1월 5일

지은이 나관중
옮기고 엮은이 이문열

발행인 양원석
펴낸 곳 ㈜알에이치코리아
주소 서울시 금천구 가산디지털2로 53, 20층 (가산동, 한라시그마밸리)
편집문의 02-6443-8842   **도서문의** 02-6443-8800
홈페이지 http://rhk.co.kr
등록 2004년 1월 15일 제2-3726호

ISBN 978-89-255-6886-7 (03820)